沙漠法则

[法]克里斯蒂安·雅克 著
Christian JACQ

颜湘如 译

LA LOI DU DESERT

重庆出版集团 重庆出版社

LA LOI DU DESERT © PLON, un département de Place des Éditeurs, 1993
Simplified Chinese language edition published by arrangement with Plon, through The Grayhawk Agency.
Simplified Chinese edition copyright ©2024 Beijing Alpha Books. CO., INC
ALL RIGHTS RESERVED.

版贸核渝字（2023）第179号

图书在版编目（CIP）数据

沙漠法则 /（法）克里斯蒂安·雅克著 ；颜湘如译. 重庆 : 重庆出版社, 2025. 3. -- ISBN 978-7-229-18891-7

I. I565.84

中国国家版本馆CIP数据核字第2024633KX2号

沙漠法则
SHAMO FAZE
[法] 克里斯蒂安·雅克 著　颜湘如 译

出　　品：华章同人
出版监制：徐宪江　连　果
责任编辑：朱　姝
特约编辑：陈　汐
营销编辑：史青苗　刘晓艳　冯思佳
责任校对：王晓芹
责任印制：梁善池
装帧设计：SOBERswing
书名字体设计：刘钊工作室 LIUZHAO STUDIO　张辰明

重庆出版集团
重庆出版社　出版

（重庆市南岸区南滨路162号1幢）
北 京 华 联 印 刷 有 限 公 司　印刷
重庆出版集团图书发行有限公司　发行
邮购电话：010-85869375
全国新华书店经销

开本：880mm×1230mm　1/32　印张：12.125　字数：306千
2025年3月第1版　2025年3月第1次印刷
定价：58.00元

如有印装质量问题，请致电023-61520678

版权所有，侵权必究

目 录

致中文版读者序　III

主要人物介绍　V

第 一 幕

第1章　2

第2章　6

第3章　10

第4章　14

第5章　20

第6章　26

第7章　30

第8章　38

第9章　45

第10章　52

第 二 幕

第11章　64

第12章　72

第13章　79

第14章　91

第15章　**101**

第16章　110

第17章　121

第18章　132

第 19 章	141
第 20 章	152

第 三 幕

第 21 章	164
第 22 章	176
第 23 章	187
第 24 章	197
第 25 章	208
第 26 章	218
第 27 章	227
第 28 章	237
第 29 章	245
第 30 章	255
第四幕	265

第 四 幕

第 31 章	266
第 32 章	276
第 33 章	287
第 34 章	296
第 35 章	307
第 36 章	318
第 37 章	329
第 38 章	340
第 39 章	348
第 40 章	357
第 41 章	366

致中文版读者序

这部小说是以拉美西斯二世时期（这也是埃及历史上最光辉灿烂的时期之一）为背景创作的。埃及既为世界文明之灯塔，自然拥有极为可观的资源，历代以来更是留下了许多伟大的建筑，卡纳克神庙的大柱厅，或是位于努比亚，为了纪念法老与王后奈菲尔塔莉的结合所建造的阿布辛伯双重神庙，都是最佳例证。埃及无论是精神上或物质上的蓬勃发展，皆源自对玛特的尊敬。玛特不仅是女神，也是一个概念，这个概念阐述了宇宙永恒的和谐、不分贫贱富贵的司法正义，还有每个人必须秉持正直不变的原则，方能掌稳人生的舵桨渡过生命之河。金字塔文献中写道："天上的光因法老而呈现和谐，而为法老带来和谐的则是玛特，它是法老眼中所见、耳中所闻。"拉美西斯的父亲塞提一世所建的卡纳克神庙中，有一句铭文是这么写的："司法正义是法老的力量。"事实上，在埃及人民的眼中，社会和谐、民生乐利都建筑在最宝贵的司法之上，然而这项为人民求福祉的制度却十分脆弱，因为总有一些人为达目的不择手段，不惜以贪婪的欲望、野心与谎言而戕害司法。

"埃及三部曲"所描述的便是一个乡下小法官的故事。他接受任命前往三角洲地区的大城市孟斐斯，却不料从此一步步走向一个欲将埃及推向险恶深渊的阴谋的核心。

由于不愿向强权低头，也不愿违背自己的理想，这名年轻的法官将被卷入一场风暴之中，并在忠诚的朋友与心爱的妻子——一名天赋异禀的医生——的支持下奋战不懈。

透过这部小说，读者将了解埃及司法的运作、法老的某些医疗秘密，以及埃及文化的多种风貌，想必也会因其中部分风貌的现代化程度而咂舌吧。

"罪恶永远无法获得善终。"先哲普塔赫如是说。书中的埃及法官也正是为了这个信念，而不畏强敌环伺，勇往直前追求真理。

主要人物介绍

帕扎尔 ｜一名来自底比斯的地方法官，后因升迁到了孟斐斯

奈菲莉 ｜一名才貌双全、医术高超的医生

苏提 ｜帕扎尔的儿时好友

凯姆 ｜帕扎尔到孟斐斯后为他效力的警察

布拉尼尔 ｜帕扎尔和奈菲莉的老师，原本是一名医生

豹子 ｜利比亚人，苏提的情人

阿舍 ｜埃及军队的高级将领

巴吉 ｜帕扎尔任孟斐斯法官时的埃及首相

内巴蒙 ｜帕扎尔任孟斐斯法官时的御医总管

孟莫斯 ｜帕扎尔任孟斐斯法官时的警察局长

卡达什 ｜一名在孟斐斯颇受欢迎的牙医

谢奇 ｜贝都因人，化学家、冶金专家

卡尼 | 原本是农民,后获得了自由

亚洛 | 帕扎尔任孟斐斯法官时,在他手下工作的书记官

莎芭布 | 一个啤酒店老板

德内斯 | 孟斐斯的一名运输商

涅诺法 | 德内斯的妻子

塔佩妮 | 孟斐斯一家纺织厂的负责人

贝尔·特兰 | 一名来自底比斯的莎草纸供应商,后移居孟斐斯

西尔基斯 | 贝尔·特兰的妻子

拉美西斯二世 | 古埃及第十九王朝的第三位法老

图雅 | 拉美西斯二世的母亲

哈图莎 | 与拉美西斯二世进行政治联姻的赫梯公主

朱伊 | 一名木乃伊工匠

勇士 | 帕扎尔的爱犬

北风 | 帕扎尔的驴子

杀手 | 狒狒警察,凯姆的助手

小淘气 | 一只绿猴,是奈菲莉的爱宠

看啊，先人的预言应验了：罪行随处可见，人们心中充满暴力，举国上下灾祸连连，血光之灾频频出现，盗贼日益增多，人民的脸上不见了笑容，秘密大白于天下，树木被连根拔起，金字塔遭恶人入侵。世风日下，以致有小人当道，法官被流放驱逐。

然而，不要忘记遵从律法，不要忘记那些循规蹈矩的日子，不要忘记先人建筑金字塔、让众神的庭园繁茂兴荣的那段快乐的时光，也不要忘记神祇当初降临的日子，一张简简单单的席子，便能使人知足常乐。

第一幕

曙光已重现于黄沙之中，
星辰日益黯淡，
铭记玛特的法则，
便能在风暴中幸存。

第1章

收容服苦役罪犯的监狱中庭里燥热难耐,一只黑色的蝎子正在沙地里钻来钻去。这座监狱位于尼罗河谷与卡哈尔绿洲之间的荒凉地带,距离东边的圣城卡纳克有两百多千米,专门收容服苦役的盗窃惯犯。气温较低时,他们便负责维修河谷与绿洲间的路,以供驴队运送货物。

监狱的负责人长得高大魁梧,只要有人不守纪律,就可能被他以重拳毒打。法官帕扎尔已经不止十次向他提出请求了——"我受不了这种特别待遇,我要跟别人一起做工"。

帕扎尔身材瘦长,一头淡棕色的头发,额头又宽又高,还有一双灰绿色的眼睛。经过这番苦难,他已然不再年轻,但还是在无形中流露出高贵的气质,令人肃然起敬。

"你跟其他人不一样。"负责人对他说。

"我也是囚犯。"

"你并未被判刑,只是秘密拘禁。对我来说,你这个人根本不存在。名册上没有你的名字,也没有身份识别号码。"

"那我也可以去凿石头啊。"

"你还是回去坐下吧。"

监狱的负责人不敢对这名法官掉以轻心,毕竟他审问过著名的阿舍将军,而他最好的朋友苏提还公然指控阿舍将军折磨并谋杀了一名埃及侦察兵,且与埃及人的世仇贝都因人、利比亚人勾结叛国。

在苏提指认的地点并没有发现那名士兵的尸体,因此陪审团无法定将军的罪,只能宣布延长调查。然而调查程序很快便宣告结束,因为帕扎尔误入圈套,成了谋杀其恩师的嫌疑犯,他的恩师是即将担任卡纳克神庙大祭司的贤人布拉尼尔。警方以现行犯的身份将他逮捕,并以罔顾法律之名将他移送监狱。

帕扎尔盘腿坐在滚烫的沙地上。他脑中不断浮现妻子奈菲莉的身影。曾有很长一段时间,他以为永远都得不到她的爱了,不料幸福骤然降临,来势汹汹,犹如夏日阳光般猛烈。只可惜这份幸福来得快,去得也突然,一夕之间他被逐出了那个快乐天堂,今后恐怕也重返无望了。

此时忽然刮起了热风,风沙一阵阵地刺痛了帕扎尔的皮肤,但头上裹着白布的他却毫不在意,一心回想调查的过程。

他只是个来自外省、迷失在孟斐斯这个大城市里的小法官,实在不应该去注意那份奇怪的文件,也不该表现得太过认真。当时,帕扎尔发现五名荣誉卫兵的死,其实是一宗以意外事件粉饰的谋杀案,还发现神庙专用的神铁大量遭窃,以及一场牵涉到高层官员的阴谋。

但是他并没有足够的证据来证明阿舍将军的罪行,以及他意欲推翻拉美西斯大帝的企图。

正当帕扎尔获得首相授权,有机会将这些事件一一拼凑起来时,厄运便来临了。

出事那晚的每分每秒,帕扎尔都记得清清楚楚。起先,帕扎尔收到一封匿名信,信中说布拉尼尔身处险境,接着帕扎尔慌慌张张地跑过市区的街道,在布拉尼尔家中发现了他的遗体,他的脖子上还插着一枚贝壳做的细针,最后警察局长出现了,并立刻将帕扎尔作为嫌疑犯逮捕。之后,在孟斐斯最高层法官门殿长老的秘密策划之下,帕扎尔被送进了这座监狱。在历经这一切之后,他只能陷入绝望痛苦之中，而事情的真相依旧不明。

这场阴谋太完美了。本来，有了布拉尼尔的支持，帕扎尔可以进入神庙，查出偷窃神铁的人是谁。可是，布拉尼尔和那些退役军人一样，遭到一群居心叵测的神秘人物灭口。帕扎尔已经得知这些人都是外籍人士，其中包括一名女子和多名男子，他怀疑化学家谢奇、牙医卡达什，以及德内斯的妻子——她富有、极具影响力却不太老实，但终究都只是毫无真凭实据的怀疑罢了。

帕扎尔忍受着酷热、风沙与粗茶淡饭，因为他要活下去，他要再次将奈菲莉搂进怀中，他还要看到公理正义再度开花结果。

他的上级——门殿长老，会怎么解释他的失踪呢？又散布了哪些关于他的谣言？

虽然这座监狱面山之处没有警戒，但逃出去是不可能的。只靠一双脚，又能走多远？他们把他关在这里，就是想耗尽他的精力，当他受尽折磨、精疲力竭、绝望至极时，必定会开始胡言乱语，就像一个可怜的疯子。

不过他相信奈菲莉和苏提不会放弃，他们必定会不顾外界的谣言，在埃及各地寻找他的踪迹。他一定要坚持下去。

五名阴谋者又在他们平常聚集的废弃农庄碰面了。气氛十分愉快，一切发展都在他们的预料之中。

他们侵入基奥普斯大金字塔，并盗走了象征着权力的金腕尺与众神的遗嘱，让拉美西斯大帝失去了合法统治的证物。

他们离最后的目标越来越近了，不论是谋杀守护斯芬克斯像的五名卫兵，进而侵入通往金字塔的地下通道，还是陷害法官帕扎尔，都只是小事，也早就被他们抛到九霄云外去了。

"现在唯一棘手的是拉美西斯还在硬撑。"其中一人说。

"我们要有耐心。"

"你说的是你自己吧。"

"我说的是每一个人，我们还需要一点时间为我们将来的帝国奠定基础。拉美西斯越是受到束缚、越是无法行动、越是自觉即将走向灭亡之路，我们就越容易成功。他不能向任何人透露金字塔被人侵扰，也不能说出他所负责的能源中心已经无法运作。"

"他的力量很快就会枯竭，到时候他就不得不举行再生仪式了。"

"谁会强迫他呢？"其中一人迟疑地问道。

"传统、祭司和他自己。他是逃避不了这份责任的。"

"仪式结束后，他必须向人民展示众神的遗嘱。"

"而众神的遗嘱现在在我们手中。"

"到时候，拉美西斯就得将王位让给继承人了。"

"甚至可能由我们来指定呢！"

他们五人已经开始品尝胜利的甜美滋味了。他们不会给拉美西斯大帝任何选择的机会，他势必会沦为奴隶。凡是参与这项计划的人都将依功论赏，每个人都将占据高位。世界上最大的国家即将属于他们，他们会改变机关部门的结构、替换新血，使整个国家的面貌焕然一新，和废帝拉美西斯统治的时候全然不同。

在等待时机成熟之际，他们努力地建立人脉、笼络人心。谋杀、贿赂、暴力，无所不用其极，谁也不觉得内疚。要想夺得权力，便必须付出这样的代价。

第2章

夕阳映红了山丘。这个时候,帕扎尔的狗(勇士)和驴子(北风),应该正在享用晚餐,那是辛苦了一整天的女主人奈菲莉准备的。她今天医治了多少病人?她还住在孟斐斯法官办公室的二楼吗?还是已经回到底比斯的村子,远离一切尘嚣,再度行医了呢?

帕扎尔逐渐失去了勇气。

他一生致力于司法正义,此时明白自己永远也得不到平反了。没有任何一个法庭会判他无罪。就算他能离开这座监狱,又能给奈菲莉怎样的未来呢?

这时,一名老者在他身边坐了下来。他瘦巴巴的,牙齿全掉光了,皮肤也被太阳晒得又黑又皱。只听他叹了一口气说:"一切都结束了,我太老了。监狱长说我不必再去搬运石头,以后就到厨房当伙夫。这是一个好消息,不是吗?"

帕扎尔点点头。

"你为什么不做工?"老者又问道。

"他们不允许。"

"你偷了谁的东西?"

"我没有偷东西。"

老者闻言半信半疑地说:"到这里来的全是大盗贼。他们全都犯案累累,因为他们违背了不再犯罪的誓言,所以永远也出不了这座监狱。法庭上的宣誓可不是闹着玩的。"

"你觉得法庭可能会出错吗?"

老者往沙地吐了一口痰:"这个问题太奇怪了!你是站在法官那边的吗?"

"我就是法官。"

老者听到这话,简直比听到自己被释放的消息还要惊讶:"你在开什么玩笑?"

"你觉得我像在开玩笑吗?"

"竟然有这种事!法官,真正的法官!"

他上下打量着帕扎尔,眼神中带着一点担忧与敬意。

"你犯了什么罪?"

"我本来在调查一个案子,但有人想让我闭嘴。"

"你一定是牵涉到了一个奇怪的案件。我啊,我也是清白的。我有一个同行,做事向来不光明,我自己的蜂蜜,他竟然诬赖是我偷的。"

"你是养蜂人?"

"我在沙漠里有一些蜂箱,生产的蜂蜜是全埃及最好的。可招来了同行的嫉妒,他们设计了一个圈套陷害我。开庭的时候,我激动地争辩。我质疑法官的判决,要求重新开庭审理,并和一名书记官一起研究如何为自己辩护。胜算应该是很大的。"

"但你还是被判刑了。"

"因为同行偷偷把某个工作坊里的东西藏在我家里。这成了我再度犯罪的证据,法官也没有深入调查。"老者愤愤不平地说。

"他这样是不对的。如果我是审理这个案件的法官,我会考虑被告的动机。"

"如果真的由你来审理呢?如果你发现那些证据确实是别人栽赃的呢?"

"我得先离开这里才能知道结果。"

养蜂的老者又在沙地上吐了口痰。

"渎职的法官不会被偷偷送到这种监狱来,而且你也没有被割鼻子,你一定是个间谍。"

"随便你怎么说。"帕扎尔不想再解释了。

老者没有再说什么,起身便走开了。

帕扎尔没有碰那碗每天都有的淡而无味的汤。除了卑贱的地位和耻辱,他还能给奈菲莉什么?他们俩最好永远不再见面,就让她忘了自己吧。这样至少在她的记忆中,他永远是一个信念坚定的法官、热情如火的爱人和相信正义的梦想家。

他平躺着,仰望蓝天。明天,他就要消失了。

一面面白帆飘扬在尼罗河上。傍晚时分,船员们兴致高昂地在两艘船之间跳来跳去,北风吹来,加快了船员卸货的速度。有人不小心掉进水里,一旁传来哄笑声与斥骂声。

河堤上坐着一名少妇,她似乎全然没有听见水手的喧闹声。她的头发近乎金黄,脸部轮廓立体而柔和,还有一双如夏日天空一般湛蓝的眼睛。奈菲莉美得像一朵正在绽放的莲花。她正在恳求老师布拉尼尔的在天之灵,希望他保佑帕扎尔——她全心全意所爱的人。尽管帕扎尔的死讯已经正式公布了,她还是无法接受。

"我可以跟你说几句话吗?"她背后传来这样的声音。

她转过头去,身后是一个五十多岁、保养有术的男人。

是御医总管内巴蒙——她最凶恶的敌人。有好几次,他都企图毁灭她的前途。

奈菲莉对这个人厌恶到了极点。他不仅贪求财富与女人,还利用医术控制他人以牟利。内巴蒙热切地注视着奈菲莉,只见她穿着一件薄薄的亚麻连衣裙,完美动人的身材显露无遗。她胸部坚挺、双腿修长、手和脚柔嫩细致，简直艳光照人。

"请你走开，我想一个人静静。"奈菲莉冷冷地说。

"你应该更尊重我一点，你对我知道的内幕一定非常感兴趣。"内巴蒙故作神秘地说。

"我对你的诡计没兴趣。"

"和帕扎尔有关的内幕。"

一听到这个名字，她便无法掩饰内心的激动："帕扎尔已经死了。"

"你错了，亲爱的。"

"你说谎！"

"我知道实情。"

"你想让我求你吗？"

"我宁愿你继续保持执拗与高傲的态度。帕扎尔还活着，但有谋杀布拉尼尔之嫌。"

"这太荒谬了！我不相信。"

"你非信不可。警察局长孟莫斯已经将他秘密囚禁了。"

"帕扎尔并没有杀害布拉尼尔。"奈菲莉说得斩钉截铁。

"孟莫斯可不这么想。"

"有人想打击他、毁灭他的声誉并阻止他继续进行调查。"

内巴蒙对她的解释毫不在意："这跟我无关。"

"那你为什么跟我说这些？"

"因为现在只有我能还帕扎尔清白。"

奈菲莉不禁打了个寒战，她瞬间有了希望，却也十分担忧，感觉甚是复杂。

"奈菲莉，如果你希望我给门殿长老提供证据，就必须嫁给我，把那个小法官忘了。你若想要他自由，就要付出这个代价。我才是真正配得上你的人。现在，一切都取决于你。你可以选择还帕扎尔自由，也可以选择判他死刑。"

第3章

献身给内巴蒙的念头使奈菲莉感到恐惧,然而如果她拒绝,就可能成为杀害帕扎尔的刽子手。

他被关在哪里?又受到了何等残暴的对待?她若再拖延,监禁的生活也许就要毁掉他了。奈菲莉没有对帕扎尔情同手足的挚友苏提说起此事,否则他一定会马上杀了御医总管。

她决定接受内巴蒙的勒索,条件是让她见帕扎尔一面。她会带着被玷污的身子、绝望的心情向他坦承一切,然后服毒自杀。

帕扎尔原来的手下警察凯姆朝奈菲莉走来。虽然帕扎尔不在,但他仍然每天带着狒狒(杀手)巡视孟斐斯。杀手最擅长抓小偷,只要它一口咬住窃贼的大腿,他们就一动也不能动了。

凯姆曾经因涉嫌谋杀一名非法从事黄金交易的军官而遭剜刑,后来真相大白,他的忠诚也受到肯定,进而便成了一名警察。现在他鼻梁上安装的是一个有彩绘的木制假鼻子。

凯姆很钦佩帕扎尔,虽然他对司法一点信心也没有,但他还是十分相信帕扎尔。

"我也许能打听到帕扎尔在哪里。"奈菲莉沉重地说。

"在谁也回不来的天国里。阿舍将军没有告诉你吗?帕扎尔是因为到亚洲寻找证据而死。"

"这份报告是假的,凯姆。帕扎尔还活着。"

"不会是有人骗你吧?"凯姆仍有所怀疑。

"帕扎尔涉嫌杀害布拉尼尔，但是内巴蒙手中握有证据，可以证明他的清白。"

凯姆把手搭在奈菲莉肩上，兴奋地说："他能得救了！"

"条件是我必须嫁给内巴蒙。"

凯姆怒不可遏，右手握拳重重地打在左手上。

"要是他骗你呢？"

"我要求先见帕扎尔一面。"

凯姆摸了摸木鼻子，说："你不会后悔向我透露这个消息的。"

服苦役的犯人出发之后，帕扎尔溜进了用木头搭建的、上面覆盖着粗布的厨房。他打算偷一块打火石，然后割腕自杀。这样也许会死得很慢，但必定会死。在太阳下，他会渐渐进入昏睡状态；到了晚上，警卫便会用脚一踢，将他的尸体踢入滚烫的沙地中。在这最后的几个小时内，奈菲莉的灵魂将会和他在一起，他希望她以无形之体，陪他走完人生的最后一段路。

就在他拿到锋利的打火石时，颈部突然遭受一记重击，他立刻瘫倒在一口锅旁边。

只见那个养蜂的老者手里拿着一把木制的大汤勺，讽刺地说："法官变成小偷了！你拿打火石做什么？别动，小心我再赏你一棍！你想割腕自杀，好离开这个该死的地方？笨蛋，你不配当一个正直的人。"

老人随即又降低了声调："你听我说，法官，我有办法让你离开这里。我没有体力穿过沙漠，可是你还年轻，只要你答应以后替我洗刷冤屈，让我不必再服刑，我就告诉你离开这里的方法。"

帕扎尔回过神之后，叹气说道："没有用的。"

"你不愿意？"

"就算我逃得出去，我也不再是法官了。"

"为了我，你要再当上法官。"

"不可能，我涉嫌杀人。"

"你？荒谬！"

帕扎尔揉了揉后颈。老人伸手扶他站起来。

"明天是本月的最后一天，会有一辆牛车从绿洲运粮食过来，然后空车返回。到时候你可以跳进车内跑出去，当你的右侧出现第一条干河时，马上跳下车。然后沿河床走到山脚下，那时候你会看到一片棕榈树林，林中有一汪泉水。你要把水袋装满，然后朝山谷走，看能不能遇到游牧者。希望你有好运气。"

御医总管内巴蒙正在帮贝尔·特兰年轻的妻子西尔基斯消除赘肉，这已经是第二次了。

贝尔·特兰原是一名莎草纸商，后来成了高级公务员，如今权力仍在不断扩张。从事美容外科的内巴蒙，总是向患者收取极高的费用，病人们倒也都给得心甘情愿。他越来越有钱，现在只缺一个无价之宝了，那就是奈菲莉。尽管其他女子也同样美丽，但奈菲莉身上散发着一种无法比拟的光芒，那是一种融合智慧与魅力的独特气质。

她怎么会爱上帕扎尔这么平庸的人呢？内巴蒙真是搞不懂。

有时候，他觉得自己的权力简直跟法老王一样。拯救生命或延长生命的秘密都掌握在他手中，医生和药剂师都听令于他，想恢复健康的达官显贵都有求于他。虽然在背后默默努力、寻求更具疗效的治疗方法的人是他的助手，但是内巴蒙是唯一得享荣耀的人。

每完成一例成功的手术后，内巴蒙便会休息一个礼拜，在孟斐斯南边的乡下别墅里，享受一群仆人无微不至的侍奉。他把次要的工作交给了由他严格监控的医疗团队，自己却在新买的游艇上，品尝在三角洲的葡萄园酿制的酒，以及厨子最近研究出来的新菜。

这一天，正当他放松享受之时，总管来通报说有一名年轻貌美的女子到访。内巴蒙十分好奇,便亲自走到门廊上一探究竟。

"奈菲莉!真是太让人惊讶了,跟我一块儿用餐吧?"

"我赶时间。"

"我相信你一定很快就有机会参观我的别墅了。你有答案了吗?"

奈菲莉低下头。

御医总管不由得心中一阵狂喜:"我就知道你一定会做出理性的选择。"

"再给我一点时间。"

"既然来了,就表示你已经做了决定。"

"你可以让我见帕扎尔一面吗?"

内巴蒙撇着嘴说:"你这样只会更痛苦。救下帕扎尔,但也忘了他吧。"

"我有必要见他最后一面。"

"好吧。不过我的条件仍然不变——你必须先向我证明你的爱。然后,我才会出面干预。怎么样?"

"我又怎么能说不呢?"

"奈菲莉,我真欣赏你的聪明,就像欣赏你的美丽一样。"内巴蒙轻轻地握住她的手。

但奈菲莉立刻抗拒道:"不,内巴蒙,不能在这里,也不是现在。"

"那么什么时候?在哪里?"

"大棕榈树林里的井边。"

"那个地方对你很重要?"

"我常常到那里静思。"

内巴蒙微笑着说道:"大自然和爱是最协调的。我也会和你一样享受棕榈树林的诗意。什么时候?"

"明天,太阳下山后。"

"我可以接受在昏暗中进行我们的第一次结合,以后,我们再找白天来享受。"

第 4 章

帕扎尔看到了干涸的河床，它在岩石间蜿蜒地通往风蚀残丘。他立刻跳下车来，掉落在沙地上，没有一点声响，车子在尘土与酷热中继续前行。车夫半昏睡着，任由拉车的牛带路。

谁都不会离开营区来追缉逃犯，因为在炽热与干渴的煎熬下，逃犯根本没有活命的机会。运气好的话，也许会有巡逻队员给死者捡拾残骸。帕扎尔打着赤脚、裹着一件破旧的缠腰布，尽可能慢慢地走，以便节省力气。沙地里到处都能看到毒蛇，若不小心被咬就死定了。

帕扎尔想象着自己正和奈菲莉在绿野青葱的乡间散步，耳旁鸟鸣婉转，运河贯穿其间。这样一来，眼前的环境也就不那么艰险了。他的脚步开始变得轻盈。他沿着干涸的河床走到陡斜的山脚下，一片光秃的沙地里屹立着三棵棕榈树，看起来有点儿不协调。

帕扎尔跪下用手挖起沙地。养蜂的老者果真没有骗他，一个小时后他终于挖到了水。他喝够了水后，便脱下缠腰布，将它清理干净，然后开始搓自己的身体，他也没忘记把羊皮袋装满水。

夜里，他朝东而行。天一黑，蛇就出洞了，如果踩到其中一条，就难逃惨死的命运。只有像奈菲莉那样医术高明的医生，才有办法让人起死回生。帕扎尔暂时忘却危险，在月光的保护下前行。夜凉如水。天快亮的时候，他喝了点水，挖了个沙坑钻进去，像子宫内的婴儿一般沉沉睡去。

当他一觉醒来时，太阳已开始西沉。他忍着肌肉的疼痛、头部的涨热，继续往山谷的方向走，山谷那么远，那么遥不可及。水已经喝完了，现在他只期望能早点儿发现水井。一望无际的沙地，时而平坦，时而起伏，他走在其中，步伐已然蹒跚。嘴唇干了，舌头肿了，他也没有力气了。如今除了祈求神迹，还能奢求什么呢？

内巴蒙在棕榈树林边下了轿子，将轿夫遣回。他已经开始感受神奇的夜了，奈菲莉即将属于他。如果一切能顺其自然，那是最好的，不过要耍手段也无所谓，总之，他获得了他想要的，就跟往常一样。

棕榈树林的管理员们背靠树干吹笛子、喝水、聊天。内巴蒙走进一条宽宽的林荫道，接着左转向那口古井走去。井边一个人也没有，十分宁静。而奈菲莉仿佛自夕阳的余晖中诞生，她身上的那条亚麻长裙都被染成了橘色。

奈菲莉投降了。她曾经那么骄傲，并向他挑战，此后却要像奴隶一般顺从他。待他征服了她，她可能会忘记过往的一切，永远跟随着他。她也肯定会承认，只有内巴蒙才能给她梦想中的生活。她太热爱医学了，不可能再继续扮演二流角色。嫁给御医总管不正是她最好的归宿吗？

她没有任何动作。于是内巴蒙向她靠了过去。

"我还能见到帕扎尔吗？"她开口问道。

"会的。我向你保证。"

"放了他吧，内巴蒙。"

"我的确有此打算，只要你愿意跟我。"

"你为什么这么残忍？求求你，仁慈一点吧。"

"你在跟我开玩笑？"内巴蒙不悦地说。

"我只想唤醒你的良知。"

"奈菲莉，你必须嫁给我，因为我已经决定了。"

"放过我吧。"

第 4 章 15

他不听她的哀求，仍继续往前靠，直到离他的"猎物"大约一米处才停下来。

"我喜欢看着你，但是我还想要其他的乐趣。"

"也包括毁灭我吗？"

"我要把你从虚幻的爱情和平庸的生活中拯救出来。"

"我再求你一次，放过我吧。"

"你是属于我的，奈菲莉。"

内巴蒙向她伸出了手，正要碰到她时，内巴蒙突然被人往后一拉，摔到地上。惊吓之余，他瞥见攻击他的竟是一只巨大的狒狒，它张着血盆大口，嘴角还吐着白沫。狒狒用多毛且有力的右爪，紧紧地掐住内巴蒙的脖子，左爪则往他的下身一抓，然后用力拉扯起来。内巴蒙痛得大叫起来。

这时，凯姆把脚踩在御医总管的额头上。狒狒随之停下动作，但并未松手。

"如果你不帮我们，我的狒狒就会阉了你。我会当作什么也没看见，它也不会有任何内疚。"凯姆威胁道。

"你想怎么样？"内巴蒙咬牙切齿地问。

"我要你拿出证据，证明帕扎尔的清白。"

"不行，我……"

狒狒低吼了一声，接着又用力一握，内巴蒙急忙连声叫道："我答应，我答应！"

"说吧。"

内巴蒙喘息道："我在检查布拉尼尔的尸体时，发现他已死亡多时，可能已经一整天了。从眼睛和皮肤的状态、嘴巴紧绷的程度，还有伤口等细节来看，我的判断应该不会错。我将这些发现记录在一张莎草纸上。帕扎尔不是犯人，只是证人。他不会被判重刑的。"

"你为什么要隐瞒真相？"

"这个机会实在太难得了,我终于有机会得到奈菲莉了。"

"帕扎尔在哪里?"

"我不知道。"

"你当然知道。"

狒狒又吼了一声。内巴蒙吓坏了,只能实话实说:"我买通了警察局长,让他别杀帕扎尔。他活着,我的勒索计划才能成功。帕扎尔被关在一个隐秘的地方,但我不知道在哪儿。"

"你知道真正的凶手是谁吗?"

"不知道,这一点我可以发誓。"

凯姆相信他说的是真话。只要审问时狒狒在场,犯人便不敢隐瞒。

奈菲莉默默祈祷并感谢布拉尼尔的在天之灵,他果然保佑了他的学生。

门殿长老的晚餐只有几颗无花果和几片干酪。因为睡眠不足,他没什么胃口。前一阵,因为受不了身边有其他人晃来晃去,他便辞退了所有仆人。他有什么好自责的呢?他只不过想继续维持埃及的和平秩序罢了。然而,他的良心着实不安。当了一辈子法官,他从来没有如此背离过律法。

他感到反胃,一把推开了木碗。

外头传来窸窸窣窣的声音。该不会是法师口中的幽灵回来了吧——幽灵会折磨像他这样卑劣的人。

长老走出门,却看到凯姆正扯着御医总管的耳朵站在门口,旁边还有一只狒狒。

"内巴蒙招供了。"

长老并不喜欢这个努比亚籍警察。他了解凯姆过去的暴行,现在凯姆加入了保安队伍,这更让他警惕。

"内巴蒙并非自愿前来的,他的证词完全无效。"

"他不是来作证的,而是来招供的。"

御医总管企图挣脱,但立刻被狒狒咬住了小腿,不过咬得并不深。

"小心一点。"凯姆建议道,"你要是惹火了它,连我也控制不了。"

"你们走!"长老愤怒地下了逐客令。

凯姆把御医总管推向长老,喝道:"快点,内巴蒙。狒狒可没什么耐心。"

"帕扎尔的案子,我有关键线索。"御医总管哑着嗓子说。

"不是线索。"凯姆纠正道,"而是证明他清白的证据。"

长老脸都白了:"你这是在教唆他吗?"

"御医总管可是个德高望重的人。"

内巴蒙从袍子里抽出一卷盖了章的纸。

"这是我检验布拉尼尔尸体的报告。嗯,现场杀人是个错误的判断。我忘了把报告交给你。"

长老缓缓接过文件,那卷纸被他握在手里,烫得像烧红的炭。

"我们弄错了。"门殿长老悲叹道,"但是对帕扎尔来说,已经太迟了。"

"也许还来得及。"凯姆反驳道。

"你忘了,他已经死了。"

这个努比亚人笑了笑:"大概又是判断失误吧。你太容易被人愚弄了。"

凯姆以眼神示意狒狒放开御医总管。

"我……我自由了吗?"

"滚吧。"

内巴蒙一跛一跛地逃开了。

在他小腿上留下鲜明齿印的狒狒,双眼正在夜色里闪烁着光芒。

"凯姆,假如你愿意忘掉这些不幸的事,我可以给你分派一份稳定的工作。"门殿长老试图说服他。

"不要再插手这件事了,门殿长老,否则我就放开狒狒。不久后一切就会真相大白,我是说一切。"

第 5 章

在一片金黄沙地和黑白山影中,扬起了滚滚沙尘。两个男人骑着马渐渐靠近。帕扎尔在巨石的阴影下,艰难地走着。没有水,他实在走不下去了。

来者若是沙漠警察,他们就会把他送回监狱。若是贝都因人,则视他们的心情而定:或许会折磨他,或许会将他掳回去做奴隶。除了沙漠旅队,没有人会冒险进入这片广阔无边的沙漠。倘若真的成了奴隶,帕扎尔顶多能用缠腰布为自己赎身。

那是两个贝都因人!他们身上穿着有彩色条纹的长袍,披着长发,下巴留着短髭。他们问帕扎尔:"你是谁?"

"我刚从窃贼监狱逃出来。"

较年轻的那人下了马,仔细地打量着帕扎尔:"你的身体并不健壮。"

"我太渴了。"帕扎尔虚弱地说。

"想喝水就要自己争取,站起来与我决斗。"

"我没有力气了。"

那个贝都因人拔出短剑:"你不决斗,就只有死路一条。"

"我是法官,不是军人。"

"法官?那你就不是从窃贼监狱出来的。"

"我是被冤枉的,有人想陷害我。"

"我看你的脑袋是被太阳晒坏了。"贝都因人对他的话嗤之以鼻。

"你要是杀了我,就会在冥世遭到报应。地狱的法官会让你的灵魂支离破碎。"

"我才不在乎呢。"

但年纪较长的那人拦下了同伴握刀的手说:"埃及的魔法很可怕。先帮他恢复体力,然后把他俘去当奴隶吧。"

金发碧眼的利比亚女郎豹子最近怒气难消。原本热情奔放、头脑灵活的情人苏提,如今整天萎靡不振、唉声叹气、闷闷不乐。

她原本与埃及势不两立。苏提首次征战亚洲时,她被他俘虏。后来,苏提心血来潮让她恢复了自由身,但是她没有走,因为她留恋和他做爱的感觉。苏提曾经看到阿舍将军谋杀了一名埃及士兵,但由于找不到尸体,法庭无法判将军的罪,苏提气愤之余竟企图刺杀将军。行动失败后,他被逐出了军队。尽管如此,当时的他也并未因此而丧失活力与斗志。

然而,他的好友帕扎尔失踪之后,他就把自己封闭起来,既不吃东西,也不再注意她。

"你什么时候才能恢复元气?"

"帕扎尔回来的时候。"

"帕扎尔,又是帕扎尔!你难道还不明白?他的对手已经除掉他了。"

"这里不是利比亚。杀人是非常严重的罪行,杀人者将永世不得超生。"

"生命只有一次啊,苏提,就在于此时此地。别再管那些无聊的念头了。"她耐着性子温言相劝。

"你要我别再去想我的朋友?"

豹子需要爱的滋润,没有了苏提的碰触,她就像枯萎的花朵。

苏提身材健美,长长的脸,眼神坦率直接,还有一头黑色的长发。

他举手投足间无不散发着优雅又强健的魅力。

"我是一个自由的女人,不能和一块石头过日子。你要是继续这么下去,我可要走了。"

"好,你走吧。"

她跪了下来,将他拦腰抱住:"你已经语无伦次了。"

"帕扎尔受苦,我就感到痛苦;他有危险,我就感到忧心。这不是你能改变得了的。"

豹子解下了苏提的缠腰布,他没有拒绝。再也没有其他男人的身体能像他的这般美、这般有力而匀称。

豹子有过无数情人,但从来没有人能像苏提一样满足她,虽然他们双方的国家是宿敌。她的手轻抚着情人的胸膛、肩膀,掠过胸口往下移。她的手指又轻巧又性感,唤醒了他的欲念。

他用力地,甚至几乎是愤怒地,扯断了豹子穿的那件短连衣裙的吊带。她躺在苏提身上,柔声说道:"我能感觉到你,与你合而为一,我就心满意足。"

"我也是。"

她喜悦地感受着他的欲望,就像青春之泉一般。

忽然,外面有人叫门,苏提冲到窗户边一看,原来是凯姆。凯姆对他说:"跟我来,我知道帕扎尔在哪里。"

门殿长老正在给门口的小花坛浇水。他这把年纪,越来越弯不下腰了。

"需要帮忙吗?"

长老转过身看到了苏提,这位前战车尉依然神采奕奕。他问长老:"我的朋友帕扎尔在哪里?"

"他死了。"

"你说谎。"

"已经有公文正式公告了。"

"那又如何？"

"不论你是否接受，事实就是如此，谁也改变不了。"

"事实是内巴蒙收买了警察局长和你的良知。"

门殿长老挺直了身子，凛然说道："我没有。"

"那你就老实说。"

长老犹豫着，他原本能以言辞过激、侮辱法官的名义下令逮捕苏提，但他对自己的行为确实感到愧疚。没错，帕扎尔让他害怕，他太坚决、太激进、太投入了。而自己这样做，不也背弃了自己年轻时的信仰吗？

"在卡哈尔附近的窃贼监狱。"他喃喃地说。

"给我一道命令。"

"你的要求太多了。"

"你最好快一点。"

苏提在绿洲小径外的最后一个坡道上丢下马，只有驴子才能忍受接下来的酷热与风沙。他带着一把弓、五十多支箭、一把剑和两把短剑上路了。他充满信心，无论遇到什么敌人都不怕。门殿长老给了他一块木板，写明要他将帕扎尔法官带回孟斐斯。

凯姆则不情愿地留在了奈菲莉身边。内巴蒙的惊惧平复之后，应该会采取行动，只有凯姆和他的狒狒能保护奈菲莉的安全，因此尽管凯姆很想去救帕扎尔，但他最后还是决定留下来负责保护工作。

听到情人要离开的消息，豹子再度火冒三丈。她威胁说，如果他一个星期还不回来，她就随便找个人给他戴绿帽子，然后到处宣扬。但苏提没有给她任何承诺，只说他一定会带回帕扎尔。

驴子驮着水袋和篮子，篮子里装着几天都能保持新鲜的食物。由于急着赶到目的地，苏提和驴子几乎一刻都没有休息过。

监狱就在眼前,其实那只不过是几间散落在沙漠里的简陋木屋而已。苏提望着营区,暗暗向敏神①祈祷。虽然他觉得神祇的庇护太过渺茫,但在某些情形下最好还是求神相助。

监狱的负责人在一顶布帐篷下睡觉,被苏提叫醒后,他低声发着牢骚。

"你这里关了一个叫帕扎尔的法官,是吗?"

"没听说过。"

"他并没有被编录在犯人名册里。"

"我跟你说了,没听说过。"

苏提拿出了长老的手谕,负责人却理也不理。"这里没有什么帕扎尔。只有偷窃惯犯,没有法官。"

"我是来办公事的。"

"不信你等囚犯回来,自己看。"负责人说完便倒头又睡了。

苏提不禁怀疑长老是在故意引他走进一个死胡同,然后趁机在亚洲杀掉帕扎尔灭口。自己太天真了,竟又犯了同样的错误!苏提走到厨房,年老齿落的伙夫被他惊醒了。

"你是谁呀?"

"我来救一个朋友,可惜你不是他,他叫帕扎尔。"

老伙夫听到这个名字,心里一惊:"你说谁?"

"帕扎尔法官。"

"你找他做什么?"

"我要放了他。"

"这个嘛,太迟了。"

"什么意思?"

---

① 沙漠旅队与探险家之神。

老伙夫压低了声音，解释道："我帮他逃出去了。"

"他跑进了那片沙漠？他肯定撑不了两天。他走的是哪条路？"苏提有些着急。

"沿着第一道干河床、山丘、棕榈树林、泉水走，然后往正东方的山谷去了。如果他足够顽强，就会成功走出沙漠的。"

"帕扎尔根本没有这个体力。"

"你快去找他吧，他答应要还我清白的。"

"你不是小偷吗？"

"不是，至少跟其他人比起来我不是。我只想好好养蜂，希望你那个法官朋友能帮我回家。"老伙夫将全部希望都寄托在帕扎尔身上。

第 6 章

孟莫斯在武器厅接待了门殿长老，那里放着他的盾牌、剑和猎物。这个警察局长十分狡猾，他的鼻子很尖，说话带着浓浓的鼻音，红红的光头经常发痒。他长得很胖，为了保持身材，一直都节制饮食。孟莫斯经常出席盛大的宴会，人脉关系良好，为人谨慎机敏，全埃及所有的警力都听他的指挥，任谁也挑不出他一点差错。他也小心翼翼地维持着他无懈可击的声誉。

"亲爱的长老，你这是私人拜访吗？"

"是秘密拜访，你最喜欢的。"门殿长老有点儿挖苦地回答。

"事业想要长久而稳定，不就得这样吗？"孟莫斯却不以为意。

"当初答应把帕扎尔偷偷送走时，我提了一个条件。"

"我好像不记得了。"

"你必须找出杀人的动机。"

"别忘了我是当场逮到他的。"

"他为什么要杀他的老师？布拉尼尔即将成为卡纳克神庙的大祭司，也将成为他最大的支柱。"

"也许是嫉妒，也许是丧心病狂。"

"别当我是傻瓜。"

"动机又有什么关系？我们已经铲除了帕扎尔，这才是最重要的。"

"你确定他有罪吗？"

"我再说一次：我抓到他的时候，他正弯腰查看布拉尼尔的尸体。"

换作你，你会下什么样的结论？"

"但是动机呢？"门殿长老心中依然有疑惑。

"你自己也承认了，开庭是下下策。国人应该敬重法官，并对他们有信心。但是帕扎尔喜欢闹事出风头。他的老师布拉尼尔也许想劝他，不料他一时失控下了毒手。我们两人为他保留了声誉，已经是宽大为怀了。对外宣布他殉职，这对他或对我们都是最圆满的结果。"

"苏提已经知道真相了。"门殿长老叹了口气说。

"怎么？"孟莫斯不明白他的意思。

"凯姆逼问了御医总管内巴蒙。苏提知道帕扎尔还活着，我把拘禁帕扎尔的地点也告诉他了。"

孟莫斯一听勃然大怒。

"疯了，你真是疯了！你是孟斐斯的最高层法官，竟然向一个被逐出军队的士兵低头！无论是凯姆还是苏提都不能采取任何行动。"

"你忘了内巴蒙有一份书面声明。"长老感到十分意外，因为孟莫斯一向以冷静出名。

"严刑逼供得来的供词根本不算数。"

"这是他老早就写好的，还标明了日期，签了名。"

"毁掉。"孟莫斯断然说道。

"凯姆已经要求御医总管重新誊写一份了，还有两名仆役作证。帕扎尔确实是清白的。命案发生前的几个小时里，他都在办公室工作，有证人可以作证，我查过了。"

孟莫斯的态度这才软了下来："可是你为什么要说出拘禁帕扎尔的地方呢？没有那么紧急啊。"

"为了求个心安。"

"以你的经历，你的年纪，你……"

门殿长老打断他的话说道："正是因为年纪我才如此。帕扎尔一案，我违背了法律的精神。"

"你是为了埃及着想,完全没有顾虑到个人利益。"

"你的花言巧语再也骗不了我了,孟莫斯。"

"你要背弃我?"

"如果帕扎尔回来的话。"

"窃贼监狱里,已经死了不少人。"孟莫斯一语双关地说。

苏提早就听到了马蹄声,是从东边传来的,有两个人,速度很快。

那是专门四处寻找猎物的贝都因人。

苏提等他们到了适当的位置,立刻拉开弓。他单膝跪地,瞄准了左边的那个人,对方被射中肩膀,仰天跌下马来。他的同伴朝箭射出的方向冲过来,苏提紧接着又瞄准了一次,这次箭射中了对方的大腿,那人痛得大叫,马也失控了,他跌落后撞上了一块岩石。两匹马则不断地在原地打转。

腿中箭的那个贝都因人瘸着腿站起身来,苏提便立刻以利刃抵住他的喉咙,问道:"你是从哪儿来的?"

"从风沙游人的部落。"

"你们在哪儿搭营?"

"在黑岩群后面。"

"你们最近有没有抓到一名埃及人?"

"抓到一个精神失常的,说自己是法官。"

"你们把他怎么样了?"

"酋长正在问他话。"

苏提跳上了那匹更健壮的马,然后牵起另一匹马粗糙的缰绳。这两名伤者只能自求多福了。

两匹马走进了一条两旁布满碎石子的小径,路越来越险峻,它们鼻孔喷着粗气,鬃毛上满是汗水,最后终于到达了遍布巨石的山顶。此处地形相当险恶,巨岩之间有许多个洞,洞内流沙飞旋,就像是地狱里惩治恶人的锅炉一样。陡坡底下便是风沙游人搭营之处。

位于正中央那顶最高、最华丽的帐篷应该就是酋长的住处。马和羊都被关在围栏内,只有两个哨兵守卫着营区,一个在南,一个在北。

苏提耐心地等着天黑,这些贝都因人专事烧杀掳掠,根本不值得尊重。苏提一寸一寸地静悄悄地向前爬行,直到接近南侧的哨兵时,才起身向哨兵的颈椎用力一击。风沙游人整日游走于沙漠中伺机劫掠,因此留在营区的人不多。苏提来到酋长的帐篷,没有多想便向椭圆形的门冲了过去。他全身紧绷、十分专注,攻击一触即发。

没想到苏提却被眼前的景象惊呆了。贝都因酋长躺在软垫上,正聚精会神地听盘腿坐在一旁的帕扎尔说话。帕扎尔的行动似乎并不受限。

酋长看到来人马上站起身来,苏提也朝他扑了过去。

"别杀他。"帕扎尔连忙制止,"我们已经达成共识了。"

苏提便将酋长按在软垫上,听帕扎尔解释:"我向酋长询问他们的生活方式,我想让他明白他这样是不对的。他对我宁死也不当奴隶感到惊讶,他想了解我们的司法制度是如何运行的,还有……"

"等他对你没了兴趣,就会把你绑在马尾上,让马拖着你跑过又尖又利的碎石地面。"

"你是怎么找到我的?"

"我怎么可能找不到你?"

苏提将酋长绑住,并堵住了他的嘴,催促道:"我们快走吧,山顶上有两匹马正等着呢。"

"走有什么用?我又不能回埃及。"帕扎尔显出些许落寞。

"跟我来,走就是了,别再说废话。"

"我撑不过去的。"

"想想你已经被改判无罪,奈菲莉正焦急地等着你,你就能撑过去了。"

第7章

门殿长老没有勇气面对帕扎尔法官，他低头用带着疲惫的声音说："你自由了。"

长老以为帕扎尔一定会厉声谴责，甚至依据法律控告他，但帕扎尔只是定定地注视着他。

门殿长老接着说："当然了，控诉已经撤销，至于其他的事，请你再耐心等等，我会尽快让你复职的。"

"警察局长怎么说？"

"他也要向你致歉，我们两人都被蒙骗了……"

"内巴蒙呢？"

"御医总管并非真的有罪，只不过是行政工作上的疏忽罢了，亲爱的帕扎尔，这一连串事件很不幸地凑在了一起，让你蒙受不白之冤，如果你要提出诉讼……"

"我考虑考虑。"

"有时候做人要宽厚一点。"

"请立刻让我复职。"

奈菲莉那双湛蓝的眼睛仿佛是从天国的金山中挖掘出来的两颗宝石，她颈间挂着一条可以驱魔避邪的绿松石项链，穿了一件白色的亚麻吊带连衣裙，整个人看起来更高挑了。

帕扎尔走向她，一靠近便闻到了她身上的香味，她光滑如缎的肌肤散发着莲花与茉莉的清香。他拥她入怀，两个人紧紧拥抱了好久，一句话也说不出。

"我现在这个样子，你还爱我吗？"他终于冒出了这么一句。

她往后退了一步，想要仔细地看一看他。

他看上去既骄傲又热切，严肃中带着点儿疯狂，年纪不大却略显老成。他没有俊美的外表，内心脆弱却又坚强。若有人认为他不堪一击，可就大错特错了。尽管他外表严肃，宽宽的额头显得十分庄重，性格刚正不阿，但是他懂得幸福的真谛。

"我再也不离开你了。"

他十分动容，再度紧紧搂住她。他觉得生命有了新的滋味，因而全身充满了力量，犹如澎湃汹涌的尼罗河。然而，这样的生命却与死亡离得那么近，帕扎尔和奈菲莉牵着手，在巨大的塞加拉墓地中缓步前进。他们想到被谋杀的恩师布拉尼尔的坟上默祷，毕竟是他将医学的秘密传授给了奈菲莉，是他鼓励帕扎尔履行自己的天职。

他们走进制作木乃伊的工作室，朱伊正坐在地上，背靠着白色石灰墙，吃猪肉加扁豆。在这么热的季节里，按照规定，其实是不能吃猪肉的，不过这个木乃伊工人并未接受割礼，也就不在乎宗教的规定了。朱伊长着一张长长的脸，又黑又浓的眉毛在鼻子上方连成一条线，薄薄的嘴唇毫无血色，双手长得出奇，双腿也十分修长，独自居住在这渺无人烟的地方。

防腐工作台上躺着一具木乃伊，看得出那是个上了年纪的人，朱伊刚刚用一把黑曜石制成的刀割开了木乃伊的侧腹。

"我认识你。"他抬起头对帕扎尔说，"你就是来调查退役军人死因的那个法官。"

帕扎尔没有回答，直接问："你把布拉尼尔制成木乃伊了？"

"这是我的职责。"

"有没有发现异常之处？"

"没有。"

"有人来看过他的坟墓吗？"

"下葬以后没有人来过。只有负责葬礼的祭司进过礼拜堂。"

帕扎尔很失望。他原以为凶手会心怀内疚前来请求死者的原谅，以躲过冥世的惩罚。不料凶手竟然不怕这样的威胁。

"你的调查结束了吗？"

"会结束的。"帕扎尔幽幽地说。朱伊听罢无动于衷，又吃了一口猪肉。

左塞尔金字塔矗立在无垠的沙漠中。无数墓穴都面朝这个方向，希望能借此与法老王左塞尔同享不朽的生命。左塞尔金字塔的巨影每天都投射在巨大的石阶上。

附近总有许多雕刻师、雕写象形文字的师傅和绘图师在这里挖个新墓、在那里修个旧墓，相当热闹。此外，还有成群的工人用木制的滑车拉石灰岩或花岗岩，以及一些挑夫给工人挑水解渴。

不过今天是大家为建造左塞尔金字塔的伊姆霍特普举行祭典的日子，因此工地里空荡荡的。帕扎尔和奈菲莉行走在墓穴之间。这些都是过去的王朝留下来的，现在由拉美西斯大帝的一个儿子负责维护。当在世的人看到用象形文字书写的死者姓名时，已故的人似乎能穿越时空复活。文字的力量远胜于死亡。

布拉尼尔的墓穴离左塞尔金字塔不远，造墓用的白色石块全都来自位于图拉的采石场。墓里有一口井可以通往停放木乃伊的地下墓室，但井口已经被一块巨大的石板封住了，只有礼拜堂还开放，生者可以带着附有死者魂魄的雕像与纪念物前来，这样就能和死者同享盛宴。

雕刻师为布拉尼尔雕了一尊宏伟的石像，想让后人以此永远记住这位老者安详的面容与宽阔的肩膀。而墓碑上的碑文，是为了欢迎墓中重生之人进入美丽的西方世界而写的。经过一段漫长的旅程之后，他终于能与亲人和众神团聚了。这一路上，他以天星果腹，以原始海洋之水净身，在心灵的引导下，一步步地走过永恒的完美之路。

帕扎尔大声地念出了为造访墓穴的人所写的颂文："留在人间并行经此墓的人啊，热爱生命且痛恨死亡的人啊，请诵念我的名使我重生，请为我念出奉献的语句吧。"

"我一定会找到真凶的。"帕扎尔在墓前发誓。

奈菲莉曾经梦想远离纷争，过充满平静的幸福生活，然而她的爱却诞生于风暴之中，无论是帕扎尔还是她自己，在真相尚未厘清之前，都不可能得到平静。

暗夜被击退之后，世界再度绽放光明。树与草又恢复了绿意，鸟儿飞出了鸟巢，鱼儿跃出了水面，船也开始来来往往。帕扎尔和奈菲莉陪布拉尼尔度过了一夜，他俩都能感觉到老师的灵魂就在他们身旁，他还是充满热情与活力。他永远不会离开他们。

祭典结束后，工匠们也回到了工地。有几名祭司在举行晨间仪式，向死者表达永恒的追思。帕扎尔和奈菲莉沿着长且隐秘的乌尼斯王堤道往低处走去，走到一座神庙旁，随即在棕榈树下坐了下来。一个脸上堆满笑容的小女孩给他们带来了一些枣、新鲜的面包和牛奶。

"其实我们可以在这里住下来，忘掉罪行、法律和所有的人。"帕扎尔向往地说。

"你也变得爱做梦了吗，帕扎尔法官？"

"有人不择手段想除掉我，他们是不会罢手的。去打一场未战先输的仗，是明智之举吗？"

"为了布拉尼尔，为了我们所敬仰的这个人，我们有责任不顾自己、全力奋战。"奈菲莉鼓励着他。

"我只是一个小法官,上级轻而易举就能把我调到最偏僻的地方去。不费吹灰之力就能打败我。"

"你害怕吗?"

"我没有勇气了。囿于监狱真是一段可怕的经历。"

她把头靠在他的肩上,轻轻地说:"现在我们在一起了。你的力量一点也没有消失,我知道,我能感受得到。"

听到这话,帕扎尔的全身顿时被灌注了一股暖意,痛苦的感觉不再清晰,疲惫也一扫而光,奈菲莉仿佛一个魔法师。

"这一个月内,你每天都要喝盛放在铜杯里的水,这能有效治疗倦怠与颓丧。"

"谁会设下这样的陷阱呢?除非他知道布拉尼尔即将担任卡纳克神庙大祭司,此后将是我们最大的支柱。"帕扎尔自言自语般说道。

"这件事你告诉过谁?"

"御医总管内巴蒙老是跟你纠缠不清,我想让他自觉一些。"

"内巴蒙手中有能证明你的清白的证据,并强迫我嫁给他。"

"我犯了一个很严重的错误。他得知布拉尼尔被任命的消息之后,心中便有了一个一石二鸟的计划,不仅可以除掉布拉尼尔,还能陷我入罪。"帕扎尔皱起了眉头又说,"有嫌疑的应该不止他一人。警察局长孟莫斯逮捕我时,也与门殿长老串通好了。"

"警察与门殿长老联合犯罪?"奈菲莉觉得太不可思议了。

"这是阴谋,奈菲莉,这是一些有权有势的人共同策划的阴谋。我和布拉尼尔之所以成为他们的眼中钉,是因为我搜集到了关键的线索,布拉尼尔会倾尽全力帮我继续进行调查。为什么守护斯芬克斯像的荣誉卫兵会遭到杀害?这是我首先应该解开的谜。"

"你没忘了化学家谢奇、被窃的神铁和叛国的阿舍将军吧?"

"我找不出嫌犯与这些不法行为之间的关联性。"

"现在最重要的是，为布拉尼尔死后的声誉着想。"

因为好友帕扎尔平安归来，苏提坚持要好好庆祝一下，于是邀请帕扎尔与奈菲莉到孟斐斯最高级的饭店用餐。饭店里除了供应拉美西斯大帝登基那年酿造的红酒，还有上等的烤羊肉、调味蔬菜与令人难忘的美味糕点。他尽量营造出快乐的气氛，希望在这几个小时内，让他们暂时抛却布拉尼尔被杀所引发的愁绪。

当他跟跟跄跄、头脑昏沉地回到家时，一头撞到了豹子。豹子抓着他的头发，质问道："你去哪儿了？"

"监狱。"

"去监狱能喝得半醉？"

"何止半醉，不过帕扎尔总算毫发无伤地回来了。"

"那我呢？你还管不管我？"

他一听，顺手便将她拦腰抱起，然后高举在头顶上。"我回来啦，这还不算奇迹吗？"

"我才不需要你呢。"豹子赌气说。

"你说谎。我们的身体互相了解得还不够呢。"

他轻轻地将她放在床上，用一种属于老情人的优雅褪去她身上短短的连衣裙。

当他们并躺在床上，喘息着休息时，豹子把手放在苏提的胸前："我说过，你不在的时候，我会让你戴绿帽子。"

"你大功告成了？"

"我才不告诉你呢，让你心痒得难受。"

苏提哈哈大笑："你错了。我只在乎眼前这一刻与欢愉的感觉，其他的都不重要。"

"你真可怕。"

"你在埋怨我吗？"

"你还会帮帕扎尔法官的忙吗？"

"我们是立过血誓的。"

"他决定要报复吗？"豹子似乎很是担心。

"他是法官，不是普通人。对他来说，真相比他个人的恩怨更重要。"

"你就听我这一次吧。劝他打消这个念头，如果他固执己见，那你就离他远一点。"

"为什么要这么警告我？"苏提有些不解。

"他挑战的对手太强了。"

"你怎么知道？"

"我有预感。"

"你是不是隐瞒了什么？"

苏提觉得事情似乎不单纯，但豹子只是回答："哪个女人骗得了你？"

警察局长的办公室简直就像一个嗡嗡作响的蜂窝。孟莫斯不停地来回走动，一会儿下一些互相矛盾的命令，一会儿又催着下属搬运那些纸卷、木制书板和自他就任以来堆积至今的卷宗。孟莫斯眼里冒火，不时挠着他光秃秃的头顶，并连连斥骂下属动作太慢。

当他走出办公室，到马路上查看车辆的装运情况时，刚好撞见了帕扎尔。

"亲爱的法官大人。"孟莫斯不知所措地打招呼。

"你看到我怎么像看到鬼一样？"

"怎么会呢？希望你的身体……"他回答得很尴尬。

"不大好，是在监狱里弄的，不过我的妻子很快就能帮我恢复健康。怎么，你要搬走这些文件？"

"灌溉部门预警会涨水，我得采取一些防范措施。"

"这个地区好像不会被淹啊。"

"小心一点总是没错的。"

"你要把它们搬到哪里去？"

"嗯……搬到我家去。"孟莫斯自知失言，便连忙又补了一句，"当然，只是暂时而已。"

帕扎尔果然没放过他："这样绝对不合法。门殿长老知道吗？"

"亲爱的长老太疲倦了，实在不应该为这点小事去打扰他。"

"你应该停止搬运这些文件。"

孟莫斯的声音又开始尖锐起来："那件案子你也许是清白的，可是你现在还没有复职，没有权力向我发号施令。"

"的确如此，不过以你的职位，却有义务帮我。"

孟莫斯眯起眼睛，像猫一样，问道："你要我做什么？"

"仔细检查杀害布拉尼尔的那枚贝壳细针。"

孟莫斯又挠了挠脑袋："我正搬到一半……"

"这跟档案无关，这是物证。这根针应该和那张诱我受骗的纸条放在一起。那张纸条上写着：布拉尼尔有危险。快来。"

"我的手下没有找到那张纸条。"

"那根针呢？"

"等一下。"

警察局长说完，人就不见了。

之前的骚动平静下来。搬运莎草纸的工人也把担子放了下来，借机喘口气。

约莫过了十分钟，孟莫斯回来了，脸色十分凝重："细针不见了。"

第 8 章

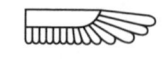

帕扎尔喝完铜杯里的水,勇士便在一旁讨着要尝一尝。帕扎尔的这只爱犬腿很长,且长长的尾巴可以随意卷曲,一到用餐时平常低垂的大耳朵便会竖得笔直,脖颈上还挂了一个白粉相间的皮制项圈,上头刻着:"勇士,帕扎尔的伙伴。"它兴奋地舔着杯中对身体有益的液体,而小淘气则在北风背上跳来跳去,时不时去拉扯勇士的尾巴,然后赶紧逃到女主人身后去。

"现在这样,叫我怎么静养?"

"别抱怨了,帕扎尔法官。你已经很幸运了,能在家里长期接受良医的照护。"

他吻了她脖子上最敏感的部位,让她全身酥软。不过她还是将他推开了,说道:"写信。"

帕扎尔盘坐在地上,腿上摊着一张上等的莎草纸,宽约二十厘米。因为事关重大,所以他只在纸张正面写字,纸的左边有的地方还卷着,右边则已完全平展。为了使信看起来更正式,他竖着往下写,每行字之间都用直线分隔,还用了最高级的墨水和一支笔尖裁得几乎完美的芦苇笔。

他稳稳地下笔:"敬呈巴吉首相,帕扎尔法官谨上。诚祝众神护佑首相大人,愿拉神之光芒照亮大人,阿蒙神使大人永保正直之心,普塔神给予大人严谨细密之心思。在此更要祝福大人政躬康泰,万事如意。以属下卑微之身份却斗胆上书搅扰,实因兹事体大,不得不拜表以陈。日前属下遭人诬陷为杀害贤人布拉尼尔之凶手，而后被遣送至窃贼监狱，尤有甚者，原本由警察局长孟莫斯所保管之凶器，竟不翼而飞。属下身为分区法官，自以为揭发阿舍将军可疑之行径，并证实守护斯芬克斯像的五名荣誉卫兵确遭灭口。属下私以为此乃对司法制度之挑衅与嘲弄。警察局长与门殿长老及他人谋划，意欲将属下除之而后快，以终止属下之调查工作，并包庇某些企图不明之阴谋者。属下早已将个人生死置之度外，但恩师之死因与凶手却不能不查，属下亦不能不为国家之未来感到忧心。多人惨死，而真凶逍遥法外，倘若国人纷纷起而效尤，视犯罪为殊荣，奉谎言为圭臬，属下实所难安。如今唯有借大人之力，方能根除万恶渊薮，恳请大人查明真相，莫负圣职。属下谨以众神与律法之名宣誓，以上所言句句属实。"

最后，帕扎尔注明日期，盖了章，卷起纸，用线绑好，然后以一枚黏土章盖上封印。他写上自己与收件人的姓名。一小时内，他会将信交给邮务员，一天之内就能送达首相的办公室了。

帕扎尔站了起来，有点儿担心地说："这封信可能会让我们被驱逐出境。"

"要有信心。巴吉首相可不是空有其名。"

"我们要是出了错，就一辈子都不可能在一起了。"

"不会的，因为我会跟你走。"

小花园里，一个人也没有。

白色小屋的门开着，帕扎尔直接进去了。虽然时间不早了，却不见苏提的身影，也不见豹子。太阳就快下山了，这对爱侣应该正在井边乘凉吧。

帕扎尔满腹狐疑地穿过大厅。终于听到了一些声响，不是来自卧室，而是来自屋后的露天厨房。毫无疑问，豹子和苏提正忙着呢。

豹子在制作奶油，里面加了葫芦巴和葛缕子，但其中不加水也不加盐，以免变色。做完之后，奶油会被储藏在地窖最阴凉的地方。苏提则在酿造啤酒，他将磨碎的大麦粉和了水揉成面团，再放到模具里，将表面烤熟，再将烤过的面团放入浸着枣子的水中，待发酵以后，还要一边搅拌一边滤出汁液，最后再把滤出的液体盛到涂有黏土的坛内，这样才能保存好啤酒。

苏提在加高的木板上挖了洞，将三个酒坛放进洞中，并用干柠檬封住坛口。

"你转行从事手工业了？"帕扎尔出声问道。

苏提转过头去，惊讶地说："我怎么没听到你进来！是啊，豹子和我决定赚点钱。她做奶油，我酿啤酒。"

豹子有点儿不耐烦，放下手中的奶油，用一块褐色的布擦了擦手，不跟帕扎尔打招呼便径自走了。

"别怪她，她就爱闹别扭。不管奶油了，幸好还有啤酒！你尝尝看。"

苏提从洞里取出最大的一坛酒，拔掉塞子，然后插入导管，连接在管上的滤网可以过滤掉浮在表面的面粉，倒出来的就是澄澈的液体了。

帕扎尔刚吸了一口，马上就说："好苦！"

"什么？苦？我可是完全按照着食谱做的。"说完苏提也吸了一口，但立刻就吐了出来。

"难喝死了！我不酿啤酒了，这份工作根本就不适合我。怎么样？你的事情进展如何？"

"我写信给首相了。"

"太冒险啦。"

"那也势在必行。"

"你要是再被送到监狱去，一定会挺不住的。"

"司法一定会胜利。"

"你对司法的盲目信任可真是感人。"苏提摇摇头,叹着气说。

"巴吉首相会采取行动的。"

苏提对这个说法可不敢苟同:"你怎么知道他不会像警察局长和门殿长老一样,接受贿赂,向恶势力妥协?"

"因为他是巴吉首相。"

"这个老家伙像块木头似的,一点感情也没有。"

"他会优先考虑埃及的利益。"

"天知道他会不会!"

帕扎尔想了想说道:"昨晚,我重新回想了一遍布拉尼尔脖颈上扎着贝壳细针的恐怖景象。那枚贝壳细针很昂贵,只有一流的纺织专家才有权使用。"

"有线索吗?"

"我只是忽然想到的,也许没什么帮助。你愿意跑一趟孟斐斯最大的纺织厂吗?"

"我?有任务吗?"

"那里的女纺织工好像都很漂亮。"帕扎尔打趣着说。

"你有顾忌?"

"纺织厂不在我的辖区内。孟莫斯现在正虎视眈眈地等着我犯错,我不能让他抓到我的小辫子。"

这家纺织厂是属于王室的垄断企业,雇了许多纺织工,男女都有。他们操作着平经与立经纺织机,前者由两个经纱滚动条构成,后者则四四方方,上层为经轴,下层为卷布辊。有些布匹长逾20米,宽1.2~1.8米。

苏提仔细观察着一名正高高抬起双腿的男纺织工,他正在为某个贵族制作长袍饰带,眼看就要完成了。年轻貌美的女纺织工当然更能吸引苏提的注意。有一些人先进行粗纺，再将浸泡过的亚麻纱绕成线团，也有一些人将经纱置于立经纺织机上层的经轴，再将两组紧绷的线交叉穿梭。还有一名女纺织工正在操作一个前端嵌着木轮的纺纱棒，其熟练度令人叹为观止。

苏提的出现当然也引起了人们的注意，他那长长的脸蛋、率直的眼神、黑色的长发，加上沉稳却又不失优雅的步伐，怎能不叫女性动心呢？

"你要做什么？"一名女纺织工问道，她正将亚麻纤维打湿，这样纺出来的纱既细又有韧性。

"我想找纺织厂的负责人。"

"塔佩妮女士[①]只接见王宫举荐的人。"

"从无例外吗？"苏提小声地问。

女纺织工心里一动，便丢下手中的工具，说："我问问吧。"

纺织厂内宽敞整洁，检查工作做得很彻底。平平的天花板有方形天窗，光线从那里透下来，墙上有一些设计完善的长方形窗户，因此室内通风良好、冬暖夏凉。在此实习多年并正式成为专业技术人员之后，无论男女，都能获得加薪的奖励。

苏提正冲着另一名女纺织工笑时，之前那名女纺织工回来了。

"请跟我来。"

塔佩妮女士的办公室很大，摆满了纺织机、经纱、线轴、针、纺纱棒，以及其他工具。她身材娇小、黑发碧眼、肤色棕褐，看起来精力充沛，管理厂内员工时十分强势。她善于折磨人，性格专横，这一点从她柔软的外表上根本看不出来。不过她的工厂产品很精美，简直无懈可击。塔佩妮三十岁，没有结婚，一心只想着事业和前途。对她而言，家庭与孩子只会妨碍她追求理想。

---

① 这个名字的意思是"老鼠"。

而她看到苏提时，不禁害怕了。

她害怕自己会愚蠢地对一个男人一见钟情，但她的惧怕很快便转变成了一种兴奋，她希望能在猎物面前展现自己的魅力。于是她腻着声音问："我能帮上什么忙吗？"

"我来这里是因为一件私事。"

塔佩妮遣退了助手，苏提话中神秘的气息使她好奇心大增。

"现在没有别人了。"

苏提在办公室里绕了一圈，最后在木板上一排用布盖着的贝壳细针前停下脚步。

"这些针做得真好，不知道谁才能使用？"

"你想打听我的商业秘密？"

"我对这些秘密很感兴趣。"

"你是王宫的视察员？"

"你放心，我只想找一个用过这种针的人。"

"你在找一个失踪的情妇？"塔佩妮半调情地问道。

"谁知道呢？"

"这种针也有男人用，你该不是……"

"这一点你大可放心。"

"你叫什么名字？"

"苏提。"

"你从事哪一行？"

"我常在外面跑。"

"商人都有一些奸诈，不过，你长得真帅。"塔佩妮不禁由衷叹道。

"你也美极了。"苏提自然也不忘礼尚往来一番。

"真的？"塔佩妮拉开了木闩。

苏提问道："每个工厂都有这种针吗？"

"只有规模较大的工厂才有。"

"所以使用的人很有限喽?"

"当然了。"

她向他走去,围着他转了一圈,然后搭上了他的肩膀,"你真壮,一定很会打仗。"

"我是个战争英雄。你能给我这些人的名单吗?"

"也许吧,你这么急吗?"

"我要找出这针的主人。"

"先别说了,我可以帮你,不过你必须很温柔,非常温柔。"

话还没说完,她的唇就贴上了苏提的嘴,而苏提稍微犹豫了一下后便作出了回应。埃及社会向来最重视礼貌与互惠关系,而来者不拒是苏提最基本的道德观。

塔佩妮在苏提的生殖器上涂了一种香膏,那是磨碎的金合欢种子加上蜂蜜混合而成的,做好了消毒措施后,她便尽情享受这个男人的强健体魄,纺织机的噪声与工人的非难,她早已充耳不闻。

"对帕扎尔而言,调查工作的确充满了危险。"苏提心里这么想。

第9章

帕扎尔和他手下那个黝黑高大的努比亚警察凯姆互相拥抱着，跟在一旁的狒狒则露出疑惑的表情，路上的行人无不感到惊恐。凯姆激动地泛着泪光，手则不停地抚摸着自己的假鼻子。

"奈菲莉都告诉我了。我之所以能重获自由，要感谢你们俩。"帕扎尔感激地致谢。

"都是狒狒的功劳。"

"有内巴蒙的消息吗？"

"他在别墅里休息呢。"

"他还会再度出击的。"

"当然了，所以你要特别留意。"

"只要我还是法官就不怕。我写了封信给首相,可能有两种结果：一是他着手调查并让我复职，二是他认为我的要求太不合理、无法接受。"

这时，脸颊丰满红润的书记官亚洛，抱着一大摞纸走进了法官的办公室。"这些全都是你不在的时候我帮你处理的！现在我可以做自己的事了吗？"

"我也不知道自己以后会被如何安排，不过搁置文件总是不好的。只要没有人阻止我，我还照常盖章。你的女儿还好吗？"

"她刚出了麻疹，前几天还因为跟一个讨厌的小男孩打架，被他抓伤了脸。我已经对他的父母提出控告了，不过她的舞越跳越好了。我的妻子仍旧很泼辣。"

亚洛一边嘟囔，一边把纸卷放到箱子里。

"在首相给我答复之前，我都不会再离开办公室了。"帕扎尔说道。

"我到内巴蒙住的地方晃一晃。"凯姆也随后告辞。

奈菲莉和帕扎尔决定不搬进布拉尼尔的房子。那里发生过不幸，不应该再有人住进去。现在他们还是继续住在帕扎尔的办公室里，虽然一大半的空间都被档案占据了，但他们也觉得无所谓。若将来遭到驱逐，他们就一起回底比斯。

帕扎尔喜欢在夜里工作，因此奈菲莉总是起得比他早。她梳洗和化妆之后，便给狗、驴子和小绿猴喂早餐。勇士的一只脚有点发炎，她便为它敷了极具消炎效果的尼罗河泥。

奈菲莉把医药箱放到了北风的背上，北风凭借与生俱来的方向感，总能带着她穿越市区的大街小巷，找到需要她帮助的病人。看过病后，患者便以装满各种食物的篮子作为报酬，北风驮着丰硕的成果，有说不出的满足。在孟斐斯，穷人和富人并不会分区居住。高高的楼房之下是一间间砖房，宽敞的花园别墅旁边的小巷，也可以看到人畜来往的喧闹景象。到处都充斥着怒骂声、讨价还价声与笑声。奈菲莉却没有时间跟众人一起谈笑。这三天，她一直在照顾一个因遭夜魔侵袭而高烧不退的小女孩，虽然没有太大的把握，但小女孩终于退烧了。小女孩已经可以喝妈妈事先盛在一个河马形状的杯子里的奶，心跳和脉搏都恢复了正常。奈菲莉在小女孩的脖子上挂了一条用花串成的项链，并给她戴上一副质地很轻的耳环，女孩的脸上露出微笑，这就是给奈菲莉的最好的回馈。

当她疲惫不堪地回到家时，苏提正在和帕扎尔说话。"我去见过塔佩妮女士了，她是孟斐斯最大的纺织工厂的负责人。"

"结果如何？"

"她答应帮我找一下。"

"有什么重要的线索吗？"

"还没有。很多人都可能使用过这种针。"

帕扎尔忽然压低了声音说："苏提，你老实说，这位塔佩妮女士漂亮吗？"

"还不错。"

"你们第一次的接触真的没有发生其他事吗？"

"塔佩妮是个独立而热情的女人。"

奈菲莉喷了香水之后，帮他们准备了一点饮料。

"这啤酒毫无危险。"帕扎尔意有所指地说，"不过，你和塔佩妮的关系就难说了。"

"你是指豹子？这是调查的需要，她会理解的。"

苏提亲了亲奈菲莉的脸颊，说道，"你们别忘了，我可是个英雄！"

著名的运输富商德内斯最喜欢的事情，就是在他的位于孟斐斯的豪华别墅的起居室中休息。他横躺在软垫上，让女仆帮他按摩，他的私人理发师帮他修齐那圈细细的白胡须。德内斯有一张方方的脸，身材笨重。他不断地发号施令，不过只要他的妻子涅诺法一插手，他便会立刻闭嘴。身材丰满、穿着时尚的涅诺法，拥有夫妻二人四分之三的财产，因此在多次的争执和口角中，德内斯总会识时务地投降。

这天下午，两人没有争吵。德内斯板着一张脸，就连涅诺法激动地咒骂税务局、抱怨天气与苍蝇，他都无动于衷。

当仆人带牙医卡达什进屋后，德内斯才站起身来拥抱他。

"帕扎尔回来了。"卡达什说了这么一句，脸色阴沉得可怕。

卡达什的眼角总是湿湿的，额头很低，双颊高高隆起，他习惯性地搓着因为血液循环不良而发红的手,鼻梁上也暴起了几条青筋。他满头的白发蓬松杂乱,似乎十分焦躁不安。

他和德内斯都经受过帕扎尔的怀疑与攻击,只不过最后都因为证据不足而没有被定罪。

"到底是怎么回事?不是已经公告帕扎尔的死讯了吗?"

"你冷静点。"德内斯安抚道,"他回来了,但他再也不敢采取对我们不利的行动了。这段时间的监禁已经让他身心俱疲。"

"你知道什么?这个小法官个性顽强,他一定会报仇的。"涅诺法一面反驳,一面用汤匙挖了点香脂抹脸,汤匙柄的造型是一个双手被绑在身后的横卧的黑人。

"我才不怕他呢。"

"因为你瞎了眼,死性不改!"

对于妻子毫不留情的痛骂,德内斯似乎习以为常,他没有动怒。

"你的地位,刚好可以替我们监视帕扎尔的行动。"

涅诺法十分有冲劲,她带领手底下的一群代理商将埃及的产品卖到了国外,她同时担任宫廷仓库总管、国库督察兼宫廷布料总管之职。

"司法机关和经济需求毫无关联,而且,要是他找上了首相呢?"涅诺法显然并不同意丈夫的看法。

"巴吉的个性同样又倔又硬。帕扎尔野心勃勃,一心想制造新闻以提高自己的知名度,巴吉不会任由他摆布的。"

他们聊着聊着,谢奇来了。这个化学家十分矮小,唇上留着黑色的胡须,性格极为封闭,有时候甚至几天都不说一句话,走起路来也轻快无声,犹如鬼魅。

"我迟到了。"谢奇说。

"帕扎尔现在人在孟斐斯。"卡达什喃喃地说。

"我知道。"

"阿舍将军对此有什么看法？"

"他跟你我一样吃惊。当时,听到帕扎尔的死讯,大家都很高兴。"

"是谁放他出来的？"卡达什就是无法释怀。

"阿舍也不知道。"

"他打算采取什么行动？"

"我无权过问。"

"武器计划现在进展如何？"德内斯问道。

"计划正在进行。"

"他打算远征吗？"

"利比亚人阿达飞在比布鲁斯附近制造了一些骚乱,不过只要出动我们的保安部队就够了。"

"这么说来,法老依然十分信任阿舍。"

"只要没有证据证明他有罪,法老就不能将他亲自赠勋且任命为亚洲军团总训练官的英雄撤职。"

涅诺法戴上一条紫水晶项链,然后说道:"战争可是发财的好机会。要是阿舍打算攻打叙利亚或利比亚,记得马上通知我。我得改变一下贸易路线,当然,我不会忘记你的好处。"

谢奇向她行了个礼,表示感谢。

"你们忘记帕扎尔了！"卡达什不满地说。

"他想一个人对付这么多强大的势力,只怕会粉身碎骨吧。"德内斯讽刺地说,"还是继续我们的计划吧。"

"要是他发现了呢？"

"让内巴蒙先行动。况且我们这位杰出的御医总管也是头一个关键人物呢,不是吗？"

内巴蒙每天都要在由粉红色花岗岩制成的大浴缸里泡十几次热水澡,还让仆人往水中加入一种气味芳香的液体。他在下身涂抹了一种温和的药膏，痛楚才渐渐舒缓下来。

那只该死的狒狒，差点儿就灭了他男性的威风。就在他被狒狒攻击的两天后，下身冒出了一个个水疱。内巴蒙担心水疱化脓，便独自待在豪华的别墅中，原本宫中那些年华老去的后妃预约要做的手术，也一概取消。

他越是恨帕扎尔，对奈菲莉的爱意就越深。不错，她和他开了一个很大的玩笑，不过他并不恨她。若是没有那个平庸、固执又危险的帕扎尔，奈菲莉早就心甘情愿地嫁给他了。

内巴蒙从来没有失败过，这次帕扎尔让他蒙受奇耻大辱，他简直恨到骨子里去了。

孟莫斯仍旧是内巴蒙的最佳盟友。他当初利用职务之便，销毁了杀人凶器和那张诱骗帕扎尔去老师家的纸条，如今警察局长的职位反而变得棘手了。不过尽管接下来的密集调查将更加显示出他的无能，但孟莫斯毕竟花费了一生的心血才爬到了这个位子上，他怎会轻言放弃？

因此，一切都还不算太晚。

阿舍将军亲自指挥精英部队，不久后他们就会接到命令前往亚洲。阿舍个子很小，脸上布满小坑洞，理了个小平头，肩膀的毛发又黑又硬，他的脚很短，胸前还有一道长长的疤。每次操练时，他看到士兵们背着装满石块的袋子在尘沙中匍匐前进，或是抵抗带刀突袭的敌人那副痛苦的模样，他就打从心里高兴。凡是无法通过考验的人，都会被他毫不留情地淘汰。军官们也一样得证明自己的体能，毫无特权。

"你觉得这些未来的英雄如何，孟莫斯？"

警察局长受不住清晨的寒意，整个人缩在羊毛大衣里，但还是巴结着说："恭喜你，将军。"

"这些饭桶里有一半人根本不适合当兵，另外一半人也好不到哪儿去！我们的军队太富裕，军人太懒散，他们已经对打胜仗没有兴趣了。"

孟莫斯忍不住打了个喷嚏。将军问他："你冷吗？"

"其实是因为烦恼、疲倦。"

"为了帕扎尔法官？"

"将军，你若肯帮我，我真是感激不尽。"孟莫斯趁机提出要求。

"在埃及，谁也对抗不了司法。要是在其他国家，机会也许更多一点。"

"明明有报告称他死在亚洲了。"

"又是行政工作上的疏忽，这次可与我无关了。我被起诉的案子尚未了结，目前暂时担任原来的职务。其他的事我都不想管。"

"你应该更谨慎一点。"孟莫斯警告他说。

"这个小法官没有被撤职吗？"

"他被指控的罪名全部都不成立了。我们是不是能一起想个对策呢？"孟莫斯小心翼翼地选择用词。

"你是警察，我是军人。不要让角色错乱了。"阿舍将军仍旧兴致缺缺。

"为了我们各自的利益着想。"

"只要能离这个法官远远的，就是我最大的利益。待会儿再见了，孟莫斯，我的军官们还在等我呢。"

第 10 章

鬣狗穿过南边的郊区，嘴里发出恐怖的叫声，随后奔下河岸的陡坡，到运河边饮水解渴。小孩全都被吓哭了，母亲们急忙哄他们进屋，并锁上大门。没有人敢去驱赶这只庞大又高傲的野兽，就连经验丰富的猎人也不敢靠近。喝完水后，鬣狗便心满意足地回到沙漠中去了。

大家都记得古老的预言："当野兽饮用河水时，冤孽便将降临，幸福也将远离埃及。"

众人开始议论纷纷，这些传言一传十、十传百，最后终于传到了拉美西斯大帝的耳中。那股隐形的势力开始显现了，它化身为鬣狗的躯体，在所有国民眼前剥夺了法老的威权。各省人民都担心不祥的预兆可能成真，对王权的合法性也产生了怀疑。

再过不久，法老就必须有所行动了。

奈菲莉正拿着短扫帚打扫房间，她跪在地上，手中紧握着由细线束起、长长的灯芯草秆，手腕灵活地来回挥扫。

帕扎尔坐在一张矮椅上，略感烦忧地说："首相不会回信的。"

奈菲莉将头靠在丈夫的膝上："为什么要这样不停地折磨自己呢？烦恼侵蚀了你，让你衰弱了。"

"不知道内巴蒙会怎么对付你？"

"你难道不会保护我吗？"

他温柔地抚着她的秀发说:"我想要的你都已经给我了。你看,现在这一刻多么美好。当我躺在你身边,心中就充满喜乐。你用你的爱充实了我的心,你就在我心里,我心里也只有你。永远不要离开我。只要能看着你,我的双眼便不再需要其他的光了。"

他们轻轻地拥吻,温柔如初恋的情人。

这天上午,帕扎尔很晚才下楼办公。

奈菲莉正打算出门看诊,却看到一名年轻女子上气不接下气地跑来。

"等等,请你等一下!"贝尔·特兰的妻子西尔基斯大声喊着。背着医药箱的驴子听到她的叫喊声,便停着不动。

"我丈夫希望马上见帕扎尔法官一面,有急事商议。"她气喘吁吁地说。

莎草纸制造商兼贩卖商贝尔·特兰擅长管理,因此被提拔为谷仓总财务官,后来更晋升为国库次长。在他遇到困难时,帕扎尔曾经出手相助,他至今仍心存感激。西尔基斯比他年轻得多,一直以来都是内巴蒙的忠实顾客,他已经成功地为她消除了脸上与臀上的脂肪和赘肉了。贝尔·特兰十分坚持,认定经常与自己在公开场合亮相的妻子一定要成为全埃及最美的女人,即使动手术美容也在所不惜。西尔基斯的肤色变淡了,五官也变得更为秀丽,简直就像一个早熟的少女。

"他愿意的话,我可以趁着贝尔·特兰尚未出发到三角洲之前,带他到国库去见贝尔·特兰。不过,我想先让你帮忙给我看一看病。"

"你怎么了?"

"头痛得厉害。"

"你平常都吃什么?"

"我很爱吃甜食。我最喜欢喝无花果汁和石榴汁,还会在点心上面淋上角豆荚果汁。"西尔基斯坦白地回答。

"蔬菜呢？"

"我不喜欢吃蔬菜。"

"你试着多吃蔬菜、少吃点甜食，头痛的症状会缓解很多。还要在额头上涂点药膏。"

奈菲莉给她的药膏是由芦荟茎、刺柏、松汁、月桂浆果与笃耨香脂磨碎后再加入油脂制作而成的。

"我丈夫会好好酬谢你的。"

"随便他吧。"

"你愿意当我们家的医生吗？"

"如果你们能接受我的治疗，有何不可呢？"

"我和丈夫都会很高兴的。我可以带帕扎尔法官去与我丈夫会面了吗？"

"可别把他弄丢啦。"奈菲莉半开玩笑半带严肃地说。

贝尔·特兰的工作效率越高，上面交代下来的棘手事务也就越多。他记忆数字与计算速度惊人，上层对他十分重视。他调到国库担任高级公务员才短短几周，便立刻获得升迁，上层对他赞不绝口。他办事精确、迅速、有条不紊、认真负责，而且睡眠时间极短，每天总是第一个到办公室，最后一个离开。有人断言他必定前程似锦。

西尔基斯带帕扎尔到来时，贝尔·特兰正在向三位书记官口授几封公函。一看到帕扎尔，他立刻上前热情拥抱，并将手上的工作告一段落，遣退书记官，然后请妻子准备一顿丰盛的餐点。

"我们有一个厨子，不过西尔基斯对餐食的质量要求很高，一点儿也不肯马虎。"

"你好像很忙。"

"我也没有想到我的新工作竟然这么刺激。我们还是说说你吧。"

贝尔·特兰乌黑的头发抹了芳香的发油后，贴在圆圆的头顶上。他骨架粗、手脚肥胖，说起话来像机枪，而且不停地动来动去，似乎一刻也静不下来，他的脑子里有太多的计划与烦心的事了。

"前一阵你受到了磨难，我得知消息时，已经太晚了，根本来不及做些什么。"贝尔·特兰满怀歉意地说。

"这不怪你。而且只有苏提才能帮我脱离险境。"

"你认为谁有嫌疑？"

"门殿长老、孟莫斯和内巴蒙。"

"门殿长老应该会辞职。孟莫斯那边比较麻烦，他一定会说自己被骗了。至于内巴蒙，他会以医生的职业做掩护，但绝不会就此罢手。"

贝尔·特兰想了想又说："你应该没忘记阿舍将军吧？他十分恨你。那次开庭后，你差点儿使他身败名裂，不过他的势力却丝毫不受动摇，影响力也未曾消减。他会不会就是幕后的主使者？"

"我已经写信给首相，要求他继续调查了。"

"好主意。"

"但是还没有答复。"

"我有信心，巴吉绝不会任由司法遭人践踏而坐视不理。以你为攻击目标的敌人最终还是要面对他的。"

"就算他不再让我插手此事，就算我不再担任法官，我也要揪出杀死布拉尼尔的凶手。我多少要对他的死负点责任。指控我谋杀他，这是对我最残酷的打击。"

"他们并没有成功，帕扎尔！我约见你就是为了表达对你的支持。不论将来遇到任何苦难，我都会站在你这边。你想不想搬到稍微宽敞的房子里居住？"

"我还要等首相的答复。"

即使在睡梦中,凯姆也会随时提高警觉。他在遥远的努比亚度过了童年与青少年时期,这让他具备猎人特有的敏锐。他的同伴中,有许多人都是因为太过自信而在沼泽中、狮爪下丧生。

他从梦中惊醒后,摸了摸木鼻子,有时候,他会梦见一种原本没有生命的物质渐渐地活动起来。不过,这次不是做梦,而是真的有人爬上了楼梯。狒狒也睁开了眼睛。凯姆的房间里全是弓箭、剑、短剑和盾牌,因此他在很短的时间内便武装完毕,就在这时,两名警察闯了进来。他打昏了一个,狒狒收拾了另一个。然而随后马上又冲进了二十来人。

"快逃!"凯姆命令狒狒。

狒狒看了主人一眼,眼神中有气恼,也有誓报此仇的承诺。它闪过突袭的众人,从窗户跳到邻居的屋顶,便消失不见了。

凯姆虽然全力奋战,仍不免有点左支右绌,最后终于被擒。他被反绑双手之后,看见孟莫斯走进屋中。

警察局长亲自在他被绑的双手上戴上了手铐,然后微笑着说:"总算是抓到凶手了。"

豹子将蓝宝石、绿宝石、黄玉与赤铁矿的碎屑磨细,将粉末用一个以芦苇细茎编成的筛子筛过后倒入小锅中,用无花果木给小锅加热。最后再加入一点笃耨香脂,就得到了珍贵的香膏。她把香膏捏造成锥形,用来涂抹颈背、发饰与头发,让全身都散出香气。

苏提发现她的时候,她正聚精会神地看着自己的杰作。

"你这个女魔头可真是让我损失惨重,我都还没有想到赚钱的方法呢。偏偏现在我又不能把你卖给别人当奴隶。"

"你跟一个埃及女人上过床。"

"你怎么知道?"

"闻得出来,你身上全是她的味道。"

"帕扎尔派给我一项调查工作,那可不容易处理。"

"帕扎尔,又是帕扎尔!他教你背着我胡搞吗?"豹子忽然歇斯底里地大吼道。

"我与一个非常了不起的女性谈过话,她是孟斐斯最大一家纺织工厂的负责人。"苏提依旧泰然自若。

"她有什么了不起的?是她的屁股、乳房,还是她的……"

"别这么庸俗好吗?"

豹子一怒之下朝情夫冲了过去,由于力道猛烈,苏提整个人被紧紧地压靠在墙上,几乎不能呼吸。只听她质问道:"在你的国家,有外遇不是犯法的吗?"

"我们又没有结婚。"

"怎么会没有?我们已经住在同一个屋檐下了!"

"可是你是外国人,我们需要订立合约。我很讨厌这些无聊的文件。"

"你要是不马上和她断绝关系,我就杀了你。"

苏提开始反抗,这次豹子被按在墙上。

"你听好了,豹子。从来没有人能左右我的行为。如果为了顾及朋友的道义,我必须另娶他人,我也会这么做的。你若不能谅解,就走吧。"

她的眼睛睁得斗大,但没有流下半滴眼泪。看起来,她简直想杀了他。

帕扎尔准备以最工整的字体再给首相写一封信,再度向他强调事态的严重性,请求身为埃及第一法官的他立刻出面。正要下笔时,忽然看到警察局长走进了办公室。

孟莫斯满面春风地说:"帕扎尔法官,你应该跟我道声恭喜。"

"为什么?"

"我抓到杀害布拉尼尔的凶手了。"

听到这个消息,帕扎尔依然不改姿势,盯着孟莫斯说道:"这可不是一件小事,不能随便开玩笑。"

"我不是在开玩笑。"

"凶手是谁?"

"你手下那个努比亚警察凯姆。"

"荒唐。"帕扎尔确实觉得荒谬。

"这个人本来就很暴力!你还记得吗?他以前就杀过人。"

"这是一项非常严重的指控,你有什么证据可以证明?"

"我有目击证人。"

"让他来见我。"

孟莫斯却显得有些为难。

"没有?"

"可惜这是不可能的,而且也没有用。因为已经开庭宣判了。"

帕扎尔一愣,随即站了起来。

孟莫斯又说:"我这里有一份由门殿长老签名的文件。"

帕扎尔看了判决书:凯姆被判死刑,目前暂时监禁在大监狱的牢房里。

"上面没有证人的名字。"

"这又不重要……反正他看见凯姆杀了布拉尼尔,而且他也当庭发了誓。"

"证人到底是谁?"

"算了吧,杀人偿命,这一点才是最重要的。"

"孟莫斯,你已经失去理智了。以前你绝不会把这么不具说服力的文件拿给我看。"

"我不懂你的意思。"

帕扎尔解释道:"判决时,被告并不在场。既然程序不合法,判决自然也无效。"

"我帮你找出了真凶,你却跟我谈司法程序!"

"我是在谈司法正义。"帕扎尔纠正他说。

"你能不能讲讲道理?有时候太过一丝不苟反而得不到什么结果。"

"凯姆的罪证并没有确定。"

"无所谓,谁会去关心一个犯过罪又遭受了劓刑的黑鬼?"

若非为了保持法官的尊严,帕扎尔肯定无法控制心中那股暴力的冲动。

只听孟莫斯又接着说道:"我对人生的体会比你深,有些牺牲是必要的。你身为法官,就必须以国家、国家的利益与治安为重。"

"凯姆威胁到这些了吗?"帕扎尔反问道。

"有些事情的内幕被揭发,对你我都没有好处。奥赛里斯神已经接布拉尼尔前往正直之士所在的天堂了,罪犯也有了报应,你还想怎么样呢?"

"我要知道真相,孟莫斯。"

"那只是你的幻想。"

"真相不白,埃及就会灭亡。"

"会灭亡的是你,帕扎尔。"

凯姆并不怕死,但十分想念狒狒。他们俩一起工作了这么多年,情同手足,如今却不能再和它交换默契十足的眼神,也不能再依着它的直觉行事了。不过,他仍对狒狒不必受此牢狱之灾而感到欣慰。他所在的牢房像一个低矮的洞穴,里面闷热得叫人喘不过气来。没有审判,立即处决——这次他逃不过去了。帕扎尔肯定来不及插手,而且孟莫斯也一定会将他的失踪说成意外事件,帕扎尔恐怕只能在事后哀悼他了。

凯姆向来看不起人类。他觉得人就是腐败、卑鄙、阴险的,只配在最后的审判天平旁,让恶魔吞噬果腹,这是所有下地狱的人都无法避免的命运。他这一辈子,唯一值得庆幸的是认识了帕扎尔,凯姆从很早开始便不相信世间有正义公理,但帕扎尔以实际行动证明了他的想法是错的。他和他永远的伴侣奈菲莉不顾自身的安危,毫不犹豫地投入了一场未战先输的仗。凯姆本希望能帮他到最后,直到谎言再度被战胜并毁灭一切为止。

忽然间,牢房的门开了。

凯姆直起腰,挺起胸膛,他不想让刽子手看到一个打了败仗的人。他钻出身来,拨开来人伸出的手,走出了牢房。

阳光很强烈,他以为自己眼花了。"这不是……"

帕扎尔割断了凯姆手腕上的绳子:"起诉书无效,因为有太多不合法的地方。现在你自由了。"

巨人般的凯姆一把抱住帕扎尔,差点儿就让对方窒息了:"你的麻烦还不够多吗?怎么不干脆让我在这地牢里自生自灭?"

"牢狱生活让你变得懦弱了?"

"我的狒狒呢?"

"逃跑了。"

"它会回来的。"凯姆很有把握地说。

"它也被证实无罪了。门殿长老承认我的抗议有理,因此撤销了警察局长的指控。"

"我非把孟莫斯的脖子扭断不可。"

"你这样会犯杀人罪的。现在还有更重要的事要做,那就是找出那个陷害你的目击证人。"

凯姆紧握着双拳,高举向天:"那个人,留给我收拾!"

帕扎尔没有答话。凯姆重新找回了弓、箭、短木棍和覆着牛皮的木盾,欣喜若狂。他开玩笑地加了一句:"狒狒是个杀手,什么法律也挡不住它。"

遭窃的基奥普斯王棺前，拉美西斯大帝正在静思冥想。他的喉头像是被什么东西卡住了，胸口一阵阵起伏剧痛。他原是全世界最强势的人，如今竟不得不受制于一群杀人凶手与盗贼。他们夺走了王室的圣物，使他不再拥有众神赐予的伟大神力，也使他的王权不再合法。他迟早要将王位让给阴谋篡位之人，而埃及历代祖先所创建的基业也将不保。

这些罪犯并非针对他一人，而是整个政府的理想与其所代表的传统价值。若有埃及人参与这场阴谋，也必定是受到利比亚人、赫梯人或叙利亚人的蛊惑而从事此恶毒的计划，使埃及从此一蹶不振，并向一步步入侵的外族势力俯首称臣。

众神的遗嘱一直由历任法老代代相传，从未有过闪失。如今却落入了污秽不洁的人之手。许久以来，拉美西斯一直祈求上天能保佑自己，别让人民发现此悲剧，也让自己尽快找出解决之道。

然而，代表君王的星辰已经开始黯淡了。

下一回的涨水量不够。当然了，谷仓内仍旧有足够的存粮，再贫困落后的省也绝不会有人饿死。只不过农民们将被迫休耕，埃及子民也会开始口耳相传，法老王若再不举行再生仪式，让众神为他灌注新的能量，他就没有力量为国人消灾解厄了。而这份能量却只能传给持有遗嘱的合法统治者。

拉美西斯大帝向祖先光之神恳切祈祷，他绝不会轻易认输。

第二幕

意欲坚守信念,
必先历经诱惑与动荡;
意欲寻求宁静,
必先投身风暴与狂澜,
待一切沉寂,
心之所向将历久弥新。

第 11 章

帕扎尔法官坐在屋前的小板凳上,理发师挥动着剃刀,铜制刀片利落地刮过他的脸颊、下巴与脖颈。北风在一旁静静地看着,勇士则在北风的双腿间打瞌睡。

这名理发师与他的其他同行一样话多。

"你打扮得这么光鲜,一定是被传召进宫了。"

"什么事都瞒不了你。"帕扎尔没有再多说,其实他刚收到一封非常简短的首相回函,在这个风和日丽的夏日上午紧急召见他。

"要升官了?"

"不太可能。"

"愿众神保佑你!再怎么说,好的法官才是神的好帮手啊。"

"最好如此。"

理发师把刀片放进盛有天然苏打的高脚杯中,后退了几步,检视一下自己的成果,然后又小心地剃掉帕扎尔下巴上几根没有刮干净的髭须。

"最近,法老的传令官又颁布了几道奇怪的王令。但是,为什么拉美西斯大帝要一直强调只有他才能对抗不幸的灾难?全国的人都知道这一点,谁也没有怀疑。鬣狗喝了河水、涨水量不够、这个季节三角洲地区还下雨,有人谣传说他的力量衰退了,这些都是众神不满的明显征兆,还有人觉得拉美西斯应该举行再生仪式以便恢复所有的神力。这样可就太好了,能休息十五天,每天都配给粮食,有喝不完的啤酒，还有女孩在街上跳舞，趁法老跟众神都关在庙里，我们刚好可以尽情享受！"

这些王令让帕扎尔觉得奇怪。拉美西斯所惧怕的幕后黑手究竟是谁呢？他感觉法老颁布这些圣旨是为了自卫，只不过没有明确指出对手罢了。然而，埃及仍旧十分平静，除了为帕扎尔所粉碎或至少是部分粉碎的神秘阴谋，毫无动乱的迹象。但神铁被偷和法老的王位不保，有什么关联呢？

尽管苏提指控阿舍将军叛国，并与时刻觊觎着富庶之邦埃及的亚洲人勾结，但他并未失去原有的地位。他身为军方的最高将领，会企图率军推翻法老吗？这个假设成真的可能性似乎不大。因为这个叛国贼关心的是个人的得失和成败，他不会去妄想那个他或许承担不起的统治重担。

自从老师布拉尼尔被杀后，帕扎尔便失去了方向。他凭空臆测推断，却又左右为难，他的心思就像驴子驮了重物一般左右摇摆。他虽然找到了足以击溃阿舍将军与其同谋的有力证据，却缺乏敏锐的洞察力。他所敬仰却遭人杀害的布拉尼尔痛苦的表情，一直在他脑中挥之不去。

"太完美了。"理发师赞道，"到了王宫里，别忘了替我宣传一下，我也希望有机会为贵族服务。"

帕扎尔随口便答应了。

奈菲莉打量着他：他的头发梳得整整齐齐，身子洗得干干净净，还喷了香水，缠腰布洁白无瑕。奈菲莉对检查的结果十分满意。

"你准备好了吗？"她问道。

"应该准备好了。我看起来有没有惊慌的感觉？"

"外表看起来还没有。"

"首相的回信让我毫无信心。"

"不抱太大的希望，就不会失望了。"

"即便他免除我的职务，我还是会坚持请他继续调查的。"

"我们不能让布拉尼尔死不瞑目。"

她脸上依旧带着坚定的微笑，帕扎尔也因此安心不少。

"我好怕，奈菲莉。"

"我也一样，但是我们不能退缩。"

由九位"法老的友人"组成的委员会商议了整个上午，这九个人个个穿着白色的长袍，腰间还装饰着一个蝴蝶结。经过一番激辩后，他们终于达成共识。传旨官、白色双院（即财政部）院长、运河官兼水居督、文书总管、农田总管、情报局长、地政书记官和法老总管相互深入交换意见后，均采纳了首相的提议。虽然起初众人都觉得不太实际，甚至十分危险，然而，鉴于情况危急、事态严重，他们不得不迅速决定，采取非常手段。

帕扎尔被传唤时，法老的九位友人已经进入了大法庭。法庭内的白墙上毫无装饰，光秃秃的一片，众人在软垫长石凳上坐定，首相巴吉坐在正中央，他的座位上比别人多了一个矮矮的椅背。

他的脖颈上戴着一个铜心挂坠，这是他唯一会佩戴的饰物。他脚下踩着一张豹皮，象征着文明征服了野蛮。

帕扎尔向仪态庄严的九人行了礼，并嗅了嗅土地。只见他们神色冷漠，实在不是什么好兆头。

"起来吧！"巴吉命令道。帕扎尔面对首相站着，承受九个人冷峻且毫不留情的目光是一项可怕的考验。首相先开口问道："帕扎尔法官，你是否认为，只有伸张司法正义，国家才能强盛？"

"这是我内心最坚定的信念。"

"假如人民不守法，假如人人都将法律视为谎言，叛逆将重新抬头，民不聊生，恶魔也将咆哮肆虐。届时你还会坚持这个信念吗？"

"你描述的正是我的亲身经历。"

"我收到你的两封信了,帕扎尔法官,我也把信交给了本委员会,让每个委员来评判你的行为。你认为自己忠于职守吗?"

"我认为我没有渎职。我的躯体遭受了莫大的折磨,我也体验了绝望与死亡的滋味,但是法官职务受到侮辱,法官的声誉受到玷污、遭人践踏,却更让我痛心疾首。"

"如果我告诉你,警察局长孟莫斯与门殿长老是由本委员会提名,并经过我的同意任命的,你还会坚持自己的指控吗?"

帕扎尔咽了一下口水,即使证据充分、铁证如山,像他这样一个小法官还是不应该向高层挑战。首相和其他委员都会站在他们亲密的工作伙伴那边。但他还是昂首答道:"无论要付出什么代价,我都要控告到底。我受陷害被关进监狱,而警察局长完全没有认真取证,门殿长老也隐瞒了真相。他们一心想除掉我,以免我继续调查布拉尼尔的谋杀案、五名退役军人的神秘死因,以及神铁的失窃案。各位法老的友人们,让我来告诉你们这个惊人的真相吧。如今腐化堕落之气已倾巢而出,并腐蚀了这个国家的一部分。若不立刻将坏死的部分切除,病毒很快便会蔓延至各处。"

帕扎尔说完,并没有垂下双眼,反而与首相对视。很少有人像他这么大胆。

"不少优秀的法官都因为太过急躁或是不肯妥协而耽误了前程。"巴吉说道,"如果有两条路让你选择,你会选成功的事业还是伸张司法正义?"

"为什么二者不能并行?"

"因为人类的生活方式很难与玛特的法则协调平衡。"

"我已经发誓将一生奉献给玛特了。"

首相沉默了许久,帕扎尔知道他就要做最后的宣判了。

"传旨官、法老总管与我一起研究过案情、进行过讯问,最后达成一致的结论。门殿长老确实犯了严重的过失,但看在他年纪已大，并为司法奉献多年的情面上，就判他流放卡哈尔绿洲，独自沉思悔过，终生不得返回河谷。这样你满意了吗？"

"我为什么会为了一个法官不幸遭到贬黜而高兴呢？"

"判决是一种责任。"巴吉提醒道。

"继续调查也是一种责任。"

"我决定把这项责任交给下一任门殿长老，也就是你，帕扎尔。"

帕扎尔脸色发白，难以置信地说："我还这么年轻。"

"'长老'一职不在于资历的深浅，而是我们这九个人对你能力的认同。莫非你觉得责任过于重大，不愿意承担？"

"我只是没有想到。"

"命运的脚步向来无比迅速，就像一条被冲入河水的鳄鱼。你愿意接受吗？"

帕扎尔将交合的双手高高举起以示敬意，同时也接受了这项任命。然后他又行了个礼。

巴吉宣布道："身为门殿法官，你没有任何权利，你只有责任。但愿托特神能导正你的思想，引领你作出判断，因为只有托特神能让人规避卑鄙的行径。你要认清自己的身份，要以此为傲，但切忌狂妄自大。要让别人尊敬你，要谦冲为怀、尽力助人。切勿松开系舵的绳索，要成为所有法官的支柱，还要亲良善、远邪恶。绝不说谎，不轻浮、不慌乱、不贪心。更要懂得借助天光之神拉神之眼，洞悉受审者的内心。现在伸出你的右手，把手张开。"

帕扎尔照做了。

"这是你的印戒。凡是你盖了章的公文，就必须认真负责。从今以后，你将坐镇神庙门殿，为司法伸张正义，为弱者主持公道。你必须让孟斐斯市民遵守法令、缴纳税金，保证农田耕作与粮食运输进展顺利。必要的话，你要主持最高法庭的开庭程序。在任何情况下，你都不能只听信一面之词，你要洞悉人心。"

"既然你提到了司法正义,那么施展诡计、罪无可逃的警察局长孟莫斯,该由谁来处置呢?"帕扎尔大胆地问道。

"希望你把事实调查清楚,并仔细列出他的过失。"

"我保证绝不操之过急,一切一定按部就班。"

此时传旨官站了起来:"我谨代表本委员会证实首相大人的决定。自现在起,帕扎尔正式成为埃及的门殿长老,并将配给得到一座官邸、一些家产、仆人、办公室与下属职员。"

接着白色双院院长起身宣布:"依据法律,门殿长老对于一切不公平的判决,须全权负责。赔偿原告的款项也必须由长老支付,不得动用公款。"

突然间,首相发出了异乎寻常的呻吟声,大家都转过头去看他。

只见他一只手按住右腹,另一只手则紧抓着椅背想要站稳,但仍然倒了下去,再也动弹不得。

当奈菲莉看见帕扎尔满头大汗地跑近,眼神中充满忧虑时,她还以为他是从王宫逃了出来的。

"首相身体不舒服。"他紧张地对妻子说。

"御医总管在吗?"

"内巴蒙也病了,他的助手们不敢擅自治疗。"

于是奈菲莉戴上了手表,把医药箱放到北风的背上,旋即出发。

巴吉躺在软垫上,奈菲莉为他听诊。她仔细地听了他胸口、静脉与动脉的心跳声。她发现他体内有两股气,右侧的那股温热,左侧那股则很冰凉。他的病情十分严重,病毒已经遍及全身。她用手表计算了病人心跳的速度,以及重要器官的反应时间。

官员们都焦急地等待着诊断的结果。

"我知道他的病情,我会为他治疗的。"奈菲莉说道,"他的肝脏已受到感染,血管有阻塞的迹象。连接心脏与肝脏的动脉与胆管,情况都不太好,血液太黏稠了,无法供应足够的水和氧气。"

奈菲莉让巴吉喝了一点神庙里所种的菊苣的汁液。菊苣会开大大的蓝色花朵,一到中午就闭合,植物本身具有多项疗效,加入少许老酒之后,便可治疗多种肝胆疾病。奈菲莉对出现血管阻塞的部位进行磁感应治疗后,首相醒了过来,但脸色仍极为苍白,并且开始呕吐。

奈菲莉又让他喝了几杯菊苣汁,直到他能吸收为止,最后他终于复原了。

"肝脏已经打开,而且清洗干净了。"她解释道。

"你是谁?"巴吉问道。

"我是奈菲莉医师,帕扎尔法官的妻子。你应该多注意饮食,每天喝一点菊苣汁。为了避免这种可能危及生命的现象,你要喝用无花果、葡萄、西克莫无花果、泻根种子、牛油果、树胶与树脂调成的药水。我会亲自为你调配,因为这种药水必须放在屋外承受露水,然后在清晨过滤出来。"

"你救了我一命。"

"这是医生该做的,而且我们的运气都很好。"

"你在哪里执业?"

"孟斐斯。"首相站起身来。虽然双脚沉重,头也痛得厉害,但还是勉强走了几步。奈菲莉一边扶着他坐下,一边说道:"你一定要多休息。内巴蒙会为你诊治……"

"我要你为我诊治。"

一个星期过后,首相巴吉完全康复了,他给了新任的门殿长老一方石灰岩碑,碑上刻了三对耳朵,一对深蓝色,一对黄色,还有一对淡绿色。这三对耳朵分别代表了由智慧之星所统管的蓝天、构成神祇肉体的黄金与象征爱的绿松石，同时也揭示了孟斐斯大法官的职责：聆听原告的控诉、尊重神祇的旨意、宽大而不懦弱。

用心倾听是教育的根本，也是法官最重要的职业道德。在新长老就任典礼上，帕扎尔在所有法官的注视下，表情严肃而专注地接过石碑，并将石碑举高齐眉。

奈菲莉不禁喜极而泣。

第 12 章

门殿长老官邸所在的地区很朴实,大多是一些工匠和小公务员居住的三层白色小楼房。帕扎尔夫妇看了赞叹不已。这座房子几天前才完工,原本是为另一位要人盖的,但由于价格谈不拢,一直没有人住进来。房子户型狭长,屋顶是平的,共有八个房间,墙上绘有五颜六色的鸟儿在纸莎草丛中嬉戏的景象。

帕扎尔不敢进屋,他留在禽舍里,看着一名工人喂鹅,一旁装点着几朵蓝色莲花的水池里,有鸭子在戏水。棚子底下,两个负责喂养家禽的男孩正在酣睡,房子的新主人并没有叫醒他们。

奈菲莉也很高兴能够过得如此富足,她注视着这片土地,肥沃的土壤被蚯蚓钻得松松软软,蚯蚓的排泄物是粮食最佳的天然肥料。农夫们都知道蚯蚓对粮食有益,谁也不会去弄死它们。

第一个冲进美丽花园的是勇士,北风也立刻跟了进去。北风蹲坐在一棵石榴树下,这种树能保持长久的美丽,因为只要有花凋谢,便马上绽开一朵新的。勇士则偏爱西克莫无花果树,叶子的沙沙声让它想起了甜甜的蜂蜜。

奈菲莉轻轻抚摸着细枝与那些红绿相间的果实,并把丈夫拉到身边。他们一起站在树下,犹如受到蓝天女神的庇护一般。他们兴奋地看着一排从叙利亚进口的无花果树和一个芦苇搭盖的凉亭,他们以后就可以在这里欣赏夕阳美景了。

这份宁谧和平静很快就结束了,小淘气发出了一声痛苦的尖叫,然后跳入女主人的怀里。它羞愧地向主人伸出脚掌，只见上面扎了一根金合欢的刺。恐怕不能轻视伤口，要是异物停留在皮下的时间太长，最后很容易内出血，很多医生曾因此而束手无策呢。

北风不待主人召唤，便径自走了过来。奈菲莉从药箱中拿出一把解剖刀，小心翼翼地将刺剔除，然后再给伤口涂抹用蜂蜜、药西瓜、磨碎的墨鱼刺与研磨成粉末的西克莫无花果树皮调制而成的药膏。要是有发炎的迹象，可以用硫化砷治疗。不过，小淘气似乎并没有感到太痛苦，刺一被拔除，它马上就爬到一棵海枣树上找食物去了。

"我们进去吧。"奈菲莉建议道。

"现在可不能开玩笑了。"

"什么意思？"奈菲莉不解地问。

"我们的确是结了婚的，当时我们一无所有。现在情况不同了。"

"你已经厌倦了？"

"医生，你别忘记是我把你从平静的生活中拉出来的。"

"我记得好像不是这样的，不是我先找上你的吗？"

"我们本来可以肩并肩地坐着，和亲友们一起看着装满衣物、器皿、梳洗用具、拖鞋等物品的箱子从我们眼前一一被运过去！你也可以坐着轿子、穿着新娘的衣服，在笛子与铃鼓声中欢喜出嫁。"

"我宁愿像现在这样，只有我们两个人，安安静静的，不要有什么排场。"奈菲莉认真地说。

"我们一走进这间屋子，就得负起责任了。我的上级会责备我没有立下一份合约保障你的未来。"

"你是诚心诚意向我求婚的吗？"

"我要依法行事。我，帕扎尔，愿将我全部的财产给你，奈菲莉，你亦可保留原名。既然我们决定住在同一个屋檐下，也就等于结了婚，将来假如离婚，我必须对你有所补偿。即日起，依据法律，我们两人的所有收入有三分之一归属于你,而我也必须满足你的生活所需。其余的,则由法庭进行公断。"

"我必须向门殿长老坦白,我已经疯狂地爱上了一个男人,我坚持要跟随他,直到我咽下最后一口气。"

"也许吧,但是法律。"

"别说了,我们参观房子吧。"

"参观之前,我要纠正一点:是我疯狂地爱上了你。"

他们相拥着走进新家。

第一个房间又小又矮,专供祭祖之用,他们在这里静坐了好久,默默地怀念着惨遭杀害的恩师布拉尼尔。接着,他们参观了会客室、卧室、厨房,以及设有陶土道与石灰岩马桶的厕所。

浴室里的设备简直让他们叹为观止。呈直角铺设的石灰岩地板两边,各有一张砖砌的长椅,男女仆役可以站在椅子上为想淋浴的主人浇水。砖墙的外层也覆上了石灰岩块,以免砖块受潮。此外地面还稍稍倾斜,水可以往低处流向排水口,然后经由深埋在地底下的陶管排出去。

卧室通风良好,里面摆了一张实心乌木大床,床脚被雕刻成狮爪的样子,床上还有一顶蚊帐。床的边沿则刻有专司睡眠、能让人做个好梦的贝斯神。帕扎尔不断地抚摸由植物编成绳索后制成的床绷,它的质地实在太好了。床架上的横木由于排列方式特殊,能够长时间支撑极重的分量。

床头放着一件白色的亚麻连衣裙,白色的亚麻布既可以做新娘的礼服,也可做裹尸布。

"我真没有想到这一辈子能有机会睡这样的床。"

"那你还等什么?"奈菲莉调侃着问。

她将那块珍贵的布摊在床上,脱掉衣服,躺了上去。

"这一刻太美妙了,我永远也忘不了,你的眼神已将刹那变成了永恒。不要离开我，我就像是属于你的花园，因你而百花盛开、花香四溢。在我们合而为一的那一刻，死亡便不存在了。"

次日清晨，帕扎尔开始怀念当初他住的那间小屋子，也明白了巴吉为何选择市中心的简朴住宅。这里多的是芦苇制的刷子和扫帚，想要做一番彻底的打扫并不困难，然而想要好好使用这些清扫工具，也需要一双巧手。他和奈菲莉都没有时间做这项工作，也不可能去求助园丁或喂养家禽的工人，这原本就不是他们分内的工作。他们也没想去请个女佣。

奈菲莉和北风一大早就出发到王宫去了，首相希望在第一次开庭前，让医生来给他看一看身体情况。没有书记官，没有员工与仆役，新任门殿长老面对这份过于丰厚的家产，可真是一个头两个大。先贤称已婚妇人为"屋子的主人"的确是有道理的。

园丁给他介绍了一位五十多岁的女人，专门为人手不足的地主们解决问题，需要工作六天，酬劳不得少于八只羊和两件新衣！明知这么大的一笔开销肯定会让小两口的收支不平衡，帕扎尔却不得不接受，至少苦撑到奈菲莉回来吧。

苏提吃惊地睁大了眼睛，敲敲墙面。"这好像是真的。"
"是最近才盖好的，不过品质很不错。"
"我以为我是全埃及最会开玩笑的人，没想到跟你比起来还差了一大截。老实说，这幢别墅是谁借给你的？"
"国家。"帕扎尔答道。
"你还要继续假装自己是门殿长老？"
"你要是不相信我的话，可以去问奈菲莉。"
"她跟你是一伙儿的。"
"也可以去王宫问啊。"

苏提这才半信半疑地问道："是谁任命的？"

"以首相为首的法老的九位友人。"

"这个老家伙真的能如此铁面无私？他真的把那个受人敬仰、声誉完美无瑕的前任门殿长老撤职了？"

"瑕疵是有的。巴吉和其他人都是依法行事的。"

"真的美梦成真了？"

"我的签署的文件生效了。"

"为什么让你担任这么重要的职务？"

"这一点我仔细想过。"帕扎尔点点头说。

"然后呢？"

"假设九人中有人怀疑阿舍将军，也有人相信他是清白的。让我这位最先掀开第一层神秘面纱的法官继续调查，调查结果出来之后，无论是要责备我还是要恭喜我，都名正言顺得多。"

"你倒也不像我想的那么笨。"

帕扎尔继续说道："他们这种想法合乎埃及的法令和制度，所以我并不觉得惊讶。既然是我掀起的风波，就该由我来平息它，否则我也不过是个只会制造事端的破坏分子。还有什么好抱怨的呢？上级给了我意想不到的帮助。布拉尼尔的灵魂会保佑我。"

"别太依赖死去的人。依靠我和凯姆，你更安全。"

"你觉得我有危险？"

"越来越危险了。通常来说，门殿长老都是上了年纪、行事谨慎的人，不会冒任何危险，只会尽情享受自己的特权。总之，跟你完全不一样。"

"我有什么办法？这就是命运。"帕扎尔耸了耸肩。

"我可不像你这么疯狂，不过我也很高兴。这样一来，你就可以抓到杀害布拉尼尔的凶手了，我也可以摘下阿舍的人头。"

"塔佩妮女士怎么样？"

一听到塔佩妮的名字，苏提精神便随之一振。"这个情妇太棒了！她虽然比不上豹子，不过想象力很丰富。昨天下午，正在关键时刻，我们从床上跌了下来。一般女人一定会就此罢休，她却不然。虽然我有点儿力不从心，却还是勉强撑了下来。"

"在此致上我的钦佩之意。不过我们还是换个没那么刺激的话题吧！她有没有透露些什么？"

"你这个人真是不解风情。我要是一开口就问她问题，她肯定就像中午的紫茉莉一样，马上就闭合起来。不过，我们已经开始聊那些纺织手艺出众的女子了，其中一些是使针的能手。我已经渐渐接近目标，我感觉得到。"

奈菲莉终于在北风的带领下回来了。勇士看到驴子，高兴得汪汪叫个不停，然后两个好伙伴便一起用餐，一个啃牛排，一个嚼新鲜的苜蓿。至于小淘气，已经不饿了，它的肚子里早就装满了从果园里偷的水果，现在它只想好好休息。

奈菲莉依然容光焕发，毫无疲劳和忧虑。有时候，帕扎尔真觉得自己不配拥有这样一个妻子。

"首相的病情如何？"

"好多了，不过在他有生之年都必须持续治疗。他的肝脏和胆囊都有问题，所以我实在没有把握能治好他疲劳时双腿的肿胀。他应该多多走动，不能整天都坐着，要多呼吸野外的新鲜空气。"

"这是不可能的事。他跟你提起内巴蒙了吗？"

"御医总管生病了。狒狒当初对凯姆出手帮助，似乎给内巴蒙留下了难以恢复的创伤。"

"我们应该同情他吗？"

夫妻俩正说着话，突然被北风的叫声打断了。原来它的草料放得不够多。

"我实在应付不来,"帕扎尔坦言,"我用天价请了一名临时女佣,因为这个大房子让我束手无策。没有厨子,园丁也不听指挥,我又不会使用各式各样的刷子,公文一团糟,还没有书记官,我……"

他的话还没说完,奈菲莉就吻了上去。

第 13 章

贝尔·特兰裹着一条上了浆的前交叉式缠腰布，穿着一件有褶的长袖衬衫，开心地向奈菲莉和帕扎尔道喜。

"这次我要以最直接的方式帮助你们。中央行政机关改组后的办公室人员分配由我负责。你既为门殿长老，自然有优先权。"

"我不能享有任何特权。"

"这不是特权。这完全是合乎规定的支配权，这样你不但可以有效控制一切文件，我们也可以一起在宽阔的地方办公了。让我为我们的办公效率尽一份心意吧！"

诸多大臣对贝尔·特兰晋升的速度感到惊愕，却没有人提出异议。他让原本一成不变的机关有了全新的面貌。他淘汰了懒散或不足以胜任其工作的公务员，并努力不懈地解决着日复一日出现的技术问题。他做事效率极高，他的下属经常受到责骂。一些官宦子弟虽然瞧不起他贫贱的出身，却也得乖乖听话，否则随时可能被开除。无论遇到什么困难，贝尔·特兰都不会气馁，他把自己的潜能发挥到极致，坚忍不拔，无论遇到多大的问题都能一一克服。长久以来，许多大地主对公共财产都漠不关心，经常不交木材税，多亏贝尔·特兰，税收才恢复了正常，这可以说是大功一件。在重整税收工作的过程中，贝尔·特兰自然也在司法专业知识上寻求了帕扎尔的帮助。因此，每当帕扎尔遇到无法解决的难题时，向贝尔·特兰求助便也顺理成章了。

帕扎尔对这位重要盟友十分感激，正因为有贝尔·特兰相助，他才躲过了无数陷阱。

"我妻子的身体已经好多了。"贝尔·特兰向奈菲莉说，"她很感激你，也早把你当作朋友了。"

"她还会头痛吗？"

"很少了。每次发作，她都会抹你给的药膏，简直像魔药一样！不过西尔基斯不听你的劝，还是那么贪吃。我把石榴汁和蜂蜜藏起来，她就偷偷去买角豆荚汁，甚至无花果汁。连解梦师都劝她少吃甜食。"

"如果意志不坚定，吃什么药都没用。"

贝尔·特兰苦笑了一下："我的脚趾痛了一个礼拜，有时候连穿鞋都困难。"

奈菲莉看了看他那双胖乎乎的脚，说："你把牛油加金合欢树叶煮沸，捣成糊状，涂抹在疼痛处。如果没有用的话，再来找我。"

奈菲莉有模有样地指挥着女仆，看来对打理家务已经颇有心得了。不久之后，她会在房子的一角开一间诊所。她在王宫里的名气也越来越大。治愈首相为她打响了名号，宫里那群由于内巴蒙不在而动弹不得的医生，简直又妒又羡。

"这个房子真美。"贝尔·特兰一边吃着西瓜，一边赞道。

"要不是有奈菲莉，我可住不起。"

"要有点儿野心，亲爱的帕扎尔。你的夫人非常特别，小心招来嫉妒。"

"一个内巴蒙就够我受的了。"

"他现在只是暂时按兵不动。你和奈菲莉让他蒙羞，他一定会想办法报复的。当然，以你现在的地位，他行动起来会有不少困难。"

"对于最近颁布的王令，你有什么看法？"帕扎尔换了个话题。

"我不理解。法老为什么要一再强调自己的权力呢？没有人质疑啊。"

"最近一次的涨水量并不理想,还有一只鬣狗跑到运河边喝水,并且有几名妇人产下了畸形儿。"

"那是老百姓的迷信罢了!"

虽然贝尔·特兰对这些说法嗤之以鼻,但帕扎尔却是宁信其有。

"有时候流言也是很可怕的。"

"所以公职人员必须出面证明这些全是没有根据的谣言。你打算继续调查阿舍一案,并继续追查退役军人的离奇死因吗?"

"这不正是我担任门殿长老的主要任务吗?"

"宫里的很多人都希望忘记这些惨痛的事件。我很高兴事情的发展并不如他们所愿。"

"玛特女神总是面带微笑,却也绝不容情。只要不背叛女神,女神就是你的幸福源泉。如果不找到真相,我将因窒息而死。"

贝尔·特兰的声音顿时显得黯然。"阿舍那边毫无动静,我有点儿担心。他是个粗暴的人,一向主张以暴力解决问题。得知你升迁的消息,他本应该有明显的反应。"

"他的阴谋诡计难道不会用尽?"

"当然会,不过你也不要高兴得太早。"

"我不是这样的人。"

"如今你不再是孤家寡人了,而敌人仍然没有消失。以后我有什么消息,一定会告诉你的。"

这两周,帕扎尔每天忙得晕头转向。他要调阅门殿长老大量的档案,要监管黏土、石灰岩与木制书板、诉状草稿、家具清单、公文、盖了章的莎草纸、文具等,要注意支付与调整薪水,要审查延期的诉讼案,还要纠正许多行政工作上的错误。工作量之大让他心惊,但他仍旧毫无怨言。下属们很快便对他心服口服、言听计从了。

他每天早上都会和贝尔·特兰碰面,贝尔·特兰也会提出一些宝贵的建议。

正当帕扎尔忙着处理一件棘手的土地案时,面前忽然出现了一个脸色红润而肥胖的书记官。帕扎尔惊喜地喊道:"亚洛!你最近跑到哪儿去了?"

"我女儿会成为职业舞者,这是肯定的。可是我妻子不答应,我只好离婚了。"

"你什么时候回来工作?"

"我不属于这里。"亚洛摇着头说。

"怎么会呢?你是一个很好的书记官。"

话还没说完,亚洛便接着解释:"你已经成了大人物。在办公室里,书记官有很多工作,上下班时间也很严苛。这对我来说很不方便。我宁愿好好地为女儿的将来做准备。在她与优秀的舞蹈团签约之前,我要带着她巡回各省,到举办宴会的各个村落去表演。我可怜的女儿需要有人保护。"

"你已经决定了?"

亚洛直接说:"你太认真了,迟早会和一些有权有势的人发生冲突。我还是趁早放弃我的手杖、制服和墓碑,远离这些悲惨的事件与冲突吧。"

"你确定这样做就能一帆风顺吗?"

"我的女儿很尊重我,她会永远听我的话。我会让她幸福的。"

德内斯大获全胜后,不禁沾沾自喜。这场仗打得着实辛苦,他的妻子动用了一切关系,才使他得以从无数竞争者当中脱颖而出,并冷眼旁观对手惨遭失败后的痛苦。也就是说,为新任门殿长老举行的贺宴将由德内斯与涅诺法夫妇负责筹办。这位运输商的周旋能力,加上他妻子的说服力,再度使他二人成了孟斐斯上流人士聚会上的主人。帕扎尔接任门殿长老的消息，实在太出人意料了，因此更应该好好庆祝一番，而参会的名流也将以最体面的打扮出席，以便与他人一较高低。

帕扎尔本人却兴致缺缺。

"这种盛会，我实在没兴趣。"他老实地对奈菲莉说。

"这是为你举办的贺宴啊，亲爱的。"

"我宁愿和你一起庆祝。我的职务可不包括参加这类社交活动。"

"我们已经婉拒了所有达官贵人的邀约，但这次是正式的宴会。"

"这个德内斯胆子可真不小！他明知我怀疑他参与策划了一场阴谋，却还如此兴高采烈地举办宴会。"

"这正是哄骗你的绝佳策略。"

"你觉得他会成功吗？"

奈菲莉的笑声让他感到意乱情迷。她真是太美了！合身的连衣裙使她丰满的胸部曲线毕露，略带天青色的黑色假发将她脂粉未施的脸衬托得更加优雅。她就是青春、典雅与爱的化身。

他将她拥入怀中："我真想把你关起来。"

"你在嫉妒？"

"要是有人敢多看你一眼，我就掐死他。"

"门殿长老啊！你怎么说得出这么恐怖的话呢？"

帕扎尔拿起一条腰带紧紧勒住奈菲莉的腰。腰带是用紫水晶珠子串成的，还装饰着几个用金子压出来的豹首图案。

"即使我们破产了，没有这些华服，你仍然是最美的一个。"

"你恐怕是想引诱我吧。"

"被你识破了。"

帕扎尔边说边褪下妻子身上那条连衣裙的右肩带，但是奈菲莉却阻止道："我们已经要迟到了。"

涅诺法夫人在穿上宴会礼服之前，先到厨房里转了一圈。厨房里有几根分叉杆上架着一柄长竿，竿子上吊着几块牛肉，是厨师们刚刚宰完现在正准备烹饪用的。她亲自挑选出要烤制或者焖熟的食物，顺便尝尝酱料，还去查看几十只烤鹅是否来得及上桌。然后她又到地窖，看看总管准备的葡萄酒与啤酒。确定菜色与饮料都符合标准之后，涅诺法才去检查宴会厅。厅里的仆人们正忙着将金杯、银碟与大理石盘摆上低矮的餐桌。整栋别墅都充斥着茉莉与莲花的香气。这场宴会将令人难以忘怀。

宾客到达的一个小时前，园丁才开始从树上摘水果，以保持其新鲜美味，还有一名书记官负责登记送到宴会厅中的酒坛，以免有人舞弊。园丁总管四处巡视，看走道是否整洁。而门房则时不时地拉拉缠腰布、调整一下假发，整理自己的仪容。他身为整栋别墅区的卫兵，必须对来客严加核查，只有他认识的人或持请帖的人才能进入。

当太阳即将缓缓落下西山时，第一对宾客来了。门房认出是宫廷书记官与他的妻子，不久之后，全市的上流人士陆续到来。宾客们漫步于种植了石榴树、无花果树与西克莫无花果树的庭院中，在水池边、藤架下或木亭内聊天，并欣赏精心陈设在花园中小径交叉处的花束。今天，从不参加任何宴会的首相巴吉会莅临，法老的九位友人亦会盛装出席。

太阳隐没之际，仆人们点上了灯，照得花园与别墅一片通明。涅诺法夫人与德内斯随后也出现在入口处，这位女主人戴着厚重的假发，穿着镶着金色的白色连衣裙，胸前挂着一条串着十排珠子的项链，戴着一对羚羊形状的耳坠，脚上穿着一双金光闪闪的鞋子。而男主人德内斯则戴了一顶颜色由深及浅的假发，长褶袍外罩着一件短披肩，穿的是银边高跟皮鞋。夫妻俩打扮时髦，的确是极为称职的宴会主人，能展现自身的财力并吸引众人羡慕的目光，他们何乐而不为呢?

依照礼仪,首相率先向主人夫妇走去。他双脚依然沉重,步行十分不易,因此只穿了一双磨损严重的旧鞋,身着宽松而不甚优雅的缠腰布和一件宽大的短袖白上衣。

涅诺法夫人与德内斯十分高兴地向他行礼、打招呼。

"好热啊。"首相抱怨道,"只有冬天的气温舒服点。我只要在太阳底下待上几分钟,皮肤就会开始发烫。"

"如果你想在宴会开始前凉快一下,可以到我们的水池里泡一会儿,不要客气。"德内斯建议道。

"我不会游泳,而且我怕水。"

宴会主人带领首相坐上贵宾席位。接着法老的友人、名流显贵和其他宫廷书记官,以及今晚有幸受邀参加这场年度盛会的各阶层人士,也都依次就座。贝尔·特兰与西尔基斯也在受邀的行列之中,涅诺法只是淡淡地向他们打了个招呼。

"阿舍将军会来吗?"德内斯悄声问妻子。

"他临时有任务,不能来了。"

"警察局长孟莫斯呢?"

"他身体不舒服。"

用藤叶装饰着天花板的宴会厅中,宾客们舒舒服服地坐在放着软垫的扶手椅上。椅子前的小圆桌上摆了各式各样的杯子和盘子。一支由三名女子组成的小乐队,正用笛子、竖琴与诗琴演奏着轻快的曲子。

几个浑身赤裸的努比亚女孩穿梭在宾客之间,给每个客人发了一朵莲花,并在每个人的假发上放了一个圆锥形的香蜡,蜡融化后会散发出香气,有祛除蚊虫的功效。一名祭司在大厅中央的祭桌上洒了些水,以示净化食物。

这时,涅诺法夫人发现这次贺宴的主要人物居然还没有出现。

"他竟然迟到了这么久,真是不可思议!"

德内斯用轻松的口吻安抚她:"不用担心,帕扎尔是个工作狂,一定是处理公文耽搁了。"

"可今天是什么日子啊!贵宾都不耐烦了,也该上菜了。"

"别这么激动。"

涅诺法深感厌烦,便提早让孟斐斯的顶尖职业舞者入场表演。这名舞者二十岁了,是孟斐斯最著名的啤酒店老板娘莎芭布的学生。她全身上下只系着一条贝壳腰带,每移动一步,贝壳便会发出清脆的碰撞声。她左侧大腿上有几个贝斯神的刺青,这个留着胡子、矮小又快活的神,随时随地都能为世人带来欢乐。女舞者很快便吸引了全场的注意,她不断做出极高难度的舞姿,直到帕扎尔与奈菲莉现身。

宾客们先吃了一点葡萄与甜瓜片开胃,正当涅诺法越来越气愤和不耐烦时,忽然听见大门口传来一阵骚动——他们总算来了!

"快进来!"

"对不起。"帕扎尔向主人道歉,然而他又该怎么开口解释呢?难道说他控制不了为奈菲莉宽衣解带的欲望,说他内心的激情让他不由自主地扯断了妻子的肩带,说他最后终于让妻子忘了时间的紧迫?奈菲莉乱发蓬松,最后只得匆忙再挑一件衣服,并且努力说服帕扎尔离开他们的床。

当他们夫妻二人来到宴会厅门口时,女舞者便退了下去,女乐师也不再演奏了。霎时间,有数十道目光直直地打量着他们。

帕扎尔没有刻意打扮。他戴着短短的假发,只裹了一条短短的缠腰布,看起来简直像金字塔时代生活清苦的书记官。他身上唯一还算时髦的只有缠腰布前交叉打褶的样式,但依然不减其朴实的本色。这一身穿着倒是和他的声名颇为相符。

一些嗜赌成性的人纷纷下注,打赌他什么时候会跟其他人一样走向腐败之路。另一些人的心情则不那么轻松，他们想到门殿长老的权限，便不由得开始担心帕扎尔太过年轻，难保不会滥用职权。首相的决定开始遭受批评，大家认为他越来越不认真，职权的分配也太草率了。许多大臣甚至力劝拉美西斯大帝将他换掉，起用另一名经验丰富、办事积极的行政官员。

奈菲莉所得的评价就大不相同了。

她用简单的花饰发带绾住长发，大大的项链挂在胸前，戴着一副轻巧的莲花耳环，手腕和脚踝上都戴着环饰，一袭近乎透明的长袍让她曼妙的身材更加醒目。看着她，即使再迟钝的人也会怦然心动，再暴戾的人也会变得温和。除了年轻与美貌，她满含笑意且不带一丝轻蔑的眼神中还闪耀着智慧的光芒。每个人都看得出来，她的魅力之中带有一种坚毅，几乎没有人能轻易动摇她的想法。

像她这样的人怎么会迷恋上一个固执而不知变通、根本无法保障她未来的小法官呢？不错，他现在地位显赫，但是好景一定不会太长。这种根基不甚稳固的爱情火花迟早会熄灭，而奈菲莉也会重新挑选一位更杰出的夫婿。尽管可怜的御医总管内巴蒙失败了，但总会有一个人成功。

有几个年纪稍长的贵妇，对大法官的妻子穿着如此大胆感到痛心，她们不知道其实她是因为没有其他衣服可穿了。

门殿长老夫妇在首相旁边坐了下来。仆人赶紧为他们端来烤牛肉片，并盛上了上等的红酒。

"你的夫人不舒服吗？"奈菲莉试探地问道。

"不是的。她从不出门。只要守着她的厨房、孩子和房子，她就心满意足了。"

"这么大的一栋别墅，我实在觉得受之有愧。"帕扎尔老实地说。

"你错了。我之所以拒绝接受法老分配给首相的宅邸，是因为我讨厌乡下。我已经在同一个地方住了四十年，我并不想搬家，而且我喜欢都市生活。不论是露天的环境、各种昆虫还是一望无际的乡野,都对我毫无吸引力,甚至会让我感到不舒服。"

"身为医生,我还是要劝你尽量多走动。"奈菲莉提醒他说。

"我走路上下班。"

"你还需要多休息。"

"等我的孩子们情况稳定后,我就会减少工作量。"

"孩子们有什么烦恼吗?"

"我女儿还好。唯一让我失望的是,她原本已经进入哈托尔神庙当纺织学徒了,但并不适应庙中规律的宗教生活。现在,她在一个农场上当谷类统计员,打算就此发展下去。我儿子就比较麻烦了,他只对下棋有兴趣,他鉴定熟砖所得的薪水,有一大半都花在下棋上了。幸好他住在家里,由母亲养着。他要是想靠我的关系求发展,可就大错特错了。因为我无权这么做,也不想这么做。希望这些拉拉杂杂的问题不会吓着你,其实,养育下一代是人生最大的福气。"

精致的餐点与美酒让所有宾客陶醉不已,酒酣耳热之际,他们不断地聊着无聊的话题。直到门殿长老高声发表简短的声明时,大伙儿才仿佛惊醒一般安静下来。

"最重要的是职务内容,而不是暂时执行的人。今后,我将依循司法女神玛特为埃及法官所开辟的道路勇往直前。如果最近出现了什么过失,我想都应该由我负责。既然首相愿意信任我,那么无论事关何人的利益,我都必须尽忠职守。情势不会永远暧昧不明,即使有上层人士牵涉在内也一样。司法是埃及最珍贵的宝藏,但愿我所做的每个决定,都能使这份宝藏更丰富。"

帕扎尔的声调激昂、清晰且斩钉截铁。原本对他的权威感到怀疑的人,现在也该信服了。这名法官年轻的外表绝对不会成为阻碍,恰恰相反,年轻让他成熟的个性中多了一份不可或缺的活力。眼下,人们正纷纷交头接耳,新任门殿长老的任期也许不会太短。

夜深了,宾客们一一告退,首相巴吉一向习惯早睡,他是第一个离席的。临别前,与会的每一个人都特地向帕扎尔与奈菲莉致意、道贺。

好不容易脱身之后,他们二人才一起走出大厅,来到花园。忽然,传来了一阵吵闹声。他们走近一处怪柳林仔细一看,发现原来是贝尔·特兰与涅诺法夫人有了口角。

"希望以后我再也不会在这里看到你。"夫人冷冷地说。

"那你就不要邀请我。"贝尔·特兰也不示弱地反驳。

"我是顾全礼数。"

"既然如此,为什么还发这么大的脾气?"

涅诺法的怒气终于爆发:"你不停地拿补缴税金的事来烦我丈夫,竟然还撤销了我国库督察的职务!"

"那其实只是个荣誉职位。国家付给你的薪水与实际的工作内容不符。我既然已整顿了过度浪费公款的行政机关,自然就没有道理再让一切故态复萌。新任门殿长老一定也会支持我,换作他,他也会采取同样的行动,甚至会依法惩治你们。你没有受罚,还应该感谢我呢。"

"你说得可真好听!你真是比鳄鱼还要阴险啊,贝尔·特兰。"

"蜥蜴虽小,却能够吞食多余的河马,净化尼罗河。所以呢,德内斯最好小心一点。"贝尔·特兰语带威胁地警告。

"我才不怕你的恐吓。我遇过比你更奸诈、更狡猾的人,照样让他们一败涂地。"

"那我只好自求多福了。"

愤怒的涅诺法夫人随即转身离去。贝尔·特兰也回到了妻子身边,她早已等得不耐烦了。

帕扎尔和奈菲莉在自家的屋顶上迎接晨曦。他们想象着这缓缓上升的旭日,仿佛带着喜乐甜美的爱情而更加显得灿烂。无论天上人间,在每一世即将结束前,他都会以鲜花装扮自己心爱的女人,还会在清清的水池边种下西克莫无花果树,在这里留下他们深情的眼神。他们合而为一的灵魂将会在树荫下饮水,聆听树枝迎风时窸窣的声音。

第14章

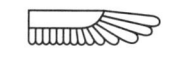

帕扎尔一心想赶快开庭，正式还凯姆一个清白，并恢复他的职位。在这个过程中，他也要揪出警察局长所说的那个幽灵证人，然后将孟莫斯以提供伪证的罪名起诉。帕扎尔起床后还没来得及亲吻奈菲莉，她就要求他喝完两杯铜杯中的水。似有若无的伤风症状表明，帕扎尔自从被监禁之后，淋巴的感染一直没有痊愈，抵抗力依然很差。

帕扎尔囫囵吞下早餐后，便赶着去上班。一到办公室，他就被一大群书记官团团围住了，他们个个手中都挥舞着来自小村落的严词控诉的诉状。遭受指控的是国家谷仓的一名管理员，尼罗河最近一次涨水量不足，他便拒绝将生活所需的油和粮食分发给受害的居民。这个小公务员搬出一条已废的法条作为借口，根本不管挨饿的老百姓们的死活。

这个案子看似简单，也没有行政工作上的疏忽，但门殿长老却在贝尔·特兰的协助下，花了整整两天的时间才解决。最后，这个谷仓管理员被调为运河官，他管辖的运河流经了他拒绝发粮的村落。

接着又有一个棘手的案子，是果农和负责登记水果收获量的国库书记官之间的纠纷。为了避免冗长的程序，帕扎尔亲自前往果园视察，果农若有舞弊便加以制裁，倘若是受到税务机关的不实指控，则不予起诉。同时他也发现，在个人运营与国家整体规划之间所维持的经济平衡，是一个不断翻新的奇迹。个人所扮演的角色依照自己的欲望工作，然后在达到一定的门槛时，开始收获辛劳的成果。而国家则必须保障灌溉顺畅，产业与人身安全无虞，水荒时要有足够的存粮以供赈恤，并须考虑到整体利益。

帕扎尔知道，若不把时间拿捏好，自己一定会被压得喘不过气来，因此他将凯姆的案子挪到了下个礼拜。宣布日期之后，却遭普塔神庙的一名祭司反对，因为那一天是光之神荷鲁斯与风暴之神赛特进行宇宙大战的日子，也是个不吉的凶日[①]。那天最好不要出门，也不要出外旅行。当然了，孟莫斯也会以此为借口而不出庭。

帕扎尔只能自己生闷气，当另外一件牵涉到外商的海关案件递交上来之时，他几乎想放弃了。一时的气馁过后，他开始翻阅此案的文件，但不一会儿又将档案推开了。他无法忘记凯姆在城里的各个阴暗角落里遍寻不到狒狒的沮丧。

正当帕扎尔在一条热闹的街道上买努比亚红花[②]，准备为勇士冲泡它最喜爱的花茶时，突然看到警察局长孟莫斯向他走来。

心里局促不安的孟莫斯，说起话来显得特别矫揉造作："我是受人蒙骗的。其实我内心深处，一直都相信你是清白的。"

"可你还是把我送到监狱去了。"

"如果是你，难道不会这样做吗？司法制度对法官尤其严厉，否则就会失去它的公信力。"

"可是你这么做，反而使司法蒙羞。"帕扎尔毫不留情地指责。

"这只是凑巧罢了，亲爱的帕扎尔法官。今天你受到命运之神的眷顾，我们也都很为你高兴。我听说你想在门殿开庭审理凯姆那桩不幸的案子。"

"你的消息没有错，孟莫斯。现在只等确定日期就可以审理了，而且这次我不会再挑上凶日了。"

---

① 一些莎草纸书上列有一些"凶日"，其主要与神话中的事件有关。
② 这是一种木槿属植物的花，现在仍有埃及人喝由它制成的饮料。

"你不觉得我们应该把这些不愉快的风波忘了吗?"孟莫斯讨好地说。

"遗忘是歪曲司法的第一步。"帕扎尔依然不假辞色,"门殿应该是我保护弱者不受强权欺压的地方,不是吗?"

"你那个努比亚警察下属可不是弱者。"

"但你却是想要以不实罪名毁灭他的强权。"

"接受和解吧,这样可以避免伤了和气。"

"为什么?"

"因为很可能会牵扯出一些人,这些大人物不想丢这个脸。"

"如果他们是清白的,有什么好害怕的?"

"他们怕的是谣言、传闻和恶意的中伤。"

"在门殿里这一切都会被澄清的。孟莫斯,你犯了一个很严重的错误。"

至此孟莫斯的态度忽然变得强硬:"我可是一个有绝对影响力的执法人。如果你想跟我作对,就大错特错了。"

帕扎尔也不甘示弱:"我要知道指控凯姆谋杀布拉尼尔的目击证人是谁。"

"是我编造出来的。"

"不可能。如果没有这样一个人,你是不会这么说的。我认为做这种伪证有戕害人命之嫌,必须负担刑责。我非开庭审理不可,如此一来,不仅可以揭发你在幕后操纵的事实,还可以让我当着凯姆的面讯问你那个证人。他叫什么名字?"

"我不会告诉你的。"

"他的地位有这么高吗?"

"我跟他保证过我不会透露。他冒了很大的危险,所以才坚持不出面。"

"拒绝协助调查,你应该知道会遭受什么惩罚。"帕扎尔语带威胁地说。

"你没有搞错吧?我可是堂堂的警察局长!不是普通老百姓。"

"而我却是门殿长老。"

这时,因生气而满脸通红、声音也变得尖锐的孟莫斯才惊觉,他面对的已经不是昔日那个力求廉正的乡下小法官了,而是不疾不徐朝着既定目标前进的孟斐斯市的大法官。"我要考虑一下。"

"明天早上我在办公室等你。你务必要告诉我那个做伪证的人的名字。"

虽然为门殿长老举办的贺宴办得非常成功,然而德内斯却已经把这个让他声名更为响亮的盛会抛诸脑后了。现在他只顾着安抚气得连说话都结结巴巴的好友卡达什。牙医来回地踱步,还不时地拢一拢几绺因过于激动而散乱的白发。他的手因充血变红,鼻子上的青筋也像随时都可能爆裂一般。

他们两人躲在休闲庭院最隐秘之处,以防隔墙有耳。后来加入他们的化学家谢奇,也特地又巡视了一下,确定四下的确无人。这个留着小胡子的矮小化学家坐在一棵海枣树下,他一面为卡达什的激动感到遗憾,一面却也和他一样忧心。

"你的计策根本没用!"卡达什埋怨德内斯。

"说要利用孟莫斯来指控凯姆,以便平息帕扎尔的怒火,这是我们三个人都同意的决定啊。"

"结果却彻底失败了!我的手抖得太厉害,已经无法执业了,你却还不让我使用神铁。当初我会参与这场阴谋,也是因为你承诺会让我官运亨通。"

"没错,我说过你会先取代内巴蒙成为御医总管,然后爬上更高的层级。"德内斯信心十足地说。

"现在美梦都成了泡影。"

"当然没有。"

"你别忘了帕扎尔已经是门殿长老,他将要开庭为凯姆洗刷冤屈,而且要逼目击证人——也就是我——出面说明。"卡达什说得十分气恼。

"孟莫斯不会招出你的名字。"

"我可不像你这么有把握。"

"他努力了大半辈子,好不容易爬到这个位子,如果他背叛我们,等于在自毁前程。"

谢奇听了德内斯的话,也点头表示同意。卡达什在谢奇的劝慰下,宽慰地喝了一杯啤酒。德内斯在宴会上吃得太饱了,正用手轻抚圆滚滚的肚皮。他有点儿无奈地说:"这个警察局长太无能了。我们得势之后,就除掉他吧。"

"欲速则不达。"谢奇用一种几乎细不可闻却相当坚定的声音说,"阿舍将军一直在暗中活动,而我的成绩也不差。不久后,我们就能拥有最精良的武器,也将控制国内主要的兵工厂。现在,我们绝对不能现身。帕扎尔一直以为卡达什想从我这儿偷取神铁,所以我们正处于敌对状态,但他并不知道我们真正的关系,只要我们谨慎一点,他就不可能发现。多亏了德内斯放出的风声,让他以为军方主要的目的是制造坚固的武器。我们要让他继续相信这一点。"

"他会这么天真吗?"卡达什不放心地问。

"这不是天真。如此大规模的计划一定会吸引他的注意力。你想想,还有什么比制造出一把可以摧毁头盔、甲冑与盾牌而丝毫无损的剑更重要的呢?一旦有了这种无坚不摧的剑,阿舍将军便可以谋反夺权了。这就是我们要灌输给帕扎尔的想法。"

"这也把你牵连在内了。"德内斯补充道。

"我只是一个化学专家,当然要听令行事,不会负什么责任的。"

"我还是很担心。"卡达什又开始踱起步来。"打从他一开始妨碍我们的计划,我们就错估了他。现在,他竟当上门殿长老了!"

"下一个风暴将会为我们扫除这个障碍。"德内斯预言道。

"每过一天就对我们更为有利。"谢奇也提醒道,"法老的权力就像是风化的岩石一样,正一天天地削弱。"

他们悄悄地商议着,全然没有发觉这番话早就一字不漏地传到了外面——在一棵棕榈树上,杀手正双眼通红地瞪着他们呢。

涅诺法夫人被贝尔·特兰的门户之见与挑衅的态度激怒之后,自然会予以反击。她将孟斐斯市最富裕的五十个家族的事业负责人请到家里来,让他们了解目前的情况。这些人的老板和他们自己都身兼了不少荣誉职位,不仅不用做事,还可以获取一些机密数据,并与行政高层的主管保持特殊的关系。然而在贝尔·特兰雷厉风行的整顿之下,他们的职务都一一被撤销了。其实,埃及有史以来便很排斥让这种暴发户独揽大权,因为他们就像沙地中的毒蛇一样危险。

涅诺法的一番慷慨陈词获得众人一致的认同。他们一定要找一个人为自己讨回公道,那个人也就是门殿长老——帕扎尔。于是,隔天一早,由涅诺法与十名代表贵族出面的人,便去请求门殿长老开庭审理。大家的手都没空着,他们在大法官的脚下摆放了香脂罐、华丽的布料和一个装满了珠宝的小盒子。

"一点小意思,不成敬意,请收下吧。"最年长的一人说道。

"你们的好意我心领了,但我不能接受。"

那名地位尊贵的老者一听,怒问道:"为什么?"

"因为有贿赂之嫌。"

"我们绝无此意。请你看在我们的薄面上,就收下吧。"

"请你们把礼物带回去,送给值得嘉勉的仆人吧。"

涅诺法夫人见情势不对，自觉帮腔道："门殿长老，我们希望阶级制度与传统价值能受到尊重。"

"我跟你们也有同样的想法。"

听了这句话，德内斯优雅的妻子便放心了，热切地说："贝尔·特兰在缺乏充分的理由的情况下，撤销了我国库督察的荣誉职位，并打算让孟斐斯许多名门望族蒙受同样的羞辱。他不但破坏了传统，还抨击了自古以来就存在的特权。我们坚持要求你出面制止这项迫害行动。"

帕扎尔念了一段律法："身为法官，对待富人与平民需一视同仁。不可注重华丽的服饰，亦不可蔑视那些因家贫而衣着简朴的人。不可接受富人的馈赠，亦不可以富人为虑而使贫者蒙其害。只要法官判决时，心中只以法令为依据，如此国家之根基必当稳固。"

这段训诫众所周知，但仍引起了在场人士的疑虑。

"你念这一段的用意是什么？"涅诺法问道。

"这表示一切情况我都知道，是我同意贝尔·特兰这么做的。你们的'特权'存在的历史其实并不长，不过是从拉美西斯登基初期才开始的。"

"你这是在批评法老吗？"

"他是希望激励你们这些贵族多尽一点责任，而不是要你们仗着头衔牟利。首相大人也没有反对贝尔·特兰的整顿计划，最初的成果的确令人欣慰。"

"莫非你想让贵族变穷？"

"不，我只是想重新树立贵族真正的威望，让他们成为人民的典范。"

刚正不阿的巴吉、野心勃勃的贝尔·特兰、满腹理想的帕扎尔，涅诺法一想到这三人联手，不由得打了个寒战。幸好老首相很快就要退休了，性如豺狼一般的贝尔·特兰会让早前的努力付诸流水，而廉正的帕扎尔法官则迟早会屈服于诱惑之下。她开门见山地问："别再满口律法和训诫了，你到底帮谁？"

"我说得还不够清楚吗？"

"你要知道，凡是想要有所成就的人，都需要我们的支持。"

"那么我就当个例外好了。"

"你不会成功的。"涅诺法愤恨地说。

塔佩妮简直索求无度。她虽然没有豹子那种狂热的激情，但无论是做爱的姿势还是爱抚的情境，都极具想象力。为了不让她失望，苏提便配合她无尽的幻想，甚至要超越她。塔佩妮对这个年轻人有很深的爱意，并为他保留了无限的柔情蜜意。黑发、娇小却个性强硬的她也是接吻的高手，偶尔温柔细腻，偶尔激动猛烈。

幸好塔佩妮公事繁忙，苏提便趁着可以休息的空当向豹子证明自己对她仍热情不减。

塔佩妮一边穿衣服，一边对正在整理缠腰布的苏提说："你不但长得帅，还猛烈得像匹马。"

"用'跳跃的羚羊'来形容你再合适不过了。"

"我对诗情画意没兴趣，倒是你的男性雄风让我倾倒。"塔佩妮笑着说。

"那是因为你懂得用诱人的姿态把它激发出来。不过，我们好像把我最初来访的目的忘了。"

"你是说贝壳细针？"

"正是。"

"这是很美、很罕见、很珍贵的东西，只有具备一定身份且纺织技术高超的人才能使用。"

"你知道哪些人符合这些条件吗？"

"当然知道。"

"能告诉我吗？"

"她们全都是女人，都是我竞争的对手，你的要求未免太过分了。"

苏提就怕她这么回答，便问道："我怎样才能蛊惑你呢？"

"其实你就是我想要的那种男人。一到晚上，尤其夜深人静时，我就非常想你。每次我都必须以自慰的方式来消解相思之苦。这种痛苦叫我怎能忍受呢？"

"我可以偶尔来陪你过夜。"

"我希望你每晚都在。"

苏提心中一惊："你是想……"

"结婚啊，亲爱的。"

塔佩妮果然语出惊人，苏提不禁为难地说："我对婚姻有点儿排斥。"

"你必须离开其他情妇，搬到我家里来，每天在家里等我，随时满足我最狂热的需求。"

"其实，比这些要求更痛苦的事还多着呢。"

"好，那下周我们就正式宣布。"苏提没有反对，他以后一定会想办法逃出婚姻这座牢笼。

"现在可以告诉我使用贝壳细针的人是谁了吧？"

塔佩妮娇媚地问："你这是答应了？"

"是的。咱们一言为定。"

"这个消息真的这么重要？"

苏提对她一再地吊胃口感到气恼，便拗着性子说："对我是很重要。不过你要是不想说……"

她紧抓着苏提的手臂不放，哀求道："别生气嘛。"

"你这是在折磨我。"

"我只是开个玩笑。因为手抖，大部分贵妇都用不好这种针。使用这种针，手必须又巧又稳。据我所知，这一点只有三个人能做到。其中，前任运河总督的夫人手艺最为高明。"

"她现在人在哪里？"

"她已经八十岁了，住在南方边界附近的象岛上。"

苏提撇嘴笑了笑，又问："其他两个人呢？"

"第二个是谷仓总管的遗孀，她身材瘦小，但力气惊人。不过两年前她摔断了胳膊，所以……"

"第三个呢？"

"第三个是前任运河总督夫人最得意的门生。虽然家财万贯，可她大部分衣服都是自己亲手缝制的。这个人就是涅诺法夫人。"

第 15 章

上午就要开庭了。凯姆虽然尚未找到狒狒，仍答应出庭应讯。

帕扎尔天一亮便开始仔细查看命运之神为他安排的门殿。迎战孟莫斯的任务并不轻松，警察局长虽已被逼得无路可退，却也不会乖乖束手就擒。帕扎尔怕他会使坏心眼儿，这些达官贵人为了保护自己的权益，不惜将别人踩在脚底下。

帕扎尔走出门殿，注视紧挨着门殿的神庙。在一道道的高墙后面，有一群专门研究神力的专家正在努力用功，明知道人类有无数弱点，但他们并不认命。人类不过是泥土与干草，只有至高无上的神才能为创造力搭建起永恒的居所，凡人永远无法捉摸这种力量，却又无所不在，即使最简单的打火石也不例外。如果没有神庙，司法将只是一团混乱，是人与人之间债务的清算，是某一个阶级凌驾于其他阶级之上。有了神庙，玛特女神才能掌稳舵，维持平衡。无论是谁，都不能拥有司法，唯有身轻如鸵鸟羽毛的玛特方知行为举止的轻重。因此法官必须像孩子侍奉母亲一般侍奉玛特。

孟莫斯在黑夜即将结束时出现了。帕扎尔一向怕冷，虽然现在还不冷，但他已经披上了羊毛披肩，而警察局长只穿着一件上了浆并令他感到骄傲的长袍。他的腰间插着一把短柄刀，眼神十分冷漠。

"你起得真早啊，孟莫斯。"帕扎尔先招呼道。

"我可不想扮演被告的角色。"

"你是以证人的身份出庭的。"

"你的计谋很简单:用一些莫须有的罪名击垮我。但你可别忘了,我跟你一样都是执行法令的人。"

"你却忘了将法令执行到自己身上。"

"进行调查并不是一件轻松愉快的事,有时候就是得弄脏自己的手。"

"你该不会忘了把手洗干净吧?"

"现在不是假仁假义教训人的时候。总之,你不能把一个危险的黑人置于警察局长之上。"

"法律面前,人人平等。我是这样立誓的。"

"你以为你是谁啊,帕扎尔?"

"我是埃及的法官。"

这几个字帕扎尔说得铿锵有力、义正词严,深深震撼了孟莫斯。他不幸遇到了一个拥有传统价值观的法官,就像金字塔时代浮雕上的那些人一样,高昂着头、刚正不阿、崇尚真理,不为任何责难与赞美所动。在宦海浮沉多年之后,孟莫斯总以为这类人将随着巴吉首相的退隐而完全消失。不料,大家都以为已经被斩尽的野草,却在帕扎尔身上获得了重生。

"你为什么要这样折磨我?"孟莫斯叹气问道。

"你并非无辜的受害者。"

帕扎尔并不同情他。

"我也是身不由己。"

"谁指使你的?"

"我不知道。"

"算了吧,孟莫斯!你是全埃及消息最灵通的人,你让我怎么相信还有比你更狡猾的人在掌控全局呢?"

"你想知道真相?这就是真相。骗你对我又有什么好处?"

"我还是有疑虑。"

"那你就错了。关于退役军人的真正死因，我毫不知情，神铁被窃案也一样。谋杀布拉尼尔的凶手给了我大好的机会，用匿名告发的方式来除掉你。我毫不犹豫地接受了，因为我恨你。我恨你的机智，恨你不管付出多少代价都坚持到底的决心，恨你不愿妥协的固执。凯姆，他是我最后的机会，如果你能让他当替罪羔羊，那么我们就算达成了互不侵犯的协议。"

"在幕后操纵的人该不会就是那个冒牌的目击证人吧？"

孟莫斯挠了挠发红的脑袋："阿舍将军的确主导策划了一场阴谋，但是我找不到线索。我们既然有共同的敌人，何不携手合作呢？"

帕扎尔沉默不语，事情似乎有了转圜的余地。

"你坚持不了多久的。"孟莫斯肯定地说，"或许你的确靠不妥协的个性爬上了高位，不过，这条绳子已经绷得足够紧，不能再拉了。我有相当丰富的人生经验，听我的建议准没错。"

"我想一想。"

"好极了！我已经准备好冰释前嫌，把你当成朋友了。"

"如果你不是这场阴谋的主导者，"帕扎尔思考着说道，"那事情比我想象得严重多了。"

孟莫斯露出窘迫的神情，他原以为这位门殿长老会有另一番结论。

"你那名证人的身份就成了关键的线索。"帕扎尔接着说。

"不要再逼我了。"

"那你只好自己承担后果了，孟莫斯。"

"你敢指控我……"

"阴谋危害国家的安全。"

"陪审团不会听你的。"

"开庭后咱们就知道了。指控的理由很多,已经够让他们警觉了。"

"如果我说出他的名字，你会放过我吗？"孟莫斯还想抓住最后一线希望。

"不会。"

"你疯了！"

"我绝不接受任何要挟。"

"如此说来，我说了也没有什么好处。"

"随便你。待会儿法庭上见了。"

孟莫斯的手紧紧握着短柄刀。这么多年来，他第一次面临进退两难的窘境。

"你打算把我的未来变成什么样子？"他十分紧张地问。

"你的未来得由你自己决定。"

"你是个优秀的法官，我是个好警察。错误是可以弥补的。"

"做伪证的人是谁？"

孟莫斯当然不会承担一切："牙医卡达什。"

他说完后，仔细观察帕扎尔的反应。但是帕扎尔依旧不发一语，他迟疑着不敢离去，接着又说了一次："卡达什。"

转身离开的孟莫斯一心期盼着这个回答救自己一命，却没发现还有个旁观者正目不转睛地盯着他。狒狒蹲坐在门殿屋顶上，犹如一尊托特神像。它端坐着，双手平放在膝上，似乎在沉思些什么。

帕扎尔知道警察局长没有说谎。否则，狒狒早就扑上去了。

他出声呼叫杀手，狒狒起先还在犹豫，后来顺着一根柱子滑了下来，它面对着帕扎尔，伸出了手。

当狒狒再度见到凯姆时，立刻跳上前去抱住他的脖子，而凯姆则高兴得热泪盈眶。

成群的鹌鹑飞越过农田，朝稻谷猛扑而下。经过长时间的飞行，疲惫的领队竟没有发现陷阱。此时，穿着纸莎草鞋、匍匐在地的猎人们，早已张着一面密密的网，一待助手们起身挥动布条，受到惊吓的鸟儿便大批大批地自投罗网了。烤鹌鹑可是饭桌上最令人垂涎的佳肴之一。

看到这种景象，帕扎尔却没有感到欣喜。凡是剥夺自由的举动，即使对象只是一只鹌鹑，都同样让他痛心。对他的思绪向来一清二楚的奈菲莉，忙不迭地拉着他往郊区走去。他俩走到一处水面无波无纹、四周种满了无花果树与柽柳的湖边。这个湖是一个底比斯国王为了他伟大的王族妻子而开凿的。据说每到黄昏，哈托尔女神便会到湖里沐浴。奈菲莉希望眼前天堂般的景致能安抚丈夫的心。

若警察局长的回答属实，不正表示从帕扎尔到孟斐斯开始调查之初，便已经把矛头指向策划这场阴谋的人了？卡达什毫不犹豫地收买了孟莫斯，将法官送入监狱。帕扎尔突然感到一阵眩晕，他不禁怀疑卡达什是否只是一个执行者，在他的背后是否还有一只黑手负责策划，并强迫他不计代价地执行。

确定卡达什有罪后，帕扎尔心底产生了一些疑问，而这些疑问在没有证据的情况下无法仓促地下结论。他心中仿佛有一把无名火在燃烧，有时候这种感觉真叫他无法忍受。然而，太急于发掘真相，是不是反而会因为太过贸然，反而得不到真相呢？

奈菲莉早已下定决心要让帕扎尔暂时脱离办公室和那些繁杂的公文，因此不顾他的反对，拉着他来到了幽静宜人的乡间。

"我把宝贵的时间都浪费了。"帕扎尔幽幽地说。

"跟我在一起，感觉很糟吗？"奈菲莉反问他。

"对不起，我不是那个意思。"

"你应该适当放松一下。"

帕扎尔将现状告知妻子："从牙医卡达什，到化学家谢奇，然后到阿舍将军，再到五名退役军人被杀一案，可以推测，一切与德内斯夫妇有关！阴谋者是埃及上层的精英。他们想利用军事叛变与独一无二的新式武器夺得政权。所以他们才想除掉布拉尼尔，以免他支持我进入神庙调查神铁失窃案;所以他们才诬陷我杀害布拉尼尔,想借机除掉我。这件事牵涉的人太多了,奈菲莉!我不确定自己分析得对不对,但我又怕这些假设都是真的。"

她牵着他走在环湖的小径上。此时正是酷热的午后,农夫都在树荫下或草屋中睡午觉。

奈菲莉走到岸边跪了下来,摘下一朵含苞未放的莲花插在发间。一条银色的、肚子圆圆的鱼跳出水面,又随即消失在金光闪闪的涟漪之下。

奈菲莉走进了水波里,湿透的亚麻连衣裙紧紧黏在她的身上,让她曲线毕露。她钻进水中,畅意欢笑,悠然自得,还用手学鱼左右游动。出水之后,她身上的香气更加浓郁了。

"你不跟我一起吗?"

帕扎尔十分享受地注视着她,一时竟看傻了眼。接着他脱下了缠腰布,她也褪下了连衣裙。两具赤裸的身体交缠在一起,缓缓滑入纸莎草丛中。他们沉浸在快乐中浑然忘我。

帕扎尔极力反对奈菲莉的做法。御医总管内巴蒙找她能有什么好事?一定是设下了陷阱想要报复。

不过,奈菲莉还是在凯姆和狒狒的保护下见内巴蒙去了。狒狒潜入内巴蒙的庭院,一旦御医总管起了邪念,它便将以最粗暴的方式反击。

奈菲莉一点儿都不怕,反而很高兴能得知自己最顽强的敌人的企图。虽然帕扎尔百般劝说,但她还是答应了内巴蒙的条件:和他进行一对一的谈判。

通过门房守卫的大门后,她走进了一条两旁都是柽柳的小径,柽柳枝条茂密纷杂。柽柳的果实外覆长毛,必须在晨露中采摘,再置于太阳底下晒干后食用,味道十分甜美。柽柳木则可用来制作棺木和用以对付埋伏在暗处的敌人的棍子。偌大的宅院里出奇地安静,奈菲莉顿时有点儿后悔没有随身携带一根用柽柳木制作的棍子。

没有园丁、挑水夫和仆役,豪华的别墅看起来空无一人。

奈菲莉迟疑地跨过了门槛。宽敞的会客室里凉风阵阵,只亮着几盏灯,光线暗淡。

"我来了。"她大声说。

没有人应答,整栋宅子似乎是空的。内巴蒙会不会忘了他们的约定,回城里去了?她满腹疑惑地往卧室里走去。

她走进房间,房间内的壁画描绘的是鸭子扑翼和白鹭栖息的场景,御医总管仰卧在大床上沉睡着。他脸颊消瘦,呼吸短促而不规律。

"我来了。"奈菲莉又轻轻地说了一声。

内巴蒙这才醒过来。他不敢置信地揉了揉眼睛,坐起身来。

"你竟然……我实在不敢相信!"

"你真的这么令人害怕吗?"

他定神凝视着眼前这个飘然若仙的人儿,说道:"曾经是的。以前,我总希望帕扎尔就此消失,你一蹶不振。你们过得幸福快乐,让我痛苦万分,因为我想让你跪在我面前,苦苦地哀求。你们幸福甜蜜的生活让我无法快乐。为什么我吸引不了你呢?那么多人都为我倾倒,但是你跟她们都不一样。"

内巴蒙苍老了许多,他原本那富有磁性、令人着迷的慵懒的声音,如今却微微地颤抖。

"你生了什么病?"

内巴蒙没有回答,岔开话题道:"我这个主人真差劲。你要不要尝一尝蜜枣果酱夹心的蛋糕?"

"我不是个热爱美食的人。"

"而你热爱生命,为了生命,你甘心毫无保留地奉献自己!我们本来可以是一对令人称羡的佳偶。帕扎尔配不上你,你知道的,他这个门殿长老当不了太久的,财富也将从你们手中溜走。"

"财富有这么重要吗?"

"一个贫穷的医生是无法进步的。"

"可是你的财富能让你免于痛苦吗?"

"我得的是血管瘤。"内巴蒙哀叹一声。

"这并非不治之症。要想减轻痛苦,我建议你服用以初春尚未结果的无花果树萃取的汁液。"

御医总管点头赞许道:"很好的药方。你对医药的认识果然非常深。"

"但还是避免不了手术。我会用锋利的芦苇切开患处,再用火去除肿瘤,然后再用炙烤后的柳叶刀烧灼创口。"

"你的办法没错——如果我的身体能承受得住的话。"

"你已经衰弱到这种地步了?"

"我的日子不多了,所以才遣散了亲信和仆人。所有人都让我感到厌烦。现在王宫里肯定是一片混乱,我不在就没有人做主。那些对我唯命是从的笨蛋想必个个都手足无措。我真是可悲又可笑。不过临终前能再见到你,我也十分欣慰了。"

"让我给你看看吧。"

"随你吧。"

她仔细地听着他微弱而不规律的心跳声:内巴蒙说得没错,他的确病得很重。

他静静地躺着,闻着奈菲莉身上的香气,享受着她的手轻触肌肤、她的耳朵轻贴在胸前的感觉。如果能让这一刻停住,就算要他付出一切,也甘心情愿。不过,他再也没有这种机会了,在最终审判的天平旁,噬人的恶魔正等着他。

奈菲莉听诊过后,问道:"之前是谁在给你治病?"

"我自己,埃及最杰出的御医总管!"

"你是怎么治的？"

"用自我鄙视的方法。"

内巴蒙露出一抹苦笑："奈菲莉，我讨厌自己，因为我没有办法让你爱我。我的人生是一连串的成功、谎言与劣迹，唯独缺少你，缺少那份可能吸引你的热情。现在我也将孤独地死去。"

"我不会放弃给你治病的。"

"不要再犹豫了，把握这个机会吧！万一我痊愈，就又会变成一头猛兽，又会千方百计想除去帕扎尔来掳获你的心。"

"病人需要治疗。"奈菲莉态度很坚定。

"你愿意做我的医生吗？"

"孟斐斯还有许多优秀的医生。"

"我只想让你为我治病，其他人都不行。"

"别孩子气了。"

内巴蒙看着她，带着一种绝望的神情问道："如果没有帕扎尔，你会不会爱我？"

"你知道我的答案。"

"你为我说一次谎吧！"

"今晚你的仆人就会回来。我会吩咐他们准备清淡的饮食。"

内巴蒙坐了起来，说道："我向你发誓，我绝对没有参与你丈夫所说的任何阴谋计划。布拉尼尔被杀、退役军人的死以及阿舍将军的诡计，我一概不知。我唯一的目的就是把帕扎尔关进监狱，然后逼你嫁给我而已。我这辈子都不会娶其他人为妻了。"

"既然知道不可能，何必还那么坚持呢？"

"我坚信，风总有转向的一天！"

第 16 章

豹子愉快地抚摸着苏提的胸膛。刚才他的激情如涨潮一般，凶猛地拍打着山石。

"你为什么闷闷不乐的？"

苏提不知如何启齿，只得懒懒地答道："没什么，只是一点小事。"

"现在有好多谣言。"

"什么谣言？"

"有人说拉美西斯大帝的运势开始走下坡路了。上个月，码头发生了一场火灾，河里也发生了好几起意外事件，还有一些金合欢树被雷电劈成了两半。"

"无稽之谈。"

"你的同胞们可是认真的。他们都觉得法老的神力已经用尽了。"

"我还以为是什么了不起的事呢！只要他举行再生仪式，人们就会高兴得欢呼了。"

"那他还等什么？"

"拉美西斯大帝总是会在最恰当的时机作出最恰当的决定。"

"那你又在烦恼什么？"

"我说过了，没什么。"

"一定跟女人有关。"豹子愠道。

"是和我的调查工作有关。"

"你的调查怎么样了？"

"我必须……"

他话还没说完，豹子便接着说："结婚，还要签订正式的合约。也就是说，你不要我了。"

然后她摔碎了好几个陶碗，还把一张用稻草填塞的椅子拆了，整个人像发了疯似的。她问："她是个什么样的人？长得高还是矮？年纪多大了？"

"她个子小小的，头发很黑，比你丑。"

"很有钱？"

"当然了。"

豹子一听，又发起飙："我满足不了你了，因为我没钱。你对金发女人没兴趣了，跟那个有钱的黑发女人在一起你才觉得体面、风光，对不对？"

"我要向她打听消息。"

"那就一定要结婚吗？"

"只是形式而已。"

"那我怎么办？"

"耐心一点，我一打听清楚就马上离婚。"苏提极力安抚她的情绪。

"到时候她会怎么做？"

"她也只不过是跟我玩玩，很快就会忘掉的。"

豹子考虑了一下，还是觉得不妥。

"不要这样，苏提。你错得太离谱了。"

"我不可能出错。"

"不要再听帕扎尔的话了。"

"我已经签订了婚约。"

帕扎尔，堂堂的门殿长老，孟斐斯的大法官，公认的道德权威，

第16章 111

此时竟像个小孩子一样闹脾气。他无法接受妻子为内巴蒙付出的心力。奈菲莉请了几名医生到病榻前为他治疗,还帮他把仆人都找了回来,以便随时有人照顾他。这让帕扎尔万分气恼,他抱怨道:"我们不能帮助敌人。"

"法官可以说这种话吗?"

"就因为我是法官,才必须这么说。"

"但我是一名医生。"

"这个魔鬼曾经企图毁掉你我呀。"

"可是他失败了。现在,他的病痛也正在慢慢地毁灭他。"

"他犯的错可不能因为生病而一笔勾销。"

"你说得对。"

"你承认我说得对,就不要再照顾他了。"

"这跟我怎么想没有关系,我只是在履行我的职责。"

帕扎尔这才露出了一点笑容。奈菲莉斜睨着他,问道:"你该不会是在嫉妒吧?"

帕扎尔一把将她拉过来,说:"没有人比我更爱嫉妒了。"

"你会答应我,让我给丈夫以外的人看病吗?"

"如果于法有据,我绝不答应。"

勇士担心地看着主人,然后将右爪递给奈菲莉,将左爪递给帕扎尔。每次男女主人稍微起口角,它就会感到不安。它的这个动作会逗得两个主人开怀大笑,然后它也会放心地跟着乱叫一通。

苏提推开了两名抱着一堆纸的书记官,撞倒了一名文件管理员,然后冲进帕扎尔的办公室。帕扎尔正在喝铜杯中的水。帕扎尔看到这个战争英雄长发凌乱、怒不可遏的神情,不禁问道:"有什么麻烦吗,苏提?"

"有,就是你。"帕扎尔随即起身关上了门,他知道接下来将有一场风暴。

"我们可以到别处去谈。"

"不用了！这个地方正是我生气的原因。"

"你有什么冤屈吗？"

"你有钱了！帕扎尔！看看你的四周：抄写员、没什么知识的职员，全都是一些只顾着自己升迁的小人物。我们的友谊呢？调查阿舍将军的事呢？你似乎不再追求真相，也不再信任我了。现在的你已经被头衔和荣耀收买了。我明明亲眼看到阿舍折磨、杀害一个埃及人，我知道他是个叛国贼，而你却在这里像个贵人一样神气活现地摆阔。"

"你喝醉了。"帕扎尔只淡淡地说。

"是啊，喝了太多劣质啤酒。我需要借酒浇愁。没有人敢像我这样跟你说话。"

看到他这样胡闹，帕扎尔也不生气。"你说话一向直来直往，可是我知道你并不笨。"

"不要再侮辱我了。你敢否认我说的话吗？"

"你坐下。"

"我不会跟你和解的。"

"那至少先休战吧。"

苏提有点儿晕，但还是稳稳地蹲了下去，没有跌倒。

"不用对我甜言蜜语。这套把戏我早就看透了。"

"那你的运气可真不错——我已经晕头转向了。"

苏提一听，讶异地转身看着帕扎尔，问道："你这话是什么意思？"

"你看清楚：我被工作压得喘不过气来。当初担任小法官时，我还有时间进行调查。现在，我得处理无数的申请和文件，还要安抚人们的怒气与不耐烦。"

"所以我才说这是个陷阱啊！辞职吧，跟我合作。"

"你有什么计划？"

"绞死阿舍将军，让埃及从邪恶的势力中脱身。"

"第二个目标是达不到的。"

"当然可以达到。只要把主谋的脑袋砍下来，叛乱自然就平息了。"

"那杀死布拉尼尔的凶手呢？"

苏提冷冷一笑："我明明是个调查高手，现在为了调查真相却得和塔佩妮结婚。"

"我很感激你的牺牲。"

"不这么做她就不会透露更多消息给我。"

"现在你也是个有钱人了。"

"豹子无法接受。"苏提有点儿沮丧。

"你这个谈情高手应该很容易就能摆平。"

"如果让我结婚，我宁愿被关进监狱！时机一到，我就立刻离婚。"

"婚礼还顺利吗？"

"极度保密。她不想要任何人参与。到了床上，她简直放浪到了极点，我就像是随时供她享用的点心。"

"调查的结果如何？"

"只有几个贵妇人能使用杀死布拉尼尔的那种针。其中技术最为杰出熟练的是涅诺法夫人，虽然她的国库督察只是个虚职，不过她确实是布料总管，而且精通纺织。"

竟然是涅诺法夫人！运输商德内斯的妻子、贝尔·特兰的劲敌！然而，她担任阿舍一案的陪审员时，却没有利用职权判帕扎尔有罪。帕扎尔再次有了敲错门的感觉。她的罪行似乎很明显，但罪证不够。

"马上逮捕她吧。"苏提建议道。

"我们没有确切的证据。"

苏提不明白帕扎尔为什么总是婆婆妈妈的:"事实都已经这么明显了,你为什么还是不接受?"

"不接受的不是我,而是法庭,苏提。要判一个人谋杀罪,陪审团一定会要求有确切的罪证。"

"可是我都已经结婚了。"

"尽量再多打探一点消息。"

"你的要求越来越严苛了。你把自己关在狭小的法律世界里,结果越来越不切实际。阿舍是个叛徒兼杀人犯,他野心勃勃地想掠取亚洲军团,而涅诺法则杀死了你的老师。这是事实,你却不愿意接受。"

"为什么阿舍将军不采取行动呢?"

"因为他正在把自己的人安置到埃及和邻近的保护国内。他既然负责训练亚洲军团的军官,就一定能拉拢许多忠心的书记官与军人。在他的同伙谢奇的协助下,他很快就能拥有强力的武器,然后就能更肆无忌惮地攻击其他军队了。要知道,控制了兵力就等于控制了国家。"

帕扎尔还是有疑问:"兵变夺权是不可能成功的。"

"现在已经不是金字塔时代了,如今的法老王是拉美西斯!外省有成千上万的外国人,而我们亲爱的同胞则整天想着如何发财,已经忽略了要遵循众神的旨意。古老的道德观已经死了。"

"可法老还是神圣的。阿舍将军没有如此高的地位,不会有任何阶层的人支持他,全国的人也都会唾弃他。"

帕扎尔的话让苏提改变了想法。苏提承认自己的推论可能会发生在其他亚洲国家,唯独在拉美西斯大帝所统治的埃及行不通。无论武器装备多么精良的乱党,都得不到神庙的肯定,更得不到人民的认同。要想统治上下埃及,光靠武力是不够的。必须有一个具备神力的人,能与众神达成协议,并让这片土地闪耀着爱的神迹。这种论调对希腊人、利比亚人与叙利亚人而言，或许荒唐可笑，但对埃及人却是理所当然的。因此，无论阿舍多么足智多谋、诡计多端，都不具备这样的力量。

"真奇怪。"帕扎尔说，"我们找出了谋杀布拉尼尔的三个嫌疑犯。门殿长老遭到放逐，如今因营养不良已经奄奄一息，内巴蒙患了重病，孟莫斯则自身难保。这三个人都可能是写纸条引诱我到布拉尼尔家，设下陷阱害我的人，现在嫌疑犯又多了一个涅诺法夫人。其实，我认为这件事与前任门殿长老无关，他只不过是一个久居官场、精疲力竭、不愿多惹是非的法官罢了。而内巴蒙也向奈菲莉发誓，说他与任何阴谋计划都毫无关联。至于一向精明干练、自信满满的警察局长，却又像个傀儡，完全不像主谋。我们曾经错得这么离谱，你说我怎么能不对涅诺法夫人多作一番调查呢？"

"你仔细听着，这就是你要知道的阴谋！阿舍将军虽然拥有精英部队却不满足，还需要贵族与有钱人的支持。于是他找到了孟斐斯的大富商德内斯夫妇！借由他们的财富，他可以贿赂证人、收买人心。所以整个事件的主谋有两个人。"

"可是我的就职贺宴，是德内斯主办的呀！"

"他难道不想连你一起收买吗？既然目的未能达成，他就捏造了对自己有利的事实。你，谋害布拉尼尔的凶手；卡达什，凶杀案的目击证人。顺便趁机解决掉你忠心的下属，凯姆。"

这一次，尽管苏提仍稍有醉意，却也说服了帕扎尔。

"如果事实真的如你所说，那我们的对手就比我们想象得更多、更强。德内斯会拥有如国家统帅一般的能力吗？"

"绝对没有！他太自大了，目中无人，而且太短视，他只在乎他自己的财富和个人利益。涅诺法夫人比较可疑，我相信她有摄政的能力。我们不是在开玩笑啊，门殿长老！五具退役军人的尸体、布拉尼尔被杀、多次灭口的企图。埃及已经几十年没有这么乱过了。

你的调查也屡次受到干扰。既然你有一定的权力,就该好好利用!你那些纸面上的工作可以缓一缓。"

"埃及的安定与民生福祉就是靠这些纸来维持的。"

"要是他们的阴谋得逞,这些纸还有什么用?"

帕扎尔站起来,神情严肃地说:"苏提,无所事事让你浑身不舒服,对不对?"

"英雄本来就需要战绩。"

"你愿意冒险吗?"

"我冒险的意愿跟你一样强烈。我一定要看到阿舍将军受到惩罚。"

西尔基斯肚子痛得让她的丈夫慌了神。他担心是痢疾,便半夜三更亲自去找奈菲莉。

奈菲莉让西尔基斯吃了一点莳萝的籽,莳萝籽具有镇静与消化的功能,可以舒缓肠胃痉挛。若加入泻根与芫荽后制成软膏,还有助于减轻头痛。由于腹泻太过严重,光靠这种黄色伞形花序植物不足以治疗,每隔一刻钟,西尔基斯还得喝一杯药水,那是在角豆果荚制成的啤酒中加入油和蜂蜜制成的。一个小时过后,西尔基斯的症状减轻了不少。

"你的医术真是太高明了。"她有气无力地道谢。

"你放心,明天就会痊愈了。这种药水还要继续喝一个星期。"

"会不会有什么并发症?"

"不会的,只是普通的食物中毒。如果治疗不当,可能会变得很麻烦。最近,你只能吃谷类食物。"

贝尔·特兰万分感激地向奈菲莉道谢,并把她拉到一旁悄悄地问:"你有把握吗?"

"你绝对可以放心。"

"我请你吃些点心吧。"

奈菲莉没有拒绝,她刚好可以稍作休息,然后开始漫长的一天,去探访十多个贫富悬殊的病患。天很快就要亮了,就算睡觉也睡不了多久。

"自从我进了国库工作,就天天失眠。"贝尔·特兰坦承道:"西尔基斯睡觉的时候,我还要准备第二天的工作。有时候,胃胀得难受,好像在抽筋一样。"

"你的生活太紧张了。"

"国库的工作那么多,我没办法休息。你责备得有理,奈菲莉,不过我也得说说你。你每天都在城里东奔西跑,有人找你,你从来都不拒绝。你应该获得更好的待遇,宫里就缺像你这般优秀的医生。内巴蒙周围的人都是一些平庸无能之辈,有也等于没有。他之所以把你赶出他的团队,主要是因为你太厉害了。"

"宫里医生的人选由御医总管决定,你我都无法改变。"

奈菲莉说得坦然,贝尔·特兰却为她不平:"你治好了首相和其他几位显贵的病。我要请他们做证,然后把情况上报给纪律委员会。再笨的人也得承认你的优秀。"

"我完全不想为自己争取。"

"帕扎尔身为门殿长老,为避免偏袒之嫌,不能出面为你讨公道。但我不同,我决定为你出战。"

此时,底比斯陷入了一片不安。这个南方大城市向来坚守古老传统,对北方的孟斐斯太过轻易就进行许多经济制度改革十分不以为然。现在,底比斯市民正迫不及待地等着公布新任卡纳克神庙大祭司。担任大祭司者,将统理八万名下属、六十五个乡镇、一百万名直接或间接为神庙工作的男女、四万头牲畜、四百五十个葡萄园与果园,以及九十艘船。法老负责提供祭祀用品、粮食、油、香脂、衣物与土地，在市界线的四个角落竖四根大石柱作为标志，大祭司则负责征收商品与渔获的税款。大祭司相当于治理着一个国中之国，因此法老必须选派一个完全忠诚、服从，却又不失威信的人。布拉尼尔便有这样的特质，他突然丧命着实让拉美西斯感到为难。眼看就职日到了，他还是没有公布人选。

帕扎尔和苏提一起动身前往底比斯，一方面是因为好奇，另一方面也十分有必要。毫无疑问，这种贵重的金属肯定来自南部的神庙，现在只有卡纳克神庙的大祭司能给他们指引正确的方向。

以门殿长老之尊，帕扎尔轻易地上了码头，苏提则扮成他的助手。尼罗河道与神庙间的船坞停了许多小船，一排排树为船遮蔽了阳光。

他们二人在一名祭司的带领下，走过了眼神威严得令人不敢直视的斯芬克斯像。每个卫兵面前都有一条水渠，将水引至一个深约五十厘米、种满了花的土坑。如此一来，这条自外界通往神庙的神圣之路，便显得五彩缤纷、绚丽耀眼。

帕扎尔和苏提进入第一个大庭院，一些穿着亚麻长袍的光头祭司，正细心地把花放上祭坛。无论在什么情况下，这个仪式都不能忽略。自金字塔时代起，凡是虔诚的信徒、祭司、神的仆人、奥秘大师、仪式之书保管者、天文学者与乐师，无不兢兢业业地履行律法赋予他们的职责。一小部分人需长期住在神庙内，其他人则要定期到庙里祭拜，每次的时间短则一星期，长则三个月。在这期间，早晚各需净身两次，因为他们认为身躯洁净无垢与灵修同样重要。

帕扎尔和苏提坐在一张石椅上，四周的静谧、庄严，让他们忘却了烦恼与疑问。在这里，生活不受时间的侵蚀，给人一种截然不同的感受。就连不信神的苏提，此时都觉得灵魂饱满。

法老已经将象征权责的一根金杖与两枚戒指交给了卡纳克神庙

的新任大祭司。今后,埃及规模最大、最富裕的神庙的住持,将负起监管神庙珍宝的责任。每天早上,他都要打开秘密圣殿的两扇大门,这里是阿蒙神以东方神秘仪式重生的光明之域。宣誓过后,他还要遵行宗教仪式、更换祭品,并让神殿维系神最初创造万物时的平衡。明天,他得仔细想想复杂的人事安排,包括人事总管、庙务总管、内侍,以及多名书记官、秘书与领班,等等。明天,他将开始怀念那段因法老的决定而结束的平静生活。在这个紧张的时刻,他默念着律法中一则重要的训示:"切勿在庙中大声谈笑,因为神不喜喧哗。但愿你永葆多情之心。切勿胡乱请示,因为神喜爱安静。静默如生长于园中的果树,阴凉宜人,果实甘甜,一生便都能在园中,成长、枯萎。"

大祭司在至圣所中,对神像所在的内中堂冥想了许久。昨日的憧憬与微不足道的愿望都已化为泡影,他从未想到会有如此令人激动的际遇。大祭司的长袍使他超凡脱俗,连他自己都认不出自己了。但这并不重要,因为他再也没有时间顾及自己的喜好或疑惑了。

大祭司一边后退,一边擦去脚印。一走出至圣之所,他便转过身来迎接神庙祭司这一重任的挑战。

当新任大祭司出现在拉美西斯所建造的柱厅入口时,一片欢呼声响起。从此他便可以用金杖开路,并率领一支和平军为光耀阿蒙神之名而努力。

看到大祭司,帕扎尔吓了一跳:"太不可思议了。"

"你认识他?"苏提问他。

"他就是那个菜农卡尼。"

第 17 章

卡尼在大庭院中接受显贵们的致意时,在帕扎尔面前停留了很久。帕扎尔向他行了个礼。二人互换眼神,有着说不出的欢喜。

"我希望能尽早请教你几个问题。"

"我今晚就可以见你。"卡尼答应道。

大祭司的宅邸就在神庙入口附近,是一栋宏伟的建筑。墙上绘有赞颂大自然众神的壁画,让人赏心悦目。卡尼在他的工作室里接见帕扎尔,室内堆满了一个个卷轴。

两个老朋友一见面便热情地拥抱。帕扎尔先开口说:"我真替埃及感到高兴。"

"但愿你是对的。这个职位本来是布拉尼尔的,他是贤人中的贤人,谁能比得上他呢?以后,我每天早上都会向他在庙中的雕像献上祭品,以表追思。"

"拉美西斯的决定没错。"

"我也确实喜欢这个地方,就像我已经在这里住了很久一样。我能有今天,全靠你的帮助。"

"我的帮助太微不足道了。"帕扎尔谦逊地说。

"但具有关键性。不过,我觉得你似乎有心事。"

"我现在进行的调查工作太难了。"

"我能帮上什么忙吗?"

"我想进入科普托斯神庙调查，但愿能发现阿舍将军的同谋谢奇是从何处得到那批神铁的。为了定阿舍的罪和证明谢奇的罪行，我必须循着这条线索追踪下去。没有你的同意，我不可能办得到。"

"共犯中有祭司吗？"

"不排除有这种可能。"

"我们不能向困难屈服，给我一个礼拜的时间吧。"

帕扎尔除去体毛之后，便住在卡纳克圣湖旁的一间小屋中，并以"正祭司"的身份参加礼拜仪式。他每天都给奈菲莉写信，向她赞扬神庙的壮丽与宁静。苏提不愿牺牲一头长发，便躲到一个女性友人家里。这名女子是他在一次水上运动赛中认识的，还没有结婚，而且对孟斐斯十分向往。为了让她把注意力集中在自己身上，苏提简直使出了浑身解数。

到了事先约定的那天，大祭司在他的会见厅里接待了帕扎尔和苏提。卡尼似乎变了，这名曾以种植草药为主业的园丁，被太阳晒黑的五官十分鲜明，脸上有深深的皱纹，但他的步伐变得更加沉稳、庄重。拉美西斯之所以选择他，想必是看出了他质朴外表下的独特品质。卡尼完全不需要适应期，短短几日，便已经完全进入状态了。

帕扎尔向他介绍了苏提，苏提一进入庄严肃穆的场所就感到不自在。

"的确要调查科普托斯。"卡尼说，"贵金属与稀有矿物专家都隶属神庙大祭司管辖，且大祭司曾先后当过矿工与沙漠警察。想知道神铁的来源，问他准没错。所有前往矿坑与露天采矿场的大规模队伍，都会从科普托斯出发。"

"会跟他有牵连吗？"

"据他呈上来的报告看，应该没有。他虽然负责监管，但是他自己也受到了监视。而且他负责将珍贵的材料运送到埃及的各个神庙，二十年来从未出错。此外，他也是金矿场的负责人。不过，我还是给你一道手谕，这样你能调阅神庙的档案。我觉得漏洞应该出现在其他地方，他也得和矿工、勘探人员打交道，不是吗？"

风猛烈地吹着苏提的黑发，他站在驶往孟斐斯的一艘船的船头，满腔的怒火难消，因为帕扎尔实在太冷静了。

"科普托斯、沙漠、沙漠之宝。你简直疯了！"

"有了卡尼给我的手谕，我就能彻底搜查科普托斯神庙了。"

"荒谬！这种窃贼是不会笨到留下蛛丝马迹的。"

"我觉得你的想法很合理，所以……"

"所以你就要充英雄，带着一群无法无天、乐意为金子而自毁前程的人出发去冒险。要是在以前，我一定会欣然前往，可是我已经结婚了，而且……"

"你呀，现在可是一个小富翁！"帕扎尔调侃道。

苏提并不否认："我的确想好好享用塔佩妮的财富，我也会为她提供上等的服务。况且，你不是要我拴住她以便套出更多内情吗？"

"靠女人过日子，这可不像你的作风。"

"叫你的努比亚警察去吧！"

"他到那儿就会被认出来的。这次我要亲自追查。"

"你在胡说什么？你撑不过两天的。"

"我在监狱不也挺过来了？"

"那些挖矿的人都习惯了干渴、酷热，也习惯了与蝎子、蛇、野兽搏命！别做傻事了！"

"追求真相是我的职责，苏提。"

奈菲莉匆忙地赶到内巴蒙的病榻前。虽然有三位医生寸步不离地照顾他，他却还是在差人去请奈菲莉之后，陷入了昏迷。

第17章 123

北风温顺地让女主人骑上来，然后快步朝御医总管的别墅走去。

奈菲莉到达以后，内巴蒙又恢复了意识。他不仅胃痛，连手臂和胸口也疼痛难忍。"是心脏病发作了。"奈菲莉诊断后说。她把手放在病人的胸口，用磁感应治疗，直到他的疼痛减到最轻。接着她把一节泻根放进油中烹熟，再加入金合欢叶、无花果与蜂蜜制成药水。

"你每天要喝四次药。"她对内巴蒙说。

"我还能活多久？"

"你的病情很严重。"

"你一向不会说谎，奈菲莉。多久？"

"我们的命运操纵在神的手中。"

"不用再对我说这些好听话了！我怕死，我想知道我还剩下多少日子，我要找妓女，我要饮酒作乐！"

"随你的便。"

脸色已然蜡黄的内巴蒙，猛地抓住她的手臂。"我一直在说谎，奈菲莉！其实我只要你。吻我，我求求你。一次就好，只要一次……"

她轻轻地挣脱开来。

只见内巴蒙脸上满是汗珠，虚弱地说道："另一个世界的审判必定十分严厉。我的人生乏善可陈，但是我很高兴能领导最杰出的医生委员会。我只缺少一个女人，一个或许能减轻我罪恶的女人。去见奥赛里斯之前，我要帮击败了我的帕扎尔一个忙。告诉他，卡达什是用一些护身符收买我的，这些护身符很特别，是他从前的总管替他保管的。他竟然付出这么大的代价，这件事牵连一定很广……"

内巴蒙说完这些话就断气了，临死前他仍深情款款地注视着奈菲莉。

帕扎尔并没有忘记牙医卡达什那个记录不良的总管。其实，他当初牵涉的案子就是事关护身符的非法交易，而卡达什对此也十分热衷，他曾用一整筐鲜鱼换一个青金石护身符。无论生死，每个人都希望借神奇的护身符来对抗黑暗势力。这些护身符形状多样，可能是一只眼睛，也可能是一条腿、一个手掌、一段天梯，以及各种工具、莲花或者纸莎草，但全都能汇集正面的能量。很多埃及人，不论年纪与社会阶级如何，都会把护身符戴在颈间，让它直接与肌肤接触。

卡达什的阴谋终于浮出水面，帕扎尔调动了所有的行政资源追查牙医的前任总管。调查进展得很迅速，也有很大的收获，目前那个人在埃及中部的一个大财主家从事类似总管的工作。这个大财主正是卡达什的挚友——运输商德内斯。

首相与其亲密的工作伙伴在每周的聚会上，会讨论无数个议题。巴吉向来喜欢简洁的发言，最厌恶说话冗长不知节制的人；他自己作结论时，也是简明扼要、说一不二。与会的还有两名书记官，一人负责记录，另一人则将会议决定以公文的形式写下来，再由首相盖章确认。

"有什么建议吗，帕扎尔法官？"

"还有一件事，撤换警察局长。孟莫斯渎职，而且他的过失不可原谅。"

首相的秘书却抗议道："孟莫斯对国家有很大的贡献。他认真负责地维持着国家秩序，堪称楷模。"

"首相大人知道我这么做的理由。"帕扎尔解释道，"孟莫斯不但说谎，而且擅改公文，践踏司法。为什么只有前任门殿长老受罚，他的共犯却逍遥法外？"

"警察局长可不是天真无邪的小羊！"

"够了！"首相制止道，"事实俱在，文件也记录得一清二楚。你大声念出来，书记官。"

所有的罪行都很重大。帕扎尔并未夸大其词，他只是将孟莫斯的卑鄙行径一一列了出来。

"谁想让孟莫斯继续留任？"听完控诉之后，首相问道。

没有人开口支持孟莫斯。于是首相作出裁决。

"解除孟莫斯警察局长之职。他若想上诉，直接来找我。如果二审的结果还是有罪，他将被判处监禁。我们现在就指派新一任警察局长。你们有合适的人选吗？"

"凯姆。"帕扎尔平稳清晰地说。

"太可笑了！"一名书记官怒斥道。接着又出现了几个反对的声音。

"凯姆经验丰富。"帕扎尔仍不放弃，"他看到不公平的情形，总是心如刀割，而且他会依法行事。的确，他一点也不喜欢人类，不过他却把警察奉为圣职。"

"他是个出身低贱的努比亚人，他……"

"他也是一个脚踏实地、不好高骛远的人。他绝对不会受人贿赂。"

首相打断了众人针锋相对的辩论："我决定任命凯姆为孟斐斯的警察局长。反对的人，可以将理由呈交给我。假如我认为理由不成立，反对者将被判诽谤。散会。"

在门殿长老的见证下，孟莫斯交给凯姆一枚警察局长的官印，一柄顶部雕成"正义之手"、象征权力的象牙杖，以及一个护身符。那护身符是新月形的，上面刻了一只眼睛和一头狮子，二者皆代表了警觉。虽然被任命为警察局长，但凯姆还是不愿意用他的弓箭、剑和短棍换一套尊贵的制服。

凯姆没有向几乎就要瘫倒在地的孟莫斯道谢,他一句话也没有说,还谨慎地立刻试了一下官印,以免前任警察局长在上面动手脚。

"你满意了吧?"孟莫斯语带讽刺地问帕扎尔。

"我只是为首相下令进行的职务交接仪式作见证。"帕扎尔平静而从容地回答,"我身为门殿长老,有必要记录职权的转移。"

"说动巴吉把我撤职的人就是你!"

"首相依据他的职责行事。是你自己犯了错,没有人害你。"

"早知道我就把你……"

话已经到了嘴边,但孟莫斯还是没敢说出口,因为凯姆正瞪着他。新任警察局长严厉地说:"以死恐吓他人可是有罪的。"

"我又没有说什么恐吓的话。"

"你不要再想对帕扎尔法官不利,否则我一定不放过你。"

"你的属下还在等你呢,你还是尽快离开孟斐斯吧。"帕扎尔说道。

孟莫斯被派往三角洲的渔场担任管理员,从此他就要居住在一个沿海的小城市了,那里的人只会根据鱼的大小、重量算价钱,根本不会耍什么阴谋诡计。

他本想用尖酸刻薄的话回应几句,但一看到凯姆锐利的目光,便连大气都不敢喘一下了。

凯姆将权杖和护身符放进一个木箱,藏在他收集的几把亚洲匕首之下。他把枯燥的行政工作全部交代给熟悉程序的书记官后,便关上了孟莫斯那间办公室的大门,并下定决心能不去就尽量不去。街头、乡野、大自然一直都是他的最爱,以后也是如此,只是浏览那些写得整齐的文件,怎么抓得到犯人呢?因此能陪帕扎尔出远门,他十分高兴。

他们在神圣的语言之神托特的圣城赫尔莫波利斯上了岸,坐在专门供显要之人骑乘的驴背上，驴子驮着他们走过了美丽而宁静的乡村。现在正是播种时节，退潮后，农田里全是湿软的河泥，有利于人们用犁和锄头翻土耕作。播种人的脖颈和头上都戴着花，他们正忙着把装在纸莎草编成的小篮子里的种子，大把大把地撒向农田。被绵羊、牛和猪重重地踩踏之后，种子就会深植于土中。有时候，农夫还会挖出涨潮期间被困在河泥中的鱼。头羊会带领羊群去正确的地方。必要时，牧羊人也会挥动皮条发出啪啪声，唤回离群的羊。种子入土，便会使埃及的土地再度肥沃和丰盈，就如同奥赛里斯死而复生一样。

德内斯所拥有的土地十分辽阔，贯穿三个村落。帕扎尔和凯姆在最大的村子里喝了一点羊奶，并吃了一些盛放在瓦罐里的咸奶酪，他们把奶酪涂抹到面包上，上面还撒了少许香料。村民们用从卡哈尔绿洲运来的明矾使牛奶凝固，这样牛奶也不会变酸，如此制成的干酪广受好评。

二人吃饱之后，便往德内斯巨大的农场走去。农场里有好几栋农舍，还有谷仓、食物储藏室、葡萄酒榨汁坊、牲口棚、马厩、养禽场、面包店、肉店和工作坊。他们洗净了手脚，要求见农场总管，一名马夫立刻到马厩去通报。

农场总管看到帕扎尔撒腿就跑。凯姆一动不动，但狒狒往前一扑，把他压在地上，随即一口咬住他背上的肌肉，总管马上停止了挣扎。凯姆认为这正是讯问的好时机。

"很高兴再见到你。"帕扎尔说，"可是你看到我们好像很害怕。"

"把这只狒狒拉开！"

"雇你的人是谁？"

"运输商德内斯。"

"卡达什向他推荐的吗？"

总管迟疑着没有回答。狒狒见状又用力咬了一口。总管忍不住痛连忙道:"是的,是的!"

"这么说,你偷了他的东西,他并没有记恨。理由应该很简单:德内斯、卡达什和你是一丘之貉。你刚才之所以想逃,是因为你在这里藏了一些罪证。我拟了一份搜查令,可以立刻执行。你愿意帮我们吗?"

"你弄错了。"

凯姆本来想再让狒狒动手,不过帕扎尔希望采取平和、理智的方式问出真相。他让总管起身,将其双手反绑,并命令几名向来对他的残暴恨之入骨的农民看着他。农民们告诉帕扎尔,这里有一个仓库,用好几个木闩锁起来了,总管不许任何人进入。凯姆用一把短刀砍开木闩,进入仓库。

仓库里有许多箱子,箱盖有的是平的,有的隆起来了,还有的呈三角形,箱盖顶上和侧面各有一个纽扣,上面缠着细绳,把箱子锁得严严实实。此外,还有各式昂贵的家具。凯姆将细绳割断,打开箱子检查,几个无花果木箱子中,装的是几套用高级亚麻制作的衣服,还有长袍和布料。

"这些是涅诺法夫人的珍藏?"

"我们会要求她出示这些衣服的出产证明。"

接着他们走向几个色泽柔和,以乌木镶贴、嵌着各种昂贵木材的木箱,打开一看,里面有数百个青金石护身符。

"好大一笔宝藏啊!"凯姆嚷道。

"这些护身符的工艺如此精巧,应该不难查出来源。"

"交给我吧。"

"德内斯和其同党把这些护身符高价卖到利比亚、叙利亚、黎巴嫩和其他热衷于埃及的魔力的国家。或许还卖给了贝都因人,让他们刀枪不入。"

"这可能危害到国家安全吗?"

"德内斯一定不会承认,而且会把罪责推给总管。"

"连你也不信任司法了吗?"

"不要这么悲观,凯姆。我们这不是以官方身份来到这里了吗?"

在三个箱盖平平的箱子底下,藏着一个不寻常的东西,让他们俩惊讶万分。

那是一个镀了金的金合欢木实心箱子,高约三十厘米,宽约二十厘米,深约十五厘米。乌木制成的箱盖上,有两个精致的象牙纽扣。

"这么精致的东西只有法老才会有。"凯姆悄声说。

"这应该是陪葬品了。"

"那我们就不能碰了。"

"我要清查箱子里的东西。"

"不会犯亵渎罪吗?"

"不会的,箱子上没有刻任何铭文。"

凯姆让帕扎尔动手打开箱子,帕扎尔慢慢掀起盖子。顿时,他们眼前一片金光闪闪,令人目眩神迷。

那里面竟然是一只纯金的巨大的圣甲虫。圣甲虫两旁各放着一个由神铁制成的锛子和一个眼睛形状的青金石护身符。

"这是重生者的眼睛,锛子是给重生者在冥世开口用的,而置于其胸口的圣甲虫则能让他永远金身不坏。"

甲虫的腹侧刻了一段象形文字,但因为遭受过猛烈的锤击,几乎无法辨识出内容了。

"这些东西属于一位法老。"凯姆大惊失色地说,"一位陵墓被掠夺的法老。"

在拉美西斯大帝的统治下,似乎不可能发生如此罪大恶极的事。几百年前,曾经有贝都因人侵略三角洲地区,掠夺了几个陵墓的宝藏。此后的法老死后都被葬于国王谷地,并有卫兵日夜看护。

"只有外国人才会想出这么可怕的计划。"凯姆又说,他的声音不由得颤抖起来。

帕扎尔不安地关上了箱子,然后说:"我们把这箱宝物搬到卡尼那里,卡纳克是个安全的地方。"

第 18 章

卡纳克的大祭司卡尼给神庙中的手工匠下令,让他们仔细检查木箱与箱中的物品。一有结果,他便立刻把帕扎尔找了过来。他们缓缓走在柱廊下。

"我们无法判定这些宝物的主人。"卡尼遗憾地说。

"是一位法老吗?"

"从圣甲虫的体积来看,很可能是一位法老,不过线索并不明显。"

"新任的警察局长认为此事有盗墓之嫌。"

"不太可能。如果真有人盗墓,事情一定会败露的,谁也压制不住这种消息。这可以说是最重大的罪行,不可能神不知鬼不觉。而且,已经有五百多年没有发生过类似的事情了!拉美西斯公开谴责这种行径,罪犯的姓名也必定会被公之于众,遭万人唾弃。"

卡尼说的没错,凯姆的惊慌似乎有点儿杞人忧天了。

卡尼又说:"这些精致的物品,可能是在工作坊被偷的。德内斯若不是打算进行什么交易,就是打算留着当自己的陪葬品。"

帕扎尔深知德内斯虚荣的个性,他倾向于第二个可能。

"你到科普托斯调查了吗?"

"我还没有时间去调查。"帕扎尔应道,"况且我也不知道该用什么方式去调查。"

"你可千万要小心。"

"有新的消息吗？"

"卡纳克的金银匠们肯定了一点：制造圣甲虫的金子来自科普托斯矿区。"

位于底比斯北方不远处的科普托斯是个奇怪的城市，在这个城市的街道上，来往的几乎全都是矿工、采石工人和沙漠探险者，有些人正准备出发，有些人则刚从灼热而遍布岩石的荒野地狱里回来。每一个人都暗自发誓，下次有机会，一定要挖出最大的宝藏。除此之外，还有一些贩卖努比亚货物的沙漠旅队、为神庙或富人带回猎物的猎人以及一些试着融入埃及社会的游牧者。

所有想探险的人都在等着下一道王令，这样就能出发了。他们能自由选择，可以前往出产碧玉、花岗岩或斑岩的矿场，或者是红海边上的库赛尔港，抑或西奈的绿松石矿区。大家都梦想着挖到金子，梦想着找到一些秘密的或是未经开采的矿脉，梦想着找到那些特地为神与法老保留的神的血肉。有无数人策划过一场场阴谋，蓄意夺取宝藏，又一次次失败，因为那里除了有目光敏锐且无处不在的专业警察，还有一群凶猛残暴、体力惊人、令人畏惧的警犬。对再偏僻的小径、再小的河床，这些警犬都了如指掌，而且在一般人难以存活的艰苦环境中，它们毫不费力便能找到脱险的方向。警犬不仅会猎杀野山羊、羱羊和羚羊等动物，还能帮警察找回监狱的逃犯，但它们最喜爱的猎物却是专门袭击沙漠旅队、打劫旅客的贝都因人。这些盗贼为数众多、作战装备精良，但目光锋利的沙漠警察绝不让他们有机可乘，进行卑鄙的勾当。如果某一群较为狡猾的贝都因强盗侥幸得逞，警察便会立刻下令：出动警犬，只要找到他们，一律杀无赦。多年来，从无盗匪有过足以吹嘘的辉煌成果。而警察对矿工的监视也十分严密，因此绝对没有人能偷走大量的贵重金属。

帕扎尔往科普托斯的华丽神庙走去，这个庙里保存着一些极为古老的地图,埃及丰富的矿产在地图上一览无余。途中,帕扎尔遇见一支押着犯人的警察队伍,那些刚被警犬追回的逃犯,个个伤痕累累。

此时帕扎尔心里既感到不耐烦又觉得不安,不耐烦是因为他迫不及待地想知道在科普托斯能否有所收获,不安则是因为担心科普托斯神庙大祭司也是阴谋者之一。不管结果如何,在采取任何行动之前,他都要把事情弄清楚。

卡纳克大祭司的推荐十分有用,一出示推荐函,神庙的门便一扇接一扇地开了,这里的大祭司也立刻接见了他。神庙大祭司上了年纪,但他体格壮硕,显得极有自信,而尊贵的衣着依然掩不住他过去从事苦力工作的痕迹。

"能得到阁下的关注真是太荣幸了!"他以令属下不寒而栗的低沉的声音讽刺地说,"门殿长老获准搜查我这间简陋的庙宇,真是我做梦也想不到的恩宠。你带领的警察部队做好入侵神庙的准备了吗?"

"只有我一个人。"

科普托斯神庙的大祭司不由得皱起了他杂乱的浓眉,说:"我不明白你的意思。"

"我希望你帮我。"

"我们这里也听到了不少关于你起诉阿舍将军的消息。"

"大家都是怎么说的?"

"支持他的人比反对他的人多。"

"你又是站在哪一边的呢?"

"他是个强盗!"大祭司不假思索地说。帕扎尔暗暗松了一口气,倘若大祭司不会说谎,一切真相就要大白了。

"你对他有什么不满?"

"我本来只是个矿工,也当过沙漠警察。过去这一年里,阿舍一直企图控制沙漠警队，但只要我还有一口气在，他就休想得逞！"

大祭司愤慨的神色并不是装出来的。

"孟斐斯有一个名叫谢奇的化学家，我们在他的实验室中搜出了大量神铁，现在只有你能告诉我这些神铁的来源。当然，谢奇一再声称自己是受人陷害，对于这些贵重金属的来源毫不知情。不过，他却试图制造无法摧毁的武器，也许是为了阿舍将军吧。无论如何，事实表明，他需要这种特别的金属。"

"跟你说这种话的人根本是在开玩笑。"大祭司不屑地说。

"为什么？"

"因为神铁并不是无法摧毁的！那是从陨石中提炼出来的。"

"不是无法摧毁的？"

"这种说法流传得很广，但也只是传说罢了。"

"你知道这些陨石在哪里吗？"

"任何地点都可能有陨石坠落，不过我有一张地图。现在只有那支由沙漠警察管理的官方探险队，才有权挖掘神铁，然后他们会把神铁运到科普托斯。"

"可是有一整块神铁被挪用了。"

"这也没什么稀奇的。很可能是有一块尚未登记位置的陨石，无意间被盗贼发现了。"

"阿舍会对其加以利用吗？"

大祭司还是不以为然：“有什么用呢？他知道神铁只能用于宗教仪式，用神铁制造武器就是自找麻烦。而卖到国外，尤其是卖给对神铁情有独钟的赫梯人，还能赚点儿利润。"

倒买倒卖、投机倒把、非法交易。擅长做这些事的人并不是阿舍，而是贪婪且庸俗的运输商德内斯！谢奇若从中经手，还能赚一笔佣金。帕扎尔以前一直都弄错了。谢奇只不过是在帮德内斯窝藏金属而已。可是，阿舍将军又想把手伸向沙漠警队。

第 18 章 135

"你保管的贵重金属遭过窃吗？"

"我周围有一大堆警察、祭司和书记官，他们监视着我，我也监视着他们，我们互相牵制。难道你怀疑我？"

"老实说，的确是的。"

"我很欣赏你的坦诚。你可以在这里住几天，然后就会明白，盗窃是不可能的。"

帕扎尔决定相信大祭司。

"我调查了一起涉及护身符的非法交易，在涉案者收集的宝物中，我发现了一个巨大的纯金质地的圣甲虫，它是用科普托斯矿区的金子做的。"

当过矿工的大祭司有些不安地问："谁说的？"

"卡纳克的金银匠。"

"那应该不会错。"

"我想，这么贵重的物品，你的档案里应该有记录吧。"

"圣甲虫的所有者叫什么名字？"

"上面刻的字被敲掉了。"

"可惜啊。自古以来，从矿区挖出的每一块金子的确都有记录，在档案里，也可以查到金子的归属：也许是某间神庙，也许是某位法老或某个金银匠。可是没有所有者的姓名，就无法查出结果。"

"有没有手工艺匠在矿区工作？"

"偶尔有。一些金银匠会直接在挖掘地对金属进行加工。这座神庙现在是你的了，请彻底搜查吧。"

"这倒不必。"帕扎尔摆摆手说。

"祝你好运。希望你尽快为埃及铲除那个阿舍将军，他是个不祥之人。"

帕扎尔确定科普托斯的大祭司与阴谋没有什么关系。也许他应该放弃追查神铁的来源。德内斯似乎对在非法贸易之类的事上无所不能,而神铁是他此次行动的核心。似乎有矿工、金银匠或沙漠警察利用职务之便,窃取矿区内贵重的宝石或金属,或许这是为了德内斯,或许是为了阿舍,甚至可能是为了他们二人。这些人结盟之后,足以累积一大笔财富来发动攻势了,而帕扎尔却一直猜不透,到底会是怎样的一番攻势。

假使最后杀人犯阿舍被证明是一群窃金贼的首脑,那他绝对逃不过严厉的制裁。但是如果自己不混入勘探者之列,又怎么能找出证据证明这一切呢?想要找到如此胆大妄为的人并不容易,甚至是不可能的。而且,这样的行动太危险了。他即便向苏提提出建议,也只会惹他发火罢了。

唯一的解决之道就是自己出马,为此他还要准备好充分的理由,说服奈菲莉。

勇士的吠声让帕扎尔心中洋溢着喜悦。他的爱犬飞快地冲了出来,然后在主人的脚边停下来喘息,帕扎尔怜爱地抚摸着它。他知道北风性情较为敏感多疑,随即也走上前去表达关心之意,北风立刻愉快地向他示意。

当他抱住奈菲莉时,感觉她似乎又担忧又疲惫。

"有一件严重的事。"她说,"苏提逃到咱们家来了。一个星期以来,他一直躲在房间里不出门。"

"发生什么事了?"

"他只愿意跟你谈。今天晚上,他喝了好多酒。"

"你总算回来了!"苏提兴奋地喊道。

"我和凯姆发现了一些重要线索。"帕扎尔说。

"要不是奈菲莉收容我,我就被押送到亚洲去了。"

"你犯了什么罪?"

"阿舍将军控告我逃离军营、侮辱上级、擅离职守、遗失制式武器、临阵脱逃和恶意诽谤。"

"你会胜诉的。"

"绝对不会。"

"你怕什么?"

"我离开军队时,忘了填写那些表格,解除我一切军人的义务。现在提交声明的期限已经过了,阿舍刚好可以名正言顺地拿这件事做文章。我这下真的成了逃兵,肯定要被送到军事监狱里去了。"

"真让人烦心。"

"不只是让人烦心啊——我要在监狱里待一年。你想想阿舍的那些书记官会怎么对待我。我看我是死定了。"

"我会出面的。"

"我的确犯了错啊,帕扎尔!你可是门殿长老,你会去做违背法律的事吗?"

"我们可是发过血誓的兄弟啊。"

帕扎尔的话让苏提感到不安:"但你不能跟我一起沦落到那种境地。这简直就是个陷阱。我现在只有一条路,那就是接受你的建议去当勘探员,消失在沙漠里。这样一来,我不但可以躲避塔佩妮、豹子和那个杀人魔阿舍将军,还可以大赚一笔。走向黄金之路!还有比这更美的梦吗?"

"可是你也说过,勘探是非常危险的。"

"我不适合过安稳的生活。我会很想念女人,但我还是想碰碰运气。"

"我们不想失去你。"奈菲莉反对地说。

苏提感动地看着她:"我会回来的。我会带着财富、权力与荣耀回来的!所有类如阿舍之辈都将在我面前颤抖,跪在我的脚边哀求,但是我绝不会心软,还会把他们一个一个踩扁。我会回来亲吻你的双颊,享受你为我准备的宴会。"

"依我看。"帕扎尔却说,"现在我们最好马上设宴款待你,而你要放弃那个疯狂的计划。"

"我从来都没有这么清醒过。我要是留下来就会被判刑,还会连累你。你这么固执,一定会坚持为我辩护,为我打一场不可能赢的官司。那我们所有的努力都会白费的。"

"你有必要冒这个险吗?"奈菲莉问道。

"如果不作出一番轰轰烈烈的事业,如何弥补我的过失?我永远也进不了军队了,如今我只剩下一个该死的选择:寻找金矿!不,我没疯,这次我真的会发财。我感觉得到,我的脑袋、手指、肚子都有这种感觉。"

"你真的不改变心意?"

"这个礼拜我一直没有出门,我已经想得很仔细了。就算是你,也改变不了我的决定。"

帕扎尔和奈菲莉互相看了一眼:看来苏提不是在开玩笑。帕扎尔便说:"那我要告诉你一个消息。"

"关于阿舍?"

"我和凯姆破获了一宗事关护身符的非法交易案,德内斯和卡达什都牵涉其中。阿舍将军则很可能有侵占金矿的嫌疑。也就是说,这些阴谋者累积了一大笔财富。"

"阿舍偷金子!太离谱了!这要判死刑,不是吗?"

"假如罪证确凿的话。"

"你真是我的好兄弟,帕扎尔!"苏提扑上前去抱住了帕扎尔,承诺道,"我会为你带回他的罪证。我不但要发大财,还要让这个恶魔名誉扫地。"

"你别激动,这只不过是个假设。"

"不，这就是事实！"

"你如果如此坚持，我就正式把任务派给你吧。"

"以什么方式？"

"经凯姆点头，十五天前你已经成为沙漠警队的一员了。你还可以领到薪水。"

"十五天前？这么说来，比阿舍将军控告我的日期还早一些呢。"

"凯姆不注重公文。最重要的是，这项任命已经生效了。"

"我们来干一杯吧！"苏提嚷道。

奈菲莉同意了。

"你要加入矿工的行列。"帕扎尔说，"不过，除非有迫在眉睫的危险，否则不要向任何人暴露你警察的身份。"

"有什么人嫌疑比较大吗？"

"阿舍迫切地希望能掌控沙漠警察，因此他一定派了密探潜伏其中，也许还收买了一些心腹，矿工队伍里可能也有他的人。以后我们尽量用邮件或其他任何不会给你带来危险的方式联络。我们必须互通有无。我的暗号就叫北风吧。"

"既然你承认自己是头驴子，那智慧之路就不会太远了。"

"我要你亲口答应我会小心谨慎。"

"我答应你。"

"不要只想着碰运气。要是情况太危险，就回来吧。"帕扎尔又不放心地叮嘱道。

"你应该了解我的个性。"

"是的。"

"我只是暗中行动，而你是明显的靶子。"

"你的意思不会是说我的处境比你更危险吧？"

"如果所有的法官都变得和你一样聪明，那这个国家就还有救。"

第 19 章

德内斯算了几遍无花果干的数目。经过几次核对之后，证明确实遭窃，实际的数量比书记官统计的少了八个。他怒气冲冲地把工作人员都找了过来，并威胁偷窃的人自首，否则就要给予最严厉的处罚。一名上了年纪的女厨子不想惹事，便推出了一个十来岁的小男孩，德内斯一看，竟是书记官的儿子！于是德内斯罚书记官杖刑十下，他儿子则挨了十五下。德内斯向来要求下人有良好的风纪，只要是属于他的东西，再怎么微不足道也不能随便拿。

怒气平息后，他觉得饿了，便吃了一点烤猪肉和新鲜的干酪，并喝了点牛奶。不料帕扎尔突然来访，让他十分扫兴。但他还是假装露出愉悦的神情，请法官一块享受现成的餐点。帕扎尔坐在有棚架的矮石墙上，用锐利的目光打量着德内斯，开口问道："卡达什的前任总管有偷窃的前科，你为什么还雇用他？"

"想必是负责招聘的人不小心犯的错，我和卡达什都以为这个可恶的家伙已经离开这个地区了。"

"他的确离开了，却到了你在赫尔莫波利斯附近的大农场当总管了。"

"他一定是用了假名字，我向你保证明天就炒他鱿鱼。"

"不用了，他已经进监狱了。"

德内斯摸了一下他那圈细细的胡子，把几根杂乱的胡须捻平。"进监狱！他犯了什么罪？"

"你不知道他是个窝主①？"

"窝主？罪名太大了吧？"德内斯显得十分恼怒。

"他把那些通过不当手段得来的护身符藏在了箱子里。"帕扎尔解释道。

"在我的农场上？太不可思议了，太荒谬了！长老，你绝对要替我保守秘密，我可不能让这家伙的罪行影响我的声誉。"

"这么说你也是受害者？"

"我被他骗得很惨。"德内斯一脸委屈地说，"要知道，我从来不去那个农场。孟斐斯的事业已经够我忙的了，更何况我一点儿也不喜欢乡下。我希望你重重地惩罚他。"

"难道你对他的行径一点都不知情？"

"毫不知情！我可以发誓。"

"你知不知道你的农场上，藏了一件宝物？"

德内斯满脸惊慌和讶异："宝物？现在？什么样的宝物？"

"这个我不能透露，你知道卡达什在哪里吗？"

"就在我这里。他的精神状态很差，所以我请他到家里来小住几天。"

"如果他的身体允许的话，我能不能见他一面？"

德内斯便差人去把牙医请来，卡达什紧张得手足无措，他解释了一连串，大多都不知所云，只听得出他承认请了一个总管，但早就把他赶出家门了。

对帕扎尔提出的问题，他回答得磕磕巴巴、没头没尾。这个头发斑白的牙医若不是精神不正常，就是故意装疯卖傻。

帕扎尔打断了他的话："如果我没有听错，你们两人的意思是，护身符的非法交易是瞒着你们暗中进行的。"

---

① 窝藏强盗、盗贼及其赃物的人。

德内斯听罢立刻赞扬门殿长老，说他真是明察秋毫，而卡达什则没有打招呼便退下了。

"请你原谅他，他年纪大了，又疲劳过度。"德内斯替卡达什解释道。

"我已经开始调查了。"帕扎尔补充说道，"总管不过是听人摆布，我一定会找出幕后的主使，将他绳之以法。我也一定会通知你进展如何的。"

"感激不尽。"

"我想跟你的夫人谈谈。"

"可是她进宫去了，不知道什么时候回来。"

"那我今晚再来。"

"有这个必要吗？"

"绝对有。"帕扎尔冷冷地回答。

涅诺法正在进行她最喜爱的消遣活动——缝纫。下人带领帕扎尔来到她的工作室。

她在缝制长袍的袖子，精心打扮过的脸上难掩怒气。"我很累。在自己家里还要这样受人打扰，实在很难受。"

"请见谅，你的缝纫技术很精湛。"

"你也注意到我在缝纫上的天分了吗？"

"简直令人佩服。"

涅诺法似乎有些不知所措："你这是……"

"你的布料是从哪里来的？"

"这是我的事。"

"你错了。"

涅诺法停下手上的工作，气愤地站了起来："你把话说清楚。"

"在你们位于中部的农场里，发现了一些可疑物品，有亚麻服饰、

第19章 143

长袍和布料。我想那应该是你的吧。"

"你有证据吗?"

"实际的证据吗?没有。"

"那就不要胡乱假设,马上出去!"

"既然你这么说,我只好走了。不过我要强调一点:我没有上当。"

豹子终于大功告成了。

用从刚刚病死的人头上剪下的发丝,在某个尚未填好的小孩坟墓里找到的几粒大麦、几粒苹果籽,再加上一点黑狗血、酸酒、驴尿和木屑,制成了一种很有效的药剂。两个星期以来,这个金发的利比亚女子费尽力气寻找这些材料。无论用什么方法,豹子都要让自己的情敌喝下这剂药,然后,一开始她对爱的需求会很热烈,但是接着将变得永远冷淡,苏提失望后,必定会马上离开她。

就在这时,豹子听到了动静,有人穿过小花园,走进了白色小屋。

她吹灭厨房的灯,拿起一把刀子。那个妖妇竟然如此大胆!竟想在她的屋檐下向她挑战,大概是想除掉她吧。

入侵的人溜进房里,打开旅行袋,把衣服胡乱往里塞。豹子举起了武器:"苏提!"

那人听到她的声音,回头一看,以为她想对自己不利,立即倒在地上。豹子放下了拿刀的手。

"你疯了吗?"他站了起来,抓住她的双腕,并将刀踩在脚下,"这是真的刀子吧?"

"我要把她碎尸万段。"豹子喃喃地说。

"你在说谁啊?"

"你娶的那个女人。"

苏提劝她:"忘了她,也忘了我吧。"

豹子打了个寒战。"苏提……"

"我要走了。"

"去哪里?"

"执行秘密任务。"

"骗人,你要搬到她那儿去了。"

他放声大笑,松开她的手,把一条缠腰布丢进旅行袋,背起袋子:"你放心,她不会跟着我的。"

豹子抓住爱人,紧张地问:"你让我感到害怕。请你把话说清楚。"

"我现在成了逃兵,所以要尽快离开孟斐斯。要是被阿舍将军捉到,我下半辈子就得在军事监狱里过了。"

"你的好朋友帕扎尔不能保护你吗?"

"是我一时疏忽犯了错。假如我能完成他交给我的任务,就能打败阿舍,再回到这里。"

他说完,给了她一个热情的吻。她信誓旦旦地说:"你要是骗我,我就杀了你。"

凯姆在卡尼直属部下的协助之下,进入制作上等护身符的工厂开始调查,却一无所获。接着,他搭船前往孟斐斯继续调查,结果仍然令人失望。

警察局长仔细想了想,非法交易中的上等护身符绝不可能来自大街上的工作坊。因此,他带着狒狒询问了许多线人。其中一个原籍叙利亚的矮个子男人答应向他透露消息,但是他想要三袋大麦和一头三岁以下的驴子作为回报。如果依照程序进行书面申请,太浪费时间了,凯姆用自己的薪水给他,并告知这个人不得说谎,否则就打断他所有的肋骨。

据矮个子男人说,两年前,在北区的一个造船厂附近有一间地下工厂可能制作了一批上等护身符。几天后,凯姆打扮成挑水夫,暗中观察来往的人。每当造船厂的工人下班后,都会有几个人鬼鬼祟祟地溜进一条死胡同里，直到天快亮时才挑着几个有盖子的筐子走出来，然后他们会把筐子交给一名船夫。

到了第四天晚上，凯姆闯进了那条狭窄的巷子。巷子尽头有一面假墙，是灯芯草板外面涂上泥巴并晒干后做成的。他出其不意地冲了进去，里面的四个男人一看到这个又高又壮的黑人和狒狒，便大惊失色。凯姆打昏了最瘦弱的那个人，狒狒则咬上了另一个人的小腿肚，还有一个逃走了。至于最年长的那个人，早就吓得气也不敢喘了。他左手拿着一个青金石制成的伊西斯神之结，非常精致。当他看到凯姆朝自己走来时，吓得手一松，那东西便掉到了地上。

"你是老板吗？"凯姆问。

他摇摇头，这个顶着圆滚滚的大肚子、个子不高的男人，简直吓坏了。

凯姆捡起了地上的伊西斯神之结说："手工很精细。你一定不是学徒，你的手艺是在哪儿学的？"

"普塔神庙。"男人啜嚅着说。

"你为什么离开神庙？"

"我是被赶出来的。"

"为什么？"

工匠低下了头："因为我偷了东西。"

这个手工坊的天花板很低，通风不良。干干的土墙边堆了几个箱子，箱里装的是从遥远的山区运来的青金石料。在一张矮桌上，放着做好的护身符，制作失败或有瑕疵的半成品则被置于篮中。

"你的雇主是谁？"

"我……我不记得了。"

"算了吧，老兄！说谎是很愚蠢的行为，还会惹怒我的狒狒。要知道，它被叫作'杀手'可不是浪得虚名。这里的头儿是谁？"

"你会保护我吗？"

"你到窃贼监狱就安全了。"

小个子男人听说自己能离开孟斐斯感到十分高兴，即使前往地狱也无所谓。一时只顾着窃喜，却忘了答话。

"我等着呢。"凯姆提醒他。

"监狱非去不可吗？"

"这要看你自己了。尤其要看你供出的人是谁。"

"他根本没有留下任何线索。他一定会否认，我的证词是不够的。"

"这些司法程序上的事，你就不用管了。"

"你最好放开我。"工匠以为凯姆没有注意他，便偷偷往外跨了一步，但他马上就被一只强健有力的手按住了。

"快说是谁！"凯姆厉声喝道。

"谢奇。化学家谢奇。"

帕扎尔和凯姆沿着货船往来的运河前行。水手们有的要启程，有的刚回来，有人和别人相互斥骂，有人高声歌唱。埃及看上去繁荣、幸福、和平，然而，门殿长老却夜夜失眠，他预感，即将发生不幸，偏偏又无法找到缘由。每天晚上，他都会把自己的烦恼告诉奈菲莉，而就连天性乐观的她，也觉得丈夫的忧虑有道理。

"你说得没错。"他对凯姆说，"审讯谢奇不能得到什么结果。他一定会声称自己是清白的，而且一个被逐出神庙的窃贼说的话毫无可信度。"

"但是他没有说谎。"

"我知道。"

"法律到底有什么用？"凯姆抱怨道。

"给我一点时间吧。现在我们已经知道德内斯和卡达什、卡达什和谢奇之间的密切关系了。也就是说，这三个人是同党。此外，谢奇很可能在为阿舍将军卖命,那就是说已经有四个人涉入多起刑案了。苏提会带回阿舍的罪证。我相信偷取神铁、策划这些非法交易的一定是阿舍。而德内斯是亚洲贸易专家,这些不法行为做起来也就更便利了。德内斯野心勃勃,不计一切地追求财富与权势,还操纵了卡达什和谢奇,让他们为他的阴谋贡献自己的力量。还有涅诺法夫人,她对贝壳细针十分熟悉,而这又刚好是杀死我恩师的凶器。"

"四个男人和一个女人,他们是怎样企图靠自己的力量推翻拉美西斯的呢?"

"我也在想这个问题,可是现在还没有答案。如果真的是这伙人合谋,他们又为何要去劫掠法老的陵墓呢?凯姆,这些事还有太多疑点,以后我们要做的事还多着呢。"

"虽然我现在是警察局长,但我还是会继续一个人调查。除了你,我谁都不信。"

"我可以免除你的一些行政工作。"

凯姆犹豫再三才说出一句:"恕我大胆……"

"你说。"

"你应该跟我一样小心。"

"我的秘密只告诉了苏提和奈菲莉。"

"他们一个是和你歃血为盟的兄弟,一个是你永远的伴侣,假如背叛了你,势必会因遭天谴而下地狱。"

"你为什么对人如此不信任呢?"

"因为你忘了一个重要的问题:阴谋者真的只有五个人吗?还是说有更多?"

午夜时分,她蒙面潜入了仓库,先前她已经以其他几位友人的名义约了暗影吞噬者在此会面。大家抽签决定,由她出面向暗影吞噬者交代任务。一般来说，他们并不会如此行事，但由于这次情况紧急，他们不得不进行面对面的接触，以确保暗影吞噬者对自己的任务了解无误。她的脸上化了浓妆，穿着属于村妇的粗布长袍和草鞋，整个人都变了样，根本不用担心被人认出来。

在帕扎尔法官有了新的发现后，德内斯立刻招来其同党紧急商议。神铁被没收也许只造成了一点金钱上的损失，但是基奥普斯墓穴中的陪葬品这次也一并浮出水面，事情就麻烦多了。没错，他们把法老的姓名敲掉了，帕扎尔无法辨识出这些东西的所有者，也不可能知道拉美西斯目前所面临的窘境。这个全世界最有势力的人一句话也不能说，只能自己默默地承受，无论如何都不能吐露实情——自己已经不再拥有在埃及执政的信物，自己的王权已不合法。

德内斯主张以静制动，尽管门殿长老动作频频，他还是没有惊慌。但其他人大多与他意见相左。虽然帕扎尔不可能得知真相，但他们各自的行动都受到了很大的干扰。化学家谢奇所受的打击最大，护身符的非法交易败露，因此他刚刚损失了一大笔收益。那个积极、有耐心且严格的法官，最终一定会开庭审讯的。到时候若干要人恐怕会被起诉，或者被判刑，甚至被监禁。如此一来，他们的势力会被大大削弱，受到法官惩治的人也将名誉扫地，而拉美西斯下台之后，他们最需要维护的就是自己的名誉。

女子一听到自己需要出面，不禁微微颤抖，不一会儿她又感到欣喜。一种美妙且令人愉快的战栗贯穿了她的全身，与当时她在守护斯芬克斯像的卫兵长面前脱去衣服的感觉一样。当她靠近他时，他完全失去了警戒心，死亡的大门也同时向他敞开。他们计划的成功，完全归功于她的魅力。

对暗影吞噬者，她一无所知，只知道他曾经多次接受任务，而且他这么做主要是为了获得杀人时的快感，而非丰厚的酬劳。当她看到他时，他正坐在椅子上剥洋葱，她心中既感到惊恐又为之着迷，忽然听见他说："你迟到了，月亮已经通过港口的尽头。"

"你又得行动了。"

"这次的目标是谁？"

"这次的任务非常棘手。"

"是女人还是小孩？"

"是法官。"

"在埃及是不能行刺法官的。"暗影吞噬者不免有些顾虑。

"不用杀死他，让他残废就行了。"

"那也很困难。"

听到他这么说，她马上就知道他要的是什么："你要多少报酬？"

"金子。一大笔金子。"

"成交。"虽然数目不小，但她仍一口答应了下来。

"什么时候？"

"要有十分的把握才能下手，而且要让所有人相信帕扎尔是出了意外。"

"目标居然是门殿长老！那我就得要更多的金子。"

"只许成功，不许失败。"她咬咬牙说。

"我也不允许自己失败。帕扎尔身旁总是有警卫，所以不能给我规定期限。"

"这一点我们知道，不过越早越好。"

暗影吞噬者站了起来，说道："还有一件事……"

"什么事？"

他如灵蛇出洞一般，迅速抓住了她的手臂，把她往后拉，她不得不忍痛转过身去背对着他。

"我要先预支一部分酬劳。"暗影吞噬者说。

"你竟敢……"

他脱去了她的长袍。她并没有呼喊，只是冷静地说："你疯了！"

"你太不小心了。我对你的面貌不感兴趣,也不想知道你是谁。你只要好好配合,这对我们两个都有好处。"

她感觉到他的性器,便不再反抗。跟一名杀手做爱比她之前的一切争斗经验都要刺激。对这段插曲,她自然会保密,他迅速且猛烈的攻势,让她心满意足。

"那个法官绝不会再骚扰你了。"暗影吞噬者承诺道。

第 20 章

棕榈树、无花果树与角豆树茂密的枝叶遮蔽了强烈的阳光。午餐过后休息时,奈菲莉在花园里享受了片刻的宁静,然而,不过一会儿,小淘气就开始蹦蹦跳跳、爬上爬下、不停地尖叫,还满心欢喜地把摘来的水果献给女主人,简直一刻也安静不下来,就像奈菲莉一刻也无法坐下来一样。后来,它干脆躲到椅子底下,看着狗儿勇士来回奔跑嬉戏。

埃及正像是一座大花园,在法老的庇护之下,无论是在朝气蓬勃的清晨还是在宁静的夜晚,树木都能茁壮成长。事实上,拉美西斯经常亲自视察橄榄树与牛油果树林。他总喜欢在种满花的庭院中散步,也喜欢观察果树的生长情况。高大浓密的枝叶不但为神庙提供了阴凉,也是神圣使者——鸟儿们的家园。圣贤说过,焦躁不安的人就像一棵因内心干枯而渐渐萎靡的树,而平和的心境却能让人硕果累累、神清气爽。

奈菲莉在一个小坑里种了一棵无花果树,坑里还有一个有很多洞的陶土坛子,它可以维系水土,保护幼小的树苗。树根渐渐往下伸展,脆弱的容器便会被撑破,碎裂的陶土混入大地,让泥土更具养分。奈菲莉仔细地夯实了树周围的干泥巴,以免浇水后水分流失得太快。

勇士兴奋地吠着,看来帕扎尔马上就要到家了。每当帕扎尔还有十五分钟到门口的时候,不论是几点,勇士都会有准确的预感。

如果他离家太久，勇士便胃口全无，对小淘气的挑衅也不理不睬。帕扎尔一进家门，就会放下门殿长老的架子，往爱犬身边跑，勇士会扒着他的缠腰布，在上面留下两个黑黑的爪印。此刻，帕扎尔解下缠腰布，赤身躺在妻子旁边的草席上。

"太阳好温暖啊。"

"你好像很累。"奈菲莉温柔地说。

"烦人的事情比平常多了不少。"

"你没忘记喝铜杯里的水吧？"

"我根本没时间。我的办公室老是一堆人，从战士的遗孀到对自己的晋升不满意的书记官，什么人都有，每个人都满怀委屈。"

奈菲莉在他身边躺了下来："你这样说也太不公平了，帕扎尔法官。你看看你的花园。"

"苏提说得对，我的确是掉进陷阱里了。我真想再回到乡下去当个小法官。"帕扎尔愣愣地说。

"命运之神是不容许你回头的。苏提去科普托斯了吗？"

"今天早上他带着武器和行李走了。他答应我要带回阿舍的人头和金子。"

"以后，我们每天向勘探者的保护神敏神以及沙漠之神哈托尔祈祷。我们的友谊可以跨越时空。"

"你的病人们都怎么样了？"

"其中几个人的病情让我很担心。我还在等着用几味珍贵的药材配制药方，可是中央医院的药品局却把我的申请搁置了。"

帕扎尔闭上了眼睛。

奈菲莉关切地问道："还有其他事情困扰你吗，亲爱的？"

"果然瞒不了你。是跟你有关的事。"

"我犯了法？"奈菲莉讶异地问。

"御医总管的人选还没有确定。我身为门殿长老，必须核查候选人在法律上是否具备资格，核查之后，我再把名单呈递给医生委员会。现在，我不得不承认第一个候选人是具备资格的。"

"是谁？"

"牙医卡达什。如果他当选，贝尔·特兰为你准备的文件马上就会被束之高阁。"

"他有可能成功吗？"

"他有一封内巴蒙的推荐函。"

"是伪造的？"

"有两个证人证明这封推荐函确实出自内巴蒙之手，而且当时他精神状态良好。这两个人就是德内斯和谢奇。这一伙强盗越来越光明正大了。"帕扎尔重重地叹了一口气。

"我的事业和前途无所谓，只要有一间私人诊所，能让我继续给人治病就行。"

"他们打算让你的诊所关门，甚至打算告你。"

"反正有最优秀的法官为我据理力争，我还担心什么呢？"奈菲莉笑着说。

"我一直猜不透卡达什在这场阴谋中扮演的角色，现在谜底揭晓了。御医总管有什么特权？"

"为法老治病，任命宫中的内外科医生与药剂师等医疗团队成员，经手并管理有毒物品、毒药与危险的药物，制定公共卫生政策并在首相与法老同意后负责落实。"

"这正是他所觊觎的位子。"

"想要影响委员会的选择并不容易。"

"你错了。德内斯一定会贿赂委员。在众人眼里，卡达什年高德劭，又执业多年，而且拉美西斯只被一种病痛困扰：牙周病。这也是他们计划的一部分，我们一定要极力阻止他们成功。"

"如何阻止呢？"

"我不知道。"

"你是担心卡达什会危害到法老的健康吗?"

"他不敢这么做,太冒险了。"

这时候小淘气跳上了帕扎尔的腹部,还用力拉扯了一下他的体毛。帕扎尔痛得大叫,右手顺势打了过去,却扑了个空,因为小淘气又躲到女主人的椅子底下去了。

"要不是念在我们第一次见面时,这个小家伙还有点儿贡献,我早就好好打它一顿了。"

小淘气爬上一棵海枣树丢下了一个椰枣表示歉意,帕扎尔抓个正着。勇士一看到便立刻飞奔过来,吃掉了椰枣。

奈菲莉突然显露出戚然的神色。

"你为什么难过?"

"我有过一个很疯狂的念头。"

"你想做什么?"

"我后来又放弃了。"她摇摇头说。

"告诉我吧。"

"告诉你又有什么用呢?"她蜷缩在他身边,幽幽地说,"我想生个孩子。"

"我也想过。"

"你希望我们有个孩子吗?"

"在事实未明之时,这不是一个明智的决定。"

"我曾经想推翻这个想法,不过你说得没错。"

"如果我继续进行调查,我们就得再耐心地等一等。"

"我们不能忘记布拉尼尔的死,否则我们将成为最卑鄙无耻的人。"

接着,他抱住她柔声问道:"你觉得有必要继续穿着这件衣服吗?夜里的气温是这么舒适。"

暗影吞噬者想要完成任务并不容易。首先，如果他频繁离开自己本来的工作岗位或离开的时间过长，很容易惹人注意。而且他担心有了同党就很可能受牵连，因此总是单独行动。他必须独自摸清帕扎尔的习惯，因此需要多一点耐心。其次，委托人希望门殿长老残废，而不是死，还要用意外事故把罪行粉饰得天衣无缝。

这个计划实行起来确实非常困难。因此，暗影吞噬者要求以三根金条作为报酬，有了这笔财富，他就可以在三角洲买个农场，无忧无虑地度过下半生了。之后他还可以在嗜血欲望强烈的时候以杀人为乐，还会有一大群仆人供他使唤，把他照顾得无微不至。

等金子一到手，他就要开始猎杀，一想到完成这项任务的种种好处，他就兴奋起来。

炉子里的液体已烧成了白热状态。谢奇事先放好了模具，以此塑造出比较大的金条。此时，实验室里高温难耐，德内斯早已挥汗如雨，而留着黑色小胡子的化学家却一滴汗也没有流。

"我已经和我们的朋友说好了。"德内斯说道。

"不后悔了？"

"我们没有选择的余地。"

德内斯一边说，一边从一个布袋子中拿出基奥普斯的金面具，以及原本挂在法老胸前的金项链。

"这些足以打造两根金条了。"

"第三根怎么办？"

"从阿舍将军手里买。他侵占公有金矿的行动毫无破绽，只可惜什么事都逃不过我的法眼。"

谢奇注视着这名建造了基奥普斯大金字塔的法老的面具。面具上他那无比庄严的五官，有种神圣不可侵犯的美。雕刻这个面具的金银匠，让他的样貌有一种青春永驻的感觉。

"它让我觉得害怕。"谢奇直言不讳。

"只不过是一副陪葬的面具罢了。"

"可是那双眼睛活灵活现的。"

"别再瞎想了。"德内斯不耐烦地说,"那个法官偷了我们原本要卖给赫梯人的神铁,以及我打算用作陪葬品的黄金圣甲虫,这已经让我们损失惨重了。如果继续留着金面具和项链,就太危险了。何况我们还要给暗影吞噬者报酬呢。快动手吧。"

谢奇跟平常一样,听从了德内斯的话。画有法老尊贵面容的金面具和金项链在炉子里消失了。片刻后,熔化的金子就会沿着细沟槽流到模具里。

"金腕尺呢?"谢奇问道。

德内斯突然神采奕奕地说:"可以用它做第三根金条啊!这样就不用找阿舍了。"

谢奇却有点犹豫。

"最好还是赶快把它处理掉。"德内斯肯定地说,"只要留最重要的物件就行了,也就是众神的遗嘱。帕扎尔绝对不知道我们把它藏在哪里了。"

德内斯一边冷笑,一边看着基奥普斯的金腕尺消失在炉子里。"亲爱的谢奇,你将要成为全埃及最重要的人物之一了。今晚就把第一部分酬劳付给暗影吞噬者。"

这名沙漠警察身高至少两米。他缠腰布的腰带上插着两把刀柄老旧的匕首,他经常行走在碎石子上,但从来都不穿鞋,脚底的厚茧连金合欢的刺都穿不透。他问道:"你叫什么名字?"

"苏提。"

"从哪儿来的?"

"底比斯。"

"干哪一行的？"

"挑水、种植亚麻、养猪、捕鱼……"

突然，来了一只高大且眼神空洞的牧羊犬，它把鼻子凑到苏提身上，闻个不停。这只狗看起来有七十几千克重，毛很短，背上到处都是伤疤，好像随时都会扑上来似的。警察继续问话："你为什么想当矿工？"

"因为我喜欢冒险。"

"你也喜欢口渴、酷热、角蝰蛇、黑蝎子、急行军，以及在密不通风的狭小空间里工作吗？"

"每个职业都有其痛苦之处。"苏提耸耸肩，无所谓地说。

"你选错行当了，老弟。"

苏提故意露出傻里傻气的微笑，那名警察便让他通过了。

在招募矿工的办公室外排队的人群里，他算挺中看的一个，气宇轩昂，有一身健美的肌肉，相比之下，旁边的几个候选者更是显得瘦弱且无法胜任这一职位了。

办公室里两个年长的矿工又问了刚才警察问过的问题，他便将答案又重复了一次。他觉得他们看他的眼神，就好像在挑选拉车的牲口一样。

"很快就出发了，你能去吗？"

"可以。"苏提一口就答应了，接着又问，"要去哪里？"

"加入我们的行列，只能服从，不能多话。通常会有一半的新手在途中晕倒，他们必须自己想办法回到谷地，我们不会花费精力去照顾软脚虾。天亮前两个小时我们出发，这是你的装备。"

苏提分到了一根手杖、一张草席和一床被子。他用一条细绳把被子和草席绑在手杖上。在沙漠里，旅人需要用一根手杖敲击沙地，以防毒蛇近身。

"水呢？"

"到时候会定量分配。别忘了最宝贵的东西。"

苏提在脖子上挂了一个小小的皮袋子,一旦幸运地发现了金子、光玉髓、青金石或其他宝石,就可以装到袋子里。除了薪水之外,袋子里的东西也都属于他。

"这玩意儿装不了多少东西啊。"他看着袋子说。

"小子,有很多人的袋子一直都是空的。"

"他们技术太差。"苏提不屑地说。

"你的话真多,进了沙漠你就该懂得闭嘴了。"

有两百多人聚集在东城门的路的边缘。大部分人暗暗向敏神许了三个心愿:希望自己能平安归来,不被渴死,带回宝石。每个人的脖子上都戴着护身符。有的人还事先去问过占星大师,其中一些人因为星象不吉而取消了行程。不信神的人也会从前辈口中听到这样的经验之谈:"出征沙漠时心中无神,回归谷地时与神同在。"

探险队的队长伊弗雷姆身材高大,手臂极长,满脸络腮胡,浑身体毛浓密,活像一头亚洲黑熊。听说他粗暴残酷,因此,一看到他,有几个"菜鸟"马上就退出了。他绕着队伍巡视了一圈,每走到一个人身边都会停一会儿。

"你就是苏提?"

"是的。"

"你好像很有野心。"

"我可不是来捡石头的。"

"说这句话之前,你应该背一背我的袋子。"伊弗雷姆说着便把一个沉重的背包丢给他。

苏提二话不说就背起袋子。伊弗雷姆又冷笑着说:"趁现在神气一会儿吧。很快你就神气不起来了。"

队伍在日出前出发了,直到中午前,他们周围都是一片荒凉的景象。久居农村、不习惯沙漠的人,脚都已经破皮流血。伊弗雷姆避开了滚烫的沙地,专挑一些遍布石块的路走,这些碎石像金属一样锋利。队伍首先翻越的这座高山让苏提感到心惊,它仿佛是一道无法越过的天堑,将人类屏蔽在山中的神秘国度之外。在那里,有一块块岩石,专门用来建造神的居所,那里还聚积了惊人的能量。高山是岩石之母,她孕育了珍贵的矿藏,只有持之以恒、坚韧不拔的人才能找到这些宝藏。苏提一时心神出窍,不自觉地放下了行李。

刚一失神,便立刻有人在他屁股上踹了一脚,他整个人翻滚到沙地上。

"我可没有允许你休息。"伊弗雷姆嘲弄地说。

苏提站起来后,伊弗雷姆又说:"把我的袋子弄干净。休息和吃东西时,也不能放到地上。你要是敢不听话,我就不给你水喝。"

苏提怀疑是不是有人告发了他,不过他仔细一看,其他人也都经受了这个队长的刁难。伊弗雷姆喜欢用极端手段来考验手底下的人。有一个努比亚人刚要挥拳,就马上被痛打了一顿,并被丢弃在路旁。

傍晚时分,队伍到了一处露天的采石场。石匠敲下石块,然后打上自己所在的小组特有的标记。在每一条矿脉上,循着预定的石块四周,都有一些细心挖掘的小沟槽。工匠把凿子敲进沿线分布的切口后,便能将石块完好无缺地从母岩上采挖下来。

伊弗雷姆向他打了个招呼:"我带了一群懒鬼来,你要是需要帮手,尽管开口。"

"那再好不过了。不过他们不是走了一整天了吗?"

"如果他们想吃东西,就得先干点活才行。"

"这不符合规定吧?"

"法令是我来决定的。"

见他如此坚持,工头便说:"矿场顶端有十多块石头正等着被运下来，要是有三十几个人一起搬，会快得多。"

伊弗雷姆便指定了几个人去帮忙，其中也包括苏提。他拿回自己的行李后说："喝点水后就爬上去。"

工头原本设计了一道滑槽，可是中段有坍塌。因此必须先用绳索把石块吊到滑槽中断的地方，再解开绳索让石块沿滑槽滚到底部。为了防止石块坠落得过快，有五个人需要分别站在两边，用力拉住系着石块的绳子。其实，等到滑槽修好之后，就不再需要这些东西了。但由于工作的进度有些落后，他们现在只能这么做，因此伊弗雷姆的提议也算帮了工头一个大忙。

意外就在搬运第六块石头时发生了。因为平衡绳索的人太累，无法减缓石块坠落的速度，以致绳子受力过大，把拉绳的人甩到了一旁。其中有一名五十来岁的工人，直直地栽进了滑槽里，他本想拉住苏提的手臂，不料另外两名同伴用力将苏提往后一拉，他抓了个空。

出事的那个工人的惨叫声很快就听不见了。大石块碾过了他的身体，沿着滑槽滚了出去，然后在一声轰天巨响中摔了个粉碎。

工头忍不住掉下泪来。伊弗雷姆却说："至少我们已经完成一半的工作量了。"

第三幕

沙漠腹地,
权力的迷宫深邃而曲折,
斗争与神谕交织,
真相正隐于沙尘之下。

第 21 章

羱羊纹丝不动地站在一方悬岩上,头上两只长长的角弯向天空,下巴上有一小撮山羊胡,两眼紧盯着在太阳底下缓缓前行的矿工。"羱羊"是祥和与高贵的象征,也代表了一种奉神的旨意而存在的生命。

"在那边!我们杀了它!"一名矿工喊道。

"闭嘴,你这个笨蛋!"伊弗雷姆呵斥道:"那可是矿区的保护者。要是杀了它,我们就全都死定了。"

那只大公羊爬上陡坡后,一跃便消失在了山的另一边。

日夜不停地走了五天后,所有人都累坏了,只有伊弗雷姆仍和出发前一样神采奕奕。苏提也依然很坚强,广漠的景致重新给了他力量。无论是队长伊弗雷姆的暴虐还是令人精疲力竭的行程,都动摇不了他的决心。

那个强壮、满脸大胡子的队长命令大家集合后,兀自爬上一块大石头,其他人在他脚下显得十分渺小。

"沙漠是很大的。"他用洪亮的声音说道,"你们在沙漠中还不如一只蚂蚁。看看你们,老是嚷着口渴,就像一群行动不便的老太婆。你们根本不配当矿工,也不配到地下去寻宝。可是我却带你们来了,这些金属矿比你们有价值。你们在山边乱垦乱挖的时候,山是会痛的,所以,它会想办法吞掉你们以求报复,能力不足的人只能自求多福。现在开始扎营,明天天一亮我们就开工。"

工人们开始搭起帐篷,首先要搭的是队长的,由于帐篷实在太重了,五名搬运工人累得喘不过气来。在队长的虎视眈眈之下,他们万分小心地把帐篷摊开,撑在营地的正中央。然后一些人准备晚餐,一些人把地面弄湿以防尘土飞扬,还有一些人喝着羊皮袋中清凉的水止渴。幸亏矿区附近有一口井,他们才不至于缺水喝。

苏提还在睡梦中,忽然被人踢了一脚,他全身痛得像是要裂开一样。

"起床了。"伊弗雷姆命令道。苏提忍住怒气,照做了。

"每个到这里来的人多少都惹了些麻烦。你呢?"

"那是我的秘密。"

"我要你说出来。"

"你少来烦我。"

"我最讨厌故弄玄虚的人。"队长略带威胁地说。苏提只得应道:"我是从劳动队偷偷溜走的。"

"哪里的劳动队?"

"我们村的劳动队,在底比斯附近。他们要我到孟斐斯疏通运河,但我更愿意逃到这里当矿工碰碰运气。"

"我不喜欢你。你一定是在说谎。"

"我要发财。谁都阻止不了我,你也一样。"

"小子,你实在让人无法忍受。我非得揍扁你不可。我们赤手空拳地打一架吧。"

伊弗雷姆指定了一名裁判。此人的任务是将犯规的人判出局,规则是不能咬人,除此之外,怎么打都没关系。

一开始,伊弗雷姆便出其不意地冲向苏提,抓起他高举过头,转了几圈之后,用力将他抛到几米开外。

摔破了皮的苏提,忍着痛站了起来。伊弗雷姆双手叉腰,轻蔑地看着他。其他矿工都笑了。

第21章 165

"有种就上啊。"伊弗雷姆听他出言挑衅,便毫不犹豫地往前扑去,但是这次他长长的手臂却抓了个空。苏提在最后关头避开了,因此也重拾了信心。伊弗雷姆对自己的力气十分有信心,来来去去总是这一招。虽然神并不存在,但苏提不禁暗暗感谢众神,让他拥有一个好斗的童年,学到了打斗的技巧。前后十多次,他都巧妙地躲过了队长毫无章法的攻击。苏提的躲闪使伊弗雷姆恼怒到了极点,他开始感到疲倦并丧失了理智。此时,苏提更不能犯错了,否则一被抓到就会粉身碎骨。他灵活地勾腿,让伊弗雷姆失去了重心,然后一晃便钻到了伊弗雷姆那具正在摇摇晃晃的庞大身躯的下方,并在他的脖子上用力一压。伊弗雷姆便重重地摔在了地上,苏提则跨坐在他的背上,还扬言要把他的脖子扭断。

"干得好,小子!"

被打败的队长用拳头捶打着沙地,表示认输。

"你真该死。"

"你要是杀了我,沙漠警察是不会放过你的。"

"我才不在乎呢。被我送去见阎王的人那么多,你又不是第一个。"

伊弗雷姆开始害怕了:"你想怎么样?"

"我要你发誓再也不虐待队里的人。"

一旁的矿工不再嬉笑,大家都围了过来,听队长如何作答。苏提不耐烦地催促道:"快点,不然我就扭断你的脖子。"

"好,我向敏神发誓!"

"还要向女神哈托尔发誓,快说。"

"我向女神哈托尔发誓。"

苏提这才放开他。在这么多神明面前发誓必须说话算数。伊弗雷姆若违背誓言,就将背负一辈子的恶名,永世不得超生。

矿工们立刻高声欢呼,并将苏提高高地抬了起来。当人们平静下来时，苏提坚定地说："在这里做主的还是伊弗雷姆。因为只有他知道路、饮水点和矿区的位置。没有他，我们就无法回到谷地。大家要听他的话，我也希望他能遵守承诺，这样我们一切都会很顺利的。"

伊弗雷姆满脸讶异地把手搭在苏提肩上："小子，你不但很强壮，而且很聪明。"随后又把苏提拉到一边说："我真是看走眼了。"

"我想发财。"

"我们可以做朋友。"

"你要对我有利才行。"

"一定会有利的，小子。"

几名女子正缓缓地将贡品送进哈图莎王妃的宫殿，她们身穿白色长袍，一条吊带在裸露的胸前交叉，外面套着一件网状的罩衫，头上的假发则用缎带扎起，个个看起来都如此纯真美丽，德内斯看了也觉得血脉偾张。他每次出远门时，总会背着涅诺法夫人偷情，但他的保密工作做得很好，也必须做得很好。一旦传出绯闻，他的名声就完了，因此他从来都没有固定的情妇，一直都满足于短暂地偷情。他偶尔也和妻子做爱，然而涅诺法屡屡反应冷淡，这让他更有借口偷情了。

后宫总管到花园来找他。他本想趁机让总管帮他找个女孩，但最后还是放弃了。后宫是一个以工作为重的经济中心，而不是低三下四的寻欢场所。德内斯以运输商的名义求见拉美西斯大帝赫梯籍的妻子。她接见他的厅堂，四角各有一根柱子，墙面被漆成了亮黄色，地板则是红绿相间的马赛克图案。

哈图莎坐在一张两侧有扶手、椅脚镀金的乌木座椅上。她黝黑的眼睛、白皙的皮肤、修长的手指，无不展现着亚洲女子的异国魅力，德内斯在她面前不敢放肆。

"真是稀客啊。"她语带尖酸地说。

"我是运输商,你是后宫的女主人。谁会对我们的会面起疑呢?"

"可是你以前却认为这样做很危险。"

"形势已经变了。帕扎尔如今成了门殿长老,凭着这个身份,他总能阻挠我的行动。"

"这跟我有什么关系?"

"不知道你是否改变了心意?"

"拉美西斯嘲弄我,我的人民深受其辱!我一定要报仇。"

德内斯满意地摸了摸下巴上发白的短须:"你会如愿的,王妃。我们的目标仍然一致。拉美西斯是个昏庸无能的、专制的暴君,只会守着过时的传统,完全没有展望过未来。时机对我们越来越有利,可是我的一些同伴已经等不及了,所以我们才决定要让拉美西斯更加不得民心。"

"难道这样就能动摇他的地位?"王妃质疑道。

德内斯不免感到紧张,他不能透露太多内情。和这个赫梯籍的王妃合作只是一时之计,等法老下台后便得尽快将她铲除。

"你要相信我们,我们的计划绝对万无一失。"

"你要小心点,德内斯,拉美西斯可是个精明又勇敢的战士。"

"他已经受制于我们了。"

哈图莎眼中闪耀着兴奋的光芒:"我不能多知道一点吗?"

"告诉你没什么用,还会增加风险。"

哈图莎撇了撇嘴,强忍住的怒气却使她显得更动人:"你想要我怎么做?"

"扰乱商品运输系统。在孟斐斯,我轻轻松松便可以办到,而在底比斯,我需要你的协助才能做到。这会为法老招致民怨,国内将经济萧条,他的王位也将不保。"

"我们要收买多少人?"

"不多,但是很重要。首先要让负责运送食品的书记官连连犯错。行政调查十分复杂,还会花很多时间,但我们只需要几个星期就能制造混乱了。"

"我的心腹会采取行动。"

德内斯对这个计划一点儿信心也没有,这回他们再度向法老出击,效果应该不大。但是他至少消除了哈图莎的疑虑。

"我还要告诉你一个秘密。"他小声说道。

"说吧。"

他走上前去,将声音压得更低:"几个月后,我们会拥有一大批神铁。"

从哈图莎的眼神可以看出她对此很感兴趣。有了功能奇异的神铁,便又多了一样对付拉美西斯的新武器。

"你要什么报酬?"

"先给我三根金条,日后再给我三根。"

"你离开后宫时,行李袋里就会有金子了。"

德内斯行礼后退下。他的同伙对这笔交易并不知情,而王妃也永远不会拿到神铁。德内斯出售了他已经不再拥有的东西,并获得了如此丰厚的回报,因此心中欣喜若狂。安抚王妃并不难,若是她的反应过于激烈,还可以把责任推到谢奇身上。那个留着小胡子的化学家总是卑躬屈膝、唯命是从,已经帮过他很多次了。

女佣送来了一些橄榄、红皮萝卜和一棵莴苣。西尔基斯自己制作了调味料。

"谢谢你们接受我们的邀请。"贝尔·特兰对奈菲莉与帕扎尔说,"能请你们一起用餐是我们的荣幸。"

"你千万不要这么客气。"帕扎尔强调。

厨师在小圆桌上的铜盘里放了几块烤羊排,还有一些胡瓜和小青豆。新鲜可口的食物让他们赞不绝口。西尔基斯特意戴了一副精致美丽的耳环,两个小小的圆盘上装饰着玫瑰花和螺旋的线条。

"我做了一个很吓人的梦。"她说,"我梦见自己连续喝了好几杯热啤酒。我很担心,就去请教解梦师。他分析的结果把我吓坏了!他说这个梦代表财物会失窃。"

"你不用太担心,解梦师常常会出错。"奈菲莉安慰她说。

"但愿如你所言吧。"

"我妻子太过焦虑了。你能不能给她开点药?"贝尔·特兰问道。

饭后,奈菲莉为西尔基斯开了几服具有镇静作用的汤药,贝尔·特兰和帕扎尔则去庭院里散步了。

"我根本没有心情欣赏大自然。"贝尔·特兰叹道,"我的工作时间越来越长。每晚我回到家时,孩子们都睡了。无法看着他们成长,无法跟他们一起玩耍,对我而言,牺牲实在太大了。我要管理谷仓,要经营造纸厂,还要管理国库……每天时间都不够用,你有这种感觉吗?"

"有啊,我也经常有这种感觉。当门殿长老一点儿也不轻松。"

"对阿舍将军的调查有进展吗?"

"慢慢开始有了。"

"有件异常的事让我非常担心,我想还是应该提醒你一下。你知道,哈图莎王妃的个性相当好战,而且她也从来都没有原谅过拉美西斯让她离乡背井一事。"

"她的敌意确实很明显。"帕扎尔点点头说。

"她会做到什么地步呢?要是公然反抗法老、秘密策反,无异于自杀。然而,她最近接见了一个令人意外的访客:运输商德内斯。"

"你确定吗?"帕扎尔惊讶地问。

"我有个生意伙伴到后宫去了,看到一个人很像德内斯。他在讶异之余向宫里的人打听,发现果然是他。"

听贝尔·特兰说得如此肯定，帕扎尔实在觉得不可思议："德内斯真的会有如此荒谬的举动吗？"

"哈图莎有她自己的商船队，但后宫是隶属于国家的机构，私人运输商根本兴不起什么风浪。假如是纯粹的礼貌性拜访，其中又有什么隐情呢？"

哈图莎王妃与一名阴谋者结盟……贝尔·特兰的推断具有一定的道理。会不会哈图莎就是主谋，而德内斯只是一个执行命令的人？如此下定论未免过于草率。毕竟没有人知道他们谈话的内容，但隐约可以猜到这次的会面牵涉到一件危害国家和人民利益的阴谋。

"他们的勾结很可疑，帕扎尔。"

"会有多大的影响呢？"

"我不知道。你有没有想过可能是北方邻国计划入侵？没错，拉美西斯的确已经镇压了赫梯人的叛乱，但他们难道就真的没有扩张领土的野心了吗？"

"这么说来，阿舍就是必要的中间人了。"

敌人的轮廓越清晰，即将面临的境况就显得越来越艰难，未来也更不确定了。

当晚，宫里的使者带着太后图雅的一封信去找奈菲莉，太后希望尽快向她求诊。图雅虽然隐居深宫内院，但在宫里仍极有势力。她性情高傲，对平庸无能之辈深恶痛绝，每每对国事有所建言却不直接下令，为了守护这个伟大的国家，她确实兢兢业业，唯恐有失。拉美西斯仰慕并深爱着母亲，自从他心爱的妻子奈菲尔塔莉失踪后，母亲便是他唯一的倾诉对象。有些人还言之凿凿地说，拉美西斯所有的决定都事先与太后商量过。

图雅手下宫人极多，而且在每个重要的城市都设有一座宫殿。位于孟斐斯的宫殿内共有二十多个房间，还有一间四柱大厅专门用

来接见身份显赫的访客。一名内侍带领着奈菲莉到了太后房中,

六十岁的图雅是个瘦削的妇人,她目光犀利,有一个又尖又挺的鼻子,脸上满布皱纹。她戴了一顶正式场合专用的、与她身份相符的假发,假发的形状如一只秃鹫将双翼环绕着她的脸。

"连我都听说你的名声了。巴吉首相一向不轻易称赞人,却也盛赞了你的神奇医术。"

"太后,我可以列出自己许多医治失败的例子。一个会夸耀自己成就的医生应该改行。"

"我身体不舒服,需要你来诊治。内巴蒙的那些助手什么都不懂。"

"太后哪里不舒服呢?"

"眼睛。此外,肚子也会感到剧痛,耳朵又听不清楚,脖颈也很僵硬。"

奈菲莉很快就诊断出太后是子宫出现异常分泌现象。她在笃耨香脂中加入上等油加热,对太后进行烟熏疗法。

检查了眼睛之后,她更担心了。太后得的是颗粒性结膜炎,也就是沙眼并发了眼睑发炎,之后很可能会转为青光眼。

太后看出了医生的不安,便说:"老实说吧。"

"我知道这种病,可以治得好,但是需要治疗很长时间,太后自己也必须多加留意。"

奈菲莉接着表示,以后太后一起床,就要用大麻制成的药水洗眼睛,这种药水对抗青光眼很有效。之后用大麻制成的药膏再加上蜂蜜,涂抹于特定部位,则能舒缓子宫异常分泌所引起的疼痛。另一剂以黑色燧石为主要成分的药方,可以给眼角消炎,也可以消除不健康的分泌物。至于治疗沙眼,患者须在眼皮涂上一种含有岩玫瑰、方铅矿、龟胆汁、黄赭石与努比亚土等成分的药膏。最后,还要用一根中空的秃鹫羽管点眼药。制作眼药要用芦荟、硅孔雀石、

药西瓜粉、金合欢叶、乌木片，加冷水混合制成糊状，待干燥后磨碎再加水。然后将制成品置于屋外受露水湿润后加以过滤。药水除了直接点入眼睛，还要做成敷料外敷，每日四回。

"我真是老了。"太后叹道，"我不喜欢如此麻烦地照顾自己。"

"太后是生病了，所以需要一点时间治疗，以后会痊愈的。"

"看来我再不乐意，也得听你的话。这个你收下吧。"

图雅送给奈菲莉一条光彩照人的项链，项链由七排光玉髓圆珠与努比亚金珠串成，两头的搭扣是莲花式样。

奈菲莉迟疑着不敢接受："至少等看到疗效吧。"

"我已经好多了。"太后亲自为她戴上项链，并称赞道，"你真美，奈菲莉。"

奈菲莉脸上不由得泛起一片绯红。太后又说："而且你很幸福。我的亲信说你丈夫是个十分杰出的法官。"

"为玛特奉献是他一生的志向。"

"埃及就需要你们这种人。"

图雅唤来了司酒官，让他送来甜美的啤酒和水果。她和奈菲莉二人坐在铺着软垫的矮椅上。

"我一直在留意帕扎尔法官的晋升与调查情况。刚开始只是觉得有趣，后来感到讶异，最后则感到愤慨。将他送进监狱实在是非常不公平的事。幸好，他得到了初步的胜利，如今他贵为门殿长老，将拥有更丰富的资源以继续对抗邪恶。任命凯姆为警察局长是一个很好的开端，巴吉通过这项任命是正确的。"

最后这几句话并不只是说说而已。奈菲莉若将这番话转告帕扎尔，他一定高兴极了，因为获得图雅的认同，也就等于获得了法老亲信的支持。

"自我丈夫去世、儿子登基以来，我一直在极力维护埃及的国泰民安。拉美西斯是个伟大的国王，他让我们远离战争的威胁，使神庙更富足、人民衣食无虞。埃及依然是一块受众神恩宠的乐土。而我却感到不安,奈菲莉,你愿意听听我的心里话吗?"

"如果太后认为我有资格的话。"奈菲莉谦逊地回答道。

"拉美西斯越来越忧心忡忡,有时候甚至是心不在焉,好像突然间变老了似的。他的性子变了,我真怕他会就此不再奋斗、不再一一解决困难,不再视障碍如无物。"

"也许他是病了呢?"

"除了牙病,他还是非常强壮且精力旺盛的。这是他第一次对我有戒心,我猜不透他在想些什么。倘若他像以往一样亲口对我说出他的决定,不管决定如何,我都不会感到惊讶。但不知道为什么,他却躲着我。把这个情况告诉帕扎尔法官吧。我很为埃及担忧,奈菲莉。这几个月以来,有那么多谋杀案、那么多无解的谜,国王也在渐渐疏远我,把自己封闭起来。希望帕扎尔能继续将这一切调查清楚。"

"法老像不像是遭到了威胁?"奈菲莉若有所思地问。

"他很受人民崇仰爱戴。"

"可是民间流传他的运势将尽,不是吗?"

"一个国王在位的时间太长,都会这样。拉美西斯知道解决的办法:举行再生仪式,强化他与众神间的关系,使臣民心中再度充满喜悦。我并不担心这些谣言,只是国王为何一再地颁旨,强调自己原本就拥有的权力呢?"

"太后是担心可能有奸险的邪恶力量使他心神受创?"

"若果真如此,大臣们很快就会发现的。他的神志很清醒,但就是和以前不一样了。"

啤酒果然香醇,水果也汁多味美。奈菲莉觉得她不该再提出问题了。这些高度机密应该由帕扎尔来评估并加以运用。

"我很欣赏你在内巴蒙死时所表现出的高贵情操。"图雅说道,

"他这个人一无是处,只懂得做表面功夫。他给了你种种不公的待遇,我决定补偿你。孟斐斯中央医院本来是由我们两人一起负责的,现在他过世了,我又不是医生。明天我就下旨由你接管这家医院。"

第22章

帕扎尔用一块泡碱皂块搓着身体，背后有两名仆人为他淋上温水。洗完澡后，他用一根带着芳香的芦苇刷牙，然后用明矾加莳萝漱口。他用最喜爱的一把剃刀刮胡子，这把剃刀形如细木工匠使用的凿子，他还在脖子上涂抹野生薄荷油以驱除蚊虫与跳蚤。另外，他还会用一种以天然苏打和蜂蜜为基本成分制成的乳膏按摩全身。白天，如果有必要，他也会使用角豆与乳香来消除体味。

梳洗完后，他那无可救药的病症突然又发作了。

他连续打了几次喷嚏。又是感冒，还伴有咳嗽和耳鸣等症状。是他自己不好：工作过度、不听从医生的指示、失眠。不过，药方也确实该换一下了。

可是怎么问奈菲莉呢？她每天六点起床，准备一下就出发到最近接管的中央医院去，他已经一个礼拜没见到她了。奈菲莉现在是埃及最大的医护中心的负责人了，因为希望能在新岗位上有所表现，她努力付出不遗余力。太后图雅的意旨立刻获得了首相的同意，而医院里的内外科医师与药剂师也都一致表示支持。曾经扣住药物不让奈菲莉使用的那名临时行政人员，已经成了护士，专门照顾长期卧病在床的病人。

奈菲莉对负责管理医院的书记官坦承，她的专业是医疗救护，而不是管理一群公务人员，因此他们只要遵守首相办公室所下的指令，不需要再和她商量。这番声明让奈菲莉这个新任的女院长博得了不少同事的好感，也让她与不同专业人才的合作更加密切。到这间医院来就诊的都是城里或乡下的医生无力医治的病人，以及一些经济宽裕并希望尽早预防某些疾病发生或恶化的人。此外，奈菲莉还特别注意药局作业，因为这里专事配药与有毒物质的配制和使用。

帕扎尔的鼻窦炎似乎更严重了，身边没有人帮忙，于是他决定前往唯一能获得关注的地方：孟斐斯中央医院。

一到医院，一名女护士就亲切地前来问询："需要我为你服务吗？"

"我要挂急诊，我想请院长奈菲莉给我看病。"

"今天恐怕不行。"

"我是她的丈夫也不行吗？"

"你是门殿长老？"护士讶异地说。

"我想是的。"帕扎尔苦笑了一下。

"请跟我来。"

护士带着他穿过一个设备完善的海水浴疗养中心，许多隔间内都备有三个石槽，第一个石槽供人全身浸浴，第二个石槽供人坐浴，第三个石槽则可用来浸泡脚和小腿。另外一些房间是睡眠疗法专用室。还有一些空气流通的小隔间，住着由医生长期照护的病患。

奈菲莉在复查一剂依照医生处方调配的药，并利用水钟记录某种物质凝结的时间，两个资深的药剂师在一旁协助。帕扎尔等他们结束后才现身，他说道："能不能麻烦你看个病人？"

"这么急吗？"

"是急诊。"奈菲莉将他拉进一间诊室。帕扎尔又打了十几个大喷嚏。

"嗯，你不是假装的，觉得呼吸困难吗？"

"自从你不再费心照顾我后，我呼吸时会有咝咝的响声。"

"耳朵呢？"

"左耳塞住了。"

"发热了吗？"

"有一点儿。"

"躺到石床上去，我要听听你的心跳。"

"我的心跳声你很熟悉啊。"帕扎尔半开玩笑地说。

"我们所在之处是个严肃的地方，帕扎尔法官，所以请你也正经一点。"

她听诊时，帕扎尔果然默不作声。"你猜的没错。的确需要开新的药方。"

奈菲莉拿着一支占卜用的小木棍来挑选适当的药物。棍子指向了一棵十分茁壮的植物，这棵植物长着五片淡绿色的大叶子和红色的浆果。

"泻根。"她说道，"它含有剧毒。稀释之后服用，可以排除你体内的积血，使气管畅通。"

"你确定吗？"

"我有责任向你保证。"

"快点把我治好吧，我迟到这么久，书记官们一定都开骂了。"

法官的办公室爆发了不寻常的骚动。在里面办公的公务人员，平常总是轻声细语，举止端然稳重，遇到眼下这种情况，大家互相对视，不知道该如何是好。有些人说上司不在，还是采取观望态度吧；有些人则主张采取强硬态度，却不愿意亲自出面；还有人坚持找警察。只见办公室的地板上到处都是打碎的书板和撕毁的草纸。帕扎尔到达之后，大家才安静下来。

"你们受到攻击了吗？"帕扎尔问。

"可以这么说。"一名老职工神色慌张地说，"我们控制不了她的怒气，她已经闯进你的办公室了。"

帕扎尔诧异地穿过书记官办公的大厅,走进自己的办公室。豹子正跪在草席上翻弄他的档案。

"你这是怎么了?"帕扎尔又惊又怒地问。

"你把苏提藏在哪里了?"

"你马上离开。"

"我不问明白绝不离开!"

"我不会对你动粗,但我会请凯姆来。"

这个威胁果然有效,豹子马上乖乖听话了。帕扎尔便对她说:"我们到外面谈吧。"

她从帕扎尔面前走过,书记官们都睁大了眼睛瞪着她。

"收拾一下东西,开始办公了。"长老对目瞪口呆的属下说。

帕扎尔和豹子在一条拥挤的巷子里快步走着。今天开市,农民担着蔬菜水果出来兜售,每个摊贩旁都挤满了顾客,讨价还价的声音简直震天响。他们二人躲进另一条安静无人的小巷道,才算避开人潮。

"苏提躲在哪里?"她眼中泛着泪光,说道,"他走了以后,我无时无刻不在想他。我甚至忘了要喷香水、化妆,也忘了时间的存在,整天都在街道巷弄里闲晃。"

"他没有躲起来,而是去执行一项艰难且危险的任务了。"

"跟另外一个女人吗?"

"他独自去的。"

"可是他已经结婚了。"

"他认为如果要做进一步的调查,就必须结婚。"

"我爱他,帕扎尔法官,我甚至可以为他牺牲生命!你能理解吗?"

帕扎尔微笑道:"我理解的程度不是你能想象得到的。"

"他在哪里?"

"豹子,这是一项秘密任务,如果我泄露了,他可能会有危险。"

"我发誓不说出去!我一定会守口如瓶的。"

苏提这位热情如火的情人所表现出的真诚感动了帕扎尔,他终于说了出来。"他去科普托斯参加矿工队了。"

豹子欣喜若狂,抱住帕扎尔亲了一下他的右颊。"我绝不会忘记你的恩情。如果有一天我非杀他不可,一定先告诉你。"

由南到北的各个省都流传着谣言。无论是在三角洲的大王宫皮拉美西斯宫,或是孟斐斯、底比斯,谣言很快就散布到了各行政机构,也让负责执行首相命令的官员开始人心惶惶。

门殿长老刚解决了一桩涉及不动产的案子,起因是有一名不诚实的地主将同一块地先后卖给一对表兄弟,使兄弟反目成仇,后来地主被判定必须用所得收益加倍偿还。接下来他要看的是阿舍将军关于埃及军队现况的报告。

阿舍将军认为亚洲的局势很不稳定,埃及派驻监督邻近小国的兵力一向十分薄弱,而各个邻国在至今依然在逃的叛贼阿达飞的号召之下,已经准备结盟了。目前埃及的武器装备不够精良,自从与赫梯一役战胜后,便一直无人闻问。至于国内的军事状况,他同样不满:战马缺乏照顾、战车破损未修、军队毫无纪律、军官素质太差。若邻国果真有意入侵,埃及抵挡得住吗?

这样一份报告将造成深远的影响,阿舍究竟有什么用意呢?如果未来事实证明阿舍是对的,那他就将成为有远见的军事预言家,并将获得极其崇高、拥有几近救世主的地位。如果拉美西斯相信了他,那么他也必定会以更严格的要求来巩固自己的势力。

帕扎尔想起了苏提。此时他走在哪条荒凉的路上,寻找着几乎不可能找到的证据,以揭发这个企图以军方势力控制整个国家的杀人凶手呢?

帕扎尔叫了凯姆来："你能马上对孟斐斯的主要军营进行调查吗？"

"哪方面的调查？"

"军队士气、军事装备情形、军人与战马的健康状况。"

"没问题，只要你下一道命令，我就马上去。"

帕扎尔想了一个合情合理的借口，搜寻一辆撞倒了数人并留下撞击痕迹的战车。

"动作一定要快。"

帕扎尔接着赶往贝尔·特兰家，贝尔·特兰正忙着清查粮食的收成。二人走到行政部门的阳台，以免隔墙有耳。

"你看到阿舍的报告了吗？"帕扎尔问道。

"太可怕了。"

"如果他说的是真的，怎么办？"

"你有不同的看法吗？"贝尔·特兰反问他说。

"我怀疑他是故意把形势说得很严重，以便从中牟利。"帕扎尔说出了心中的疑惑。

"有什么线索吗？"

"我们要尽快搜集。"

"阿舍一定会遭受责备的。"

"那可不一定。"帕扎尔不以为然地说，"假如拉美西斯认同他的看法，他就再也没有顾忌了。试想谁敢与国家的救星对抗呢？"

贝尔·特兰同意帕扎尔的说法。只听帕扎尔又说："如果你想帮助我，现在有机会了。"

"你要我做什么？"

"我想知道有关我国派驻国外的军队，以及过去几年军事设备的投资情形等情报。"

"这恐怕不容易，但我会尽力。"

回到办公室后，帕扎尔写了一封长长的信给卡纳克神庙的大祭司卡尼，向他询问有关驻扎在底比斯地区军队的成员素质与军营中设备的情况。这封信是以卡尼最熟悉的"草药"术语所衍生的密语写成的，送信的人也经过了特别挑选。

"没有什么特别的。"凯姆说。

"说清楚一点。"帕扎尔坚持道。

"军营一切平静，营房没有问题，设备也很好。我检查了营区里的五十辆战车，军官们都很细心地维护，战马也被照顾得无微不至。"

"他们怎么看待阿舍将军的报告？"

"他们很重视，相信报告中指的是其他军营。为了确定情况，我还去视察了都会区最南边的营区。"

"结果如何？"

"一样。没有什么特别的。那边的士兵也认为这番批评是针对别的营区。"

帕扎尔和贝尔·特兰约在普塔神庙前的广场碰面，那儿有许多闲着没事的人，不管来来往往的祭司，只是自顾自地聊着。

"关于第一点，我调查的结果和阿舍的描述有出入，他似乎有意封锁亚洲军团的消息。军方对外宣称，我方部队的人数减少，而亚洲邻国却蠢蠢欲动，但是一名人事书记官向我透露，士兵名册一直没有更动过。至于第二点，事实很容易就查明了，因为军队的预算都要提报到国库。这几年来，军备投资稳定，并未有装备不足的情况。"贝尔·特兰将调查的结果详细地说了。

"这么说，阿舍说谎了。"

"他的确很高明。他在报告中做了一些危言耸听的陈述，却又未加以肯定。许多高级将官都支持他，也有不少大臣惧怕赫梯人的阴谋诡计，可以说阿舍是个英雄，他该不会想趁机制造一次对自己有利的动乱吧?"

帕扎尔静坐在莲花盛开的水塘边,勇士则缩成一团睡在他的腿上。一阵微风吹来,将狗儿的长毛和主人的头发吹得轻轻扬起。奈菲莉正在看一份医学文件,小淘气却不停地把纸卷起来,无论女主人怎么警告都不听。别墅花园沉浸在落日最后的余晖中,到处都被染得一片橙红,红喉山雀和燕子也开始唱起了夜曲。

"我们军队的状况非常好。阿舍的报告全都是胡诌,目的是让国家高层陷入恐慌,打击军队的士气,以便让他更容易掌控一切。"帕扎尔开口说道。

"为什么拉美西斯不责备他呢?"

"因为他过去战绩辉煌,所以法老很信任他。"

"那现在我们怎么办?"

"我要把调查的结果交给首相,再上呈给法老。我刚刚收到了凯姆与卡尼的调查汇报,这些内容也都会被一并呈上去。底比斯和孟斐斯一样,军事实力丝毫无损。首相一定会向全国人民澄清事实,并向阿舍提出抗议。"

"将军的前途会到此结束吗?"

"我们不能这么乐观。他当然会辩驳,会重申他的真诚与爱国之心,会斥责属下给予他错误的信息。但至少能缓和他的攻势。而且我想反败为胜。"帕扎尔的语气突然变得十分坚定。

"你打算怎么做?"

"挺身迎击。"

阿舍将军在沙漠中监督战车演练。每辆车上有两个人,军官拉弓瞄准移动中的目标,他的副手则负责操控缰绳,让战车全速前进。凡是手脚不够敏捷的人,全都从精英部队中被剔除了。门殿长老到达后,两名步兵请他在一旁稍候,禁止他贸然闯操练场,因为飞箭无眼,一不小心就可能被误伤。

满身尘土的阿舍终于下令休息,然后缓步走向帕扎尔。

"这里不是你该来的地方。"他口气冷淡地说。

"没有什么地方是我不能去的。"帕扎尔也冷冷地反击。

阿舍那张犹如被侵蚀过的脸,扭曲得几乎要变形了。他不禁恼羞成怒,下意识地搔着那道横过胸前、自肩膀划向肚脐的伤疤。

"我要洗个澡、换身衣服。随我来吧。"

阿舍和帕扎尔一起走进高级军官专用的淋浴间。当一名士兵为将军淋浴时,帕扎尔"开炮"了。

"我要对你的报告提出异议。"

"凭什么?"

"因为你的报告里所说的并不属实。"

"你又不是军人,你的评估毫无意义。"

"这不是我的评估,而是事实。"

"我要反驳你的事实。"

"你都还不知道我说的是什么呢!"

"猜猜就知道了。你在两三个军营里晃来晃去,营区的人会让你看一些全新的战车,士兵也跟你表示对现状很满意。好一个天真又无能的法官。你上当啦!"阿舍一副嗤之以鼻的模样。

"这也是你对警察局长和卡纳克神庙大祭司的评价吗?"

这个问题问得将军无言以对,他支开士兵,自己擦拭身体,然后岔开话题说:"这些人都跟你一样,是没有经验的新手。"

"你的说法太牵强了。"

"你到底想怎么样,帕扎尔法官?"

"还是那句老话:找出宝贵的真相。你的报告是捏造的,所以我已经向首相表达了我的看法与抗议。"

"你竟敢……"

"这不是敢不敢的问题,这是我的责任。"

阿舍气得直跺脚:"你这么做太蠢了!你会后悔的!"

"首相巴吉会作出公断。"

"我才是这方面的专家!"

"我们的军力没有减弱,这点你很清楚。"

阿舍将军穿了一件短缠腰布,他看起来笨手笨脚的,内心应该紧张。

"你听我说,帕扎尔,报告的内容无关紧要,要紧的是其内涵。"

"请你说得明白一点。"

"一个称职的将军必须预测未来,以确保国家安全。"

"所以你就能毫无根据地发布耸人听闻的言论吗?"

"你不了解真相。"

"这件事和谢奇的活动有关联吗?"帕扎尔问道。

"你别再找他的麻烦了。"

"我倒很想问问他。"

"那是不可能的。他躲起来了。"

"是你下的令?"

"不错,是我下的令。"

"很遗憾,我一定要见他。"

阿舍忽然用一种甜得腻人的声音说:"其实我一再强调军力薄弱,引起法老、首相与大臣们的注意,完全是希望能重整军队雄风,并让所有人都支持制造新式武器,让我们出师百战百胜。"

"将军,我真没想到你会如此天真。"

阿舍听到这话,眼睛又像猫一样眯成了一条缝,"你在暗示什么?"

"你所谓的新式武器应该就是用神铁制造的、无法毁损的剑吧。"

"不但有剑，还有长矛、匕首。谢奇一直都在夜以继日地赶工。我要求你把扣在普塔神庙的神铁还给他。"阿舍将军命令道。

"也就是说，神铁是他的？"

"是他要使用。"

"再怎么多疑的人终究也会受传言所骗。"

"你这话是什么意思？"将军不解地问道。

"意思就是，神铁并不是无法毁损的。"

"胡说八道！"

"如果不是谢奇在骗你，就是他也被蒙在鼓里。你去问问卡纳克神庙的专家，就会相信我说的话了。这种罕见的金属在宗教仪式中的地位，让你产生了幻想，而且是错误的幻想。你本来希望借着强迫最高权力阶层，让自己拥有一项超强的武器，但你却失败了。"

阿舍脸上出现一副茫然不知所措的模样。也许他这才意识到自己被同伙骗了。

帕扎尔一离开淋浴间，阿舍便抓起一个装满温水的陶土罐向墙上砸去，罐子摔得粉碎。

第 23 章

苏提解开皮带,然后找了一块平坦的大石头把草席摊开。他疲惫不堪地躺了下来,注视着天上的星星。沙漠、高山、岩石、矿坑,还有常常让人爬得破皮流血的闷热坑道。这趟行程获利不多,却如此累人,大部分人都开始抱怨,甚至后悔了,但苏提极为满意。有时候,他被四周的景致深深感动,连阿舍将军都被抛到脑后去了。虽然他热衷城市的消遣娱乐,不过对此地艰险的环境却丝毫也不陌生,仿佛从小就住惯了似的。

他左手边的沙地里,传来一阵嗞嗞声。一条角蝰蛇从草席旁滑了过去,留下了痕迹。从第一晚开始,他便已经摸清了毒蛇的伎俩,起初十分恐惧谨慎,慢慢也就习惯了。他下意识感觉到自己不会被咬,也不怕蝎子和毒蛇。他进入它们的地盘,便该尊重它们的习性,相较之下,那些天性嗜血又专门攻击矿工的沙地壁虱,更让他害怕。被咬后,不仅疼痛难忍,肌肤还会肿胀发炎。幸好壁虱对苏提没兴趣,伊弗雷姆就忙着喷洒金盏花制成的药水,以防被叮咬。

尽管累了一整天,苏提却睡不着。他站起身来,慢慢地朝一块浸淫在月光下的干河床走去。夜里独自在沙漠中行走是疯狂的行为,因为四周充斥着恶神与怪异的野兽,一不小心就可能被吞噬进而尸骨无存。若有人想除掉他,此时此地正是绝佳的机会。

突然,苏提听到了一声响动。一下大雨便会冒出水来的洼地上有一只角弯如竖琴的羚羊不停地挖掘着沙土,想找水喝。过了一会儿,又来了一只,这只羚羊的两角又直又长,全身雪白。这两只羚羊是赛特神的化身,有用之不竭的精力。它们没有找错地方,很快便舔起了从两块圆石中间涌出来的水。随后,又来了一只野兔和一只鸵鸟。苏提坐了下来,看得都入了迷。这几只神圣的动物幸福满足地喝着水,这一幕,将成为他心中永远的秘密。

忽然,一只手搭到他肩上,原来是伊弗雷姆。"你很喜欢沙漠嘛,小子,这可不是什么好事。你要是再执迷不悟,总有一天,你会遇见那个狮身鹰首的怪兽,它可是什么箭都射不穿、什么绳索都套不住。那时你后悔就太迟了,因为它会一把抓住你,将你带向黑暗的深渊。"

"你为什么那么讨厌埃及人?"

"我是赫梯人。我永远都无法接受埃及胜利的事实。至少,在这里,我是老大。"

"你带矿工队有多久了?"

"五年。"

"你还没有发财吗?"

"你太好奇了。"

"如果连你也失败了,那我成功的希望就太渺茫了。"

"谁说我失败了?"

"听你这么说我就安心了。"

"别高兴得太早。"

"你要是有钱,何必还这么辛苦地操劳?"苏提继续套他的话。

"我讨厌谷地、田野和河川。就算我成了大富翁,也绝不离开我的矿区。"

"我喜欢大富翁这个头衔。但到目前为止,你带我们挖的矿坑总是空空如也。"

"小子,你应该很善于观察才对。你觉得还有更好的训练方式吗？当真正的工作开始时，适应力最强的人才有资格入山寻宝。"

"我希望越早越好。"

"你就这么着急？"

"我们还等什么呢？"

"有很多异想天开的人自己走上了寻金之路，可是几乎都失败了。"

"没有人知道矿脉在哪吗？"

"地图都被收藏在神庙里，谁也拿不到。无论谁想偷金子，都会马上被沙漠警察逮捕。"

"躲不掉吗？"

"当然了，到处都是警犬。"

"你呢，难道你已经把地图记在脑子里了？"

伊弗雷姆坐到苏提身边，严肃地问："谁告诉你的？"

"没有人告诉我，别紧张。像你这种人，档案里一定有记录。"

伊弗雷姆拾起一个小石头，把它握在手中捏得粉碎。"你要是敢骗我，我绝不饶你。"

"我要跟你说多少次你才相信？我只想发财。我想要一大片土地，有马、车、仆人、一片松林，还要……"

"松林？埃及哪儿来的松林？"

"我说过我要待在埃及吗？这个鬼地方我已经待不下去了。我想搬到亚洲，去一个法老的军队到不了的国家生活。"

"我开始对你感兴趣了，小子。你犯了罪对吧？"

苏提没有作声。

伊弗雷姆又说："警察在找你，所以你想躲到某个小国去避风头。他们像是紧追不舍的猎犬，想尽办法也要逮到你。"

"这次我绝不会再让他们抓到了。"

"你坐过牢？"

"我再也不进监狱了。"

"哪个法官判的？"

"帕扎尔，那个门殿长老。"

伊弗雷姆钦佩地吹了声口哨，说道："你可真是个大人物啊！这个法官要是死了，很多像你这样的人都会开始狂欢庆贺的。"

"他真是个死脑筋。"

"不过命运如何可就难说了。"

"我一无所有，所以很着急。"

"我很喜欢你，小子，但是我不能冒险。明天我们就来玩个真的，我倒要看看你有什么能耐。"

伊弗雷姆把队员分成两组。

第一组人较多，负责采集和制造工具，尤其是石匠用的必须用铜打造的凿子。铜经过锻打、洗选后，便立刻用简陋的炉子熔化，再倒入模具里。西奈与沙漠地区蕴藏着丰富的铜矿，可是因为需求量巨大，所以还得从叙利亚和西亚地区进口。此外，军队也需要用铜锡合金来制作坚固的刀刃。

第二组只有十来个人，苏提就是其中之一。他们都知道艰难的任务就要展开了。他们所面对的坑道入口就像地狱之口，而宝藏也许就藏在那黑暗深处。矿工脖颈上都挂着那个小皮袋，只等寻得宝物将袋子装满。他们都只穿着一件皮制的缠腰布，还在身上抹上了沙。

谁先进去呢？这里是最棒的地方，但也是最危险的地方。有人推了苏提一把，他立刻转过身，动手打了推他的人，然后大家便乱作一团。伊弗雷姆出面制止后，拉起一个爱打架的矮个子的头发，痛得他哇哇大叫。队长下令："你先进去。"

大家这时才自动排成一列。坑道十分狭窄，矿工们都弯下了身，寻找可以倚靠的地方。每个人都盯着岩壁，来回搜寻贵重金属的踪迹,至于是什么金属,伊弗雷姆没有明说。带头的矮个子走得很快,扬起了灰尘,跟在他后头的人因为呼吸困难推了他一下。结果他脚下一个不稳,便顺着陡坡往下滚到了一处平台,到了这里,矿工们就可以挺直身体了。

"他昏倒了。"一名同伴看了一眼说道。

"那样最好。"另一人幸灾乐祸地说。

大家休息了一下,便继续在这个空气稀薄的矿坑里往里走。

"你们看,金子!"发现金子的人大叫之后,马上就被两个贪心的同伴打倒在地。

队长则怒斥道:"笨蛋!那只是一块发亮的岩石。"

苏提觉得每走一步便多一分威胁,他身后的人都想除掉他。他凭着近乎野兽的本能,在同伴拿起大石头要砸他脑袋时,及时弯下了腰。攻击他的人跌了个四脚朝天,苏提趁机将他的肋骨踩断了。

"再来一个我就踩死他。"他大声地说,"你们疯了吗?我们要是再这样,恐怕谁也出不去。要么大家马上自相残杀,要么就等着平分宝藏。"

这些身强体壮的人都选了第二条路。接着他们又爬进了另一条坑道,其中两个人因为身体不适,只得半途放弃。苏提接过浸了芝麻油的油布火炬,毫不迟疑地带起头来。

黑暗中,一行人又往下走了一段。忽然眼前光芒一闪,苏提吞了一下口水,加快了脚步,最后终于摸到了矿藏。但他随即愤怒地嚷道:"铜矿,只是铜矿而已!"

苏提决意非打得伊弗雷姆满地找牙不可。但当他费力地爬出坑道后,却发现工地安静得不同寻常。所有矿工都排成了两列,一旁有十几名沙漠警察和几条警犬监视着。带队的不是别人,正是当初询问苏提的那个大个子警察。

"其他人也出来了。"伊弗雷姆对警察说。

苏提和其他同伴不得不入队站好,连受伤的人也不例外,警犬发出了低低的咆哮声,似乎随时都可能张口咬人。所有警察手上都拿着一个绑有九条皮带的皮环,打起人来自然残暴且不留情。

"我们正在追捕一名逃犯。"大个儿警察说,"他从监狱偷偷溜走,现在被起诉了。我相信他一定躲在你们这群人当中。游戏规则很简单。不论是这个人出来自首还是你们检举,事情都可以马上结束,但如果你们都不出声,我们就会用皮环进行审讯。谁都逃不了。而且,如果有必要的话,审讯过程会重复好几次。"

苏提和伊弗雷姆对看了一眼。这个赫梯人不会得罪沙漠警察,如果把苏提供出来,伊弗雷姆和警方的关系将会更稳固。

"勇敢一点吧。"伊弗雷姆冲矿工们说,"逃跑的人下的赌注现在已经输了。我们矿工可不是一群卑鄙的家伙。"

没有人出列。

伊弗雷姆朝矿工行列走去,苏提已经没有机会逃走了,其他工人也不会帮他的。警犬开始狂吠,牵动着狗绳,而警察则静静地等着他们的猎物现身。

伊弗雷姆再度揪起那个矮壮好斗的矿工的头发,把他丢到小队长的脚边,说道:"逃犯交给你们了。"

苏提感觉那个大个子警察正逼视着自己。他一度以为警察会质疑,没想到,那名逃犯在诸多威胁之下,却坦白招供了。

"我还是很喜欢你的,小子。"

"可是你捉弄了我。"

"我只是在考验你。能活着走出这个废矿坑的人,以后无论进哪个坑洞都没什么问题。"

"你至少要先跟我说一声吧。"

"那就没有意义了。现在,我已经知道你的能力了。"

"那些警察很快就会回来找我的。"

"我知道,所以我们不能待在这里。等挖够了科普托斯的工头要的铜矿,我会命令四分之三的队员把铜送回谷地。"

"然后呢?"

"然后,我会带着我选的人执行一项未经神庙下令的勘探任务。"

"可是你如果不带队回谷地,警察一定会追究的。"

"我要是成功了,他们追究也来不及了。这将是我最后一次执行任务。"

"我们的人数不会太多了吗?"

"在寻金之路上,有一段时间我们需要搬运工。不过,小子,我通常都是一个人回来的。"

首相巴吉回家用餐之前先接见了帕扎尔。他把秘书遣退之后,将肿胀的双脚浸泡在用石器盛装的温盐水中。虽然奈菲莉提供的治疗让首相暂时舒服了一些,但是他还是天天吃着妻子准备的油腻大餐,继续让他的肝承受沉重的负荷。

帕扎尔已经习惯了巴吉的冷漠。巴吉肩背微驼,那张严肃的长脸总是一副不讨人喜欢的样子,眼中充满询问与疑惑,他根本不在乎别人对他有没有好感。在他办公室的墙上挂着各省的地图,其中有几幅是他还担任土地测量专家时画的。

"你实在令人不放心,帕扎尔法官。通常,门殿长老只要做好分内的工作就行了,并不需要亲自到现场调查。"

"事态严重,我不得不这么做。"

"我最好提醒你一下,军事区可不是你的管辖范围。"

"上次庭讯并未洗清阿舍将军的嫌疑,所以现在我只是针对他进行调查罢了。"

"那你为什么把焦点放在他的军情报告上？"

"根据警察局长与卡纳克神庙大祭司所提供的证据，他的确说谎了。再度开庭时，这份报告将会加重他的罪名。将军一直在歪曲事实。"

"再度开庭？你想这么做？"

"阿舍是个杀人凶手，苏提并没有说谎。"

"你的朋友现在处境很尴尬。"帕扎尔就怕他这么说。

虽然巴吉没有提高音量，但是似乎有些恼怒，"阿舍对他提出了控诉。罪名有点重：他是个逃兵。"

"控诉不能成立。"帕扎尔抗议道，"在将军递出诉状之前，苏提就已经被召入警队了。凯姆那里有正式的记录。因此，原本是军人的苏提一直在警队中服务，从未间断和弃逃。"

巴吉在一块书板上进行记录："我想你的档案应该毫无瑕疵吧。"

"是的。"

"你究竟如何看待阿舍的报告？"

"我觉得他想借着制造混乱的机会，让自己成为国家的救星。"

"假如他说的是真的呢？"

"我初步的调查显示并不然。当然，这些调查的范围很有限，但是只要你愿意出面，就能让阿舍将军的论据完全站不住脚。"

首相静静地考虑着他的话。

帕扎尔突然产生了一种疑惧。巴吉会不会跟将军有勾结？他正直、廉洁、不肯轻易妥协的形象，会不会只是障眼法？如此一来，他很快就会随意假借一个名义，罢免自己门殿长老的职务。不过帕扎尔无须疑虑太久。只要巴吉做出回应，帕扎尔自然就会知道该如何应付。

"做得很好。"首相说道，"你越来越能证明自己的能力了，这让我很惊讶。如果当初我以年纪作为考虑来聘任大法官，可就大错特错了。幸好我把你当成例外了，这一点我自己也觉得很欣慰。你对阿舍的报告所做的分析和调查，实在令人不安。最近刚刚上任的警察局长和卡纳克神庙大祭司的证词，都让你的说法更加可信。而且，你对我的质问毫不退缩。因此，我决定对这份报告表示质疑，并且下令彻底清查我军目前所拥有的一切军备。"

直到抱住奈菲莉告诉她这个好消息时，帕扎尔才忍不住喜极而泣。

阿舍将军坐在一辆战车的车辕上。整个军营的人都睡了，哨兵也打着盹儿。在法老的领导下，埃及上下团结一致、国家富强康乐，建国以来的传统价值观稳固得连狂风也无法撼动，这样的一个国家还有什么好怕的呢？

为了成为一个有权势、有声望的人，阿舍不惜说谎、背叛、谋杀。他希望联合赫梯和亚洲各国，建立起一个拉美西斯想都不敢想的庞大帝国。但这个梦想破灭了，只因为他走错了一步。几个月来他一直受制于人。谢奇，那个惜字如金的化学家竟然利用了他。

伟大的阿舍！这个就快失势的傀儡，再也无法抵挡帕扎尔法官猛烈而持续不断的攻势了。他甚至无法享受到将苏提送进监狱的快感，因为这位门殿长老的好友已经加入了警队。控诉不成立，报告又被首相驳回！首相若彻查此事，阿舍一定会因为扰乱军心而遭受处罚。巴吉一旦插手，定会铁面无私地管到底，就像咬到了骨头的狗一样绝不会松口。

谢奇为什么要怂恿自己写这篇报告呢？阿舍一心想成为埃及的救星，想获得成为政治领袖后的殊荣和民心的归附，他早已经偏离了现实。他欺骗他人，结果却骗了自己。他也跟那个化学家一样，相信拉美西斯的王朝就要灭亡，相信民族的融合，相信那些从金字塔时代流传至今的传统即将颠覆。但他忘了还存在巴吉首相和帕扎

第 23 章 195

尔法官这样的人，他们传统保守，全心为玛特神奉献并热爱真理。

阿舍曾被视为一名有勇无谋、前途有限、毫无野心的士兵，他也深以为然。但是那些教官都错看他了，他仿佛被限制在一条没有出路的死巷中，再也无法忍受军中的生活。他若无法控制军队，就要加以毁灭。到亚洲之后，他发现各国君主都工于心计，说谎技术高明，也发现各族之间争斗不断，于是便萌生了谋反叛国，并与叛军首领阿达飞勾结的念头。

他未来的荣耀犹如魔术师玩弄于股掌间的道具，一转眼就化为乌有了。然而这些假意与他称兄道弟的人，却都忽略了一件事：受伤的野兽总会爆发出令人意想不到的潜力。自觉荒谬可笑的阿舍，为了不让自己摔得太难看，自然得拉几个同党来垫背。

为什么他会生起这样的邪念呢？为什么他就不能安分守己地效忠法老，爱自己的国家，并追随那些尽忠职守的大将军的脚步呢？然而阴谋野心就像病毒一样侵蚀着他，加上想把属于别人的东西据为己有的欲望，他才变本加厉。

阿舍一向无法容忍像苏提或帕扎尔那样的人。因为这些人会把他比下去，让他无法大放异彩。世界上本来就是有人建设，有人毁灭。如今，他不幸沦为第二类人，众神难道不是罪魁祸首？神明执意如此，谁改变得了？

生性如此，至死仍是如此。

第 24 章

　　一只公河马半眯着眼睛,抖动着小小的耳朵,鼻孔露在水面上,慢悠悠地打了个哈欠。后来被另一只公河马推挤了一下,它埋怨似的低吼了几声。河马是鳄鱼的克星,是孟斐斯南方的尼罗河水域中最为重要的生物。它们庞大的身躯经常会阻断水流。它们总喜欢游到水深的地方,水遮掩它们笨重的身体,使它们偶尔给人以优雅的错觉。这些体重超过两吨的庞然大物,睡午觉时最不能被干扰,否则它们便会张开大嘴,用六十厘米长的利牙在那个不知死活、打扰它们清梦的家伙身上捅几个大洞。它们性情暴躁易怒,经常张大了嘴巴吓唬对手。通常,河马会在夜里爬上岸吃草,然后用一整天的时间消化,它们会到远离巢穴的沙滩上享受日光浴,因为其皮肤十分脆弱,不能经常泡在水里。

　　这两只公河马身上满是疤痕,互相龇牙咧嘴以示警告。原本它们打斗的意愿就不高,后来干脆都不再计较,一起肩并肩地游向河岸。但突然间,它们竟狂性大发,践踏农田、摧毁果园、撞断树木,让农夫们惊慌失措。有个小孩还因为闪避不及时被踩死了。

　　公河马一次又一次地搞破坏,而母河马则尽力保护小河马不受鳄鱼的攻击。几个村子的村长连忙向警察求救。凯姆到了现场后,开始策划猎捕行动。两只河马总算被降伏了,接着却又有其他灾祸降临:麻雀之害、老鼠与田鼠激增、牛夭折、谷仓里虫害严重,好多农田书记官一个劲儿地在核查申报农民的收入。为了消灾解厄,许多农民都在颈间戴上了光玉髓的碎片,据说那火焰般的光芒能将邪恶势力压制到最弱。然而,谣言也蔓延开来。红色的河马之所以蹂躏农村,是因为法老保护埃及的神力减弱了。大家不都这么说的吗?涨水量不足就表示法老控制自然的力量已经用尽了,他应该举行再生仪式,重建与众神之间的关系。

首相巴吉的命令正循序渐进地施行。但帕扎尔还是担心,由于一直没有苏提的消息,他便用密语写了一封信,告诉他阿舍将军的势力已逐渐瓦解,无须继续冒险。也许他的任务很快就会失去目标了。

还有另一件事更让人放心不下:据凯姆报告,豹子失踪了。她是半夜走的,事前并未跟邻居提起,警方的线人在孟斐斯找不到她的行踪。她伤心绝望,会不会回利比亚了?

趁着哲人的典范、书记官的护主伊姆霍特普的纪念日,帕扎尔在家休养了一天,并喝了不少稀释的泻根汁,以便早日治愈感冒咳嗽。他坐在一张折叠凳上,欣赏奈菲莉设计的一束花。她用棕榈叶将牛油果树叶和许多莲花瓣系在一起,亏得她手艺精巧,才能不露痕迹地把棕榈叶的纤维藏起来。勇士显然也很喜欢这小小的杰作,它站起身来,两只前爪趴在小圆桌上,作势要吃掉那些莲花。帕扎尔叫了它十几声都没用,最后只好拿一根骨头吸引它的注意力。

眼看暴风雨就要来了。来自北方的一大片厚厚的乌云,很快就会遮住太阳。人和牲畜都变得紧张,昆虫也变得焦躁不安,家里的女佣慌张地跑来跑去,厨子还打破了瓦罐。每个人都惊慌地等着大雨降临,滂沱的雨势将冲毁简陋的房舍,还会在沙漠边缘地区造成泥石流。

尽管贵为医院院长,奈菲莉对待仆人仍面带微笑、语气温和。下人们都很喜欢她,至于对总是以严厉的外表来掩饰内心羞涩的帕扎尔，惧怕的心理居多。没错，帕扎尔的确觉得园丁有点儿偷懒，女佣动作太慢，厨子又太贪吃，不过既然他们每个人都能从工作中获得乐趣，他也就不说什么了。

帕扎尔拿了一个轻便的刷子，亲自替驴子清洗，它已经热得快受不了了。冲个凉快的澡后饱餐一顿，躺在无花果树荫下的北风才算心满意足。满身大汗的帕扎尔也想冲个澡。他穿过庭院，园中的椰枣渐渐熟了，然后他沿着围墙，经过鹅群聒噪的家禽圈，进入那个他已经逐渐习惯的大宅子。

浴室里传来说话声，显然里面已经有人了。长凳上站了一个年轻的女仆，正拿着一罐水往奈菲莉的身体上倒。温水顺着她柔细光滑的肌肤流下来，然后从石灰岩地板底下的水管排了出去。

帕扎尔遣走女佣后，代替了她。

"真是太荣幸了！门殿长老竟然亲自动手，不知道长老愿不愿意帮我按摩呢？"奈菲莉开着玩笑问。

"夫人最忠诚的仆人在此听候差遣。"

他们一起进了按摩室。

奈菲莉纤瘦的腰身、健美的身体、小巧的手脚，让帕扎尔心神荡漾。他每天都觉得更加爱她，也经常因为不知道应该单纯地欣赏不去碰她，还是该与她缱绻一番而犹豫不已。

她躺在铺了草席的长石椅上，帕扎尔也脱去衣服，并挑选了一些用彩色玻璃瓶和大理石罐装的香脂。他用手把香脂轻轻地由下而上，从臀部到颈背，在妻子的背上推抹开来。奈菲莉认为每天按摩是很重要的疗护，可以消除身体的紧张与痉挛，舒缓神经，有利于器官内气血的运行，而所有的器官又都与制造脊髓的脊椎一脉相连，因此能更好地维护身体的平衡与健康。

接着，帕扎尔又拿出另一个盒子，盒子的造型是一个在裸泳的女孩用双手推着一只鸭子，鸭子的身体部分中空，就是容器，鸭子的翅膀则设有活动机关，盒中装的是一种带有茉莉花香的乳膏。他挖了一点抹在妻子的脖子上。

他的碰触让奈菲莉颤抖了一下，帕扎尔当然也感觉到了，于是他的唇便顺着手指划过的痕迹而下，奈菲莉也转过身来迎接情人的爱意。

暴风雨并未来临。

帕扎尔和奈菲莉在庭院里用餐，最高兴的是勇士，它在几张用灯芯草与纸莎草秆编成且摆满了杯盘的小方桌之间，兴奋地转来转去。帕扎尔已经教过勇士好几次，不许在主人用餐时讨东西吃，可是效果不佳。因为勇士找到了奈菲莉当靠山，而且它怎么抵挡得了美食的诱惑呢？

"我现在满怀希望，奈菲莉。"

"你难得如此乐观。"

"阿舍应该逃不出我们的控诉。杀人、叛国，他怎么能这样玷污自己的名誉？我真没想到要对付如此卑劣之徒。"

"也许还有更糟的情况呢。"

"现在怎么换成你不乐观了？"

"我很希望能幸福快乐地过日子，可是我觉得没有那么容易。"

"因为我的调查有了进展吗？"

"你的处境越来越危险了。阿舍将军难道不会有所反抗？"

"我认为他只是个次要角色，而不是主脑。他对神铁抱有幻想，这表示他的同党欺骗了他。"

"也许他是装出来的呢？"

"绝对不是。"

奈菲莉将右手放在丈夫的右手上。只是一个简单的动作，两人的心灵便已然相通。绿猴和狗儿也不敢去打扰他们，唯恐破坏了他们灵魂结合的一刹那的美。

但这个幸福美满的画面被厨子破坏了。"又来了。女佣又偷吃了我用来装饰盘子的鱼肉片！"

奈菲莉只好跟着她去看看情况。偷吃了帕扎尔最喜爱的菜肴的女佣知道自己闯了祸，便躲了起来。厨子叫了半天都没有人应，便在屋里屋外搜查。

忽然她尖叫一声，把狗儿吓得躲到桌子下，帕扎尔急忙赶了过去。只见女佣像是手脚被扭断的玩偶，瘫在会客室的地板上，厨子则满脸泪水地俯视着她。奈菲莉帮她检查了之后说："她瘫痪了。"

暗影吞噬者看到帕扎尔从别墅中走出来时，暗暗咒骂了一声。他如此精心策划了阴谋，怎料运气这么差？他从一名多嘴的女仆口中打听到了不少关于帕扎尔的口味好恶。然后假扮渔夫，把一条肥美的鲻鱼和一小块鲜红且美味的鱼肉片卖给厨子。

这块鱼肉片是用河豚的肝脏做成的，河豚是一种遇到外力威胁便会充气膨胀的鱼，它的鱼肝、鱼刺、鱼头都含有剧毒，只要一千克食物中含有四毫克的量就能致命。暗影吞噬者将比例降低，让法官不致丧命，却得终身瘫痪。

不料，眼看计划就要成功，竟被那个贪吃的女佣坏了事。他还会再尝试一次的，直到成功为止。

"我们在医院会照顾她，但情况可能不会好转。"奈菲莉说。
"你查出她突然瘫痪的原因了吗？"帕扎尔心烦意乱地问道。
"我猜是鱼。"
"为什么？"
"因为厨子向一个流动鱼贩买了一条鲻鱼和一小块鱼肉片。所以我想那块鱼肉片一定加了其他的东西。有些鱼是有毒的。"

"是有人预谋的……"

"分量经过计算后，只会使人残废，不会致命。而预谋陷害的对象就是你。在埃及不能谋杀法官，但可以让你不能思考、不能行动。"

奈菲莉越想越害怕，缩在帕扎尔的怀里颤抖。她脑海里浮现出他双眼无神、口吐白沫、四肢无法动弹的瘫痪模样。尽管如此，她还是会爱他一辈子。

"他还会再次下手的。"帕扎尔肯定地说，"厨子记不记得那人的面貌？"

"她说印象很模糊，是个面貌很普通的中年人。"

"不是德内斯，也不是卡达什。也许是谢奇，或者是他们雇用的杀手。他错就错在现了身。我会派凯姆追踪他的。"

由内外科医生与药剂师组成、负责重新任命御医总管的委员会，接见了第一批经司法程序认定合格的申请人。其中包括一名眼科医师、一名来自象岛的普通科医师、内巴蒙生前的左右手以及牙医卡达什。

卡达什和其他人一样，回答了一些技术性的问题，提出他执业期间的研究发现，并仔细说明自己失败的例子与原因。委员花了很长的时间，询问了他的计划。

投票时，意见出现了分歧，候选的四人都没有达到最低的当选票数。有一个热烈拥护卡达什的人，惹得其他委员很不高兴，一再提醒他前车之鉴，千万不要重蹈覆辙。因为内巴蒙那一套再也没有人会接受。最后他也只好认输了。

第二次投票的结果还是一样。王宫只好继续过着没有御医总管的日子了。

"阿舍？在这里？"

面对德内斯的讶异，总管再次确认，将军的确就在别墅门口。

"告诉他……算了，让他进来吧。不要进屋子，到马厩去。"德内斯慢条斯理地梳整了一下，修剪了因为长得太快而破坏络腮胡整体美感的两根白胡须，又喷了点香水。一想到要跟那个目光短浅的粗人说话，他就觉得烦不胜烦。不过，既然他是代罪羔羊的最佳人选，总算还有一点利用价值。

将军正欣赏着一匹灰色的骏马，见德内斯来了便问："这匹马养得真好。你卖吗？"

"一切都是可以卖的，将军。这是生活的定律。这世上只有两种人：一种人有能力购买，另一种人则没有。"

"少卖弄你那套低级的人生哲学了，你的同伙谢奇在哪里？"

"我怎么知道？"

"他可是你最忠心的伙伴。"

"这种人我手里有好几十个呢。"

"他本来奉我的命令在制造新式武器。可是他已经三天没到实验室来了。"

"我很同情你的遭遇，可是这与我毫无关系。"

满脸是疤的将军挡住了德内斯的路，说道："你当我是可以随意玩弄的傻瓜，你的朋友谢奇又把我推进了陷阱。这是为什么？"

"你多心了。"

"把谢奇卖给我。出个价，我一定依你。"

德内斯心里犹豫。没错，谢奇的奴颜婢膝迟早会让他生厌，可是现在还不是时候。而且他已经为他这个最大的支持者准备了另一个角色。

"阿舍，你的要求太过分了吧。"

"你不答应？"

第24章　203

"我是一个很注重友情的人。"

"以前是我太笨了，不过你也别小看我。这样戏弄我，你会后悔的。"

卡达什又开始比手画脚起来。他满头的白发像一堆乱草，身上裹着一条长围巾，遮住了里面那件豹皮上衣，他鼻子上的青筋则像是随时会爆裂开来似的。他呼天喊地地求众神明为他的不幸作见证。

"冷静一点。"德内斯厌烦地喊道，"你能不能学学谢奇？"

他们三人在餐厅里，在一种极其沉重的气氛下用过餐，卡达什抱怨时，谢奇就静静地盘坐在餐厅最阴暗的角落里。涅诺法夫人仍然继续在宫里和贝尔·特兰耍心机，但由于进展有限，脾气越来越暴躁。

"要我冷静？我申请御医总管一职被驳回的事，你怎么解释？"

"这只是暂时的失败。"

"可是我们收买的医生都跟内巴蒙一样啊。"

"纯粹是意外。一切包在我身上，我会去提醒他们别忘了我们的约定。下一次投票绝对不会再发生意外了。"

"你答应过会让我当上御医总管的。我坐上那个位置后，我们就能掌握所有的药品与毒品。最重要的是能管制公共卫生。"

"这个职位和其他权力机关一样，迟早都会落入我们手中。"

"暗影吞噬者为什么还不行动？"

"他需要一点时间。"

"时间，老是这么拖时间！我已经老了，我现在就要享受新的权力。"

"你如此没有耐心只会坏事。"

满头白发的牙医便转向谢奇说："你说话呀！你说不应该加快脚步吗？"

"谢奇必须先躲起来。"德内斯解释道。

卡达什更加愤慨了："我还以为一切都在我们的掌控中呢！"

"的确是的，不过阿舍将军的地位渐渐动摇了。因为帕扎尔对他的报告表示质疑，首相也接受了他的论点。"

"又是帕扎尔！到底什么时候才能解决他？"

"暗影吞噬者会处理的。我们有什么好急的呢？你们看，现在民间抱怨拉美西斯的声浪不是越来越高了吗？"

谢奇啜了一口甜甜的饮料。

卡达什接着又坦白地说："我累了。你和我都已经很富有，还要奢求什么呢？"

德内斯嘴唇一抿，冷冷地说："我不太懂你的意思。"

"我们就放弃吧，好吗？"

"太迟了。"

"德内斯说得对。"谢奇总算出声了。

卡达什嚷着对谢奇说："你不能有自己的想法吗？一次也好啊。"

"德内斯做主，我听他的。"

"万一他带你走向失败呢？"

"我相信很快就会有一个新国家，而且只有我们有能力建立。"

"这些话都是德内斯说的，不是你。"

"难道你不这么想？"

"呸！"

卡达什赌气不愿再说话。

德内斯又说："我承认眼看着最高权力就要到手，却还要耐心等待，的确很烦。但只有这样才能毫无风险、毫无破绽，你们说不是吗？"

"阿舍会继续找我吗？"谢奇担心地问。

"你不会有事的，他已经走投无路了。"

"这家伙顽固又难缠。"卡达什反驳道,"他不也来骚扰你,甚至威胁你吗?阿舍绝不会就此罢手,他一定会拉我们一起下水的。"

"他当然有这样的打算。"谢奇承认道,"不过这回他想错了。他手上根本没有任何关键性的线索,你忘了吗?他把自己当成民族救星,只不过是自找死路。"

"可是你不也这么怂恿他吗?"

"谁让他越来越惹人厌呢!"

"有了他,帕扎尔法官才会有点事做。"德内斯饶有兴味地说,"就让他们两人去拼个你死我活吧。他们斗得越厉害,帕扎尔就越看不清真相。"

"要是将军反咬你一口呢?他一直觉得你把谢奇藏起来了。"

"你以为他会带着军队来攻击我的住所吗?"

卡达什被他一阵抢白,气得沉下了脸。

德内斯便安慰道:"我们就像神一样。我们开出了一条河,谁也无法在河道上建坝拦水。"

奈菲莉给狗梳毛,帕扎尔则读着一篇书记官所写、错误连篇的报告。忽然,一个怪异的景象吸引了他的目光。

就在离他十几米处,莲花池的石栏上,一只鹊鸟正猛力地啄着它的猎物。

帕扎尔放下报告,起身赶走鹊鸟。然后他赫然发现有一只双翅展开、满身是血的燕子。它的一只眼睛被刚才的鹊鸟啄瞎了,额头也被啄破了。燕子可是法老灵魂升天时的化身呢。这只可怜的燕子勉强蹦跳了几下,显示还没断气,于是帕扎尔急忙喊道:"奈菲莉,快来!"

奈菲莉闻声赶了过来。她也和帕扎尔一样,对这种象征着"崇高"与"和平"的美丽鸟类怀抱敬仰之心。每当看到燕子在金黄的夕阳霞光中愉快地飞舞，总会让人心胸舒坦欢畅。

奈菲莉跪在地上，把受伤的鸟儿捧在手中。那个温热柔软的小身躯，放心地瘫着，庆幸自己终于找到了庇护。

"我救不了它。"奈菲莉难过地说。

"我不该插手的。"帕扎尔对自己的轻率深感懊悔。人本来就不应该干涉大自然残酷的法则，也不该介入生死循环。

鸟爪深深嵌入奈菲莉的皮肉。它钩着她，就像钩着树干一样，即使再痛苦，也不放松。

帕扎尔因一时慌张失去理性而犯了错。他改变了燕子的命运，却只是徒增它的痛苦，他这样的人有资格当法官吗？因为他的自负与愚蠢，他原本想拯救的生命反而遭受了更大的折磨。

"杀了它会不会好一点？必要的话，我……"

"你做不到的。"

"它的痛苦都是我害的。以后还有谁能相信我呢？"

第 25 章

哈图莎王妃正梦想着另一个世界。为了保障和平,她父王将她献给了拉美西斯,虽贵为后妃,但她只是个孤独无依的女人。后宫富足的生活并不能让她满足。她渴望有爱与君王的亲密相伴,偏偏又像被打入冷宫般寂寞难耐。她的生命被尼罗河水冲得越淡,她对埃及的恨意就越深。

她什么时候才能再度看到赫梯的都城呢?那座王城就建在一个高地上,往内地去是一片荒凉的景象,沟壑、峡谷与陡峭的山陵连接着广袤的草原,王城的四周则有高山为屏障。这座用巨石建成、高耸矗立的堡垒,俯临着山丘与峭壁夹道的山谷,象征早期骁勇善战、所向无敌的赫梯人的骄傲与野蛮。王城的城墙和山险峻岩,仅仅外观便足以令敌人望而生畏。哈图莎从小就在陡斜的街巷里奔跑嬉戏,还会偷走大人放在岩石上祭祀恶魔的蜂蜜,也常跟一些敏捷度和能力都与她不相上下的男孩子玩球。

在那儿的生活,总是无忧无虑、不知寒暑。

凡是为了显示议和诚意而被送往埃及宫廷的异邦公主,从未有人返回。将来,也只有赫梯的军队才能救她脱离这座看似天堂的监狱。她的父王与家人一直都没有打消占据三角洲与尼罗河谷的念头,该地将成为他们的奴隶集中营与大谷仓。因此她必须侵蚀埃及的根基,破坏埃及内部的结构,削弱拉美西斯的势力,然后即位摄政。从前有过不少女王,且都曾经先后发起战争,对抗北方入侵的亚洲游牧民族。哈图莎已无选择余地，她只有解放自己，才能带给她的人民最光辉的胜利。

德内斯并不知道她一旦获得神铁，信心与力量将会大增。在赫梯，拥有这种金属就代表获得了神的恩宠。神铁只要一到手，哈图莎就会立刻打造护身符、项链、手链和戒指。她也会穿上神铁制成的铠甲，化身为火石之女披荆斩棘。

德内斯愚蠢又自大，不过还有一点利用价值。瓦解食品行业的确能给拉美西斯的威望以重创，然而另一场阴谋将能更快地打开成功的大门。

哈图莎决定背水一战。她首先得征服一个人，才能分裂埃及，并凿出一个供赫梯军队大举入侵的缺口。

中午时分，卡纳克神庙一片沉寂。在大祭司每天都以法老的名义进行的几次祭拜仪式中，中午的这次时间最短。黎明时分，漫长的仪式已经使神明复苏，因此中午他只需在供奉神像的内中堂简单地礼拜，使神力在冥冥之中充斥巨大的石厅，确保世间的和谐。

卡尼虽然摇身一变成了卡纳克神庙大祭司，身份仅次于法老与首相，但他并没有丧失农夫的本性。他的脸饱经风霜、满布皱纹，一双手结满老茧。他全然不懂毕业于首都最高学府的书记官的那一套官僚理论，只会用栽培植物的方法管理下属。而无论公务怎么繁忙，他也绝不让人代劳照顾药草园。宗教界的高层人士一向不易取悦，不过出乎意料地都十分支持卡尼。从前当过菜农的他对自己的特权并不在意，只是秉持着对工作的热爱与追求完美的信念，尽心尽力地发展神庙的产业，并遵循律法履行神职。他的直言不讳经常让那些讲究说话艺术的行政官员惊骇不已，但是由于他事必躬亲，颇能令人信服。虽然先前极不被人看好，可是他上任后却没有发生严重的抗议事件，卡纳克神庙上下都服从他。大臣们自然也盛赞拉美西斯大帝的英明。

全是废话，哈图莎心里这么想。

老谋深算的法老只是不想挑一个能力太强，而可能威胁到自己的人罢了。自从阿肯那顿统治以来，法老与卡纳克神庙大祭司之间的关系就一直十分紧张。卡纳克神庙太过富裕强盛，且统治的范围太大了，那是胜利之神的辖区。大祭司是由法老任命的，然而就任之后，岂有不开始扩张权势之理？若是哪天法老的势力渐渐退居于北方，并与统理南方的大祭司决裂，那么埃及就要灭亡了。

卡尼的任命给了她这个机会。奢华的排场与财富必定会让这个平凡的农夫感到飘飘然：成了神庙之主后，他一定渴望统治南部各省，进而统治整个国家。他自己也许还不知道，但是哈图莎却有这样的信心。因此她必须去点醒卡尼，唤醒他的野心，让他与她联合对抗拉美西斯。埃及最强大的力量也比不过卡纳克神庙的大祭司。

哈图莎穿得很素净，没有戴华丽的首饰，她在庄严肃穆的柱厅里等着见大祭司。若不是戴着金戒指，卡尼看上去与其他祭司简直一模一样。他剃了光头，胸膛厚实，举止间缺乏优雅的气度。王妃暗自庆幸自己穿着得体，朴实的大祭司恐怕对花哨的打扮并无好感。

"我们一起走走。"他提议道。

"这地方真雄伟。"

"这里的气势可能会把人压垮，也可能使人成长。"

"拉美西斯的建筑师都很有才华。"

"他们奉行了法老的旨意，就像你我一样。"

"我只不过是他的第二任妻子，是外交政策中的一颗棋子。"

"你代表了与赫梯之间的和平。"

"我不希望自己只是个象征。"

"你想退隐神庙吗？阿蒙神的女信众会很欢迎你的。自从王后奈菲尔塔莉过世后,她们便自觉像一群孤儿。"

"我还有其他更远大的计划。"

"跟我有关系吗?"

"你是关键人物。"

"怎么可能?"卡尼只淡淡地应了一句。

"事关国家命运,卡纳克神庙的大祭司难道无动于衷吗?"

"国家命运掌握在拉美西斯手中。"

"就算他蔑视你,你也不在乎?"

"我没有这种感觉。"

"那是因为你不了解他。他的表里不一已经骗了许多人。你的职权让他不安,短期内他只会想办法解除你的职务,由他自己担任。"

"事实不正是如此吗?法老本来就是神与人民之间唯一的桥梁。"

"这些神学理论我不懂。"哈图莎摇摇头说,"但拉美西斯是个专制的人,你的权势过大会让他不安。"

"那你觉得我该怎么做?"

"底比斯人民和大祭司应该一起反抗专制暴政。"

"反抗法老就等于否定了生命。"

"卡尼,你是平民出身,而我是公主。倘若我们的力量结合起来,所有臣民都会向我们靠拢。我们可以创建另一个埃及。"

"南方若与北方对峙,埃及便会像断了脊椎般瘫痪,我们也会得到灾难、贫苦与外敌入侵的命运。"

"这是拉美西斯一手造成的,只有靠我们自己才能避免。你如果支持我,我就会让你拥有傲人的财富。"

"王妃请抬起头看看。还有什么比天天注视着石中永生的神祇更大的财富呢?"

"你是我们最后的希望,卡尼。你再不插手,埃及就要毁在拉美西斯手里了。"

"我知道你一心想报复。因为自己的不幸，你想毁掉这个收容你的国家。分化埃及、断其命脉，使埃及成为赫梯的一部分……"

"是又如何？"

"这才是你的企图吧？"

"这是叛国罪，是要被处死的。"

"你太不会把握运气了。"

"神庙之中没有所谓运气，只有奉献。"

"你错了。"

"如果忠于法老是错的，这个世界也就不值得留恋了。"

哈图莎失败了。她双唇颤抖着问道："你会揭发我吗？"

"神庙只想要安静。不要再说出毁灭的言语，你就会得到宁静了。"

燕子仍继续与死神搏斗。奈菲莉把它放在一个铺了稻草的篮子里，以免猫或其他动物侵袭。她为它沾湿了受伤的嘴巴。无法进食的燕子收起翅膀，静静地让奈菲莉陪着。

奈菲莉向依然自责不已的帕扎尔问道："你为什么不继续调查涅诺法夫人呢？她的嫌疑很重。"

"她是用针高手，又管着布料，我知道。但我不觉得她是个冷血杀手。她容易激动，是个大嗓门，而且自信满满、自以为是……"

"也许她是个伪装高手？"

"我承认她的确有杀人的体力。"

"杀手不是从布拉尼尔背后袭击的吗？"

"是的。"

"所以准度要比体力更重要。应该说杀手对人体结构有相当的认识。"

"那内巴蒙嫌疑最大。"

"他死前说的话是诚心的,不是他。"奈菲莉对内巴蒙很有信心。

"若传唤涅诺法出庭,她一定会否认,被无罪开释。我没有证据,只有零星的线索,再次审讯也没有用。她不仅会力陈自己的清白,还会动用关系告我无端骚扰我。我现在需要新的线索。"

"下毒事件你跟凯姆提了吗?"

"提了,现在他和狒狒日夜轮流保护我。"

"他不能派警察保护你吗?"

"我也是这么想的,可是他不信任其他人。"

"那就让他保护你吧。"

"有时候这种感觉很不舒服。"

"门殿长老,你的职责比喜好重要。"

"你会不会觉得我像个老公务员?"

她假装深思,神情甚至有点儿焦虑:"这个问题值得探讨。今天晚上我看看……"

帕扎尔一下抱起了她,走进屋里。"我随时都能配合你,何必等到晚上?"

门殿长老的章一直悬着,没有盖下去。

一大清早,帕扎尔就开始批公文,内容主要与农耕作业、土地收入和粮食运送有关。他快速地翻阅着公文,突然有一份报告让他感到吃惊。

"有一批新鲜水果送晚了五天?"

"是的。"书记官答道。

"不行,我不能盖章。要求他们缴纳罚款了吗?"

"我已经把表格送到底比斯的书记官那儿了。"

"结果呢?"

"还没有回应。"

"为什么?"

"因为所有工作都延误了。"

"已经乱了一个多礼拜,竟然没有人向我报告!"

书记官嘟囔着:"因为有更重要的事要调查……"

"更重要的事?可能有几十个村子没有新鲜食物呢!你挺着个大肚子,所以觉得这件事不重要,是吗?"

书记官越听越不安,便呈上一沓报告。"还有其他物品送迟了。我们收到通知,说中部的蔬菜至少要十天后才能送达孟斐斯的军营。这个消息可能会引起恐慌。"

帕扎尔听罢脸都白了。"你想想军人会有什么反应?到码头去,快!"

凯姆亲自驾车沿着与尼罗河平行的运河、仓库、谷仓,最后停在货船抵达的码头。一下车,帕扎尔就往放置新鲜食物的储藏室跑。里面有两个打瞌睡的官员,旁边则有个小男孩帮他们扇风。

"蔬果的储存量如何?"帕扎尔劈头就问。

"你是谁?"

"门殿长老。"

两人这才慌慌张张起身,向大法官敬礼解释道:"请原谅。由于运输中断,我们已经有好几天都没事做了。"

"船被困在哪了?"

"船没有被困,已经到孟斐斯了,可是运的货有问题。今天最大的蔬果货船进港,却运来了一堆石头。我们不知道怎么办。"

"船还在吗?"

"马上就要回底比斯了。"

帕扎尔、凯姆和狒狒一同穿过造船厂,来到了港口,有一艘前往塞浦路斯的船正缓缓出海。运送蔬果的货船上,船员们正忙着扬帆,帕扎尔想也不想就要上船。

"等等。"凯姆拉住他的手臂。

"我们没有时间了。"帕扎尔急着说。

"我有种不祥的预感。"

狒狒也皱着鼻子,站了起来。

"我走前面。"

凯姆知道狒狒烦躁的原因。堆放在甲板上的木箱中,有一只木笼,里面有一只豹子正走来走去。

"叫船长出来。"帕扎尔对船员说。

一个五十来岁、身形粗壮的人,立即从舵轮旁走到法官面前,说道:"我们要开船了,请你们下船。"

"我是警察。"凯姆说,"我在执行勤务,由门殿长老亲自监督。"

船长的口气立刻缓和下来:"我一切都是照规矩来的,可是码头不让我卸下砂岩。"

"原本运的不是蔬菜吗?"

"是的,可是我的船临时被征调了。"

"征调?"帕扎尔讶异地问,"被谁征调的?"

"我只听书记官的话。我可不想惹麻烦。"

"让我看看你的航行日志。"

帕扎尔查看日志时,凯姆命人打开其中一个木箱,里面装的果然是神庙的石匠所用的砂岩。

日志中记载,在底比斯东岸,确实有一大批新鲜蔬果上了船,但航行途中,船临时受海运书记官征调,便在底比斯西岸卸了货,然后往北行至盖伯西西勒采石场,采石工人将一箱箱砂岩装船,运往卡纳克。由于目的地并未改变,货船便驶向了孟斐斯,但码头监督却不接受这批不符合规定的货。

凯姆满心疑惑地检查了其他箱子,发现全都是砂岩块。

暗影吞噬者从上午便开始跟踪帕扎尔了。任务本来就十分艰巨，凯姆和狒狒偏偏又形影不离地跟着。他只能重新计划，随时留意着他们松懈的空当。

终于，机会来了。他混在一群工人里，利用为船员搬运食品的机会上了船，然后躲在主桅杆后面。帕扎尔正专心地向船长问话，凯姆与狒狒在检查货舱，谁都没有注意到暗影吞噬者慢慢地爬向了兽笼。

他慢慢抽掉了兽笼的四根木杆。笼中的豹子似乎明白了他的意图，安静等待破笼而出的时机。

帕扎尔发了火，第三次问船长："河道警察的章呢？"

"他们忘了盖，他们……"

"你们不许离开孟斐斯。"

"不行。我必须运走砂岩。"

"我要扣留你的日志，详细检查。"

帕扎尔说完，便往舷梯走。

他经过兽笼时，暗影吞噬者抽掉了第五根木杆，并将身体贴在甲板上，豹子听到了帕扎尔的脚步声，立刻跃出牢笼横在舷梯口，发出低沉的吼声。这只在努比亚沙漠被捕的野兽，全身的花纹斑斓耀眼。惊呆了的法官注视着猛兽的双眼，它的眼神中看不到一点恨意。它扑上来，只是因为他刚好挡了它的路。

忽然，一声怒吼吓得船员魂飞魄散。只见狒狒从货舱跳了出来，挡在法官与豹子中间。它张着大嘴，双眼通红，毛发直竖，不停挥动着长臂，向对手示威。

在大草原上，豹子若遇上一群大猩猩，无论如何饥肠辘辘，都会丢下猎物撒腿就跑，但这只豹子面对在原地蹦跳不止、激动万分的狒狒，却勇敢地张牙舞爪。

凯姆手握匕首，站在狒狒右侧。他绝不会让最优秀的下属孤军奋战的。

豹子开始慢慢后退，最后又进了笼子。凯姆立刻上前，一边紧紧地盯着豹子，一边将木杆一一插回原位。

"那边有个人逃跑了。"

暗影吞噬者顺着一条缆绳逃离了货船，然后消失在码头的转角处。

"你能不能描述一下他的长相？"帕扎尔问那个喊叫的船员。

"我只看到了他的背影。"

帕扎尔握着狒狒强劲有力且毛茸茸的手掌，心中感激不尽。狒狒也平静了下来，眼神中流露出一丝骄傲。

"有人想杀你。"凯姆说。

"应该是想让我受重伤，他知道你一定会救我脱困，可是倘若他成功，我会变成什么样子？"

"身为警察局长，我真想把你关在家里。"

"身为门殿长老，我不会让你任意拘禁我。对手如此急着行动，看来我们的方向应该没有错。"

"我真替你担心。"

"除了前进，我还有其他选择吗？"

"这个或许对你有帮助。"凯姆摊开手，露出一个瓶塞，"地下室，也就是船长的酒窖里，有十几个同样的瓶塞。经由瓶塞，我们可以查到船东。"

瓶塞上的字迹很潦草，但"哈图莎王妃后宫"的字样仍依稀可辨。

第 26 章

帕扎尔没有多问,船长便坦承他的确是在替哈图莎王妃做事。但是帕扎尔对这条单薄的线索和船长的声明都不满意,他决定深入调查。

凯姆招来了各区的河道警察负责人。但在底比斯附近,并没有人下令检查运送蔬果的货船,因此船长的文件上并无官印。于是帕扎尔又把船长叫来了。

"你说谎。"

"因为我害怕。"

"怕什么?"

"怕司法,怕你,尤其怕她……"

"哈图莎王妃?"

"我已经为她工作两年了。她虽然慷慨,却很严厉,是她命令我这么做的。"

"你知道这样做会扰乱生鲜的运输作业吗?"

"我不听话就会失业。而且不是只有我一个人这么做,其他船长也这么做。"

两名记录员记下了船长的证词。帕扎尔重新看了一遍,确定了两份笔录完全相同。船长也承认笔录无误。

恼怒、焦虑的帕扎尔,随即差人给贝尔·特兰送信。

两人约在陶瓷区碰面。在这个区，手脚灵活的工匠制作的大大小小的容器随处可见，从装香脂的小瓶子到储存肉干的大罐子，应有尽有。一个师傅通常会带几个学徒，学徒学到一定的程度才能出师。

"我需要你帮忙。"

"我的立场有点尴尬。"贝尔·特兰坦承，"涅诺法夫人已经决定跟我对抗到底了。她打算发动达官显贵罢免我，首相可能会受其中某些人的影响。"

"首相会根据事实进行判断的。"

"所以我每天晚上都会努力查对账目凭据。我相信谁都找不出任何纰漏。"

"涅诺法有什么撒手锏？"

"她阴险狡诈，总是在背后中伤他人。我不敢小觑这些行为的影响，唯一的对策就是努力工作。"

"我刚刚发现了一些事，可能会对你不利。"

"什么事？"

"有人想扰乱生鲜的运输。"

"单纯是行政工作上的过失吗？"

"不，是故意的。"

"那很可能会引发罢工，甚至动乱！"

"放心，我找到罪魁祸首了。"

"是谁？"

"哈图莎王妃。"

贝尔·特兰调整了一下缠腰布，问道："你确定吗？"

"人证物证俱全。"

"她太过分了！可是若把矛头指向她，摆明了是要跟法老过不去。"

"拉美西斯会让他的子民挨饿吗？"

"这个问题没有意义。你想想，她代表了埃及与赫梯之间的和平，他会让她被判刑吗？"

"她犯的可是重罪啊。如果王室成员不受司法管制，我们岂不是等于生活在一个充满妥协、特权与谎言的国家？这件事我不会就这么算了。但如果国库不出面指控，哈图莎一定会封锁整个诉讼程序。"

贝尔·特兰想了一下："那我就赌上前途，国库会按你的意思出面指控的。"

一天下来，奈菲莉给燕子的嘴巴沾了十几次水。燕子将头转向亮处，奈菲莉轻轻地抚摸它，跟它说话，但心里知道自己救不了它的性命。

帕扎尔很晚才到家，显得疲惫不堪。他问妻子："燕子还活着？"

"好像没那么痛苦了。"

"有希望救活吗？"

"老实说，没有。它的嘴巴还是紧闭着。它的生命正一点一滴地耗尽，不过我们已经是朋友了。你怎么累成了这样？"

"哈图莎王妃打算让孟斐斯市区和周边村落的居民挨饿。"

"太荒谬了！她怎么可能成功？"

"她算准了我们的行政工作效率不高，打算行贿。不过这的确很荒谬。其中有太多的关卡，她真是丧失了理智。国库会通过贝尔·特兰提出控诉，我要到底比斯去定王妃的罪。"

"你要把布拉尼尔、阿舍将军和阴谋者的事先放在一边？"

"如果哈图莎和德内斯勾结，这几件事不见得毫无关联。"

"先是审问最负盛名的将军，接着是王妃，你可真是不一般啊，帕扎尔法官！"

"你也不是个一般的女人。你同意我去吗？"

"你做了哪些防范措施？"

"没有措施。我必须讯问她，让她知晓自己被起诉的理由。然后，我就把案子交给首相，预审如果过于草率，首相是绝不会接受的。"

"我爱你，帕扎尔。"

两人深情一吻之后，她又忧心地说："毒药、猎豹……那个想让你残废的人到底有什么用意？"

"不知道，不过你放心，我和凯姆会搭河道警察的船去底比斯。"

晚饭前，他去看了看燕子。它竟然抬起头来了。它那被啄伤的眼睛已经结痂，那小小的身躯似乎抖动得更有活力了。帕扎尔被这一幕惊得目瞪口呆，一动不动。奈菲莉绑了几根稻草，放在鸟爪下当作栖架。

燕子紧抓着稻草不放，接着，它突然迸发出一股惊人的生机，扇动着翅膀飞走了。

这时，东方的天空出现了十来只它的同伴。它们飞过来围着它，其中一只异常亲密地亲了亲它，仿佛一个母亲找回了失踪多时的孩子。接着是第二只、第三只……这群燕子欣喜若狂。

看着燕群飞舞的奈菲莉与帕扎尔，此时忍不住感动得掉下泪来。

"它们真团结啊。"帕扎尔感慨道。

"你把它从死亡边缘救回来是对的。只要它现在能和同伴团聚，即便明天凶吉难料，又有什么关系呢？"

太阳当空，照得四下一片明亮。

帕扎尔站在船头欣赏着美景。他感谢众神，让他得以生长在这片融合了农田与沙漠之美的神奇土地上。平静的村庄里，一栋栋白色房屋被棕榈树的树冠遮蔽，树冠下流淌着有利于农田的运河之水。金黄的麦穗闪闪发光，棕榈树林绿得令人陶醉。经世世代代的农夫开垦的黑土中,长出了小麦、亚麻、果树。金合欢树、无花果树与柽柳、牛油果树竟相媲美,尼罗河岸边和码头的远处,纸莎草与芦苇郁郁葱葱。只要有一点雨水,沙漠中的植物就会冒出头来。神圣的水源能在沙地深处存留几个星期之久,只有靠小木棍进行占卜才能找到。据先哲所示,人排列在大自然中的其他动物、矿物与植物之后。只有骄傲狂妄的人类,偶尔会企图扭转生命,因此女神玛特才会赋予人类司法,歪曲之杖进而才得以重新回正。

"我不赞成你这么做。"凯姆说。

"你认为王妃是清白的?"

"你会身败名裂的。"

"我有充分的证据。"

"如果王妃矢口否认,你的证据又有什么用呢?我觉得你完全是在帮那群浑蛋拆自己的台!你想想哈图莎知道了会有多生气。到时候,首相巴吉可能都保不了你。"

"她还是得守法。"

"你的想法很好,但没用。"

"你等着瞧吧。"

"你哪来的这份信心?"

"我妻子的眼神给了我信心,而且最近我看到一只受伤的燕子重新飞上了天空。"

忽然,一阵强风在尼罗河上卷出了几个漩涡。在船头测水深的人几乎无法工作。暴风突如其来,船员们全都来不及反应,桁桅断了,主桅歪了,连船舵都不听使唤了。船乱漂了一会儿,撞上了沙洲。船员连忙从船尾下锚,重重的石块应该可以在水流中稳住船身。甲板上的人闹哄哄的,凯姆用洪亮的声音告诉大家镇定下来,然后他和船长清查了船体受损的地方,并下令立即进行抢修。

全身湿透的帕扎尔觉得自己一点忙也帮不上。因此当两名受过训练的船员下水检查船身时，凯姆便让他进船舱休息。幸好船身受损不严重，等尼罗河的怒气平息，他们就可以继续上路了。

"船员们一直都很担心。"凯姆透露说，"因为开船前，船长忘了为船头两侧的守护神之眼重新点睛。这个疏忽很可能会让船迷失方向，造成船难。"

帕扎尔从旅行袋里拿出文具，把墨磨得又浓又黑，然后平稳地重新描画了守护神之眼。

船长向哈图莎王妃禀报后，后宫便派出了五名侍卫守在底比斯以北五十多千米处，等着帕扎尔搭乘的警船经过。他们的任务很简单：不择手段地将这艘船拦下来。事成之后，他们将会获得一块地、两头牛、一头驴子、十袋小麦和五坛酒作为奖赏。

恶劣的天气让他们省了不少事，还有什么比船难溺毙更简单的事故缘由吗？对一个法官而言，死于尼罗河是最好的结局。毕竟，传说溺死的圣人可以直达天堂。

五名后宫侍卫划着船，趁这个有暴风雨的夜晚依然乌云密布，朝仍搁浅在沙洲上的警船前进。距目标二十米左右时，他们下水游到警船的船尾附近，轻而易举地攀了上船。领队的那个人用木槌敲昏了警卫，船上的其他人都躺在草席上裹着被子睡得很沉。现在只需要撞开船舱的门，抓起法官将他淹死，就大功告成了。他们不会有嫌疑的，尼罗河才是元凶。这五个人打着赤脚悄悄地走到那扇紧闭的门前，停了下来。其中两人负责监听船员的动静，其余三人负责应付帕扎尔。

此时，船舱顶上出现了一团黑影，带头的人瞬间便感到肩膀一阵剧痛，不禁惊呼失声，而狒狒的利牙已经深深地嵌入了他的皮肉。凯姆双手各持一把匕首，从薄薄的木门后破门而出，冲向那名侍卫。

有两个人受伤后生命垂危,另外两人惊吓之余想要脱逃,但未能成功,从睡梦中惊醒的船员把他们按到了甲板上。

狒狒听从凯姆的命令放开了带头行刺的人。满身是血的侍卫痛得几乎晕了过去。

"是谁指使你来的?"

那人默不作声。

"你再不说话,就换我的狒狒来问你。"

那人这才气若游丝地吐出一句:"哈图莎王妃。"

后宫再度让帕扎尔法官叹为观止。各大庭院能维护完善的运河流贯,这里也是底比斯贵妇们经常散步、乘凉、展示新装的地方。运河水量丰沛,花坛内百花争妍,女乐师们练习着在宴会上演奏的曲目。纺织与陶瓷工坊里,工匠努力地工作,工作环境华丽且舒适。搪瓷与木材专家从天一亮便开始制作精美的作品,挑夫们则忙着把一罐罐香油装上商船。

哈图莎王妃的后宫与其他后宫一样,就像一座小城,杰出的手工艺匠们在此可以用最轻松的心情,通过双手将心中所感受到的美展现在完美无缺的作品上。

在这个井然有序的小天地里,繁重的工作其实很轻松,若非有要事在身,帕扎尔一定会花上几个小时好好游览一番,走一走铺有沙石的小径,和除草的园丁说说话,与那些经过甄选入宫居住的贵妇人聊聊天。但他还急着以门殿长老的身份去见王妃。

他随内侍走进大厅,哈图莎王妃在正中高坐,两旁各有一名书记官。帕扎尔刚行过礼,王妃便说:"我很忙,所以请你长话短说。"

"我希望和王妃私下谈谈。"

"你是来办公事的,所以恐怕不能这么做。"

"正因为是办公事,才更需要这么做。"帕扎尔打开纸轴又说:"你要书记官把你的罪状一一记下来吗？"

王妃只好不耐烦地挥了挥手，让书记官退下。

"你的用词应该注意一点。"

"哈图莎王妃，我要指控你私吞食粮，以及企图谋杀我。"

王妃美丽的双眼冒出了火花："你好大的胆子！"

"我有人证、物证与供词笔录。因此我要正式起诉你，不过在开庭前，你必须对这种行为作出解释。"

"还没有人敢这样跟我说话。"

"也没有任何后妃犯下过这样的罪行。"

"拉美西斯会毁掉你的。"

"法老是玛特的子孙，也是玛特的信徒。既然我有事实作为依据，他就不会封我的口。你的地位掩饰不了你的罪行。"

哈图莎站起来，走下宝座："你恨我这个赫梯人。"

"你明知不是这样的。虽然你想杀我，但我所做的一切并没有任何怨恨的意思。"

"我只下令拦截你的船，不让你到底比斯，仅此而已。"

"你的杀手却可能会错意了。"

"谁会冒险杀害埃及的法官呢？陪审团一定会认为你的证人说谎，让你的控诉无法成立。"

"你的辩解很有技巧，但你怎么解释生鲜被私吞一事？"

"如果你伪造的物证和人证一样没有说服力，那么谁会怀疑我说的话呢？"

"你看看这份文件。"

哈图莎看完之后脸色大变，双手也紧握在一起。"我不会承认的。"

"证词明确，事实胜于雄辩。"

她昂然答道："我是法老的妻子。"

"但是你所说的话与贫穷的农民说的并无两样。甚至由于你的地位，才让你的行径更不可原谅。"

"我不会让你顺利开庭的。"

"开庭的人将会是首相巴吉。"

她颓丧地坐在台阶上："你为什么非要整垮我不可？"

"你到底有什么野心呢，王妃？"

"你真的想知道吗，大法官？"

帕扎尔从她眼中感受到了强烈的暴力，不觉全身紧绷了起来。

"我恨你的国家，恨你的法老，恨他的荣耀与权势。亲眼看到埃及人民饿死、孩童痛苦呻吟、牲畜暴毙，将是我一生最大的快乐！拉美西斯以为把我关在这个伪造的天堂里，就能抚平我的怒气。可是我只会越来越愤怒。受到不公平待遇的是我，我再也忍不下去了。我只希望埃及灭亡，被我的族人或其他野蛮族群消灭，我都无所谓。只要是法老的敌人，我都全力支持。相信我，帕扎尔法官，他的敌人越来越多了！"

"例如德内斯，是吗？"

王妃激昂的情绪顿时冷却了下来。"我可不是你的线人。"

"你难道不是中了他们的计？"

"我跟你说的都是事实，你们埃及人最注重的就是事实！"

第 27 章

宴会同往常一样盛大。涅诺法夫人依旧戴着豪华的首饰，愉快地接受宾客殷勤的赞美。德内斯则刚刚签订了几份合约，对自己船运公司的不断扩张，以及埃及所有重要人士羡慕的目光，他感到满意极了。谁都知道他手中已经掌握了至高的权力。他虽然紧张，但一直很有耐心，如今压抑已久的兴奋情绪日益高涨。再过不久，反对他的人都将受到严惩，支持他的人也将获得赏赐。时机对他越来越有利。

涅诺法因为疲惫，便先进房间休息了。送走最后几位客人后，德内斯独自在果园中走着，检查是否有水果被窃。忽然，一名女子从黑暗中蹿了出来。

"哈图莎王妃？你怎么到孟斐斯来了？"

"不要说出我的名字。我在等你的货。"

"你说的是……"

"神铁。"

"你要有点耐心。"

"不行。我马上就要。"

"为什么这么急？"

"我因受你拖累而做了傻事。"

"没有人会查到你那里去的。"

"帕扎尔法官已经找上我了。"

"他只是想吓唬你。"

"他已经起诉我了,而且打算让我以被告的身份出庭。"

"他夸大其词!"德内斯还是一副无所谓的样子。

"你太不了解他了。"

"他根本没有证据。"

"他有物证、人证和供词。"

"拉美西斯不会任由他胡来的。"

"帕扎尔已经把案子交给巴吉了,法老也要遵从法律。德内斯,我会被判刑,我的领地会被没收,幸运的话,可能会被打入乡下的冷宫。不过实际处罚可能会更重。"

"这下可不好办了。"

"我需要神铁。"

"现在我手上还没有。"

"最迟明天给我,否则……"

"否则怎么样?"

王妃顿了一下说:"否则我就把你供出来。虽然帕扎尔怀疑你,但还不知道是你煽动我私吞生鲜的。我有办法让陪审团相信我的话。"

"多给我一点时间。"

"再过两天就是月圆之夜了,有了神铁,我的法力才会生效。就明天晚上,否则你就等着和我同归于尽吧。"

奈菲莉的绿猴小淘气瞪大了眼睛,看着勇士小心翼翼地将一只脚伸入莲花池里,大概是发觉水温舒适,它便纵身跳入池中,痛快地洗了个澡。这一天,所有的女佣都休假了,奈菲莉便自己取出井底的瓦罐。她的嘴如含苞欲放的莲花,胸脯则让人联想起西红柿。帕扎尔看着她走来走去,一会儿把花插到布拉尼尔的祭坛上,一会儿喂动物，一会儿又抬头看每天傍晚都在屋顶盘旋的燕子——那只大难不死的燕子也在其中。

奈菲莉仔细地照顾着无花果，这些果子成熟了后，会从一种漂亮的黄色变为红色。每到五月，她都会驱除果实里面的害虫。这个时候，无花果肉肥味美，便可以食用了。

"书记官重新整理了哈图莎的档案，我也看了一遍，可以呈递给首相了。"

"王妃担心吗？"

"她知道我的决心。"

"她会用什么方法从中干涉呢？"

"无所谓。主导整个案子的人是巴吉，谁干涉都没有用。"

"即使法老让你放弃也没有用。"

"他可以撤我的职，但我绝不放弃。否则我的心就会受到污染，连你这个神医都无法洗净。"

"凯姆告诉我，你又受到攻击了。"

"这次是哈图莎的打手想要淹死我。前面两次是一个男人想让我残废。"

"凯姆找到那个人了吗？"

"还没有，那个人好像特别狡猾且身手灵活。凯姆的线人没有消息。对了，医生委员会作出决定了吗？"

"选举延期了。他们继续接受报名申请，卡达什仍然有候选人的资格，而且他要一一去拜访委员。"她把头靠在丈夫的膝盖上，满足地说："无论如何，我们已经很幸福了。"

帕扎尔在一份外省法庭的判决书上盖了章，有一名村长犯了诬告罪，被判杖刑二十并处以一大笔罚金。村长很可能会上诉，但若犯罪事实确凿，将加倍予以处罚。

接近中午时，帕扎尔接见了塔佩妮。她身材瘦小，有着一头乌黑亮丽的秀发，一向善于利用自己的姿色，这次她便以此让那些脾气暴躁的书记官允许她面见门殿长老。

"你找我有什么事？"

"你应该知道。"

"请你明说吧。"

"我想知道你的朋友，也就是我的丈夫苏提现在人在哪里。"

帕扎尔早就料到她会找上门来。她也跟豹子一样，无法对苏提的生死不闻不问。

"他离开孟斐斯了。"

"为什么？"

"为了公务。"

"想必你不会告诉我公务的性质。"

"当然。"

"他会有危险吗？"

"他相信自己的运气。"

"苏提会回来的。我可不是一个允许别人离弃我、遗忘我的女人。"

这句话中，威胁的意味多过柔情。帕扎尔便试探她："最近有贵妇人骚扰过你吗？"

"以我的身份地位，她们当然会来骚扰我，只为求取最好的布料。"

"仅此而已？"

"我不明白你的意思。"

"例如那位涅诺法夫人，她没有要求你对她的秘密守口如瓶吗？"

塔佩妮显得有些紧张："我向苏提说起过她，她是一个缝纫高手。"

"孟斐斯不止她一人去找过你。为什么你要特别提到她？"

"你的问题很烦人。"

"可是我非问不可。"

"你有什么目的？"

"我在调查一件重大刑案。"

塔佩妮的嘴角忽然浮现一抹怪异的微笑："涅诺法涉案了？"

"你到底知道些什么？"

"你没有权力把我留在这里。"

她很快就走到了门口，转身又说："或许我知道很多，帕扎尔法官，但我为什么要告诉你呢？"

医院正常运作的程序不可能令人满意，每当一个病患痊愈后，便有另一名病患接续而来，战斗的过程也重新开始了。奈菲莉总是在不厌其烦地治疗病人，一次又一次战胜病痛让她的快乐源源不绝。医护人员都尽心尽力地协助她，负责行政事务的书记官也让医院的管理更完善，因此她才能专心地致力于医术，使原有的药方更精准，并发现更有效的新药方。每一天她都要为病人割除肿瘤、接续断肢，并抚慰绝症病患。围绕在她身边的医生有的经验老到，有的则是稚嫩的新手，但每个人都很乐意听从她的指挥，她从来不用提高嗓门说话。

这一天，奈菲莉为了救一个四十岁的肠梗阻病患，简直累坏了。手术过后，她正坐下来打算喝口水，其他医生也正在梳洗和换衣服，卡达什突然闯了进来。他对着奈菲莉粗声粗气地嚷道："我要查看医院的药品清单。"

"凭什么？"

"凭我是御医总管候选人，我需要这份清单。"

"你要来做什么？"

第27章 231

"我要充实自己的知识。"

"你身为牙医,使用的药物有限。"

"快把清单拿出来!"

"你的要求毫无根据。你又不是医院的专业人员。"

"奈菲莉,你真是搞不清楚状况。我要证明我的能力。如果没有完整的清单,我就不具备资格。"

"只有王宫的御医总管能命令我把清单给你。"

"我就是未来的御医总管啊!"

"据我所知,内巴蒙还没有正式的接班人。"

"你最好按我说的做,你不会后悔的。"

"我不能这么做。"

"别逼我强行进入你的实验室。"

"你这样做会被判重刑的。"

"不要再违抗我,我很快就是你的上司了。你若再不配合,我就让你工作不保。"

几名医生听到吵闹声,跑过来围在奈菲莉身边。

"别以为你们人多我就怕了。"

"马上出去。"一名年轻医生喊道。

"你不该用这种口气跟我说话。"

"你的行径配当医生吗?"

"事态紧急,我也是迫于无奈。"卡达什说。

"这只是你个人的看法。"奈菲莉纠正道。

"御医总管必须由经验丰富的医生担任。既然你们都认同我的资历,那何必起这么大的冲突呢?我们都有共同的心愿,那就是为他人服务,对不对?"

卡达什说起了他数十年的执业生涯,说起自己如何为病人尽心尽力、如何想为国家奉献一点心力,但从来没有因为无聊的行政官僚体系而感到受挫。他东拉西扯，无非希望能晓之以理、动之以情。但奈菲莉仍不肯妥协。如果卡达什想要药品的清单，就要注明用途。内巴蒙的接班人一天不上任，她就一天不能松懈。

阿舍将军的参谋长遗憾地说长官不在，但帕扎尔并没有放弃。
"我来不是礼貌性拜访的，我是来讯问他的。"
"将军离开了军营。"
"他是什么时候走的？"
"昨晚。"
"他去哪儿了？"
"我不知道。"
"依照规定，他不是应该向你告知行踪吗？"
"是的。"
"那他为什么没说？"
"我怎么知道呢？"
"我不能接受这种模棱两可的说法。"
"你如果不相信就搜查军营吧。"
帕扎尔又问了另外两名军官，依然没有得到答案。只有几个人看到将军驾着战车往南去了。帕扎尔不排除他有使诡计的可能，便到外国事务处查证，但近日并未派兵出征亚洲。帕扎尔要凯姆尽快找到阿舍将军。很快事情就有了眉目，只查出他到中部地区去了，阿舍这次的行踪真是保密到家了。

首相生气地说："你的话不会太夸张了吗，帕扎尔法官？"
"我已经调查一个礼拜了。"
"军营呢？"
"毫无阿舍的踪迹。"

"外国事务处呢？"

"没有给他派发任务，除非是秘密任务。"

"有秘密任务我会知道的，但我并未被告知。"

"那只有一个结论——阿舍将军失踪了。"

"不可原谅，"首相大发雷霆。"他身负重任，怎能擅离职守？"

"他想逃出天罗地网。"

"你的攻击让他筋疲力尽了？"

"我觉得他担心的是首相的介入。"

"这么说他的确有罪了？"

"他的同党背弃了他。"

"为什么？"

"因为阿舍发现自己被利用了。"

"可是他居然擅自离岗……他是个军人啊！"

"他是个懦夫，是个杀人凶手。"

"假如你的指控无误，他为什么不到亚洲和其盟友会合呢？"

"他往南走也许只是个幌子。"

"我会下令封锁边界。阿舍逃不出埃及的。"

如果阿舍没有同谋协助，绝对逃不出遍布全国的天罗地网。谁敢违背首相的命令，藏匿一个失势的将军呢？帕扎尔这次可以说是大获全胜。阿舍将军无法解释擅自离岗的原因，遭到背叛的他，第二次开庭时必定会对同党予以反击。也许他就是想报复德内斯和谢奇，才决定在一败涂地之前离开。

"我马上下令各省的省长立刻逮捕阿舍。并让凯姆将这道命令传达到各个警局。"首相紧急下令后，不到四天，阿舍便成了通缉犯。

"你的任务尚未完成。"首相又说，"如果阿舍将军只不过是听命行事，你还需要把背后的主使抓出来。"

"我正有此打算。"帕扎尔说着，脑中立刻浮现出苏提的身影。

德内斯带领哈图莎去了谢奇的秘密锻造厂。工厂位于市郊的一个住宅区，德内斯还在工厂前设立了一个露天厨房以掩人耳目。谢奇在这里做一些合金的实验，测试植物酸碰上铜与铁的反应。

厂内的高温令人难以忍受，哈图莎便脱下了外套与风帽。

"王室的贵客来了。"德内斯愉快地说。

谢奇没有抬头。他正专心地进行金、银、铜的焊接工作，这项工作难度极高。

"这是匕首柄上的饰物。"德内斯解释道，"等这个暴君下台后，匕首将属于未来的法老。"

谢奇用右脚规律地踩着风箱以助长火势，并用青铜钳子捏着金属块，他的动作必须非常迅速，因为青铜的熔点和黄金一样。

哈图莎急躁不安地说："我对你的实验没兴趣，我只要我的神铁。"

"你只付了订金。"德内斯说道。

"快把东西给我，我自然会付清余款。"

"还这么着急？"

"你注意一下说话的态度！让我看看东西。"

"你得等一等。"

"够了，德内斯！你难道敢骗我？"

"也不完全是在骗你。"

"神铁不是你的？"

"我会要回来的。"

"你竟敢作弄我！"

"千万别误会，这算预定。我们一起努力让拉美西斯垮台，这才是最重要的，不是吗？"

"你只不过是个窃贼。"

"生气也于事无补。我们的命运已经连在一起了。"

王妃不屑地看着眼前的运输商:"你错了,德内斯。我可以不要你的协助。"

"毁约可不是明智之举。"

"把门打开,让我出去。"

"你会保守秘密的吧?"

"我只考虑我的利益。"

"你一定要答应我保守秘密。"

"让开。"

见德内斯一动不动,哈图莎便伸手推他。他怒气上涌,把哈图莎推了回去。不料,她踉跄着退了几步,竟撞上了谢奇放在石头上的那把滚烫的钳子。她发出惊慌的尖叫,结果脚下一滑,整个人跌到了熔炉边上,衣服马上便着了火。但德内斯只是袖手旁观,谢奇听从他的指示,也没有插手。德内斯夺门而出时,谢奇自然也紧跟其后,他们一并逃出了燃着熊熊烈火的工厂。

第 28 章

在普塔神庙门殿开庭之前，帕扎尔用密语写了一封信给苏提："阿舍失踪了，无须继续冒险，立刻返回。"

他将信交由凯姆正式委派的警员，信函到达科普托斯后，通常会由沙漠警察转交给矿工。

这一天，帕扎尔在法庭上处理的全是一些小案件，有人欠债不还，有人无故旷工，等等。由于罪犯都供认不讳，陪审团便也表现得十分宽容。德内斯也是陪审团成员之一。庭审结束后，他走向帕扎尔，说道："我不是你的敌人，帕扎尔。"

"我也不是你的朋友。"

"老实说，你应该提防那些假装是你朋友的人。"

"你在暗示什么？"

"你有时候可能信错人了。苏提就不值得你信任，他曾把你的调查信息和关于你的情报卖给我，想换取他一直得不到的物质保障。"

"身为门殿长老，我不能动手打你，但我也可能会丧失理智。"

"总有一天你会感激我的。"

奈菲莉一到医院，便有几个医生前来求助，他们从半夜开始就在抢救一名被火烧伤的女子，但伤者存活的概率实在不大。大火从位于市郊住宅区的一个地下锻造厂开始燃烧，这名女子一定是用火不慎才会酿成灾祸的。

值班医生将黑泥和一些家畜的粪便煮了煮,磨碎后又加入经过发酵的啤酒,然后把这种混合物涂抹在伤者的皮肤上。奈菲莉到医院后,把炒过的大麦和药西瓜磨成粉,混合晒干的金合欢树脂后,将之浸在油中,最后再将制成的油性敷料敷在烧伤程度较严重的部位。至于较轻微的伤口,则用磨碎的黄赭石加无花果汁、药西瓜和蜂蜜来治疗。

"这样她的痛苦会少一些。"她说道。

"怎么喂她吃东西呢?"护士问。

"她目前还不能进食。"

"可是必须让她喝水。"

"在她口中插入一根芦苇,再把铜杯里的水一滴一滴地滴进去。这里二十四小时都要有人照顾。一有情况,马上就通知我。"

"油性敷料怎么处理?"

"每三小时换一次。明天我们再使用蜡、熟牛油、纸莎草和角豆树果实的混合物做敷料。记得在病房里多放一些细绷带。"

"你觉得她还有希望吗?"

"老实说,希望很渺茫。知道她的身份吗?得赶紧通知家属。"医院总管正担心奈菲莉问起这个问题,连忙悄悄将她拉到一旁:"情况可能有点儿复杂,这个病人不是普通人。"

"她是谁?"

总管拿出一个十分精致的银手环。手环内侧刻着所有者的姓名——哈图莎,拉美西斯之妻。

来自努比亚的热风是对人的一大考验。沙漠里的沙石随风起舞,所有的房屋都留下了风沙的足迹。虽然家家户户都门窗紧闭,但细细的黄沙依然无孔不入,家庭主妇只能不断地清扫。有不少人因为呼吸困难而求医,医生们自然忙得不可开交。就连帕扎尔也无法幸免,点过眼药后,他微微发炎的眼睛舒服了一点,不过他得继续对抗席卷而来的倦意。反观凯姆,他就跟狒狒一样,似乎无论什么天气都影响不了他。

他和帕扎尔及狒狒在莲花池畔的一棵无花果树下乘凉。勇士一开始有点儿迟疑,最后还是跳到了主人的膝盖上,不过它的目光却一直没有离开过狒狒。

"阿舍仍旧毫无消息。"

"他不可能出国。"帕扎尔说。

"他可能会躲上几个礼拜,支持他的人会越来越少,很快就会有人告发他了。首相的命令非常明确。阿舍将军为什么要这么做呢?"

"因为他知道自己这次绝对会被判刑。"

"他的同伙就这么背弃了他?"

"他们已经不再需要他了。"

"你有什么结论?"凯姆问道。

"我觉得既不存在军事阴谋,也不存在外族入侵的危机。"

"可是哈图莎王妃到孟斐斯来……"

"她被灭口了!阴谋者根本不需要她的支持。你调查的结果如何?"

"那个地下锻造厂不属于任何人。露天厨房里的伙计全是德内斯的人。"

"查到这些已经很难得了。"帕扎尔满意地点点头。

"但并没有确凿的犯罪证据。"

"我们每走一步都会碰上他!纵火难道不犯法?"

"的确有居民看到有人从火场逃出去,可是证人说法不一,我只搜集到一些夸大不实的描述。"

"锻造厂……"帕扎尔想了一下说,"是谢奇工作的地方。"

"会不会是他给哈图莎设下的圈套?"

"把一个女人活活烧死——我实在不敢相信。我们的对手难道是一群魔鬼？"

"果真如此的话，我们就要有打硬仗的准备了。"

"我想说了也是白说——你绝不会撤掉我住处周遭的防护措施的，对吧？"

"即使我不是警察局长，即使你下令撤掉，我也会继续监护的。"

帕扎尔永远都看不透凯姆。他冷漠、疏离，总是自信满满，虽然不赞成自己的行为，却仍旧会义无反顾地帮助自己。凯姆唯一信得过的只有狒狒，若是狒狒受伤，他会悲痛欲绝。他认为司法正义都是骗人的。但帕扎尔相信司法，而凯姆相信帕扎尔。

"你通知首相了吗？"凯姆问。

"我已经呈递了详细的报告。哈图莎到孟斐斯去，似乎没有告诉任何人。现在，奈菲莉正日夜守护着她呢。"

到了第五天，奈菲莉用药西瓜、黄赭石和一点点铜屑制成了油膏。她将油膏涂在哈图莎的伤口上，并仔细地加以包扎。尽管痛苦万分，哈图莎仍坚强地支撑着。第六天，她仿佛睡了长长的一觉，然后终于醒过来。

"撑下去。你在孟斐斯的中央医院。现在是最危险、最关键的时刻，你多撑一分钟，治愈的概率就多一分。"

王妃姣好的容貌已经被毁。她全身都涂满了药膏，原本光洁无瑕的肌肤上，如今有一道道暗红色的疤痕。奈菲莉最担心的是王妃向她要镜子的那一刻。哈图莎王妃抬起右手抓住奈菲莉的手腕。奈菲莉向王妃承诺："放心，我有把握，我会治好你的。"

帕扎尔看着熟睡的妻子。

她终于愿意休息一下了。这几天以来，她不眠不休地照顾哈图莎，亲自为她包扎、配药，如今王妃严重的伤势正渐渐复原。她为王妃付出的心血起了作用，就像棕榈树上的环形树冠逐渐开展成形。她每天醒来，都更加容光焕发。奈菲莉就是有这样的天分，能够让每个生命绽放微笑，让黑夜大放光明。帕扎尔之所以能一直保持战斗的精力，也是为了持续吸引她，向她证明他脆弱的背后有一股坚定的力量在支持着他，这股力量就来自他与奈菲莉的结合，无论是时间、习惯还是艰难的考验，都无法拆散他们。

一缕阳光照进了卧室，照在奈菲莉的脸上，她醒了过来。

"哈图莎得救了。"她喃喃地说。

"你一心念着病患，不会把我给忘了吧？"

她靠近丈夫身边，叹道："这么年轻漂亮的王妃怎么受得了如此打击？"

"拉美西斯出面了吗？"

"王宫的内侍来传话了。一旦可以移动王妃，就马上把她送回宫去。"

"那也得看她的陈情会不会剥夺她的特权。"

奈菲莉忧心地起身坐在床沿："她受的惩罚难道还不够吗？"

"对不起，但我还是得讯问她。"

"她一句话都没说。"

"等她能说话时，再告诉我。"

哈图莎吃了一点大麦粥，又喝了点角豆荚果汁。她渐渐恢复了生气，可是双眼依然空洞无神，仿佛迷失在一场噩梦中。

"究竟发生了什么？"奈菲莉问她。

"他推了我，我要逃出工厂，他不让我离开。"

她说得断断续续，声调很慢且痛苦。奈菲莉心有不忍，便不再追问下去。但她又继续说："青铜钳子碰到了我的衣服，火花进了出来，我撞上了熔炉，浑身都着火了。"

她的声音忽然变得尖锐："他们逃走了，丢下我不管！"哈图莎惊慌地回想着，又疲惫又气馁。突然间，她坐了起来，用尽最后的力量痛苦地大叫起来："他们逃走了，该死的德内斯、谢奇！"

让哈图莎吃过镇静剂之后，奈菲莉继续陪着她，直到她睡着。

她一走出医院，便看到太后宫殿的总管向她走来。"太后现在要见你。"

总管请奈菲莉坐上轿子，立刻让轿夫快速进宫。图雅私下接见了奈菲莉，并无正式的排场。奈菲莉先礼貌地问候了一声："太后，您的身体好点了吗？"

"多亏了你的治疗，我现在状态很好。你听说医生委员会的决定了吗？"

"没有。"

"真叫人无法忍受，御医总管的人选下个礼拜就要决定了。委员会商议之后，必须推举出一个人来。"

"这不是既定程序吗？"

"可是牙医卡达什的对手全是一些不起眼的角色。他深谙心理战术，很多对手都不战自退。以前便与内巴蒙结盟的人、势力较弱的人以及三心二意的人都会投票给他。"

太后的怒气更显露出她天生的威仪。"我绝不接受这样的安排，奈菲莉！卡达什根本不够资格担此重任。我一直都很重视公共卫生。我们必须为民众的健康采取一些必要措施，必须尽力维护公共卫生以杜绝传染病。这个卡达什却一点儿都不在乎！他只想满足自己对权力的欲望和虚荣心。他比内巴蒙还糟糕！你一定要帮我。"

"要怎么帮呢？"

"出面对抗他。"

奈菲莉让帕扎尔进入王妃的病房。她的脸上和四肢都缠着绷带。为了避免生坏疽与感染,伤口上涂了一种特制药膏,它是由铜屑、硅孔雀石、新鲜的笃耨香脂、孜然、天然苏打、阿魏、蜡、肉桂、泻根加上油和蜂蜜后,细细捣碎制成的。

"你现在能说话吗,王妃?"

"你是谁?"她眼上覆着一层薄薄的绷带,遮住了视线。

"帕扎尔法官。"

"谁让你……"

"我的妻子奈菲莉。"

"她也是我的敌人。"

"我正式提出了申请,调查火灾的由来。"

"火灾……"

"我想知道谁是嫌疑犯。"

"什么嫌疑犯?"

"你不是说出了德内斯和谢奇的名字吗?"

"你弄错了。"

"你到这个地下工厂做什么?"

"你真的想知道?"

"如果你不介意的话。"

"我去取神铁,以便对付拉美西斯。"

"你应该提防谢奇的。"

"当时只有我一个人。"

"那你怎么解释……"

不等他说完,王妃马上打断了他:"意外,纯粹是个意外。"

"你为什么要说谎?"

"我恨埃及,恨埃及的文化与道德标准。"

"为此你甚至不愿意供出杀害你的人？"

"凡是想毁灭拉美西斯的人，我都不会出卖。你的国家拒绝面对唯一的真理：战争！只有战争才能激发热情、揭示人性。我的同胞根本不该以我为人质与你们和谈。我要唤醒赫梯人，为他们指引一条明路，今后，我将被幽禁在我深恶痛绝的宫殿里，可是我相信总会有人成功的。你甚至无法让我接受审判，因为你太仁慈了，不会忍心折磨一个残废的人。"

"德内斯和谢奇只是罪犯，他们根本不在乎你的理想。"

"我已经决定了，不会再吐露一个字。"

帕扎尔以门殿长老的身份批准了奈菲莉竞选埃及王宫御医总管的资格。她的头衔与经验皆符合要求。她正在担任孟斐斯中央医院的院长，还得到了太后的极力推荐，加上有不少同僚热烈支持，她一出马便来势汹汹。

然而，奈菲莉参加竞选的意愿实在不高。她十分担心卡达什会使尽卑劣的手段对付她，其实她只想好好地给人看病，对那些至高的荣誉与责任完全毫无兴趣。帕扎尔安慰不了她，哈图莎王妃因被判软禁冷宫而发疯的消息，也使她深受打击。王妃的证词本可以使德内斯与谢奇服法，她却偏偏让他们再度逃过一劫。

帕扎尔觉得自己撞上了一面牢不可破的墙。那些阴谋者竟似有恶灵护身而得以逍遥法外。阿舍将军惨败，埃及也并未受到任何军事阴谋的威胁，这两件事确实让他欣慰，但他心里有一片挥不去的阴影。他不明白为什么这么多人死于非命，为什么德内斯地位如此稳固，难道他和其同党拥有某种秘密武器，帕扎尔无法掌控？

帕扎尔和奈菲莉都发觉了对方的沮丧，也都希望能为彼此分担一点压力，却忘了自己也有无解的难题。在他们温存的爱意中，新的一天又悄悄来临了。

第 29 章

警察与警犬从危险的东沙漠回来了，在下次出发执行勤务前，有一天的休息时间，可以好好地包扎伤口、做个按摩，还可以到啤酒馆找个温顺的女孩度过美妙的一夜。沙漠警察们互相交换侦察得来的信息，并将被捕的贝都因人与行踪可疑的游民送往监狱。

负责监管新矿工的大个子警员喂了猎犬之后，便到管理邮件的书记官那儿看看有没有信件。

"有十来封信呢。"

大个子警员看了看收件人的姓名。"苏提啊，是个怪人。一点儿也不像矿工。"

"跟我无关，签收吧。"书记官无所谓地催着。

大个子亲自分发信件，顺便询问了来信者的身份。共有三个人没有来领取信件：两个在某铜矿场工作的退役军人，还有苏提。经查询后证明，伊弗雷姆率领的队伍已经在前一晚抵达科普托斯了，因此大个子便前往啤酒馆和各个小旅店与临时营区搜查。最后他才从视察总部得知，伊弗雷姆、苏提与另外五个人并没有向负责登记的书记官报到。讶异之余，他立刻展开了搜索行动。

七名工人失踪了。从前也有不少人想带着宝石逃跑，但都被逮捕并得到严惩。伊弗雷姆是经验老到之人，怎么会有如此不理智的举动？警察队立刻全员出动，与生俱来的猎人本性让他们忘了休息和娱乐，因为捕捉狡猾的猎物就是他们最大的乐趣。

这支搜寻队由那名大个子警员带领。因形势所迫，他征得了负责邮件的书记官的同意，看了给苏提的信。信中每个象形文字虽然都清晰可辨，但读起来却毫无意义。是密语！他果然没有猜错，苏提的确不是普通的矿工。但他在替谁做事呢？

脱离队伍的七个人往东南走了，路况十分险恶。他们都拥有强壮的体格，吃得不多，但都保持了一定的行进速度，每每找到一处泉眼，才会稍作休息，这些泉眼的位置也只有伊弗雷姆知道。作为领队，他要其他人绝对服从，不能问任何问题。总之，有一大笔财富等着他们呢。

"那里有警察！"其中一个人指着一个静止不动的怪影喊道。

"继续走，笨蛋！那只是一棵绒毛树。"伊弗雷姆骂道。

这棵大树高约三米，树皮泛着淡蓝色，呈龟裂状，椭圆的树叶红红绿绿的，就像冬天里的大衣。他们折了几根树枝生火，把早上猎杀的羚羊烤了。伊弗雷姆试了试，确认绒毛树分泌的乳汁不会引发心脏停搏，然后摘了一些树叶搓成粉状分给同伴。

"这是很好的泻药，治疗性病非常有效。等你们有了钱，身边一定会美女成群。"

"在埃及可不是。"一名矿工抱怨道。

"亚洲女孩热情奔放，很快你们就会忘记家乡的女人了。"

填饱了肚子，解了渴，他们便重新上路了。

路上，一名工人被毒蛇咬伤了脚踝，痛苦地抽搐一阵之后便死了。

"笨蛋，沙漠怎容得你不小心。"伊弗雷姆嘀咕着。

死者最好的朋友跳出来骂道："你会把我们都害死的！谁逃得过毒蛇的毒液？"

"我，还有那些跟随我的人。"

"我想知道我们要去哪里。"

"像你这样多话的人，一定会出卖我们的。"

"回答我。"

"你要我打烂你的头吗？"

那名矿工看了看四周，一望无际的沙地到处都是陷阱。他只好屈服，重新拾起装备。

"如果我们如此周详的计划失败，绝不是偶然。"伊弗雷姆警告道："这表示我们之中有告密者，有人向警察泄露了我们的行踪。这次我已经有了防备。不过还是可能有警方的狗腿子混进来。"

"你在怀疑谁？"

"你，和其他每一个人。谁都可能被收买。如果真的有密探，他迟早会暴露身份的。到时候就有好戏看了！"

沙漠警察从伊弗雷姆与其队友最后出现的地点开始分区搜寻，并按他们最快的行进速度计算出大概距离。南部、北部的警队都已分别得到通知，这几个寻找稀有矿物的危险分子终究会落网，就跟其他人一样。

大个子警员唯一担心的是苏提。他和伊弗雷姆是同谋，伊弗雷姆对路线、泉眼与矿区位置的熟悉程度绝不亚于警方，警察队的战略很可能失败。于是他改变了原有的计划，依本能行事。假如他是伊弗雷姆，也许会前往废弃的矿区。没有水源、酷热逼人、毒蛇成群，也没有任何的宝藏，谁会冒险进入这个地狱呢？不过，这是个绝佳的藏匿地点，更何况矿藏或许尚未完全被采尽。于是大个子警员依照规矩，带了两名警员和四条警犬出发了。他封锁了他们所有的必经路线，将几名逃脱者困在一个长着几棵绒毛树的丘陵地带。

凯姆现在真是进退两难。他很想全力追捕至今仍行踪成谜的阿舍将军，可是为了保护帕扎尔法官，他又不得不留在孟斐斯，因为他的手下警觉性都不够高。

狒狒一直显得很烦躁，凯姆可以察觉到潜藏的危机。连续两次失败后，暗影吞噬者一定会更为谨慎。既然已经暴露了动机，他想制造意外事故也就格外困难，但是谁知道他会不会为了达成目的而采取暴力的手段呢？

保护帕扎尔成了凯姆最重要的任务。在他眼里，帕扎尔象征着一种无可取代的生命价值，他拼了命也要保护其周全。在那么多年吃尽苦头的日子里，凯姆从未碰到过这样一个人，但他绝不会向帕扎尔承认自己对他的敬仰，唯恐他会在不知不觉中，生出那种随时都伺机腐蚀人心的虚荣。

狒狒醒了，凯姆喂它吃了点儿肉干和啤酒，然后就靠在阳台的矮墙上。该轮到他睡觉了，狒狒要继续监视门殿长老的住处。

暗影吞噬者因为自己运气不佳而不停地咒骂。他实在不该接下这个任务，因为不留痕迹地杀人才是他的专长。他曾想放弃，却又怕委派任务的人会揭发他，他跟他们比起来实在是人微言轻。而且，他认为这也是一种自我挑战：直到目前，他的杀手生涯从未失败过，牺牲者的名单上若能增添一名法官，那是一件多么令人振奋的事！

可惜法官身边的防卫实在太严密了。凯姆和狒狒是他最大的障碍，任何动静仿佛都逃不出他们的视线。自从上一次袭击失败后，警察局长便寸步不离地跟着法官，还增派了好几名警员。

当然，暗影吞噬者有无穷的耐心。他懂得伺机而动，只要对方出现一点点疏忽，他就有机会了。

这一天，当他走在市场上，几名小贩向他推销努比亚的进口产品时，他忽然心生一计。这个计策一定会成功。

"很晚了,亲爱的。"只见帕扎尔盘坐在地上,面前散放着十几份文件,一旁有两盏高脚灯照着。

"看到这些文件我就不想睡了。"

"什么文件?"

"德内斯的账目。"

"你怎么拿到的?"

"是国库提供的。"

"不是你偷来的吗?"奈菲莉开玩笑地问。

"我向贝尔·特兰正式提出了申请,然后他就给了我这些文件。"

"你有什么发现吗?"

"确实存在一些违法的事情。德内斯有几笔税款忘了缴纳,而且似乎有逃税的迹象。"

"那只不过罚款而已,不是吗?"

"有了这些发现,贝尔·特兰就可以动摇德内斯的财富根基了。"

"你还在打这个主意。"

"我不明白德内斯为什么会如此自信。无论用什么方法,我都要戳破他的伪装。"

"有苏提的消息吗?"

"没有,按理说,他应该通过沙漠警察来信了。"

"可能是被截了下来。"

"一定是的。"

看到帕扎尔露出迟疑的神情,奈菲莉惊讶地问:"你在担心什么?"

"没什么。"

"快说实话,帕扎尔法官!"

"上一次开庭时,德内斯说苏提可能会背叛我。"

"你就这么上了他的当？"

"但愿苏提能原谅我。"

"两人走右边的通道，另外两人走左边的，苏提和我走中间的。"伊弗雷姆下了命令。

矿工们十分不满："通道的情况太糟了，横梁也都快烂了，要是塌了，我们肯定会没命的。"

"我带你们来，就是因为警察以为这里已经废弃了。科普托斯的人都说这里是没有水源、矿产的废矿区。结果呢？古井，我已经指给你们看过，通道里的宝藏就要靠你们自己去挖了。"

"太危险了，我不进去。"一名矿工表示。

伊弗雷姆向胆小的工人威胁道："我们都进去，你一个人留在外面，这样不好吧。"

"那我也不去。"

伊弗雷姆握紧了拳头，以强劲的力量朝那名矿工头上砸了下去，对方立刻倒地不起。另外一名矿工俯身查看后，大惊失色地说："你杀了他？"

"这样就少了一个可疑的人了。我们进去吧。"苏提走在伊弗雷姆前面，他们走进通道。

"慢慢走，小子。记得随时摸一摸头上的梁柱。"

苏提在一片遍布石块的红色地面上匍匐前进。坡不陡，但是顶部很低，伊弗雷姆拿着火把跟在后面，黑暗中忽见微弱的白光闪耀。苏提伸手去摸，是触感光滑清凉的金属。

"是银含金的银矿！"

伊弗雷姆把工具递给他。"有一整条矿脉呢。小子，小心点，别挖坏了。"

白银底下闪着金光，这种漂亮的金属通常是供神庙某些殿堂铺地板的，或者用来装饰需与地面接触的圣物，以保持其圣洁。黎明时的曙光，正是靠白银传递到人间的。

"再往下一点，有没有金子？"

"没有，这个矿坑只是第一段。"

四条警犬带领三名警员仔细搜寻着。两个小时前，他们在废弃的矿区发现了人类的踪迹。警员们克制住内心的欣喜，准备好弓箭，便不再发出任何声音。

警犬伏在山丘顶上，悄无声息地看着几名矿工把几块体积又大、质地又好的银矿搬了出来。看起来确实是一笔不小的财富。当矿工们围在一起，正打算好好庆祝一番时，警员们纷纷射出了箭，也放开了狗。有两名矿工被箭射中，一人被狗咬伤后倒在地上。苏提躲进矿坑，伊弗雷姆扼死一条警犬之后，与最后一名没有受伤的矿工一并躲了进去。

"往前走！"伊弗雷姆喊道。

"会闷死的。"

"听我的话，小子。"

到了通道尽头，伊弗雷姆抢到前面，抓起一块石头便往上挖，浑然不顾掉落的尘土与碎石，最后在质地疏松的岩石中挖出了一条陡直狭长的通道。他两脚抵住岩壁，将苏提拉了起来，苏提又拉起另一名同伴。他们三人总算逃出了矿坑，重新呼吸到新鲜空气了。

"我们不能在此逗留，警察不会善罢甘休的。我们还要继续走两天，这两天都没有水喝。"

大个子警员安抚着警犬，另外两名警员则忙着挖洞埋尸体。第一波追捕成功了，他们不但消灭了大部分逃犯，还获取了大量的银矿，但还有三个人在逃。

警员们商量了一下，决定由大个子独自带领最强壮的那条警犬，以及水和粮食继续搜寻。他们截获的银矿则由另外两名警员护送回科普托斯。那三个逃犯根本不可能活下来，他们知道身后有弓箭与猛犬的威胁，会加快脚步逃亡。但是三天之内，途中毫无水源，若往南走，一定会碰上巡逻的警队。

继续追捕逃犯的警员和警犬都不敢掉以轻心，他们务必要切断逃犯的所有退路。沙漠警察将再次战胜盗贼。

第二天清晨，苏提一行人只能舔石头上的露水来解渴。死里逃生的矿工脖颈上还挂着皮袋，里面有被他顺手塞进去的碎银块。他双手紧紧地抓着这一点宝藏，身体却撑不下去了。只见他膝盖一软，跪倒在石堆上。

"别丢下我。"他哀求道。

苏提走了回来。伊弗雷姆警告他："你要是帮他，你们两个都会死。跟我走吧，小子。"

倘若背着矿工走，他们很快就会被警察抓住，如果没有伊弗雷姆带路，他们也一定会迷失在荒漠里的。

胸口灼热、嘴唇已然干裂的苏提，只能跟着伊弗雷姆走了。

警犬猛力地摇着尾巴。它的表现博得了警员的赞赏，它发现了一具矿工的尸体。警员将尸体踢翻过来，发现那名刚死不久的矿工手上还紧握着皮袋。由于捏得太紧，警员不得不割断了他的手指，这才拿到了那些碎银。

他坐下来，数了数碎银。喂过警犬后，他才开始进食。他和警犬都已经习惯了长途跋涉的辛苦，根本感觉不到晒伤后的疼痛。他们都知道休息的重要性，因此一丁点儿力气也不敢浪费。现在他们和苏提一行已经势均力敌，双方的距离也越来越近了。警员突然转过身，有好几次他都觉得自己背后有人，但是警觉性极高的警犬并无反应。于是他用沙土擦了擦匕首，又用水润了润嘴唇，便再度启程了。

"再撑一下，小子。金矿区附近就有一口井。"
"这水能喝吗？"
伊弗雷姆没有回答。可不能白费这么大的劲。
用石头垒起的圆圈表示下方有水。伊弗雷姆立刻动手挖了起来，片刻后苏提也加入了。首先挖到的是沙子和碎石，接着出现了疏松且有点儿潮湿的土，最后一层就像黏土，他们的手指也开始湿润，接着，地下的水也涌了出来。

此时，警察和他的狗正在一旁静静地看着。他们早在一小时之前便追上了这两名逃犯，只不过一直悄悄和对方保持了距离。他们听着两名逃犯高声欢唱，看到对方小口小口地喝水，互相道贺，然后走向那个在地图上已经显示废弃了的金矿坑。

伊弗雷姆的技术的确老到。他从未向任何人透露过这个秘密——这可能是他向某个老矿工强行逼问出来的。警察检查了弓箭，喝了一口凉水，准备执行任务。

"金矿就在这里，小子。被遗忘的金矿坑，里面还有最后一条矿脉。这些金矿足够让我们俩到亚洲幸福地过完下半辈子了。"
"还有其他类似的矿坑吗？"
"还有几个。"
"为什么不去开采呢？"
"说这些已经没意义了。我们现在得想办法逃走，我们和我的老板一起逃走。"

第29章 253

"老板是谁？"

"在矿坑里等我们的人。我们三个人把金矿搬出去，再用车运到海边。有一艘船会把我们带到一个沙漠地区，那里藏了几辆车。"

"你为你的老板偷了很多金子吗？"

"你如果问太多的问题，他会不高兴的。喏，他来了。"

一个双脚粗短、面貌狡猾的人朝这两个死里逃生的人走了过来。尽管烈日炎炎，但苏提仍然全身血液凝结。

"有警察在追我们，我们把金子搬出去，赶快离开吧。"伊弗雷姆说。

"你带来的同伴可真有趣。"阿舍将军看着苏提惊讶地说。

这时候，苏提使尽最后的一点力气逃向沙漠。如果伊弗雷姆和阿舍联手，他绝无胜算，更何况阿舍还有剑，他得先逃出去再作打算。

忽然，一名警员带着警犬挡住了他的去路，苏提认出他就是负责监督矿工的那个大个子。警察拉开弓，警犬也进入备战状态，随时都可能扑上来。

"别再跑了。"大个子说。

"你真是我的救星！"

"趁你还没死，赶快祈祷吧。"

"不要弄错追捕对象了，我可是有任务在身的。"

"谁派你来的？"

"是帕扎尔法官。我必须证明阿舍将军涉及一宗关于宝石的非法交易案，现在我找到证据了！我们俩联手，一定可以逮捕他。"

"你的确勇气可嘉，可惜时运不济——阿舍将军是我的主子。"

第 30 章

奈菲莉掀开梳妆盒的盖子，盒中一格一格装饰着红花，香脂瓶、美容工具、眼部化妆品和香水整齐地放在里面。在屋子还一片悄然，绿猴和狗儿都还沉睡未醒的时候，她喜欢装扮自己，然后赤脚走过被露水打湿的地面，等着听山雀的第一声啼鸣。黎明是属于她的时刻，此时万物重生，正在苏醒的大自然所发出的每一阵声响都犹如天籁。经过一夜漫长的苦战，太阳终于打败黑暗，使大地得到了滋养，太阳的光芒也振奋了飞鸟与游鱼。

奈菲莉享受着这份众神赐予她，而她也必须有所回报的幸福。这份幸福并不属于她，而是如同一股能量自源头释放出来之后，经由她又回到了源头。她明白，神祇所降之福不能独享，否则就会像树枝一样枯萎。她走到湖边，跪在祭坛前献上一朵莲花。在她身上仿佛看到了新的一天即将展开，却又在刹那间化为永恒。整座庭院陷入沉寂，树梢的枝叶亦在晨风中低下了头。

当勇士舔她的手时，奈菲莉知道这个仪式该结束了。因为狗儿饿了。

"谢谢你愿意在上班前见我。"西尔基斯说，"我昨晚又痛得一夜都没有睡。"

"头往后仰。"奈菲莉为她检查了左眼。

西尔基斯紧张得坐立不安。奈菲莉安慰她说："我能帮你治好这个病。你的睫毛太弯了,以至于碰到了眼球,因此你才会觉得痛。"

"很严重吗?"

"只是处理起来有点儿麻烦而已。你要我现在就为你治疗吗?"

"如果不太痛的话……"

"手术后会好一点。"

"内巴蒙为我整容,简直让我尝尽了苦头。"

"这次的手术很简单。"

"我相信你。"

"你坐着,全身放松。"

眼疾在埃及十分普遍,奈菲莉一直在医药箱里预备着许多相关的药物,甚至有罕见的蝙蝠血。她扯住西尔基斯过弯的睫毛,并在上面涂了用蝙蝠血和乳香制成的黏稠的药膏。药膏干了以后,睫毛会变硬,毫不费力便可以连根拔除。最后还要涂上一种含有硅孔雀石和方铅矿成分的药膏,这样才能防止睫毛再度长歪。

"这下就没事了。"

西尔基斯松了口气,微笑道:"你的手真巧,我一点感觉也没有!"

"那就好。"

"需要后续治疗吗?"

"不用,你已经摆脱这种病痛了。"

"真希望你能为我丈夫治病,我很担心他的皮肤病。他太忙了,完全不在意自己的健康,现在想见他一面都很难。他每天都早出晚归,夜里还要批公文。"

"这种情况应该只是暂时的。"

"恐怕不是。他的上级很欣赏他的能力,现在国库更是离不了他。"

"这是好消息啊。"

"表面上看起来是这样的，可是对我们的家庭生活……"

西尔基斯叹了口气："我们一直在很努力地维系……但一想到未来我就害怕。看情况，贝尔·特兰似乎就要当上白色双院的院长了！掌控埃及财政大权，这是多么重的责任啊！"

"你不觉得骄傲吗？"

"贝尔·特兰可能会离我越来越远，但我又能怎么办呢？我如此钦佩他。"

渔夫们把捕来的鱼倒在孟莫斯面前，自从他被首相撤去警察局长一职之后，便被贬到了三角洲地区的一个海滨小城，担任渔场的管理员。体形肥胖、行动迟缓的孟莫斯对此地的生活越来越厌烦，人也日渐臃肿。他厌恶那间简陋的宿舍，也无法忍受天天与渔夫及鱼贩接触，因此动不动就大发雷霆。怎样才能离开这个鬼地方呢？他早已和所有官员失去联络了。

所以，当他远远地看到德内斯时，还以为自己出现了幻觉，一时忘我地注视着来人。庞大的身躯、方方正正的脸、细细的一圈络腮胡，确实是他，孟斐斯最富裕、最有影响力的人。

"滚开。"孟莫斯向一名正在申请许可的渔民喊道。

德内斯则面带嘲弄地看着这一幕："你真是退出警界了，老兄。"

"你这是在幸灾乐祸吗？"

"我十分希望能减轻你的负担。"

孟莫斯在职场上撒过无数的谎。无论是玩诡计、耍心机还是设陷阱，他都自认是第一名，不过他却不得不承认，德内斯这方面的本领绝不比他小。

"谁让你来的？"

"纯粹是私人拜访。你想不想报仇？"

"报仇？"孟莫斯的鼻音一下子浓了起来。

"我们不是有个共同的敌人吗？"

"帕扎尔法官……"

"就是那个讨厌的家伙。"德内斯点着头说，"他当上了门殿长老，还是那样有干劲。"

孟莫斯不由得火冒三丈，紧握双拳："那个野蛮的努比亚小子竟然取代了我的位置！"

"那的确是个不公而愚蠢的决定。我们来弥补一下这个错误，如何？"

"你有什么计划？"

"我要让帕扎尔名誉扫地。"

"他不是无懈可击吗？"

"那只是表面罢了。每个人都有缺点，我们还可以捏造事实。你知道这是什么吗？"

德内斯摊开右手，里面是一枚印戒，"这是他盖公文专用的。"

"这是你偷来的？"

"他的一位行政书记官拿来原件之后我复制的。我们只要在某一份会引发争议的文件上盖个章，他马上就会完蛋，你也可以官复原职了。"

一阵夹杂着浓郁腥味的海风吹来，孟莫斯却不再觉得那么刺鼻了。

帕扎尔与奈菲莉之间放了一个乌木盒子，帕扎尔拉开小抽屉，拿出一些上了釉的陶土棋子，摆在有三十个格子的骨制棋盘上。奈菲莉先出手。游戏规则是双方都要将棋子从黑暗的一侧走到光明的一侧，途中必须避开重重陷阱，通过数道门槛。

帕扎尔刚出了第三着棋就犯了错。

"你根本没用心。"

"苏提一点儿消息也没有。"

"这很不寻常吗?"

"恐怕是的。"

"可是他在大沙漠里,又如何跟你联络呢?"

帕扎尔还是不放心,奈菲莉便问:"你难道真的认为他会背叛你?"

"他至少应该让我知道他是死是活。"

"你已经做好最坏的打算了,对不对?"

帕扎尔无心再下棋,站了起来。

"你错了。"奈菲莉肯定地说,"苏提还活着。"

这个消息传来时如同一道晴天霹雳:贝尔·特兰继担任国库与谷仓总管后,又被首相任命为白色双院的院长,主掌埃及经济大权。自此,珍贵的矿物与材料、神庙工地与手工艺工会所需的工具,以及石棺、香脂、布料、护身符与祭典用品等物品查收,都将由他全权负责。此外,他还要在众多专业人员的协助下,用收成评定农民应得的报酬并确定税率。

虽然这个任命令人惊讶,倒也无人提出异议。其实有许多官员曾经私下向首相推荐过贝尔·特兰,虽然有人觉得他晋升得稍微快了些,可是他的管理能力很强。尽管他性格有些霸道,不好相处,但是提及各部门的重构、工作效率的提升、支出费用的有效控制等成果,他确实功不可没。与贝尔·特兰一比,前一任院长就逊色多了,他性格温和、懒散,行事一成不变,甚至有些刚愎自用,原本支持他的人也都心灰意冷了。贝尔·特兰也许是无意间坐上了这个众人觊觎的位子,之后的工作会更加艰难繁重,但是,人们可以明显看出他有强烈的企图,他打算整顿白色双院,进而提高自己的威望与权力。

他的新办公室位于孟斐斯市区正中央,占地面积很大,入口处有两名警卫负责筛查访客。奈菲莉说明身份后，便耐心地等着他接见。走进大门，首先会经过一个牲口棚，接着是家禽圈，农民们用以缴税的家禽就养在里面。另外，有一把梯子通向几个谷仓，其存粮量由税务部门决定。在一栋建筑中，有一层楼坐满了书记官，众人座位的上方罩着一个巨大的华盖。至于农民堆放蔬果的仓库入口，则随时被税务长监视着。

奈菲莉被请进了另一栋建筑，她穿过被四根柱子隔成三部分的前厅，厅里有一些高级职员在誊写会议记录。随后，秘书带她走进贝尔·特兰接待贵客的六柱大厅。白色双院的新任院长正在向三名书记官下达指令，他说得很快，内容跳跃，显然是在同时处理好几件事。

"奈菲莉！谢谢你过来。"

"你的健康已经是国家大事了。"

"我不能因为顾及健康而妨碍了公务。"

贝尔·特兰遣退下属后，伸出了左腿。腿上有一片几厘米长的红斑，四周还长了一些白色水疱。

"你的肝脏负荷太大，肾功能也不好。你要抹由金合欢花与蛋白制成的药膏，每天要喝几次芦荟汁，每次十滴，之前开的药也要照常服用。你要有耐心，好好照顾自己。"

"我承认我常常疏忽了。"

"你不注意的话，病情会恶化的。"

"怎样才能面面俱到呢？我真想多见见儿子，告诉他我的一切将由他继承，让他知晓他未来的责任。"

"你经常不在家，西尔基斯对此也有怨言。"

"我最亲爱的西尔基斯啊！她明白我的努力是有代价的。帕扎尔还好吗？"

"首相刚刚召见了他，应该是谈关于逮捕阿舍将军的事。"

"我很欣赏你的丈夫。我觉得他是个不一般的人，他有一种不屈不挠的毅力，简直什么都难不倒他。"

巴吉正在审查一项有关低收入人群免费搭船的法案，帕扎尔来了以后，他头都不抬就说："你应该早一点来的。"

他粗暴的态度让帕扎尔吃了一惊。

"坐下，我先把事情做完。"他背部微隆，总是板着一张长脸，身上流露出了些许岁月的痕迹。

帕扎尔自以为和巴吉已站在同一阵线，眼下平白无故遭受冷遇，不禁十分错愕。

"门殿长老必须无懈可击。"首相哑着嗓子又说了一句。

"我一直在为维护这个职位的声誉而奋斗。"

"现在，你已经是门殿长老了。"

"你对我有什么怨言吗？"

"何止怨言？你要怎么解释你的行为？"

"我犯了什么错？"

"我希望你能真诚一点。"

"我该不会又受到了无端的指控吧？"

首相无法忍受他的说辞，起身斥道："你还记得你在跟谁说话吗？"

"无论是谁给了我不公平的待遇，我都不能接受。"

巴吉顺手拿起一块刻满象形文字的书板，放在帕扎尔面前。"这份文件上盖的是你的章吧？"

"是的。"

"看一看内容。"

"这和一批送到孟斐斯某个仓库的上等渔产有关。"

"渔产是你订的，可是这个仓库并不存在。最后你把这些昂贵的商品转移到了另一个目的地：市区的市场。装渔产的箱子已经在你的住处旁被截获了。"

"调查速度真快！"

"那是因为有人检举你。"

"是谁？"

"是一封匿名信，不过细节写得很详尽。警察局长不在，所以查证工作是他的手下进行的。"

"我想是孟莫斯的旧部下吧？"

"没错。"巴吉显得有些局促。

"你没有想过这可能是栽赃吗？"

"当然想过。因为一切迹象都很可疑：渔民归孟莫斯管辖，且那些旧部下介入了，他一心想报复。可是，文件上明明盖了你的章啊。"

帕扎尔发现首相的眼神变了，仿佛希望能发现被隐藏的事实。

"我有证据可以证明我的清白。"

"那就再好不过了。"

"我事先有防备罢了。"帕扎尔解释道，"经过那么多次的历练，我已经不再那么疏忽大意。每个持有印章的人都应该做好防范措施。刚当上门殿长老，我就担心我的印章迟早会被敌人利用，所以在每一份公文的第九个字与第二十一个字后面，我都会加一个小红点。而且我还会在盖好的章下面画一个小星号，乍看之下也许不太清楚，不过仔细看仍然可以辨识出来。请首相检查这份文件，我相信上面绝对没我所说的这些记号。"

首相走到窗户旁，阳光直接照射在书板上。"确实没有记号。"他仔细查看之后说。

巴吉做事向来喜欢追根究底。他亲自检查了许多份经帕扎尔批阅过的文件，每一份文件上的确都有小红点与小星号，但他并不打算为长老保密，而是建议他重新更换记号，而且不能向任何人提及。

奉首相之命，凯姆讯问了那个受理检举案却没有向他报告的警察。那名警员最后招认了，他承认自己受贿，向孟莫斯保证帕扎尔一定会被判刑。凯姆听后怒不可遏，立刻派五名警员带回了前任警察局长。

"我私下见你，这样你不用上法庭。"帕扎尔对孟莫斯说。

"我是被陷害的。"

"你的同谋已经认罪了。"

孟莫斯的头皮又发红了。虽然痒得要命，但他只能忍着。想当初他操纵了那么多人的命运，但对这个法官却始终无可奈何。他不得不低声下气地说："我的运气实在太差了，又被恶言诽谤，我还能怎么办呢？"

"不要再假装无辜了，快认罪吧。"

孟莫斯感到呼吸困难："你想如何处置我？"

"你不配指挥别人。你身上流的毒血破坏力太强。我要把你送到黎巴嫩的比布鲁斯，离埃及远远的。你就到那里负责维修我们的船吧。"

"你要让我去做苦工？"

"你还想奢求什么呢？"

孟莫斯重重的鼻音里充满了愤怒："这不是我一个人策划的。我是受了德内斯的唆使。"

"你叫我怎么相信你？你最会说谎了。"

"别说我没有警告你。"

"你怎么突然大发慈悲了呢？"

孟莫斯冷笑道："慈悲？怎么可能！我恨不得亲眼看到你被雷电劈死、被洪水淹死、被石头活埋！你的运气不会永远这么好的，你的敌人已经一天比一天多了！"

"不要再拖延时间了，还有一个小时你的船就要开了。"

第四幕

阴谋如雾般肆意弥漫，
埃及的命运悬于一线，
玛特的天平将守护文明之光。

第31章

"站起来！"伊弗雷姆大声地命令。

苏提全身赤裸，脖颈上套着枷锁，双臂被反绑，他用力站了起来。

伊弗雷姆一边拉扯绑在他腰间的绳子，一边咒骂道："奸细，卑鄙的奸细！我真是看错你了，小子。"

"你为什么要假扮矿工？"阿舍将军语气温和地问。

尽管嘴唇干裂，身上到处是被拳打脚踢的伤痕，头发上也布满沙砾和血迹，苏提仍不停地破口大骂，眼中闪烁着愤怒的火花。

"让我来教训一下他。"被阿舍收买的大个子警员说。

"别急，我想看看他多有骨气。你想抓我？想证明我是非法交易黄金的主谋？直觉很准确啊，苏提。高层军官的薪资已经满足不了我了。既然不可能重建一个政府，那享受一下财富也不错。"

"我们往北走吗？"伊弗雷姆问道。

"当然不是，军队早就在三角洲的边界等我们了。往南走，过了象岛再转向西边的沙漠跟阿达飞会合。"

有了车、食粮和水，他们的计划一定会成功。

"我有水井分布图。金子都搬上车了吗？"

伊弗雷姆微笑着说："这次矿坑可真是空的！现在我们应该先处置这个奸细。"

"我们来做个有趣的实验：苏提非常健壮，我们让他走一天的路，每天只让他喝两口水，看他能活多久。实验的结果对将来训练利比亚军队很有帮助。"

"我还想问他一些话。"大个子警员说。

"再等等。折磨他一下,他会屈服的。"

恨啊!一种恨深深地刻在骨子里,刻在每一寸血肉、每一个步伐里。这股恨意支撑着苏提,不战斗到最后一秒绝不倒下。

面对三个残暴成性的家伙,他根本不可能逃跑。想不到他好不容易逮到阿舍,却只能任大好机会从眼前溜走。他无法联络帕扎尔,帕扎尔也无从得知他的发现。

他的努力白费了,他从此将消失在远方,远离挚友、孟斐斯、尼罗河,以及美丽的庭院和女人。不,就这么死掉太可惜了。苏提还不想死,他还要谈恋爱、和敌人作战、驰骋于风沙中,甚至成为全国最有钱的人。可是脖颈上的枷锁越来越沉重了。

他继续往前走,大腿、臀部和腹部都被绳索磨破了皮,绳索的另一端挂在车子的后方,只要他放慢脚步,绳子拉紧,便又会传来一阵剧痛。车子的行进速度并不快,以免不小心脱离狭窄的道路陷入沙地,但对苏提而言,车轮却似乎越转越快,好像不榨尽他最后一分力气就不甘心似的。但每当他想放弃时,便不知不觉又生出一股力量来。于是他走了一步又一步。

一天的时光就这样踩着他伤痕累累的身体过去了。

突然,车子停了下来。苏提站在原地不动,好像已经不知道怎么坐下了一样。忽然,他膝盖一弯,"砰"的一声,一屁股坐到了自己的脚后跟上。

"你渴吗,小子?"伊弗雷姆恶作剧般地拿着水袋在他眼前晃,"你简直比野兽还壮,可是你撑不过三天的。我跟大个子打赌了,我可不想输。"

伊弗雷姆给他喝了水,清凉的液体浸润了他的嘴唇,随即流遍全身。

大个子却突然一脚把他踹进了沙地:"我的朋友们要休息了,轮到我守夜,我有话问你。"

伊弗雷姆上前阻止道:"我们打了赌,你可不能故意把他累死。"

苏提依旧面朝天躺着,双眼紧闭。伊弗雷姆走开后,大个子又转过身对苏提说:"明天你就要死了,在死之前,你最好实话实说。别硬撑着,我对付过比你更难缠的家伙。"

他来回走动,苏提却几乎听不见他的脚步声。

"你也许已经把任务说得很清楚了,不过我还是想弄明白,你是怎么和帕扎尔法官联系的?"

苏提虚弱地笑了笑:"他会来找我的,你们三个谁也逃不了。"

大个子在苏提的头旁边坐下来。

"你之前并没有联络上法官,现在只有你自己,谁还救得了你?"

"这将是你最后一次犯错。"

"我看你是被太阳晒疯了。"

"背叛已经让你脱离了现实。"

大个子打了苏提一巴掌:"别再惹我生气了,否则就让我的狗跟你玩玩儿。"

天黑了。大个子威胁道:"别妄想着睡觉,只要你不说,我就用刀子刺你的喉咙。"

"我已经全都说了。"

"我不相信,不然你怎么可能冒冒失失地中了圈套?"

"因为我是个笨瓜。"

大个子把刀子贴在苏提脸上说:"睡吧,小子,明天就是你的死期。"

虽然苏提疲惫至极,却依旧无法入睡。在余光中,他瞥见大个子用食指摸了摸刀尖,又蹭了蹭刀刃,玩腻了才把刀搁到一旁。苏提知道一旦屈服，到不了天亮，大个子就会用这把刀割断他的喉咙，这样他也少了个负担。至于阿舍将军那儿，他总会有办法自圆其说的。

苏提咬紧牙关撑着，他想，自己绝不能就这么莫名其妙地死了。只要大个子行动，他就啐他一口。

月亮像个神勇的战士朝天空的正中刺出了弯刀。苏提暗暗祈求这把刀能向他挥来，让他死得干脆利落，不再受苦。假如今后他不再亵渎神明，那他这点小小的心愿是否能被成全呢？

他之所以能活到现在，完全是因为身处沙漠。他感应到一股荒芜、凄凉与孤独的力量，以致与沙漠有了同步的呼吸。汪洋的沙海成了他的盟友，不但没有剥夺他的精力，反而给了他力量。在他看来，这方一直遭受风吹日晒的裹尸布，可比王公贵族的陵墓迷人多了。

大个子依然静坐在那里，等着苏提大限的到来。只要他闭上眼睛，大个子就会潜入他的梦中，像凶残的死神一般夺走他的灵魂。然而，苏提却像吸取了大地与月光的精华一般，依然坚毅地睁着眼睛。

忽然间，大个子大吼了一声，像只受伤的鸟一般挥动着胳膊，想站起来，又跌坐下去。

死亡女神从暗夜里跳了出来。清醒过来的苏提告诉自己那是个幻觉。一定是他刚刚跨过死亡的界限，受到了怪物的侵袭。

"帮我把尸体翻过去。"女神说话了。

苏提撑起半边身体："豹子！你怎么……"

"待会儿再说。快点儿，我要把插进他背部的刀子拔出来。"

豹子费力地扶起了苏提。接着两人合力把尸体翻转过去。豹子取回刀子后，割断了苏提身上的绳子，卸下枷锁，然后紧紧地抱住他。

"抱着你的感觉真好，是帕扎尔救了你。他告诉我你到科普托斯来挖矿了,我到那里的时候你已经失踪了,警察夸口一定能找到你,所以我就跟踪了他们。现在只剩下这个刚刚被我杀死的叛徒了。这个沙漠地狱难不倒我们利比亚人。快来喝点儿水吧。"

豹子把苏提拖到一座小沙丘后面,她就是藏在这里暗中观察他们的。也不知道她哪来的力气,竟然随身带了两个装得满满的水袋、一袋肉干、一把弓和几支箭。

"阿舍和伊弗雷姆呢?"

"在车上睡觉,还有一只猛犬陪着,不可能攻击他们的。"说完苏提便昏了过去。

豹子忍不住不停地吻他,随后又警觉起来:"不,现在不行。"

她让他平躺下来,然后躺在他身边温柔地抚摸他。尽管苏提仍非常虚弱,但她还是可以感觉到他的活力在渐渐复苏。

"我爱你,苏提,我一定要救你。"

一声惊叫吵醒了奈菲莉,帕扎尔只是动了一下,还没有醒。她便罩上外衣,出去一探究竟。

送牛奶的女佣满脸是泪地站在院子里,手上的奶罐已经掉在了地上,牛奶洒了一地。"看那里。"她指着石门槛颤抖着说。

奈菲莉蹲下一看,地上有一些红色瓶子的碎片,碎片上还用黑墨写着帕扎尔的名字,并画了几道符。

"鬼眼!"女仆尖叫道,"我们要赶快离开这间房子。"

"玛特的神力难道不比黑暗的势力更强大吗?"奈菲莉搂着女仆的肩膀安慰道。

"法官的性命会像这些瓶子一样。"

"你放心,我会保护他的。你看着这些碎片,我去办公室一趟。"

不一会儿,奈菲莉便拿着修补瓶子的胶水回来了。她先拭去字迹,然后和女仆一起慢慢地将碎片拼凑在一起。"你把这几个瓶子交给漂白工人。用漂白水处理之后，自然就干净了。"

女仆亲了亲奈菲莉的手说："帕扎尔法官的运气真好，有玛特女神保护他。"

"你还会替我们送牛奶吗？"

"我马上就送最新鲜的牛奶过来。"她说完便跑开了。

一位农夫在松软的土里插了一根比他高两倍的木桩，然后在木桩顶端架了一个有弹性的长杆。长杆较粗的一端绑着黏土块以维持平衡，较细的一端系着一个陶土罐。他每天都要将同样的动作，缓缓地重复数百次：拉动绳子让陶土罐垂入河中，然后松一松绳子，借着黏土块的平衡力使水罐升到高处，再将水浇进农田。一个小时之内，他能舀三千四百升的水来灌溉农田。多亏这套系统，他才能把水送上高地。

这一天，他刚要开始工作，就听到一阵不寻常的隆隆声。他两手紧紧拉着绳子，侧耳聆听，那声音越来越大。他心中忐忑，便丢下灌溉机，顺着斜坡爬到山顶。他简直不敢相信——他看到的竟是滚滚而来的洪流。上流的堤防塌了，人兽尽被淹灭在这声势浩大的泥石流中。

帕扎尔是第一个到达现场的官员。共计十人遇难，一半的牛死亡，十五部灌溉机被损毁，灾情十分惨重。工人在工兵的协助下开始重建堤坝，不过之前储蓄的水已经流失。门殿长老集中了附近的村民，代表国家对他们进行补偿与救济。但他们想知道的是为什么会发生这样的惨剧，因此帕扎尔仔细盘问了当地负责维护运河、水坝与堤防的两名公职人员。但他们并无失职之处，他们依照规定视察，也没有发现任何异样。最后，帕扎尔在法庭上宣判他们无罪。

因此大家便将一切都归咎于"鬼眼"。堤防最先受到了诅咒，接着就是村落,然后便是全省与全国。

法老再也无法扮演保护者的角色了。今年如果还不举行再生仪式,埃及会有什么样的下场呢?不过人民仍抱有希望。他们的声音与诉求,一定会通过乡、镇、村长、省长与王公贵族传到拉美西斯耳中。大家都知道法老经常出外巡游,对民意一直都了如指掌。可能他偶尔也会遇到困难,因一时迷失而无所适从,但最后总会做出正确的抉择。

面对自己的难题,暗影吞噬者终于想出了解决之道。为了接近帕扎尔,并制造意外,他必须先除掉他的保护者。其实凯姆并不可怕,难应付的是那只利齿比豹子还长、任何猛兽都难以与之抗衡的狒狒。因此他以高价购得了一个与狒狒旗鼓相当的对手。

凯姆的狒狒定然无法抵挡另一只更强壮、更魁梧的狒狒的攻击。暗影吞噬者把买来的狒狒绑了起来,为它戴上嘴套,两天都没喂它东西吃,等待着适当时机。

一天中午,凯姆刚拿出午餐,狒狒警察便一把夺过牛肉,在阳台上大口嚼了起来,从阳台往下看去便是帕扎尔的住处,他也在和妻子用餐。

此时,暗影吞噬者放开了他的狒狒,并小心地解下它的嘴套。那只狒狒一闻到肉香,便无声无息地爬上白墙,耸然矗立在它的那个同类面前。这只狒狒双耳通红、两眼充血、臀部发紫,龇牙咧嘴,作势要咬人。而狒狒警察不甘示弱,放下牛肉便与它对峙起来。两只狒狒的眼中都闪烁着炽热的战斗欲望。它们对峙着,一点声音都没有。

当凯姆本能地转过身时,已经来不及了。两只狒狒同时发出了怒吼,并朝对方猛扑过去。他既无法将它们分开,也无法赶跑敌人,两只狒狒扭作一团,滚来滚去,还不时残暴地撕咬对方,偶尔还会发出尖锐的叫声。

不一会儿，两只狒狒都不动了。凯姆不敢靠近，他看到一只手臂缓缓地伸了出来，将对手的尸体推开，看清那只狒狒的脸后，他不由喜出望外。"杀手！"

他连忙冲向狒狒警察，想扶它站起来，浑身是血的狒狒却颓然倒地。它虽然杀死了袭击它的同类，但自己也伤势严重。

目睹了一切的暗影吞噬者只得悻悻然离去。

狒狒定定地看着奈菲莉为它的伤口消毒，并涂上尼罗河泥。

"会不会很痛？"凯姆紧张地问。

"没有谁能像它这般勇敢。"

"你会救它的吧？"

"当然了。它的内心很坚强，但它仍需要接受救治，而且几天都不能动。"

"它会听话的。"

"这个星期之内，不要让它吃太多。病情一旦有变化，就马上通知我。"杀手将手掌放在奈菲莉的手里，眼中有说不出的感激。

这已经是医生委员会第十次开会了。

卡达什的优势在于年纪、名声、经验，而且是法老最需要的牙医，而奈菲莉的优势则是超群的医术、在医院日益精进的表现、同人的赞赏与太后的支持。

"各位同人，"最年长的委员说道，"这个问题真是越来越难办了。"

"那就选卡达什啊。"内巴蒙昔日的助手说，"选了他，我们不会有什么风险。"

"你对奈菲莉有什么意见吗？"

"她太年轻了。"

"要不是她把医院管理得这么好，我也会同意你的说法。"一名外科医生说。

"御医总管必须是个沉稳而有代表性的人，无论这个年轻女子多么有才，她的年龄决定了她不足以胜任。"

"你错了！在卡达什身上已经找不到她所具备的那种热忱和活力了。"

"如此批评一名德高望重的医生，太侮辱人了吧。"

"德高望重？不见得吧！他涉入了多起非法交易案，还被帕扎尔法官起诉了。"

"你应该说是奈菲莉的丈夫吧。"

大家你一言我一语，越吵越声音越大。

"各位同人，请保持风度！"长老委员劝道。

"到此为止吧，我们就宣布卡达什当选吧。"

"不行！非选奈菲莉不可。"

尽管会前他们已经作出保证，这次一定要有个结果，最后散会时却还是不了了之。于是他们一致决定：下次开会时一定要选出新任御医总管。

贝尔·特兰带他的儿子参观他的办公区。小男孩一会儿玩纸，一会儿跳上折叠椅，一会儿又折断了书记官的笔。

"够了！"贝尔·特兰严厉地说，"你将来也会成为高级官员，要尊重这些办公用品。"

"我要像你一样命令他人，我可不要工作。"

"不努力的话，你连农田书记官都当不上。"

"我宁愿当有钱的地主。"

帕扎尔的到来打断了父子的谈话。贝尔·特兰便吩咐仆人带儿子到马场学骑马。

"你好像有心事，帕扎尔。"

"苏提一点儿消息也没有。"

"阿舍呢？"

"毫无线索。边界哨站什么都没发现。"

"真是难办啊。"

"你觉得德内斯的账目有什么问题？"

"的确有违法之处，他做了些假账，还挪用公款。"

"这些罪证足以起诉他吗？"

"命中目标了，帕扎尔。"

夜色温柔。勇士在莲花池畔狂奔了一阵，便累得在主人脚边睡着了。在医院劳累了一天的奈菲莉也已入睡。只有帕扎尔还在就着两盏灯写起诉书。

阿舍的脱逃证明了上一次开庭时对他的指控无误，德内斯逃税、侵吞货物、贿赂人心，谢奇是多项地下交易的主使，其同谋卡达什则不可能对这些阴谋一无所知。详尽的事实与明确的书面及口头证据，明天将一并被呈交给陪审团。

开庭后，这四人将逃不掉法律严厉的制裁。帕扎尔或许已经成功地阻止了他们的阴谋，但是他还得找到苏提，还得继续挖掘恩师布拉尼尔被杀害的真相。

第 32 章

鸵鸟纹丝不动，似乎是意识到了危险。它飞不动，只能不安地拍拍翅膀，以一种奇特的舞步迎接旭日，然后便朝一座沙丘飞似的逃开了。枉费苏提用尽力气拉开了弓，他浑身肌肉酸痛，简直像要抽筋一样，豹子用腰间那个小瓶子里的药膏给他按摩推拿。

"你背着我有过多少女人？"

苏提愤愤地叹了口气，没有搭腔。

"你要是不说，我就丢下你不管。别忘了我这里有水和肉干。"

"你费了那么大的劲儿，只是为了问我这些吗？"

"为了找到真相，我可以克服任何困难。这是我从帕扎尔法官那儿学到的。"

一听到帕扎尔的名字，苏提便觉得舒服了许多。不过，伊弗雷姆和阿舍很快就会发现大个子的尸体，并寻找他的下落。

"我们还是赶快离开吧。"

"你先回答我。"她用匕首抵着苏提的小腹威胁道，"你要是有其他女人，我就阉了你！"

"你又不是不知道，我娶了塔佩妮。"

"我会亲手杀死她。还有吗？"

"当然没有了。"

"在科普托斯这种声色犬马的地方……"

"我是来当矿工的。出发以后，我身边就只有沙漠了。"

"在科普托斯绝对没有圣人。"

"我就是圣人。"

"我遇到你的时候真该杀了你。"

"嘘,你看!"

伊弗雷姆发现了大个子警员的尸体。他解开警犬的套绳,只见狗儿在空气中嗅了嗅,却不愿意离开主人。伊弗雷姆和阿舍商量了一会儿,便重新上路,毕竟带着金子逃离埃及要比追捕一个奄奄一息的人重要多了。大个子警员死了,财富刚好由两人平分。

"他们走了。"豹子小声地说。

"跟着他们。"

"你疯了?"

"阿舍逃不出我的手掌心。"

"你难道忘了你现在的身体情况?"

"多亏有你,我好多了。走一点儿路我应该会好得更快。"

"我竟然爱上了一个疯子。"

帕扎尔坐在屋顶的阳台上,静静注视着东方。他睡不着,便走到屋外欣赏满天的星斗。云高天清,吉萨金字塔隐约可见,笼罩在金字塔上方的那方深蓝色的天幕,很快便会散出第一道曙光。建立在巨石、爱与真理之上,并盛享千年太平的古国埃及,会慢慢地在这片将亮未亮的混沌中清醒过来。此时的帕扎尔不是门殿长老,甚至不是法官。他只想忘记自己的身份,全身心地投入这无边无际的苍茫之中,在有形与无形终于结合的一刹那,与祖先的神灵相通,聆听他们从土地里所发出的每一声低吟。

奈菲莉赤着脚,静悄悄地走到他身旁。

"天还没亮呢,你应该多睡会儿。"他柔声说。

"这是我最喜爱的时刻。金色的光线马上就会跃上山巅,尼罗河也要醒了。你有什么烦恼吗?"

帕扎尔这个坚信真理的法官该怎么向妻子坦承,其实他心里也有疑惑。大家都以为他坚定无比,情绪不被任何事物左右,但谁又知道其实每件事都对他有莫大的影响,有时甚至会给他带来伤害。他不容许邪恶存在,不愿向罪孽低头。时间永远无法磨灭布拉尼尔冤死给他带来的伤痛。

"我想放弃了,奈菲莉。"

"你太累了。"

"我承认凯姆说得对。就算司法正义存在,这样做也是不可行的。"

"你害怕失败吗?"

"我搜集的证据十分完备,我的指控既明确又有根据,可是德内斯或他的同党,仍然有可能钻法律的空子,让这一切心血付诸流水。既然如此,又何必继续呢?"

"你只是一时倦怠了。"

"埃及人有崇高的理想,但阿舍这样的恶棍依然存在。"

"但你及时阻止了他,不是吗?"

"在他之后,还会有第二个、第三个阿舍……"

"治好一个病人,还会有第二个、第三个……难道我因此就不再给人们治病了吗?"

他温柔地拉起她的手:"我不是个称职的法官。"

"你这么说对玛特是一种侮辱。"

"可一个称职的法官又怎么能怀疑司法呢?"

"你怀疑的只是你自己。"

此时晨光覆在他们身上,阳光让人感觉刺刺的,但也十分温暖。

"我们这是在用我们的未来做赌注啊,奈菲莉。"

"我们不是在为自己奋斗,而是在为使那道促使我们结合的光芒更加明亮而奋斗。如果偏离了我们该走的路,我们就是有罪的。"

"你确实比我坚强。"

她微笑着打趣道:"明天就该换你为我打气了。"

二人再度相拥,迎接着这场日出。

前往首相办公室之前,帕扎尔打了十几个喷嚏,后背也传来一阵阵剧痛。奈菲莉毫不惊慌,给他喝了用柳叶与柳树皮煎制的药汤①,这种药汤对治疗高烧与各种疼痛十分有效。

药果然很快就见效了,帕扎尔感觉自己的呼吸顺畅多了,在首相面前也显得神采奕奕,但巴吉的背似乎越来越驼了。"这是阿舍将军、运输商德内斯、化学家谢奇和牙医卡达什的完整档案。我以门殿长老的身份请求首相开庭,以叛国、威胁国家安全、蓄意杀人、渎职与贪污等罪名予以起诉。虽然有些疑点尚未查明,但罪名已然确立,我觉得我们没必要再等下去了。"

"这事关重大。"

"我知道。"

"被告全都是有身份有地位的人。"巴吉有一些顾忌。

"所以他们的恶行更应该受到谴责。"

"你说得对,帕扎尔。虽然阿舍仍然下落不明,但我还是决定在欧佩特女神②节过后开庭。"

"苏提一直没有消息。"

"我跟你一样担心。因此我派出了一支步兵队,由警察协助,仔细搜查科普托斯附近的沙漠。还有,你找到杀害布拉尼尔的凶手了吗?"

"没有。一点线索都没有。"

---

① 柳树中含有制造阿司匹林的主要成分,因此可以说埃及人早在公元前两千年便已"发明"并使用阿司匹林了。

② 河马女神,象征精神与物质上的丰足。

"我要知道是谁干的。"

"我一定会继续调查的。"

"奈菲莉竞选御医总管让情况变得有点儿复杂。一定会有人指控你是为了给妻子铺路，才恶意中伤卡达什。"

"这一点我也想过。"

"奈菲莉有什么想法？"

"她认为如果卡达什是同谋，就应该受到制裁。"

"你可没有失败的本钱。无论是德内斯还是谢奇，都不是容易对付的人物。我担心阿舍会施展手段，颠倒黑白，毕竟罪犯总是善于狡辩。"

"我很有信心，因为在你面前，谎言绝对站不住脚。"帕扎尔说。

巴吉把手放在胸前的那颗铜心上，表示自己将首相的职责摆到了第一位。

阴谋者又在废弃的农庄召开了一次紧急会议。平时德内斯总是一副胜券在握、信心十足的样子，今天却显得心事重重。

"我们一定要马上行动。帕扎尔已经把档案交给巴吉了。"

"他真的握有重要证物，还是那只是谣言？"

"首相已经安排好了开庭时间，就在欧佩特节之后。阿舍确实被牵扯进来了，我可不想让我的名誉受到牵连。"

"暗影吞噬者不是早该让帕扎尔瘫痪了吗？"

"他的运气不好，不过他不会放弃的。"

"承诺是没有用的。你马上就要被起诉了！"

"不要忘了，我们才是操控全局的人，我们只要运用一点权谋之术就可以了。"

"那不会暴露我们的身份吗？"

"不会，只要一封信就够了。"

德内斯的计划获得了众人的肯定。他又补充道:"为了不再产生同样的困扰,我建议走下一步棋——换掉首相。这样一来,帕扎尔就玩儿不出什么花样了。"

"不会稍微早了点吗?"

"你等着瞧吧,现在是最有利的时机。"

阿舍和伊弗雷姆还来不及反应,警犬便跳出车外,冲向一个堆满碎石的小山丘。

"它的主人死了以后,它就像疯了一样。"伊弗雷姆说。

"现在我们也不需要它了。"将军说,"我确信我们已经逃出了巡逻的范围,不会再有什么阻碍了。"

警犬嘴角吐着白沫,在岩石之间穿梭飞跃,全然不顾那些锋利的碎石。苏提让豹子趴在沙地上,他拉开弓蓄势待发。狗儿进入射程之后忽然静止不动,一人一犬都处于紧绷状态。苏提知道他这一箭绝不能虚发,因此耐心地等着恶犬先发动攻势。其实,他还真不乐意杀这条狗。突然间,狗发出了一声哀号,然后以与斯芬克斯像相同的姿势卧了下来。苏提放下弓箭,走到那只狗身边怜爱地抚摸着它,它没有反抗,眼神里流露出倦怠与焦虑。它刚刚脱离了一个无情的主人,这次会找到一个有情有义的新主人吗?

"来吧。"苏提温柔地说。它兴奋地摇着尾巴。看来,苏提又结交了一个新盟友。

喝醉酒的卡达什摇摇晃晃地走进酒馆。那场逃不掉的审讯的确让他惊慌,尽管德内斯一再作出保证,且那个计划也完美无瑕,可卡达什还是担心。他觉得自己可能无法抵抗帕扎尔的攻势,也怕被起诉后,他再也当不成御医总管了。因此他需要麻痹自我,只是喝酒还不够,他还要在妓女的怀抱里好好放松一下。

孟斐斯最大的那家酒馆已经重新由莎芭布掌管，而且声名远扬。这里的女子会先吟诗、跳舞、奏乐，然后再为高贵富有的客人提供性爱服务。

卡达什撞开门，推开了一个正在吹笛子的女孩，冲向手里端着盘子的努比亚女侍者，并将她推倒在彩色的软垫上，企图强暴她。女孩的尖叫声惊动了莎芭布。她连忙赶来，一手拉开了卡达什。

"我要她。"卡达什指了指地上的女孩，女孩吓得连忙躲到莎芭布怀里。

"她只是个侍者。"

"我就是要她！"

"请你马上离开。"

"你要多少钱我都给你。"

"钱你留着，马上给我滚出去！"

"我一定要得到她，我发誓一定要得到她！"

卡达什走出了酒馆，但并未走远，他躲在暗中监视着酒馆的动静。天亮后，那个努比亚女孩才和其他几名女侍者一起下班回家。

卡达什尾随着他的猎物，到了一条偏僻的小巷，他立刻拦腰抓住她，并用手捂住她的嘴。女孩拼命抵抗，但终究还是无力挣脱。他扯下了女孩的衣服，扑上去强暴了她。

长老委员说道："各位同人，御医总管任命一事不能再拖了。既然没有其他候选人，我们就要在奈菲莉和卡达什之间选出一个人。只要没有结果，我们就必须继续商议下去。"

这一席话获得了诸位委员的一致赞同。医生们纷纷踊跃发言，有些人冷静地作出论述，有些人慷慨陈词。支持卡达什的人对奈菲莉的抨击相当尖锐。有人说，她利用丈夫陷卡达什入罪，使他一败涂地，用如此下流的手段损毁名医的声誉，这样的人实在不具备当御医总管的资格。

一个已经退休的外科医生说，拉美西斯大帝的牙病越来越严重了，他身边需要有一位经验丰富的牙医。法老是整个国家富强的根基，难道不该以他为先吗？没有人对此提出异议。

经过四个小时针锋相对的讨论，众人开始投票。

"下一任御医总管由卡达什担任。"长老委员终于宣布。

两只胡蜂绕着苏提飞了几圈，又转而去攻击那只正在嚼肉干的狗。苏提仔细搜寻，终于找到了它们藏在地下的巢穴。

"机会来了,把衣服脱掉。"苏提说。豹子盼这句话已经盼了好久，她脱掉衣服便往苏提身上靠。

"我们先不忙着做爱。"

"那为什么……"

"我要挖出一部分蜂巢，所以得把全身包得密不透风。"

"你要是被叮了，就必死无疑。这些胡蜂非常可怕。"

"放心，我可是打算活到很老呢。"

"这样才可以跟其他女人上床？"

"帮我戴上帽子吧。"

确定了蜂巢的位置之后，苏提动手挖了起来。豹子指挥着他。他身上裹着厚厚的布，胡蜂是怎么都蜇不透的。最后，他把一大群嗡嗡作响的胡蜂装进了羊皮袋里。

"你打算做什么？"

"军事机密。"

"别再开玩笑了。"

"你要相信我。"

她把手轻轻地放在他的胸膛上。只听他坚定地说："我们绝不能让阿舍逃掉。"

"你放心，我很熟悉沙漠。"

"如果跟丢了……"

话还没说完，豹子便跪下开始抚摸他的大腿，她的动作十分缓慢，撩拨得苏提再也忍不住了。他们就在凶猛的胡蜂与打着瞌睡的恶犬之间，享受着狂野的激情。

奈菲莉深感震惊。自从进了医院，这个努比亚女孩就哭个不停。身心受创的她就像个溺水的人一样，紧紧地抓着医生的手。强暴她并夺走她童贞的那个禽兽逃跑了，有几个人清楚地看到了他的样貌，不过只有受害者的供词才能将他移交给相关部门处理。

奈菲莉给女孩受伤的部位上了药，又让她吃了些镇静剂。她心情稍微平复后，才答应喝点东西。

"你想说话吗？"

这个美丽的努比亚女孩眼神迷离地看着医生："我会痊愈吗？"

"我保证一定会的。"

"我脑子里就像有几只秃鹫，它们吃了我的肚子……"

"不会的。"

"如果怀孕了怎么办？"

"我会亲自为你堕胎。"

"我不想怀上那个禽兽的小孩！"

女孩又哭了起来，呜咽之间她说道："他已经很老了，身上有酒味。他在酒馆攻击我的时候，我注意到他的手很红，颧骨高耸，高高的鼻子上有几道青筋。他是个恶魔，一个白发恶魔！"

"你知道他叫什么名字吗？"

"我的老板认识他。"

这是奈菲莉首次涉足欢场，里面的装潢与香味的确能让人意乱情迷。莎芭布极尽巧思,把酒馆布置得十分奢靡,这样妓女们便能轻而易举地诱惑那些在情场失意的客人了。

莎芭布一听说曾在底比斯为她治病的医生来访,便立刻出来迎接。"很高兴能接待你。但你不怕来这里有损你的声誉吗?"

"无所谓。"

"你治好了我的病,奈菲莉。我一直在遵照你的嘱咐行事,风湿几乎全好了。你好像很紧张,心事重重的,这个地方让你不舒服吗?"

"你酒馆里的女孩被强暴了。"

"我以为埃及已经不存在强暴了。"

"是一个努比亚女孩,现在她人在医院,她的身体很快就会恢复,但这将是她一辈子的阴影。她大概描述了嫌犯的模样,还说你认识他。"

"要是我说了,以后需不需要出庭作证?"

"当然要了。"

"我做事唯一的宗旨就是谨慎。"

"随你吧,莎芭布。"奈菲莉说完转身就走。

"你要体谅我,奈菲莉!我要是出面,我非法经营的事情就该曝光了。"

"我只在意那个女孩哀怨的眼神。"

莎芭布咬了咬嘴唇:"你丈夫会帮我保住这家酒馆吗?"

"我不能向你保证。"

"罪犯是卡达什,他在店里就找过那个女孩的麻烦。他当时喝醉了,而且行为很粗暴。"

帕扎尔沉着脸、皱着眉头,不断地踱着方步。"奈菲莉,我不知道该怎么告诉你这个坏消息。"

"有这么严重吗？"

"太不公平了，太可怕了！"

"我正打算跟你说一件可怕的事情，你一定要马上逮捕他。"

他走向妻子，捧起她的脸："你哭过？"

"是的，帕扎尔。我去调查过，现在轮到你来结案了。"

"卡达什被选为御医总管了，我刚刚收到公文。"

"卡达什是个卑鄙无耻的罪人，他强暴了一个还是处女的女孩。"

第 33 章

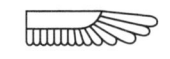

伊弗雷姆和阿舍绕过象岛，在到达南方边境前最后一次休息。他们选了一个山洞，把车藏好，准备好好过一夜。阿舍十分了解军队的驻防点，因此总能钻空子。再过不久，他就能在利比亚与阿达飞同享荣华，还能训练一批贝都因战士侵扰埃及。如果一切顺利，那进攻三角洲、将埃及西北的良田沃土据为己有，又有何不可呢？

阿舍只想危害自己的国家。帕扎尔逼得他逃往国外。他变成了帕扎尔一个既狡猾又顽强的敌人，破坏力比一个军团还要可怕。阿舍想着想着便睡着了，伊弗雷姆负责守夜。

苏提右手提着羊皮袋，往山洞上方爬去。他匍匐着前进，胸口都磨破了。他小心翼翼，以免有小石块滚落，让对方警觉。豹子目不转睛地注视着他，担心他扔出蜂窝时速度太慢被胡蜂蜇了，又担心他失手，他可没有第二次机会。

爬到洞口上方时，苏提整个人趴平，屏气凝神细听，没有任何声音。高空中有一只猎鹰正在盘旋。苏提拔去塞子，然后用力挥动手臂，将蜂窝朝那个洞扔去。

一阵嗡嗡声倏然响起，打破了沙漠的寂静。伊弗雷姆慌忙逃出洞穴，四周狂蜂乱舞。他脚步踉跄，手忙脚乱地想驱走蜂群，却是徒然。被蜜蜂蜇了数百下之后，他终于倒在地上，用双手扼住喉咙，很快便气绝身亡。

事发之初，阿舍条件反射地躲到了车子底下，动都不敢动。直到群蜂散尽，他才走出山洞，手中还握着剑。阿舍一眼便看到了苏提、豹子和警犬。

"三对一，这么没胆量？"

"像你这种懦夫，还好意思提胆量？"

"我有很多金子。你跟你的情妇对金钱没兴趣吗？"

"等我杀了你，钱就是我的了。"

"你做梦。你的狗已经没有攻击性了，你又没有武器。"

"你又错了，将军。"豹子拾起地上的弓箭，递给苏提。阿舍退了几步，那张凹凸不平的脸不自觉地抽搐起来。

"你要是杀了我，就会被困在沙漠里！"

"豹子是很好的向导，我也习惯了沙漠的环境。我们会活下去的，你尽管放心。"

"根据我们的法律，人不可以互相残杀。你不敢杀我。"

"谁会认为你是个人呢？"

"复仇是龌龊的行为。你若犯了谋杀罪，将会受到众神的惩罚。"

"你应该比我更不相信报应啊。再说，如果真的有神明，想必也会感谢我为世人除害。"

"这车上装的只是我的一部分宝藏。投靠我，你将会比底比斯贵族更富有。"

"你要上哪儿去？"

"到利比亚，阿达飞那里。"

"他是不会放过我的。"

"我会说你是我最忠诚的朋友。"

豹子站在苏提背后，苏提听到她走近的脚步声。利比亚，她的家乡！她难道对阿舍的建议丝毫不心动吗？将苏提带回家乡，让他独属于她一人，快乐无忧地过日子，这是多么诱人的提议啊！有心背叛的人最喜欢从背后袭击，但是他依然没有转身。

豹子拿了一支箭递给苏提。

"你错了！"阿舍尖声说，"我们是同一类人。你喜爱冒险，我也一样，在埃及我们寸步难行。我们需要一个更宽阔的天地！"

"我曾看到你拷打一个手无寸铁、惊吓过度的埃及人。你对他没有一点恻隐之心。"

"我只是要他招认，他威胁说要告发我，换作是你，你也会这么做的。"

苏提拉开弓射出箭，正中阿舍眉心。

豹子激动地抱住情夫的脖子："我爱你，现在我们有钱了！"

午餐时间，凯姆登门逮捕了卡达什。他向卡达什宣读了诉状，然后捆住他的双手。卡达什脑袋昏昏沉沉，两眼无神，有气无力地为自己辩护。凯姆不加理会，立刻将他送到帕扎尔那儿了。

"你认罪吗？"法官问道。

"当然不。"

"有目击证人指认了你。"

"我是到莎芭布的酒馆里去过，撞到了几个讨厌的女孩，没有一个是我看得上眼的。"

"莎芭布可不是这么说的。"

"谁会相信一个老妓女的话？"

"你强暴了一个努比亚女孩，她在莎芭布的酒馆当侍者。"

"这是恶意中伤！叫她来跟我当面对质。"

"陪审员会作出决定。"

"你该不会是想……"

"我们明日开庭。"

"我要回家！"

"我必须将你羁押在警局,免得你再欺侮其他女孩。凯姆会保障你的安全。"

"我的安全?"

"这一区的居民人人都想亲手杀了你。"

卡达什紧紧抓着帕扎尔:"你有责任保护我。"

"是啊,真是遗憾!"

涅诺法又到纺织厂去了,这次她和平常一样,发誓要拿到最高级的布料。她一想到能穿上自己亲手缝制的华丽的连衣裙,一想到其他贵妇人黯然失色后又嫉又怒的神情,便感到莫名地兴奋。

每次看到塔佩妮那副睥睨众生、高高在上的样子,她心里就不舒服。可塔佩妮的确是纺织界的第一高手,也只有她能提供完美无瑕的布料,让涅诺法走在潮流的前沿。

看到涅诺法,塔佩妮满含笑意的脸上透着一丝古怪。

"我要一些最上等的亚麻布料。"涅诺法说。

"恐怕有点困难。"

"你说什么?"

"不可能。"

"你是哪里不对劲了,塔佩妮?"

"你那么有钱,我却没有。"

"我不是付钱了吗?"

"现在我要涨价了。"

"在年中涨价……"涅诺法想了想说,"这么做不对,不过我可以接受。"

"我要卖的不只是布料。"

"还有什么?"

"你丈夫是个名人——非常有名。"塔佩妮答非所问地说。

"德内斯?"

"他无懈可击。"

"你的意思是?"

"上流社会一向很残忍。上流人士一旦有伤风败俗的行为,很快就会失去影响力,甚至会失去财富。"

"你把话说清楚!"

"别生气,涅诺法。只要你够讲理、够慷慨,花一点钱让我闭嘴,就能保住你的地位。"

"你到底知道些什么?"

"德内斯可不是个忠实的丈夫。"

涅诺法顿时觉得仿佛整座工厂的屋顶都朝她砸了过来。如果塔佩妮真的握有证据,如果她在底比斯的贵族圈子里说了点什么,那自己就会立刻沦为笑柄,再也不敢进宫或出席聚会了。

"你……你胡说!"

"你还是别冒险了,我什么都知道。"

涅诺法当机立断,因为名誉是她最注重的东西:"你要怎样才肯闭嘴?"

"我要你一块农田的收入,你还要尽快给我一栋位于孟斐斯的豪华别墅。"

"你太过分了!"

"你想一想,每个人嘴边都会挂着德内斯情妇的名字,你也会受尽嘲讽,那是什么滋味?"

看到涅诺法惊慌地闭上眼睛,塔佩妮心里真是高兴极了。她只跟德内斯上过一次床,虽然他技巧很差且盛气凌人,却也为她开拓了一条致富之路。从明天起,她就是个富婆了。

卡达什在警局大发雷霆。在确信德内斯已经打通所有关卡后,他要求凯姆立即放他出去。酒醒之后,他便不断吹嘘着自己的新职务,希望能尽早离开牢房。

"安静一点。"凯姆大声说。

"放尊重一点,朋友!你知道你在跟谁说话吗?"

"跟一个强奸犯。"

"别给我扣帽子。"

"这只是可怕的事实,卡达什。"

"如果你再不放我出去,马上就会有大麻烦的。"

"我可以帮你打开这道门。"

"你还不算那么笨,凯姆。我一定会有所表示的。"

卡达什刚刚呼吸到街上的新鲜空气,凯姆便抓住了他的肩:"有个好消息,卡达什,帕扎尔法官提前召集了陪审团成员,我要带你上法庭了。"

当卡达什发现德内斯也是陪审员之一时,便知道自己有救了。

法官在普塔神庙前的门殿前开庭,现场气氛庄严肃穆。几个多事的人奔走相告,以至于诸多民众都争相前来旁听。警察为了维持秩序,将旁听民众都挡在门殿外,殿内则是目击证人,以及十二名陪审团成员,他们年龄、身份地位迥异,男女各半。

帕扎尔身着老式缠腰布,戴着短假发,情绪似乎有些激动。祈求玛特保佑法庭上的辩论后,他开始宣读起诉状。

"牙医卡达什,即现任王宫御医总管,现居孟斐斯,被控于昨日清晨强奸了莎芭布啤酒馆中的一名女侍者。被害人目前仍在就医,不愿出庭,因此由奈菲莉医生代表她发言。"

卡达什又松了一口气。情况对他很有利。他可以面对陪审员的质询,酒馆的女侍者却没有这样的勇气。而且,除了德内斯,他还认识另外三名说话也很有分量的陪审员,他们都会站在他这一边。

他不仅能毫发无损地走出法庭,还要反控莎芭布,进而获得赔偿。

"你承认你的罪行吗?"帕扎尔问道。

"我不承认。"

"请莎芭布上前作证。"

众人的目光一时间全都聚集到这位闻名全国的啤酒店老板娘身上。有人以为她死了,也有人以为她被囚禁起来了。此时,人们却看到她迈着坚定的步子走上前去,脸上脂粉稍浓,十分艳丽耀眼。

"我提醒你,做伪证是要被处以重刑的。"

"那一天牙医卡达什喝醉了。他闯进我的店里,立刻就冲向了一个努比亚女孩,她是我店里年纪最小的一个,只是负责供应点心和饮料的侍者。如果不是我出面将他赶了出去,他当时就会强暴她的。"

"你确定吗?"

"我看到了他的生殖器,你说这个证据够不够充分?"

旁听的民众纷纷窃窃私语,陪审团成员也为她粗鲁的语言感到震惊。

卡达什要求发言:"她经营啤酒馆是不合法的。她让孟斐斯的声望日渐下跌。为什么警察和司法部门不予以取缔呢?"

"我们现在要审问的不是莎芭布,而是你。你这种如此有道德感的人竟然也去啤酒馆,还欺侮未成年女孩?"

"我只是一时糊涂,人非圣贤嘛。"

"那个努比亚女孩是在你的酒馆里被强暴的吗?"帕扎尔问莎芭布。

"不是。"

"那他欺侮她之后又发生了什么?"

"我安抚了那个女孩,她便继续工作,直到天亮才下班回家。"

奈菲莉接着莎芭布的话发言,她事无巨细地描述了女孩惨遭强暴后的身体状况，在座者无不惊愕。

卡达什又插嘴道："我绝不怀疑我这位杰出的同事对伤者的描述，我也很同情这个女孩的遭遇，但这和我又有什么关系？"

"请你别忘了，"帕扎尔看起来义正词严，"强奸罪将被判处死刑。奈菲莉医生，你有证据证明卡达什就是罪犯吗？"

"他的特征与被害人的描述相符。"

"我也要提醒各位，"卡达什再次插嘴道，"奈菲莉医生正和我一起竞选御医总管一职。想必失败后，她心有不甘，才对我恶语中伤。更何况她也没有资格对我进行讯问和调查。而且，帕扎尔法官是否为女孩做过笔录呢？"

卡达什的说辞果然奏效了，一部分人开始认为他是无辜的。

接着帕扎尔传唤了啤酒店附近那些目击嫌疑犯逃离的居民，他们都指认罪犯就是卡达什。

"我当时喝多了。"他辩解道，"可能是醉倒在附近了吧。难道仅凭这一点就能判定我犯了滔天大罪吗？我可是当庭发过誓的，假如犯了罪，我绝不逃避处罚。"

卡达什振振有词，听者无不点头。女孩遭人强暴，牙医刚好就在附近，而且事前他还攻击过她，所有的线索明明都指向了卡达什。但是帕扎尔在遵守玛特律法的情况之下，只能将这一切归为假设。无疑，卡达什在帕扎尔与奈菲莉的关系上大做文章，削弱了原本极为有力的证词。

不过，帕扎尔在得出结论并主持陪审团的商议之前，仍请奈菲莉再度代表被害人发言。

突然，奈菲莉感到一只颤抖着的手拉住了她，原来是那个努比亚女孩，她早就悄悄走到了她身边。

"请陪着我，我要为自己发声，但我想让你陪着我。"

接着，她犹犹豫豫地将她所经受的暴行，将那种难以忍受的痛楚与绝望，断断续续地一一道出。她说完之后，门殿上一片死寂。

帕扎尔声音哽塞地问了一个关键问题："你能指认强暴你的人吗？"

女孩指着卡达什说："就是他。"

陪审团的商议很快便结束了。陪审团援用了旧法，正因为旧法极为严厉，埃及多年来才一直未曾发生过强奸案。卡达什名医与御医总管的地位并没有让他得到减刑的特殊待遇。经陪审团一致同意，他被判处死刑。

第 34 章

"我要上诉。"卡达什大喊。

"我已经把你的案子往上递了。"帕扎尔说,"不过,门殿以上,也只剩下首相法庭了。"

"首相一定会为我平反的。"

"不要做白日梦了。如果被害人再度确认对你的指控,巴吉还是会维持原判。"

"谅那个小妞儿也不敢!"

"你错了。"

卡达什似乎并没有动摇:"你以为我真的会受罚?你会失望的,可怜虫!"

卡达什阴恻恻地一笑便离开了,帕扎尔也气恼地走出牢房。

九月底,也就是涨水量不甚理想的第二个月,整个埃及都在热烈地庆祝象征丰足与慷慨的女神欧佩特的节日。尼罗河水退去后留下了肥沃的河泥,之后的二十多天里,河岸上会有许多流动摊贩卖西瓜、甜瓜、葡萄、石榴、面包、糕点、熏烤的鸡鸭和啤酒。露天餐厅会提供便宜的美食,还有职业乐师与舞者献上赏心悦目的表演。每个人都知道庙宇会举办让能量再生的祭典,以感谢神明在漫长的一年里,让农田丰沃,让人民不因饥渴而死,并祈求众神不要离弃世人。这样一来,尼罗河才能重新汲取宇宙间无穷的能量,恢复原有的威力。

庆典到达高潮时,大祭司卡尼打开了内中堂之门,里面供奉的便是形象变化多端的阿蒙神。神像被覆以薄纱,置于一艘镀金的木船内,由二十四名身着亚麻长袍的光头祭司扛着,在阿蒙神之妻姆特与其子月神孔苏的陪同下出銮。两支游行队伍分别由河陆两路浩浩荡荡地往卢克索神庙行进。

数十艘小船护送着那艘巨大且金光闪闪的圣船一路向南,沿途有女子演奏笛子与铃鼓等乐器以迎接诸神。孟斐斯的门殿长老帕扎尔也应邀参加了在卢克索神庙庭院中举办的祭典,气氛热闹欢乐,但圣殿的高墙后仍是一片虔诚的寂静。

卡尼向三位神明献上鲜花,并洒酒为祭。随后大臣们在两边分站开来,行礼恭迎法老。这位埃及国君身上天生的高贵与威严深深撼动了帕扎尔,他中等身材、体格健壮,有着尖尖的鹰钩鼻和宽宽的额头,那顶蓝色的王冠下藏着红棕色的头发。法老目不斜视地看着阿蒙神像,阿蒙神正象征了法老神秘的创造力。

卡尼念了一篇颂文,赞颂阿蒙神灵活多变。阿蒙神可以化作风、石、捻角山羊,不以单一的形象为限。念完之后,大祭司让开通道,法老独自走进了隐秘的神庙。

一万五千个面包、两千块糕点、一百篮肉干、两百篮新鲜蔬菜、七十坛葡萄酒、五百坛啤酒和大量水果……在欧佩特节即将结束的时候,法老举办了一场盛大的宴会以示庆贺。餐桌上装点着上百束鲜花,宾客们争相夸赞着拉美西斯政府的功绩与埃及的和平盛世。

大臣们也不忘向帕扎尔夫妇表示热烈的祝贺,因为帕扎尔在卡达什一案中展现了无限的勇气,而奈菲莉也在卡达什因犯案被撤职之后被委员会任命为御医总管。但大家都不想再提及那些令人不快的事情,例如阿舍依然在逃、布拉尼尔死得不明不白以及守护斯芬克斯像的卫兵无故失踪等。帕扎尔对众人的示好无动于衷,奈菲莉虽然让不少乖僻的人臣服于自己的美貌与魅力之下,但她对众人的赞美不是那么在意。她只记得那个女孩惊恐的眼神与内心无法治愈的伤痕。

宴会的安全工作由警察局长凯姆负责。他和狒狒紧紧盯着每一个靠近门殿长老的人,只要稍有不妥,他便准备立刻以暴力制止对方。

"你们可真是埃及的年度风云夫妻。"德内斯说,"让卡达什这样的名人接受制裁,的确为我国的司法正义立下了一大功劳。而奈菲莉能登上医生委员会的领导地位,足以证明她的优秀与不凡。"

"你不用违心恭维我们。"

"你们两个都能够接受并战胜考验。"

"怎么没看到涅诺法夫人?"奈菲莉惊讶地问。

"她身体不舒服。"

"祝她早日康复。"

"得知你的关心,涅诺法一定会很感动。我是能否借你的丈夫一下呢?"说着,德内斯便将帕扎尔拉到一个供应啤酒与葡萄的凉亭。

"我的朋友卡达什是个好人。他是因为当上御医总管,兴奋过度,才得意忘形,以至于做出了那样的事情。"

"可没有任何陪审员对他表示出宽恕之意,就连你也默不作声,赞成他被判处死刑。"

"法律对此的确有明文规定,但我们也应该给悔过的人一个改过自新的机会。"

"可卡达什毫无悔过之意。"

"他不是已经表示难过和抱歉了吗?"

"他不但没有这样表示,还自吹自擂,并威胁我。"

"他真的是昏了头。"

"他相信他绝不会遭受极刑。"

"行刑日期已经定了吗?"

"首相法庭已经将上诉驳回,确定判处他死刑。三天后,警察局长就会让罪犯服毒。"

"你刚才说到了'威胁',是吗?"

"既然卡达什不得不服毒自杀,就不会甘心独自面对死亡。他答应我会在服下毒药之前做一番告白。"

"可怜的卡达什!"德内斯故作唏嘘,"就这样从云端跌落到了谷底,他怎能不伤心悔恨啊!请你让他平静地度过最后的时刻吧。"

"凯姆不是刽子手,他知道应当如何妥善处理。"

"现在只有奇迹能救他了。"

"谁会原谅这样的罪行呢?"

"回见了,帕扎尔法官。"

医生委员会接见了奈菲莉。反对她的委员们提出了各种技术性问题刁难她,而她的应对堪称完美,任命便确定了。

自内巴蒙去世后,许多公共卫生事务都悬而未决,但奈菲莉仍希望能给她一点时间,让她安排好在医院的继任者。面对这项责任如此重大的新职务,她竟有了逃避的念头,她只想当个乡下的小医生,守着病人,与他们同享治愈过程中的每一刻欣喜。她实在不知该如何是好,一夜之间,她就要领导一群经验丰富的医学权威与要臣,以及监管药品制造与分配的书记官,还要在公共健康与环境卫生方面作出重大决策。从前,她只需要管理一个村子,如今她却需要同时获得敌友两方的尊崇,这样才能管理好一个如此庞大的王国的卫生系统。一想到这些,奈菲莉不由得开始幻想和帕扎尔远走高飞,隐居在上埃及田间的小屋里,每天都能面对底比斯的高山,享受晨昏时分的静谧。

她本想把这个想法告诉丈夫,但帕扎尔从办公室回来时,脸色完全变了。

"你念一下这道圣旨,大声一点。"

他递给她一张质地极佳的纸,上面盖着法老印玺的章。

"'我,拉美西斯,唯愿天地喜乐。特此诏令阴影中的人走向光明,不再有人会为过去的错误受苦,罪犯一律释放,兴风作浪者就此停息,天下子民皆可欢欣歌舞于街。'这是大赦令?"

"大赦所有罪犯。"

"是不是有点儿不寻常?"

"这简直前所未有。"

"法老为什么要作出这样的决定?"

"不知道。"

"是为了赦免卡达什吗?"

"大赦所有罪犯。"帕扎尔重复了一遍,他简直难以置信,"卡达什的罪行完全被抹掉,也不用再缉捕阿舍将军,谋杀案全被一笔勾销,德内斯的诉讼案也就此作罢。"

"你太悲观了吧?"

"我失败了,奈菲莉。彻底失败了。"

"你不去向首相求助吗?"

凯姆打开了牢门,卡达什却似乎并不担心:"你是来放我出去的?"

"你怎么知道?"

"这是必然的结果。好人总是会获胜的。"

"法老大赦所有囚犯,算你走运。"

卡达什退了一步,因为凯姆眼中燃烧着怒火。

"别碰我,凯姆!你可得不到赦免。"

"到了奥赛里斯神面前,你一定会被封住嘴巴。持刀的小鬼也会将你碎尸万段,让你永远不得超生。"

"这些幼稚的传说还是省省吧!你这样蔑视、侮辱我,我很不高兴。可惜啊,你和帕扎尔都错失了机会。好好把握现在吧,你的警察局长是当不了太久的。"

首相巴吉迟到了。和平常一样,许多高层主管正等着见他,想诉说他们的难题,并得到他的意见。帕扎尔虽没有事先预约,却是第一个被接见的。

帕扎尔难掩怒气:"我实在无法接受这次的大赦令。"

"小心措辞,门殿长老。这是由法老亲自颁布的。"

"我不相信。"

"这是事实。"

"你见过法老了吗?"

"大赦令是他亲自向我口授的。"

"你没有向他反映吗?"

"我表达了我的震惊与无法理解。"

"仍然无法改变他的心意?"

"拉美西斯不接受任何意见。"

"卡达什这种禽兽竟然逃过了法律的制裁,怎么可能呢!"

"大赦令适用于所有罪犯,帕扎尔法官。"

"我拒绝施行。"

"你必须服从,跟我一样。"

"我怎么能认可如此不公的事情。"

"我老了,你还年轻。我的职业生涯将告一段落,而你的才刚刚开始。无论我有什么看法,都得保持缄默,你也千万不要冲动。"首相语重心长地安抚道。

"我已经决定了,我不在乎后果。"

"卡达什已经被释放,之前准备进行的庭审也取消了。"

"阿舍官复原职了吗?"

"既然已销案,只要他能解释自己的行为,就仍然可以保有原来的头衔。"

"那就只有杀害布拉尼尔的那个身份不明的凶手没有得到赦免了。"

"我也和你一样痛苦,不过拉美西斯这么做一定有他的道理。"

"什么动机我都无法理解。"

"反抗法老就等于反抗生命啊。"

"你说得对,巴吉首相,所以我无法再担任目前的职务了。今天,我正式向你辞职。从这一刻起,我就不再是门殿长老了。"

"你要考虑清楚,帕扎尔。"

"换作你,你难道不会这么做吗?"

巴吉没有回答。帕扎尔又说:"我想请你最后再帮我一个忙。"

"只要我还是首相,就欢迎你随时来找我。"

"株连无辜违背了我们两人都为之坚守的司法正义。因此我请你让凯姆继续担任警察局长一职。"

"我正有此意。"

"奈菲莉会怎么样呢?"

"卡达什会申请维持原来的选举结果,且不惜对簿公堂以夺回御医总管的头衔。"

"他根本不用大费周折,奈菲莉无意相争。我跟她会离开孟斐斯。"

"那真是太可惜了。"

帕扎尔猜想德内斯和他的朋友们正在大肆庆贺吧。法老突然颁布的圣旨意外地让他们保住了声誉。以后只要不再犯错,他们就依然是有名望的上流人士，并且能继续实施他们的阴谋，至于阴谋的细节究竟是什么样的，帕扎尔就永远不可能得知了。阿舍将军想必很快就会出现，对脱逃一事，他必然想好了正当的理由。苏提呢？他到底扮演了什么样的角色？如果他还活着，现在又在哪里？

帕扎尔正在伤心气馁之际，忽然看到十几只燕子掠过上空。第一群飞过去了，接着又是一群，然后是一群接着一群。最后，一共有一百来只燕子围着他，发出喜悦的鸣啭。这是为了感谢他救了它们的同伴吗？路人看到这样的异象都十分激动和惊喜，他们想起了那句古老的谚语："燕喜则王喜。"这群轻盈、优雅、活泼的鸟儿，就这样挥动着微微泛蓝的翅膀，一路陪着帕扎尔回到了家。

莲花池里有几只山雀在戏水，奈菲莉正坐在池畔。她只穿了一件透明的短衣，胸脯裸露在外。走近之后，帕扎尔立刻闻到了一股香气。

"我们刚刚收到了一些新鲜的产品。"奈菲莉解释道，"所以我就准备好了未来几个月要用的香脂和香油。我怕你会因为早上要是没得用了而生气。"

帕扎尔听着妻子半开玩笑的话语，爱怜地亲了亲她的脖颈，然后脱下缠腰布，坐到草地上。奈菲莉的脚边摆了几个石瓶子。瓶中装着从乳香树中提炼出的棕色半透明的树脂乳香，以及来自朋特地区的浓缩成红色小块的没药、从波斯进口的绿色树胶脂古蓬香脂，还有购自希腊与克里特岛的深色树脂岩玫瑰，另外几瓶则装着从鲜花中提炼的香精。奈菲莉总能将这些香料和橄榄油、蜂蜜与酒巧妙地混合到一起。

"我辞职了，奈菲莉。现在我没什么好怕的了，因为我已经毫无权力。"

"首相怎么说？"

"只有一句：王令没有转圜的余地。"

第34章 303

"等卡达什要求恢复他御医总管的职位后,我们就离开孟斐斯。他也有他的权利,不是吗?"

"是啊,真不幸。"

"别伤心了,亲爱的。我们的命运掌握在神明手中,我们无计可施。一切要以神明的意愿为先,我们做不了主,但是我们可以创造自己的幸福。我真的是松了一口气,能跟你一起生活,在有百年树龄的棕榈树下为穷人看病,有充足的时间与你互诉爱意,我还有什么好奢求的呢?"

"可是我怎么忘得了布拉尼尔呢?还有苏提,他一直在我的脑海中。我气恼得仿佛烈火灼心,连呼气的声音听起来都像一头驴子了。"

"你可千万不要改变。"

"以后我再也不能让你住大房子了,你也没法穿美丽的衣服了。"

"无所谓。就连我身上这件也可以马上脱掉。"

奈菲莉随即褪下肩带,赤裸着躺到帕扎尔身上。二人的身体紧密地贴在一起,在唇舌交接的那一刹那,激情犹如电流一般窜遍他们的身体,尽管此时夕阳和煦,他们仍不禁打了个冷战。帕扎尔拥着奈菲莉光滑娇嫩的身体,就像置身于一个只需要享乐的天堂,他深陷其中,陶醉而忘我。二人任由幸福的浪潮一波一波地将他们席卷其中。

"再拿酒来!"卡达什嚷道。

仆人连忙照办。自从卡达什回来以后,就不停地和两名叙利亚年轻人吃喝玩乐。他是再也不会碰女孩了。遇到那件倒霉事之后,他学乖了。

傍晚,德内斯又把众人召集在一起。他们写给拉美西斯的匿名信,果然如预期般奏效了。如今已进退维谷的法老,只能照着他们的话宣布大赦天下,让所有罪责都烟消云散,其中当然也包括德内斯的案子。唯一的困扰是，万一阿舍回来了他们该怎么办？他现在已经毫无价值了。不过，德内斯应该有办法摆平他。

暗影吞噬者由庭院潜入了卡达什的住处，他沿着边上的石头往里走，以免在沙地上留下足迹，然后溜到厨房的窗边，蹲了下来，听两名仆人聊天。

"我去给他们拿第三壶酒。"

"要不要准备第四壶？"

"肯定要的。这一老两少比一个军团的人都能喝。我先去了，省得一会儿他又乱发脾气。"

负责酒水的仆人又开了一坛三角洲地区产的酒，上面还标注了酿造时间：拉美西斯五年。这酒口感很好，也很容易醉，人喝了以后很快就会原形毕露。完成工作之后，这名仆人便走出厨房，到围墙边上方便去了。

暗影吞噬者趁机开始执行任务。他往坛子里倒了一种毒药，是用植物萃取物和毒蛇的毒液混合而成的。卡达什和那两个外国年轻人喝了之后，就会呼吸困难，然后会因全身痉挛而死。这起惨案的罪名可能会被安在那两个外国年轻人身上——反正也没有人会大肆宣扬他们这种伤风败俗的龌龊勾当。

卡达什痛苦地挣扎了几分钟，就在最后将灵魂交予地狱之神时，德内斯正和一个丰乳肥臀的努比亚美女温存。以后他不会再见到这个女孩了，但他还是要趁这个机会享受一下她一如既往的激情。

德内斯其实也会为卡达什难过。他对卡达什可以说是仁至义尽了，最初他答应让卡达什当御医总管的承诺，后来不是也兑现了吗？唉，只怪这个牙医老得太快了。濒临衰老的他一再犯错，对其他人来说风险太大。何况他还要挟会将真相和盘托出，如今这样的下场是他自找的。德内斯提议请暗影吞噬者解决掉这个麻烦，其他成员听罢立刻同意了。无法操纵御医总管的确是一大损失，不过帕扎尔辞职的消息很快便传开了，他们也算如愿了，以后再也没有人会跟他们作对了。

计划已经接近最后的阶段，首先他们要夺取首相之位，接着便是夺得王权。

第 35 章

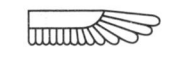

孟斐斯的大公墓里狂风横扫，帕扎尔和奈菲莉顶着风缓缓地向布拉尼尔长眠之处走去。他们想在去南方之前，再度对惨遭杀害的恩师进行一次追悼，他们还向他保证，尽管手上的资源有限，但还是会在有生之年倾尽全力找出真凶。

奈菲莉腰间系着帕扎尔送给她的那条紫水晶腰带。一向怕冷的帕扎尔穿了一件羊毛外衣，还系着围巾。途中他们遇到了维护坟墓与墓园的祭司，他已经上了年纪，做事细心谨慎，将墓园里的雕像维护得十分完善，也经常更换祭品，因此孟斐斯市政府给了他相当优厚的待遇。

死者的灵魂从光线中获得再生的能源之后，化身为小鸟，刚刚在一棵棕榈树下的水池饮过水。幽灵每天都会在礼拜堂附近散步，呼吸着花香。

两人享用着祭拜过的面包与酒，冥冥中，恩师仿佛也跟他们一起用餐，不断在四周回荡一样。

"你们要忍耐。"贝尔·特兰建议道，"看着你们离开我真是难过。"
"奈菲莉和我都希望过简单平静的生活。"
"可是你们都还没有充分发挥自己的才能呢。"西尔基斯说。
"与命运对抗不过是自不量力。"
在孟斐斯的最后一晚，帕扎尔与奈菲莉接受了白色双院院长贝尔·特兰夫妇的邀请,到他们家里做客。深受荨麻疹之苦的贝尔·特兰听从奈菲莉的建议治疗肝肥大,加强注意家居卫生。他脚上的伤口常有血水渗出。

"要多喝水。"奈菲莉说,"还有,以后无论你找哪个医生治疗,都要记得让他给你开利尿的药。你的肾脏很脆弱。"

"希望有一天我能有时间好好照顾自己!国库那边经常有很多工作,我必须立即处理,还要顾及全局。"

他们的对话突然被贝尔·特兰的儿子打断了。他向父亲告状,说他想学习象形文字,以便将来可以像父亲一样富有,可是妹妹偷了他的笔。虽然他说的是事实,妹妹却恨他告状,冲过来打了他几记耳光,还哭得惊天动地。尽责的母亲西尔基斯连忙把两个孩子带走了,并让他们停止吵闹。

"你看看,帕扎尔,我们现在就需要一个法官呢!"

"这案子可不容易办。"

"你好像无所谓,甚至十分满意啊?"贝尔·特兰对他的态度感到十分惊讶。

"这只是表面上罢了。如果没有奈菲莉,我一定会被绝望击倒的。我希望能目睹司法正义取胜,大赦令粉碎了我的所有希望。"

"一想到要再度面对德内斯,我也很烦恼。没有你做门殿长老,恐怕我以后的麻烦会更多。"

"你要对巴吉首相有信心,他不会随便任命的。"

"听说他已经准备退休养老了。"

"法老的决定对他的冲击也很大,他的身体一日不如一日了。我实在不明白,为什么法老要这么做?"

"也许他相信宽厚待人的美德吧。"

"但他在民间的声望并不会因此而提高。"帕扎尔说,"人民都担心他的神力会逐渐减弱,与神的联系也不再如往常那般紧密。如今他又释放了所有罪犯，实在不配当一位法老。"

"但埃及在他的统治下的确出现了难得一见的盛世。"

"他的决定你能理解和接受吗？"

"法老比我们更有远见。"

"在他下令大赦天下之前，我也是这么想的。"

"重新开始吧，帕扎尔，国家需要你，也需要你的妻子。"

"我跟我的丈夫一样坚决。"奈菲莉带着歉意说。

"我到底怎么才能说服你们呢？"

"恢复司法尊严。"

贝尔·特兰无言以对，只得亲自为他们斟上酒。

"我走了之后，"帕扎尔请求道，"你能不能继续追查苏提的行踪？凯姆会帮助你的。"

"我会向司法部门施加压力。其实你留在孟斐斯帮我的忙，效率不是更高吗？更何况以奈菲莉的名气，如果开一家诊所，一定会天天爆满的。"

"我对财务一窍不通。"帕扎尔坦言道，"用不了多久，你就会觉得我是个能力不足的累赘。"

"那你们有什么计划？"

"我们要到底比斯河西地区的小村落里定居。"

西尔基斯哄孩子入睡后，刚好听到奈菲莉这么回答，连忙劝道："放弃这个念头吧！你要丢下这里的病人不管吗？"

"孟斐斯有很多杰出的医生。"

"但你也是我的医生，我不想换人。"

"我们完全可以在实际资源上互通有无。"贝尔·特兰正色道，"不管你们有什么需要，我和西尔基斯都一定会尽力帮忙。"

"真的很感激你们，但我已经无法再担任高层职务了。我的理想已经破灭，现在我只想回归平静的生活。大地和动物不会说谎，

第 35 章 309

希望有了奈菲莉的爱，我黑暗的未来不会那么沉重。"

他用这几句沉重的话结束了这场讨论。他们开始专心地欣赏庭院和园艺之美，品鉴美食，暂时放下了未来的重担。

"你还好吗，亲爱的？"德内斯躺在软垫上，懒洋洋地问妻子。
"非常好。"
"你的医生有什么发现吗？"
"没有，因为我根本没有病。"
"我不明白……"
"你听过关于狮子与老鼠的寓言吗？有一天，狮子抓到了一只老鼠准备饱餐一顿。老鼠哀求狮子放了它，说它这么小，怎么吃得饱？倒不如放了它，也许有一天能救狮子一命。狮子真的放了它。几个星期后，狮子被猎人用网网住了，老鼠在网子上咬了个洞，狮子终于重获自由，便带着老鼠一块儿逃了。"
"连小孩子都知道这个故事。"
"你跟塔佩妮上床时，应该想到这则寓言的。"
德内斯的脸紧绷了起来："你在胡说什么？"
涅诺法突然站起来，冷傲中隐约带着怒意："因为你这个情妇就像寓言里的老鼠，但她也同时是猎人。她能把你网住，也只有她能放掉你。勒索我！若非你不忠，怎会落到如此下场？"
"你太夸张了。"
"你错了。要保持尊严就得付出昂贵的代价，你那个情妇那么长舌，马上就能让我们名誉扫地。"
"我会让她闭嘴的。"
"你太小看她了。最好还是按她的要求做，否则我们俩都会变成大笑话。"

看到丈夫紧张地踱来踱去，涅诺法又说："你好像忘了，通奸是重罪，是要受法律制裁的。"

"我只是一时行为失控。"

"你总共失控了几次？"

"你在胡说八道。"

"你挽着贵妇参加宴会，还诱骗少女。你也太过分了，德内斯，我要离婚。"

"你疯了！"

"我十分清醒。我要保留我们的房子、我的个人财产，还有我本来就拥有的不动产。既然是你行为不检点，法庭就会判你付给我赡养费与赔偿金。"

德内斯咬牙切齿："这种玩笑一点都不好笑。"

"以后你就自己看着办了，亲爱的。"

"你没有权力毁掉我们的生活。我们不也有许多美好的回忆吗？"

"你对我还有感觉？"

"我们已经在一起很久了。"

"是你破坏了我们之间的默契。现在只有离婚一条路。"

"这会闹出多大的新闻啊！"

"闹新闻总比闹笑话好。而且大家针对的人会是你，我只是个受害者。"

"这样做太不理智了。"德内斯低声下气地说，"我向你道歉，我们继续扮演恩爱夫妻吧。"

"你让我很难堪，德内斯。"

"你知道我绝不是故意的。我们是合伙人，你毁了我，对你也没有好处。再说我们经营事业一向不分彼此，一下子怎么可能分得清楚啊？"

"我能分得清楚。因为你老是闲晃，我却一直很认真地在工作。"

"别生气了，亲爱的。有哪对夫妻不吵架拌嘴呢？"

"我认为我们不会像一般的夫妻。"

"我们停战吧,以免冲动误事。塔佩妮就像只爱刨墙根的老鼠,而且专找辛辛苦苦盖好的房子下手。"

"以后她就让你去对付了。"涅诺法总算气消了点。

"我正想求你别插手。"

北风已经搭上了前往底比斯的船,它一边吃着新鲜草料,一边看着河面。小淘气也跳离女主人的怀抱,一溜烟爬到桅杆顶上去了。勇士倒是乖乖地坐在帕扎尔的膝上,它不喜欢搭船,一想到这趟路程如此遥远,它就有些担心,不过只要跟着主人,就算狂涛怒海它也愿意去。

搬家的过程很简单,帕扎尔把房子和所有家具都留给了下一任门殿长老,不过巴吉认为这个职位宁缺毋滥,因而不愿指定人选。巴吉离开之前,再度向帕扎尔致意,在他眼中,这位年轻的法官并没有错。

帕扎尔带着他一开始就带在身边的那张席子,奈菲莉则抱着医药箱,两人的脚边还有几个箱子,装满了瓶瓶罐罐。同行的全是一些要到底比斯大市场摆摊的商人,他们个个高谈阔论,争相吹嘘着自己的货物。

帕扎尔只觉得失望:凯姆没有来。他或许不赞成自己的做法吧。

"奈菲莉,奈菲莉!别走!"奈菲莉还来不及转身,手臂就被跑得上气不接下气的西尔基斯抓住了。

"卡达什死了!"西尔基斯说。

"怎么回事?"

"真可怕,我们到一边去说。"

帕扎尔一面让北风下船,一面叫小淘气。小淘气见女主人走了,急忙跳到岸上来。

"卡达什和两个外国的年轻人被毒死了。"西尔基斯喘着气说,"他家里的仆人通知了凯姆,凯姆便留在命案现场调查,并派人来向贝尔·特兰通报,然后我就来了!一切都乱七八糟的,奈菲莉。你担任御医总管的任命又生效了,以后你可以继续替我治病了!"

"你确定?"

"贝尔·特兰说你的任命立即生效。你要留在孟斐斯。"

"我们已经没有房子,而且……"

"贝尔·特兰替你们找到了一间房子……"

奈菲莉犹豫地握住丈夫的手。

"你没有选择的余地。"西尔基斯说。

勇士忽然发出了怪异的吠声,不是表达愤怒,而是表达一种意外的惊喜:原来有一艘从象岛来的双桅船进港了。船头站着一名长发青年和一个身材曼妙的金发女郎。

"苏提!"帕扎尔失声惊呼。

贝尔·特兰夫妇为了庆祝奈菲莉重获御医总管之职与苏提安全归来,临时举办了宴会,虽然是临时组织的,却也热闹非凡。苏提这位沙漠英雄站在众人面前,述说着冒险的经过,大家争着询问他细节。他说起了如何加入矿工队伍、如何深入地狱般的坑洞,说起了沙漠警察的背叛、与阿舍将军的偶遇,又说起了阿舍如何准备逃亡,而豹子又如何帮助他脱困。豹子听着,高兴地笑了,她的眼神从未离开过心爱的人。

贝尔·特兰依照承诺帮帕扎尔找了一间位于城北郊的小屋,让他们暂时安顿,直到奈菲莉分到宿舍为止。帕扎尔夫妻俩很乐意收容苏提和豹子。豹子一上床倒头就睡,奈菲莉也不吵她,悄悄关上了房门。帕扎尔和苏提一起爬上屋顶阳台。

"风一点暖意也没有。在沙漠里,夜常常是冰冷的。"

"我一直在等你的消息。"

"送不出来,如果你给我捎了信,我也没收到。对了,晚饭时我没听错吧:奈菲莉当上了御医总管,而你辞去了门殿长老的职位?"

"你的耳朵还是那么好。"

"你是被赶下台的?"

"老实说,我是自愿走的。"

"你对这个国家失望了?"

"拉美西斯颁布了大赦令。"

"所有的杀人犯都被无罪释放?"

"没错。"

"这么说,你的司法梦全都破灭了。"

"法老的决定实在令人费解。"

"不论原因如何,结果才是最重要的。"

帕扎尔突然吞吞吐吐地说:"我要向你坦白一件事。"

"很严重?"

"我曾经怀疑过你。我以为你背叛了我。"

苏提弓起身体,作势要扑过去揍他:"我要打烂你的头,帕扎尔。"

"我罪有应得,不过你也一样。"

"为什么?"

"因为你说谎了。"

"我现在才有机会跟你好好谈谈。刚才在那个有钱人贝尔·特兰和他的娇妻面前,我怎么可能说实话呢?对你,我什么也不想隐瞒。"

"你叫我怎么相信你没有跟踪阿舍?在你遇见他之前的经过应该都是真的,接下来的事我可不信。"

"阿舍和他的手下打算慢慢把我折磨死。不过,沙漠成了我的盟友,豹子则是我的守护神。我一度丧失了斗志,是咱们的友谊救了我。"苏提的声音里透着一种感动。

"你恢复自由之后跟踪了阿舍将军。他有什么计划？"

"他想经由南方到利比亚去。"

"老奸巨猾的家伙。他有同伙吗？"

"有一个叛变的警员和一个经验丰富的矿工。"

"他们死了？"

"沙漠很无情。"苏提耸了耸肩。

"阿舍在那种荒凉的地方找什么？"帕扎尔又问。

"金子。他想带着大笔财富到阿达飞那儿好好享受。"

"你杀了他，对不对？"

"他真是软弱怯懦到了极点。"

"豹子看到了吗？"

"不只看到了，她还亲手给我递箭，让我动手。"

"你把他埋了？"

"沙子会包裹他的尸体。"

"你完全剥夺了他存活的机会。"

"他有活下来的价值吗？"

"最后，这位伟大的将军没有得到赦免……"

"阿舍已经接受了审判，我只是根据沙漠法则为他行刑罢了。"

"你处理得太草率、太鲁莽了。"

"我觉得轻松多了。至少在我梦里，那个被阿舍施虐致死的人的脸，不再那么狰狞了。"

"金子呢？"

"当然成了我的战利品。"

"你不怕政府调查？"

"反正不会是你主导的。"

"警察局长会问你的。凯姆是个正直、不讲情面的人。而且他也是因为被诬告偷了金子，才惨遭劓刑的。"

"他不是你的人吗？"

"我现在什么都没有了，苏提。"

"而我现在有钱了！让这样的发财机会白白溜走，太愚蠢了。"

"金子是属于神明的。"

"神明们拥有的东西还不够多吗？"

"你冒的险实在太大了。"

"最困难的时刻已经过去了。"

"你要离开埃及吗，苏提？"

"我没有这个打算，而且我也想帮你。"

"我又跟以前一样，只是一个乡下的小法官了。"帕扎尔苦笑了一下。

"你不会放弃的。"

"我已经没有办法再继续下去了。"

"你会让你的理想受人践踏吗？你忘得了布拉尼尔的死？"

帕扎尔叹了口气，无奈地说："本来德内斯的案子一开庭，就几乎要真相大白了，只可惜……"

"其实虽然你提出的罪名被撤销了，可是其他的呢？"

"什么意思？"

"我的红粉知己莎芭布有写日记的习惯。我相信其中一定不乏精彩内容，也许对你会有帮助。"

帕扎尔看着好友，把话题岔开了。"在奈菲莉尚未忙得不可开交之前，先给你做个检查吧。这么一趟路恐怕对身体影响不小。"

"我正打算请她帮我做复健工作。"

"豹子怎么样？"

"她是沙漠之女，健康得像只蝎子一样。希望她早点儿对我死心。"

"爱情啊……"

"还不如铜坚固,何况我更喜欢金子。"

"你要是把金子还给科普托斯神庙,会获得报酬的。"

"别开玩笑了。想想那一车金子,有什么报酬比得上它!豹子希望变得富裕。我们走上了寻金之路,满载而归。世上还有更美妙的奇迹吗?既然你怀疑过我,那我要重重处罚你。"

"我准备好了。"

"我们一起离开一两天,到三角洲去捕鱼。我想看看湖、在水里泡一泡,在青青的草原上打滚,还要搭船畅游沼泽区。"

"可是奈菲莉要就任了。"

"我了解她,她不会阻止我们的。"

"那豹子呢?"

"我跟你在一起她最放心了。她化妆与编假发的功夫一流,可以帮奈菲莉准备就职仪式。至于我们,就安心地捕一船的鱼回来吧。"

第 36 章

内外科、眼科、牙科与其他各个专科的医生，都参加了奈菲莉的就职仪式。典礼在塞赫美特女神庙①的露天广场举行，主持人则由老态龙钟的首相巴吉担任。一位女性登上了医学界的龙头地位，对此除了少数男医生为了表达抗议与不满而略有批评，一般埃及民众并不感到吃惊。

为了这次盛会，豹子大展身手。奈菲莉的造型由她一手包办。她准备了一身洁白无瑕的连衣裙，光玉髓项链、青金石手链、脚链，还有带很多股发辫的假发，看起来高贵气派，使眼神柔和、体态娇弱的奈菲莉隐隐透出一股威严。

医生委员会的长老委员为她披上一张豹皮，象征着从此她必须时时为埃及庞大的身躯灌注能量，就像再生仪式中赋予王族木乃伊生命的祭司一样。接着，长老又递交了印信与文具盒，前者代表统领全埃及医生的权力，后者则可以用来拟定各项公共卫生法令，然后再上呈首相。

最后，长老用很短的时间说明了奈菲莉的职责，并要求她务必遵行神旨，为人民谋福利。奈菲莉宣誓时，帕扎尔竟激动得热泪盈眶。

狒狒在凯姆的陪伴下扛住了痛楚，渐渐恢复精力，多亏奈菲莉

---

① 塞赫美特女神是医生的守护神。

的悉心照顾，它才没有留下后遗症。它不仅恢复了惊人的食量，还再度投入巡逻监护的工作中。

帕扎尔感动地拥抱着杀手。"我绝不会忘记你救过我的命。"

凯姆却警告说："别太宠它，否则它会因失去凶性而陷入危险。没有发生什么意外事故吧？"

"自从我辞职以后，就毫无危险了。"

"你以后有什么打算？"

"到市郊当法官，为平民尽点心力。如果遇到疑难问题，我会找你的。"

"你还相信司法吗？"

"我不得不遗憾地承认你说的对。"

"其实我也想辞职。"

"继续留任吧。至少你能逮捕罪犯，维护百姓的安全。"

"再来一次大赦令，就都前功尽弃了，不管再发生什么事，我都不会再觉得惊讶了，我只是为你感到难过。"

"虽然我们的影响力有限，但还是得行事正直。凯姆，我最担心的是你不再支持我。"

"之前被困在卡达什家，没能去码头给你们送行，我简直气疯了。"

"你调查的结果如何？"

"那三人是中毒身亡。但这是谁计划的呢？那两个年轻人都是江湖艺人的儿子。葬礼非常低调，除了几个祭司，没什么人参加。这简直是我处理过的最龌龊的案子。因为卡达什原籍为利比亚，所以他的尸体没有被埋在埃及。"

"不会是有人想谋杀他们吗？"帕扎尔怀疑。

"你觉得是向你下手的那个人？"

"欧佩特节期间，德内斯问了我卡达什的反应。我也老实说出了他打算在服毒之前坦白一切的事。"

"德内斯很可能想杀人灭口……"

"为什么这么狠毒？"

"想必牵涉到重大利益。德内斯一定雇用了暗影吞噬者，我非把他揪出来不可。既然'杀手'已经康复，我们也可以重新展开调查了。"

"我一直在想一件事，卡达什似乎很有把握能逃脱死刑。"

"他相信德内斯会帮他想办法。"

"也许吧，可是他那傲慢的态度好像已经预知会有大赦令似的。"

"难道是消息走漏了？"

"那我也应该有所耳闻啊。"

"你错了，你一定是最后一个得知的，大臣们都了解你不妥协的个性。"

帕扎尔不愿承认心中的疑虑。他怕拉美西斯与德内斯串通，导致国家高层腐败，让这片乐土落入利欲熏心的小人之手。

凯姆看出了法官的不安："现在只有事实能说明一切，所以我要循着线索找出攻击你的人，他的供词一定非常宝贵。"

"这下该轮到你当心了，凯姆。"

跛子是孟斐斯秘密市场里数一数二的商贩，每当有货船载着各色货品进港时，商贩便会聚集到由码头改造的市场中进行交易。警察对这些交易总是严密监控，税务官也会铁面无私地进行课税。其实，六十来岁的跛子本来早就可以退休，去河滨区的别墅里安享晚年了，但他就喜欢去骗那些门外汉。最近一次上当的是一个自称乌木专家的国库书记官，他在跛子的煽动与奉承之下，竟以高价买下了普通木材仿制的高级家具。

今天，眼看着又有一条大鱼要上钩了——一名暴发户想收集好战的努比亚勇士的盾牌,他想在安全无虞的家中制造一点危险的气氛,他觉得那感觉将妙不可言,值得花钱。于是跛子便和手艺精湛的工匠串通,仿制了一批几乎可以乱真的盾牌,甚至把盾牌砍得凹凸不平,仿佛真的经历过无数恶战一般。

他的仓库里堆满了类似的物品,都是他费尽心血搜罗来的,件件巧夺天工。他行骗的对象都是一些愚蠢自负的有钱人。他一边打开仓库大门上的锁,一边想着第二天的交易,想着想着不由得笑出了声来。

就在他推开门的一瞬间,忽然有一张毛茸茸的黑色兽皮朝他盖了下来。他被困在兽皮里,想要挣脱,却跌了一跤,只好大喊救命。

"小声点。"凯姆一边说,一边让他透了点气。

"是你啊,你在干什么?"

"你认得出这张皮吗?"

"认不出。"

"说实话。"

"我说的是实话。"

"你是我最好的线人之一,不过我现在要你以商人的身份回答我的问题。有没有人向你买过一只体形庞大的公狒狒?"

"我很少做动物买卖。"

"那种体形的狒狒只有警队才会有,也只有你这种败类才有办法走私这种东西。"

"你这是给我乱安罪名。"

"我知道你的胃口很大。"

"不是我。"

"你这回可把杀手惹毛了。"

"我什么都不知道。"

"看来要让杀手亲自来问你了。"

跛子无法再含糊其词，便说："我的确听说有人在象岛地区抓到了一只狒狒。这当然是一笔大买卖，但与我无关，我只是负责运输而已。"

"你应该赚了不少吧？"

"自找麻烦、花钱消灾倒是真的。"

"别想博得我的同情。我只想打听一件事，你是帮谁运这只狒狒的？"

"告诉你这个……这不太好吧……"他看到狒狒警察怒目而视，爪子还不耐烦地扒着地，不得已便问："你会替我保守秘密的吧？"

"你觉得杀手会多话吗？"

"不可以让任何人知道是我说的——去找'短腿'。"

"短腿"人如其名：大大的头，胸前长满了毛，一双短得离谱的腿又粗又壮。他从前以搬运货物与蔬果为生，后来自己当了老板，手底下有一百来个蔬果零售商。除了这份正职之外，短腿也从事一些获利颇丰的非法交易。

看到凯姆和狒狒，他不高兴地说："我的一切生意可都是按规矩来的。"

"你好像很不喜欢警察？"

"自从你当了警察局长以后就更不喜欢了。"

"因为你良心不安吗？"

"有问题就快问吧。"

"你这么急着回答问题？"

"反正你的狒狒迟早会逼我的，干脆早一点了结。"

"我要问的正是关于狒狒的事。"

"我最怕这些野兽了。"

"可是你从跛子那里买了一只。"

短腿假装忙着整理箱子，以掩饰心里的不安："那是帮别人买的。"

"谁？"

"一个奇怪的家伙。"

"叫什么名字？"

"不知道。"

"描述一下他的长相。"

"描述不出来。"

"太奇怪了。"凯姆怪道。

"平常我的观察力是很敏锐的，可是那个要买狒狒的人却像个幽灵。他戴的假发遮住了额头，甚至连眼睛都遮住了，宽大的袍子遮掩了身形，就算再见到他我也认不出来。何况那次交易时间太短了，他连讨价还价的过程都省了。"

"他说话的声音呢？"

"听起来很奇怪，我想他一定是故意改变了自己的声音，可能嘴里含了果核之类的东西。"

"事后你还见过他吗？"

"没有。"

看来这条路也行不通，帕扎尔失去了官职，卡达什死了，暗影吞噬者的任务应该也结束了。

莎芭布在发髻上别了几根发卡之后，打趣地说："真是稀客啊，帕扎尔法官，请容我先梳洗打扮一下。你该不会这么一大早就需要我服务吧？"

"不用你服务，你只要说话就行。"

这里奢华浮夸，香味浓得让人头晕，帕扎尔想找扇窗子透透气，却没有找到。

"你的妻子知道你来这里吗？"

"我一向什么都不瞒她。"

"好极了，她真是个特别的女人，也是一名杰出的医生。"

"你好像有写日记的习惯。"帕扎尔没有多说便切入正题。

"你已经不是门殿长老了，现在你以什么身份询问我？"

"以一个小法官的身份。你可以不回答。"

"是谁把我的习惯告诉你的？"

"苏提。他相信你一定握有德内斯的小辫子。"

"苏提是个做爱技巧高超的好人，我可以为他做点事。"

莎芭布妖娆地起身，走到帷幕后面。片刻后，她拿出一卷纸，说道："我在里面记录了一些达官贵人的怪癖、变态行为与不可告人的欲望。不过再看一遍，却觉得失望。埃及的达官贵人都十分健康，做爱时生理与心理上也都很正常，所以我没有什么消息可以提供给你。就让我们忘了过去吧。"

她说完，便将纸撕成了碎片。但她对帕扎尔的无动于衷感到惊讶："你竟然没有阻拦我，要是我说谎呢？"

"我相信你。"

莎芭布用贪婪的眼神看着帕扎尔："很遗憾我不能帮你，也不能跟你做爱。就让奈菲莉过幸福的日子吧。你只要以她为重，你们的生活一定会很美好的。"

苏提赤裸的身躯比风中摇曳的纸莎草秆还要柔软，豹子俯首轻吻了他一下，然后停了一会儿，又往上吻了一下，就这样缓缓地往情夫的唇边吻去。苏提受不了她慢吞吞地抚弄，一翻身便压住了她。他们双脚交缠，四臂紧抱，激情汹涌如尼罗河涨水，他们内心都燃起了一股烈火焚身般的炙热快感。两人都知道是欲望使他们离不开对方，却又都不愿承认。豹子凭借着火一般的热情与温柔的爱抚，轻轻松松便唤醒了苏提蛰伏的欲望。苏提亲昵地称她为"利比亚大猫",因为她当初只身远赴西部沙漠时,勇猛如狮,而回来以后却又温顺诱人如猫。豹子的举手投足总能挑起他的情欲,她与苏提交欢就像弹奏竖琴一般,随着她的情欲流泻出和谐的乐曲。

"我带你到城里的餐馆去。刚开了一间希腊餐馆,有葡萄叶酿肉,还有希腊产的白酒。"苏提说。

"我们什么时候去取金子?"豹子不置可否,问道。

"等我有精力出远门的时候。"

"我觉得你恢复得差不多了。"

"跟你做爱虽然也很累,却比在沙漠中徒步旅行容易多了。我还需要多恢复一些精力。"

"我会陪你去的,没有我,你绝对办不到。"

"金子该卖给谁才不会被告发呢?"

"可以找利比亚人。"

"不行。我们要想办法在孟斐斯解决,或者去底比斯。这种交易很危险。"

"也很刺激!但是为了钱,都是值得的!"

"对了,豹子,你杀那个警员时有什么感觉?"

"我害怕会失手。"

"你以前杀过人吗?"

"当时我只想救你,而且成功了。如果你以后再想丢下我,我一定杀了你。"

苏提细细品味着孟斐斯特有的气氛,却不由得心惊,想不到在沙漠待久了,孟斐斯竟变得如此陌生。无花果树区里,一大群人正赶着到哈托尔神庙附近,去了解接下来几个节庆的日期。一些新兵前往军事区领取配备,还有一些商人正驾着驴车到仓库去批发粮食与新鲜蔬果。而在"一路顺风"港口,刚刚抵达的船员们一边卸货,一边哼唱着传统歌谣。

那家希腊餐馆开在南郊的巷道内,离帕扎尔的最初办公室不远。苏提和豹子刚走进去,便惊闻几声恐惧的尖叫。只见一辆马车在狭窄的巷子里横冲直撞,车上的女乘客惊吓不已,手上的缰绳也松了。结果车身不稳,左侧的车轮撞到了墙上,车翻了,那名女子也摔到了地上。后来,几名路人合力才制服了那匹发了疯似的马。

苏提跑过去想看看伤者的情况。然而满头鲜血的涅诺法已经奄奄一息了。

在场的人先为涅诺法做了初步急救,之后便急忙将她送往医院。她不仅有复杂性挫伤,左腿有三处骨折,而且胸廓凹陷,颈椎受伤,要想活命还真得指望奇迹。一到医院,奈菲莉和两名外科医生便立即为她手术。幸亏涅诺法体质甚佳,逃过了一死,但她以后走路就得靠拐杖了。

她很快便能开口说话了,于是凯姆征得医师同意,与帕扎尔一起向她问话。

"法官将以证人的身份陪同我问讯。"凯姆解释道,"我想这样更好一些。"

"你为什么这么谨慎?"涅诺法问。

"因为我觉得这起事故很可疑。"

"不过是马脱了缰,我控制不住它罢了。"

"你经常独自驾车吗?"帕扎尔问道。

"当然不是。"

"那这次为什么这么做?"

"本来还有一个仆人帮我驾车,可是我上了车之后,马好像被什么东西击中了,大概是小石子吧。马受了惊,站起身一阵嘶鸣,然后就开始狂奔。"

"这难道不是谋杀吗?"

涅诺法头上还缠着绷带,一双眼睛露在外面,眼神有点儿闪烁:"不太可能。"

"我怀疑是你丈夫干的。"

"太可恶了!"

"我说得不对吗?他高贵的外表下,是一颗卑劣、虚荣的心,他从来都只为自己的利益着想。"

涅诺法似乎受到了不小的震撼,帕扎尔乘胜追击:"你也有犯罪嫌疑。"

"我?"

"杀害布拉尼尔的凶器是一枚贝壳细针,而你恰好是用针的高手。"

涅诺法慌忙坐起身来:"太可怕了,你竟敢指控我?"

"若非大赦令,你本该因非法交易布料、服饰等而被判刑。犯罪行为经常是一而再、再而三的。"

"你为什么这么紧追不舍?"

"因为你的丈夫主导了一场阴谋,而你就是他最亲密的同谋,对吧?"

涅诺法难过地咧咧嘴。"你的消息并不准确,帕扎尔法官。发生意外之前,我正打算离婚呢。"

"可是你改变主意了?"

"因为有人想通过我给德内斯找麻烦,我不能在他最困难的时候丢下他。"

"请原谅我的鲁莽。祝你早日康复。"

他们二人坐在一张长石凳上。狒狒的平静表示他们并未被人跟踪。

"你觉得如何,凯姆?"

"真是蠢得无可救药。她为什么不明白,有钱的人是她,他们一离婚德内斯马上会变成穷光蛋,他当然想要除掉她。不过,德内斯也没想到其实他稳操胜算,就算涅诺法没有死于意外,她也会与他和好的!再也找不到比她更笨的富婆了。"

"你的话虽然粗鲁了些,但十分中肯。"帕扎尔说,"我也确定了一件事:她不是杀害布拉尼尔的凶手。"

第 37 章

这一年的冬天比往常更冷。隆冬时节,拉美西斯大帝举办了庆祝奥赛里斯复活的仪式。在庆祝尼罗河岸的丰收之后,就要庆祝战胜死亡的圣灵死而复生了,每一间神殿里都点了灯,象征着神明复活的永恒之光。

法老前往塞加拉,一整天里,他先在左塞尔金字塔前静思,又到贤君左塞尔的雕像前敬拜。金字塔围墙内唯一一道开启的门,只有已故法老的灵魂,或者在位法老于其再生仪式期间,在天地众神的见证下,方得以进入。

拉美西斯虔心祈求已化身苍穹星辰的先祖,指引他安然脱离无形的敌人为他设下的险恶陷阱。周遭光明、宁静而庄严的气氛,使法老平静了不少,放眼望去,变幻的光影在宏伟的陵墓中央那巨大的石阶上跃动。

傍晚时分,他心中已有了答案。

凯姆在办公室里坐不住,便沿着尼罗河边走边问苏提。
"你的遭遇确实惊险。能活着离开沙漠可真不简单。"
"我的运气好,这比神明的保佑还要有用。"
"运气就像善变的女人,不能太过依赖它。"
"老是小心翼翼地活着多无趣。"
"伊弗雷姆是个大流氓,就算他死了,你也不会感到难过吧?"

"他跟阿舍将军逃走了。"

"可是警卫队怎么找都找不到。"

"我发现他们十分善于躲避沙漠警察的追缉。"

"你就像一个魔法师,苏提。"

"这是恭维还是谴责?"

"逃离阿舍的魔掌简直难如登天,他怎么会放你走呢?"

"我也不明白。"

"他应该杀了你的,对不对?还有一点很奇怪,阿舍躲到矿区做什么?"

"等你抓到他就知道了。"苏提若无其事地说。

"金子是至高无上的财富,是遥不可及的梦想。阿舍也跟你一样不信神,不过伊弗雷姆知道几处被遗忘的矿区,他告诉了阿舍。有了金子,阿舍就不必担心未来了。"

"阿舍什么也没有告诉我。"

"可是你没有想过跟踪他吗?"

"我当时受了伤,根本没有力气。"

"我认为将军已经被你杀了。你那么恨他,再大的危险也挡不住你。"

"这样的对手太强了,以我当时的情况,根本无力抵抗。"

"我知道有时候意志力可以支配身体。"

"阿舍回来以后,将会获得大赦。"

"他不会回来了,他的肉早被秃鹫啃尽,尸骨也随风飘散了。你把金子藏在了哪里?"

"除了运气,我什么都没有。"

"偷金子罪不可恕,从来没有人能保住从山中窃取的金子。趁现在还来得及,赶快交出来吧。"

"你已经是一个名副其实的警察了。"

"我喜欢维持秩序。只要一切各得其所，就能建立富强康乐的国家。而金子属于神庙，如果你把战利品送回科普托斯，我会守口如瓶。否则你就是我的敌人。"

奈菲莉不愿意搬进内巴蒙原来的官邸，因为里面有太多灰暗的记忆。她宁可等着行政部门重新分配住所，何况她只是每晚在家里睡几个小时，也用不着太大的房子。

在她就任的第二天，许多唯恐被忽视的公共卫生组织要求见她。奈菲莉极力安抚众人焦虑与不耐的情绪，在考虑个人的晋升问题之前，她必须先解决民众的需求。因此她让工作人员到各个村落分送宝贵的饮用水，接着查看了医院、诊所的名单，发现有几个省很缺乏医疗资源，南方和北方专科与普通科医生的分配也不平均。此外还有一件事刻不容缓——应友邦的请求，她必须调派医生前去医治一些名门显要。

奈菲莉开始检视自己的工作，以便进行妥善安排。此外，她还要面对宫里医生们含蓄的敌意。有几名医生，分属普通科、外科与牙科，在内巴蒙去世后开始负责法老的健康，他们自认为能轻松胜任，也认为法老对他们极为满意。

下班后，走在街上，她顿时感到疲劳尽消。路人（尤其是王宫附近的居民）几乎没有人认识她。一天下来，每一个跟她说话的人都试图考验她，经过这一轮轮轰炸，她总算能轻松自在地散步了。

当苏提忽然出现在身旁时，她还真被吓了一跳。

"我想跟你单独谈谈。"苏提说。

"连帕扎尔也不能听吗？"

"目前还不能。"

"你在怕什么？"

"我的怀疑太不确定，太可怕了……一旦出错就可能全盘皆输。

所以我想还是先跟你谈谈，请你来帮我决定。"

"是关于豹子吗？"

"你怎么知道？"

"她在你的生命中分量很重，你似乎很爱她。"

"你错了，我们的关系仅限于肉体。可是豹子……"

苏提顿了一下。一向喜欢快步走的奈菲莉，也放慢了脚步。却听苏提要求道："你把布拉尼尔被杀的情形再说一遍。"

"凶手将一枚贝壳细针扎进他的脖子，下手十分精确，让他立即毙命。"

"豹子用匕首刺杀那个叛变的警员时，用的是同样的手法。那可是一个人高马大的男人。"

"这只是巧合吧。"

"希望如此，奈菲莉，我真心希望如此。"

"不要再折磨自己了。布拉尼尔的灵魂一直陪着我，如果你的怀疑属实，我一定会有所感应。相信我，豹子是清白的。"

奈菲莉和帕扎尔之间从无秘密。自从他们因爱结合之后，默契便与日俱增，丝毫没有被日常的琐碎消磨，也没有因冲突而破裂。这天深夜，当帕扎尔上床时，奈菲莉便将苏提的疑虑告诉了他。

"他一想到枕边人可能是杀害布拉尼尔的凶手，就深感愧疚。"

"他是从什么时候开始有这么疯狂的想法的？"

"这个念头像噩梦一样在他的脑海里萦绕。"

"荒唐。豹子根本不认识布拉尼尔。"

"她也可能是被人利用。"

"是爱情的力量让她杀死了那个警察。"帕扎尔很有把握地说，"叫苏提放心吧。"

"你好像很有信心"

"我是相信他们的。"

"我也是。"奈菲莉认同地点点头。

太后的到来引起了一阵骚动。前来申请医疗卫生器材的官员纷纷行礼迎接太后。

太后走到奈菲莉面前，拥抱了她，并恭贺道："这才是属于你的位子。"

"我还是很遗憾不能到埃及的各个村子里去为病人们看病。"

"遗憾与后悔都没有意义，只有为国家效力才是最重要的。"

"太后可还安好？"

"非常好。"

"您还是要做个例行检查的。"

"如果你坚持的话。"

太后虽然年事已高，又曾病痛缠身，但今天的气色确实不错。不过奈菲莉仍请她继续接受治疗。

"你的工作可不轻松啊，奈菲莉。以前，内巴蒙做事总是拖拖拉拉、草草了事，他身边的人个个阿谀奉承。这些萎靡不振、心胸狭隘、观念保守的人一定会对你多加阻挠。你要知道，惰性是很可怕的武器，所以千万不能掉以轻心。"

"法老可还安好？"

"他在北方视察驻军。我觉得阿舍将军的失踪让他很烦恼。"

"他向你吐露心声了吗？"

"没有！否则我一定会质问他，为什么要颁布那道遭人议论的大赦令。"

太后叹了口气又道："拉美西斯累了，他的力量用尽了。就连大祭司们也都认为必须立刻举行再生仪式。"

"到时候一定会举国欢腾。"

"拉美西斯也会再度散发胜利之光。有需要请尽管找我,现在,我们可以名正言顺地联系了。"

听了太后的鼓励,奈菲莉不由得信心大增。

女工下班之后,塔佩妮开始检查工厂。不论缺了什么,她那训练有素的眼睛都能马上察觉,在她的工厂里,一件工具、一块布都不可能被偷走,小偷一旦被抓到就会受到严刑伺候。她认为只有严刑峻法才能时时保证工作质量。

忽然,一个男人走了进来。

"德内斯,你想做什么?"塔佩妮问。

德内斯关上了身后的门。他紧绷着脸,庞大笨拙的身躯缓缓向前移动。塔佩妮见他不作声,又问:"你不是说我们不应该再见面了吗?"

"没错。"

"你错了。我可不是那种招之即来、挥之即去的女人。"

"你也错了。我可不是那种可以受人勒索的名人。"

"你不妥协,我就毁了你的名声。"

"我妻子刚刚出了意外,若非神明眷顾,她早就死了。"

"这起意外改变不了我跟她的协议。"

"她跟你根本没有什么协议。"

德内斯猛然反手掐住塔佩妮的脖子,然后把她压在墙上,威胁道:"你要是再继续骚扰我,下一个发生意外的就是你。我最痛恨你用的这种手段,跟我来这套,你是注定要失败的。别再找我妻子的麻烦了,也忘记我们的会面吧。如果你还想多活几年,就安分一点。再见。"

他松开手,塔佩妮连连喘了几口气。

自从凯姆问过他话之后,苏提就担心凯姆派人跟踪自己。那个努比亚警察的警告可不能忽视,万一真被他逮着了,连帕扎尔也救不了自己。

幸好豹子的嫌疑已经洗清了,不过他们还是得瞒着凯姆偷偷地离开孟斐斯。想尽情享受这批可观的宝藏并不容易,得有门道才行,因此苏提找了几个专门替人处理并窝藏赃物的人,他们的经营规模都不小。不过他并没有泄露秘密,只说有一大批货需要找人长途运送。

苏提觉得短腿是个可以合作的对象,他既不多嘴,又行事爽快。他答应为苏提找强壮的驴子、肉干与水袋,把东西运到苏提指定的地点。千里迢迢把金子从洞里运回来并藏起来,买一栋豪华别墅,过奢华的生活,需要冒多么大的风险啊!可是苏提却兴致勃勃地想赌赌运气。眼看财富在望,幸运之神应该不会背弃他吧。

再过三天,豹子和他就要出发前往象岛了。短腿给了他一块木板,只要循着木板上的指示,前往一个陌生的村落,他们便能获得牲畜和所需的物资。然后,他们再从洞中取出一部分金子,带回孟斐斯,也许能在某个有希腊人、利比亚人与叙利亚人的黑市中完成这笔买卖。黄澄澄的金子不仅价格高,在市面上也极为抢手,苏提相信一定能找到买主。

这次的事若是败露,就算不死也得在监狱里关一辈子。但他若能拥有埃及最宝贵的金子,不就能大摆筵席,请帕扎尔与奈菲莉当座上贵宾了吗?到时候,他还要一把火烧了所有财物,让火焰上达天界,告知众神,使人神尽欢。

首相满脸倦容,声音沙哑地说:"帕扎尔法官,我找你来是提醒你注意自己的言行。"

"我犯了什么错吗?"

"你对大赦令不满也就罢了,又何必到处张扬呢?未免也太明目张胆了。"

"若我保持缄默就是欺骗。"

"你知道你这样做太过轻率吗?"

"你难道没有向法老表明反对的立场吗?"

"我是个老首相,而你是个年轻的法官。"

"我只是区里的一个小法官,我的想法怎么会冒犯君王呢?"

"你曾经是门殿长老,要懂得收敛。"

"我下一次的任命会以我的沉默为准则吗?"

"你很聪明,应该已经知道答案了。一个怀疑法律公正的法官如何有资格当执法人?"

"这样的话,我愿意放弃这个职务。"

"这可是你的生命动力啊,帕扎尔。"

"我承认这样的伤口将无法愈合,但这总比当个虚伪的人强。"

"你太过严苛了。"首相摇摇头。

"这句话出自你之口倒是一种赞美。"

"我一向不喜欢谄媚奉承,但我认为国家需要你。"

"我这样做是忠于理想,我希望能找回金字塔时代的埃及、那个属于底比斯之巅的埃及、那个正义之光永远不朽的埃及。在那里没有大赦。若是我错了,就让司法舍弃我继续前进吧。"

"你好啊,苏提。"

苏提放下盛满新鲜啤酒的杯子,讶然高呼:"塔佩妮!"

"我找你找得好辛苦啊。这个餐馆这么脏,你却好像很喜欢这里。"

"你最近好吗?"苏提尴尬地问。

"你走了以后就不怎么好了。"

"像你这种美女是不会寂寞的。"

"你该不会忘了吧？你是我的丈夫。"

"我离开你家时，已经跟你离婚了。"

"不，亲爱的，我只当作你是暂时离家罢了。"

"我们的婚姻只是我调查计划的一部分，大赦已经让这段婚姻失效了。"

"我是很认真的。"

"别开玩笑了，塔佩妮。"

"你是我梦想中的丈夫。"

"请你……"

"我要你立刻抛弃那个利比亚女人，回到我们的家里。"

"太荒谬了！"

"我不想全盘皆输。你最好听我的话，否则你会后悔的。"

苏提耸了耸肩，仰头便将一杯啤酒一饮而尽。

勇士在帕扎尔与奈菲莉跟前奔跑嬉戏。它盯着河水，却又不敢靠近。小淘气则攀在女主人的肩上。

"我的决定让巴吉很难过，但我还是要坚持下去。"

"你会到乡下去就职吗？"

"我哪儿也不去。我不再是法官了，奈菲莉，因为我反对了一项不公平的决策。"

"我们当初应该到底比斯去的。"

"其他医生还是会把你叫回来的。"

"其实我的地位也很不稳固。王宫的御医总管由女性担任，许多要臣都十分不以为然。只要我稍稍犯错，他们就会找借口把我轰下来。"

"我要实现一个长久以来的梦想：当园丁。我一定会把我们以后的房子布置得漂漂亮亮的。"

"帕扎尔……"

"我们能在一起生活已经是无比幸福了。你安心为埃及的民生健康努力,我来照顾花草树木。"

帕扎尔没有猜错,孟斐斯北方的圣城赫里奥波里斯的大法官送来了就职通知。赫里奥波里斯并非经济重镇,城里只有几座神庙,环绕着一座代表太阳光芒的巨大方尖碑而建。

"他们打算让我到圣城去,专门处理宗教问题。那里一向风平浪静,我就不会过度疲劳了。那份工作通常都是由上了年纪或体弱多病的法官出任的。"

"巴吉是为你着想。"奈菲莉认为,"至少你保住了法官的头衔。"

"让我远离民生事务,真是用心良苦。"

"不要拒绝这项职务。"

"如果他们仍企图强迫我接受大赦令,我还是不会待太久的。"

赫里奥波里斯住着一群编写经文、仪式典籍与神话以传承古人智慧的文士,至于高墙围耸的神庙中,则有几名主祭官负责光之能量的祭典。

这座城安静极了,没有商贩也没有店铺,一栋栋白色的小屋里,住的都是祭司和负责制造与维修祭祀器物的手工艺匠,全然不受世俗尘嚣之扰。

帕扎尔到了大法官的办公室,两鬓斑白的书记官一面招呼他,一面不停嘀咕,似乎颇为不耐。他看完帕扎尔的就职通知书后,便自顾自地走了出去。这地方静得像是沉睡了一般,与孟斐斯的喧哗有天渊之别,实在令人难以相信这里也有人在工作、活动。

此时,来了两名带着短棍的警察问道:"是帕扎尔法官吗?"

"你们要做什么?"

"跟我们走。"

"为什么?"

"是上级的命令。"

"我不去。"

"你反抗也没有用。不要逼我们使用武力。"

帕扎尔中了圈套。凡是与拉美西斯作对的人都得付出代价,他们给他的并不是法官的职位,而是一方遗世独立的坟地。

第38章

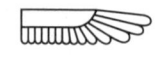

帕扎尔被两名警察带着，走到一座毗邻拉神神庙围墙的椭圆形建筑前。大门一开，走出了一个光头老祭司，他双目乌黑，满脸皱纹，身上披着豹皮。

"你是帕扎尔法官？"

"你们这是非法拘禁。"

"别说傻话了。进来把手脚洗干净，静思一下。"

帕扎尔心下狐疑，但还是照做了。大门再度关上，两名警员则留在门外。

"这是什么地方？"

"赫里奥波里斯的长生殿。"

帕扎尔大吃一惊。这里竟然就是古代贤人撰写金字塔文、披露灵魂转变与再生过程秘密的圣殿，一般人不能轻易进入。大家都知道，这座神秘的殿堂曾培养出了一些极为杰出的占星学家。

"净身吧。"

帕扎尔颤抖着洗净了身体。

老祭司又说："我叫秃子，负责守护大门，不让有害之物侵入神庙。"

"我的通知书……"

"别说一些没用的话来烦我。"

秃子身上散发出一股强大的力量，硬是让帕扎尔把想说的话都咽了下去。

"脱下缠腰布,穿上这件白衣。"

帕扎尔顿时觉得好像迷失在另一个世界里。长生殿里四墙高耸,墙上没有铭文,只有高处几扇小小的天窗透进了微光。

"我还有个绰号叫刽子手。"秃子警告说,"因为我专门砍杀奥赛里斯的敌人。这里保存了众神的年谱、记载科学与神秘仪式的书籍,所以不论看到或听到什么,都希望你能守口如瓶。多嘴的人是会遭天谴的。"

帕扎尔跟着秃子走过一道长廊,来到一个沙地庭院。庭院中央有座小山丘,安放着奥赛里斯的木乃伊,这也是生命能源最秘密的汇集之处。这尊又被称为"神石"的木乃伊外部涂满香脂,还覆着一张羊皮。

"创造埃及的能量就在这尊木乃伊身上消逝并重生。"秃子说道。庭院四周有几个图书馆和工作坊,只有获得特许的工匠能在此工作。

"你看到了什么,帕扎尔?"

"一座山丘。"

"这正是生命的化身。能量从万物皆处于萌芽阶段的海洋中涌出后,便化为山丘。因此越是高处,便越接近万物本源。现在,请进入这里接受审判吧。"

审判官高坐在一张镀金的木椅上,卷曲的假发盖住了他的耳朵。他身穿一袭长袍,胸前还有夸张的装饰,右手握着令牌,左手持一柄长杖,身后则有一个金天平。

这位负责保守长生殿的秘密、分发祭品、守护"神石"的审判官令人望之生畏。

他对帕扎尔说道:"你想当个诚实的法官,是吗?"

"我努力在做。"

"你为什么不愿施行法老颁布的大赦令?"

"因为大赦令不公平。"

"在远离世人的封闭之处,面对审判天平,你仍敢这么说吗?"

"我敢。"

"那我也没有办法了。"

秃子攫住帕扎尔的肩膀,强迫他退下。

刚才的一切原来都是圈套,唯一的目的就是迫使他屈服。既然这些话没有奏效,秃子只能动粗了。

"进去。"说罢,秃子"砰"的一声关上了铜门。

小小的密室中只亮着一盏灯,墙壁内挖了两条通道,用来通气。密室内有一个人正目不转睛地看着帕扎尔。

他满头红发、额头很宽,还有一个鹰钩鼻。他戴着金镯子与青金石手镯,镯子上还装饰着两个野鸭头。这是拉美西斯大帝最喜欢的饰物。

"你是……"帕扎尔感到口干舌燥,就是说不出"法老"二字。

"你是帕扎尔,那个辞去门殿长老之职,还批评大赦令的法官。"

法老强硬的语气中带着责备。帕扎尔的心怦怦乱跳,在全埃及最有权势的君主面前,他完全无法平静下来。

"说话啊!难道我听到的不是事实?"

"不,陛下,是真的。"帕扎尔这时才察觉自己忘了行礼,连忙躬身下跪。

"起来吧。既然你有勇气对抗法老,就要像个战士。"

帕扎尔果然气恼地站起来,说道:"我不会退缩的。"

"你对我的决定有何不满?"

"为罪犯脱罪并予以释放,不仅侮辱众神,更是在蔑视人民的苦难。倘若陛下继续如此,总有一天会使受害者成为代罪羔羊。"

"难道你不会犯错?"

"我犯过许多错误,但绝不曾牺牲无辜者。"

"你不会受人收买？"

"我绝不出卖灵魂。"

"你可知自己有欺君之罪？"

"我并未违反玛特女神的律法。"

"我是女神的子嗣，难道还不懂女神的律法吗？"

"大赦令实在太不公平，会让国家失序。"

"你这么说不怕招来祸端吗？"

"我很高兴能向陛下坦承我的想法。"

至此，拉美西斯的态度骤变，原本逼人的气势忽而变得沉郁，他用缓慢的语调说道："自从你来到孟斐斯，我就一直留意着你。布拉尼尔是个睿智的人，绝不会草率行事。由于你的正直，他选择了你，而他的另一名学生奈菲莉，现在也成了御医总管。"

"她很成功，我却失败了。"

"你也很成功，因为你是埃及唯一正直的法官。"

帕扎尔真是惊讶之至。法老接着说道："虽然你遇到无数阻挠，甚至我也出面了，但你的信念始终如一。你为了司法正义，宁愿冒犯埃及法老，你是埃及的最后一线希望了。我独自受困于可怕的陷阱中，你可愿意出手相助，还是愿意选择平静度日？"

"听凭您的差遣。"帕扎尔深深一鞠躬。

"你这是打官腔还是肺腑之言？"

"我可以用行动证明。"

"如此我便要将埃及的未来交付于你了。"

"我……我不明白。"帕扎尔惶恐地说。

"这个地方十分隐秘，我对你说的话绝对不会泄露出去。考虑清楚，帕扎尔，现在拒绝还来得及。否则等我说出了秘密，你将承担史无前例的艰巨任务。"

"布拉尼尔唤醒了我的使命感后，我从未逃避过。"

"帕扎尔法官,我现在命你为埃及首相。"

"但是巴吉首相……"

"巴吉老了,也累了。最近几个月他已经不止一次提出辞官。虽然我的亲信提供了一些人选,但我属意的是敢于违抗大赦令的你。"

"为什么巴吉不能承担您要交给我的任务呢?"

"一方面他已经力不从心,无法从事调查,另一方面我也担心那些追随他多年的人无法保守秘密。只要走漏了一点风声,埃及将覆没于地狱恶魔之手。明天起,你将获得一人之下万人之上的尊荣,但你也将会被孤立,没有朋友、没有支持。你尽可以打破传统制度、任用新人,但绝不能吐露秘密,也不能相信任何人。"

"您所说的调查是……"

"事情是这样的,帕扎尔。基奥普斯大金字塔内放置了一些证明法老王权合法性的圣物,但有人杀了警卫潜入金字塔,偷走了这些圣物。因此尽管各神庙的大祭司一再请托,人民也十分期盼,但没有这些圣物,我便无法举行再生仪式。距离尼罗河下次涨水只剩不到一年的时间了,届时我将被迫让位给在幕后操控这场阴谋的窃贼。"

"大赦令也是您被迫颁布的?"

"这是我第一次不得不违反司法行事。否则阴谋者就会将一切公之于世,逼我立即让位。"

"敌人当初为什么没有立刻采取行动呢?"

"因为他们尚未准备就绪,毕竟夺取王位不能轻举妄动。由我让位是最合适的,篡位者不但名正言顺,也会地位稳固。而我之所以遵照匿名信颁布大赦令,主要也是想看看谁敢出面反抗。但除了巴吉和你,并无人出面质疑法律根据。不过,老首相确实也该退休了,寻找罪犯、拯救国家的重担只好由你承担。"

帕扎尔回想起了调查的各个重要阶段,最初是因自己拒绝签署一份调职公文,才偶然间涉入了这场阴谋的重要环节。

"埃及从未发生过这样的连续性杀人事件。当时我就觉得它们必定与这场阴谋有瓜葛。为什么要杀死五名退役军人？因为斯芬克斯像就在基奥普斯大金字塔附近，他们妨碍了阴谋者行动。阴谋者必须先除掉他们，才能秘密潜入金字塔内。"

"他们是怎样进去的？"

"从一条地道进去的，我原以为那条地道已经被封闭，所以你要去调查清楚。也许还留有线索。我一直以为阿舍将军是整场阴谋的主使者。"

"不，陛下，这只是障眼法。"

"他至今下落不明，必定是想联合利比亚各部落入侵埃及。"

"阿舍已经死了。"帕扎尔照实回答。

"你有证据吗？"

"我的好友苏提说的。"

"他杀了他？"帕扎尔迟疑着不敢回答。

"你是埃及的首相，君臣之间不该有所隐瞒。"

"苏提的确杀了这个他恨之入骨的人。他曾亲眼看到阿舍严刑拷打一名埃及士兵。"

"我一直很相信阿舍的忠诚，想不到竟然看错了。"

"如果德内斯一案照常开庭，也会证明他是有罪的。他和卡达什、谢奇三人都颇有嫌疑。卡达什一直都梦想成为御医总管，而谢奇则致力于制造强力武器。此外，哈图莎王妃遇害的那场大火，很可能与谢奇和德内斯有关。"

"阴谋者就是这三个人吗？"

"我不知道。"

"去查清楚。"

"陛下，之前我想错了，现在我必须知道一切真相。基奥普斯大金字塔被窃的圣物都有些什么？"

"一把神铁制的锛子,这将用于复活仪式中,可以给木乃伊开口。"

"锛子现在正由孟斐斯普塔神庙的大祭司保管。"

"还有一些青金石护身符。"

"谢奇筹划了一起非法交易,这些护身符应该也安然地被保存在卡纳克神庙的大祭司卡尼那里。"

"还有一只纯金的圣甲虫。"

"它也在卡尼那里呀!"帕扎尔简直兴奋到了极点。这位新任首相几乎以为自己在无意中已拯救了金字塔的所有圣物。但拉美西斯接着说:"窃贼们还偷走了基奥普斯的金面具与项链。"

帕扎尔无言以对,脸上写满了失望。

"如果他们也与从前的盗贼一样,那么这些珍贵的遗物是找不回来的,就连献给玛特女神的金腕尺,大概也都一起被熔成金条销到国外去了。"

听完法老的这席话,帕扎尔不禁热泪盈眶。这些卑鄙小人怎能忍心摧毁如此珍贵的圣物?

"既然找回了一部分宝物,另一部分又被摧毁了,那么敌人还有什么筹码呢?"

"还有最重要的一样圣物。"拉美西斯说道,"众神的遗嘱。金腕尺可以找手艺绝顶的金银匠再造,但遗嘱却是法老代代相传、绝无仅有的。举行再生仪式时,我必须向众神、大祭司、九位友人与全国人民出示遗嘱。这是法老的律法,过去如此,将来亦如此,我不得不遵从。在仪式举行前的这几个月内,敌人一定还会继续想办法削弱我的力量、损害我的声誉。你必须赶紧想出对策瓦解他们的阴谋,否则只怕祖先留下的基业就要毁于一旦了。既然阴谋者胆敢侵犯最受埃及人民尊崇的圣殿,就表示他们完全藐视埃及的基本价值观。面对如此之大的赌注,我已将个人置之度外,但我的王位却象征了埃及的千年王朝,以及埃及所赖以建国的传统价值观。我对埃及的爱如同你对埃及的爱一样,是超越生命和时空的。如今竟有人想让埃及的光芒熄灭。所以,请起身行动,为保护这道光芒而战吧,帕扎尔法官。"

第 39 章

帕扎尔一整晚都盘坐在托特神的雕像下冥想。庙中一片悄然，占星学家在屋顶上观察星象。与法老交谈后，他的震惊仍未能平复，因此他希望在上任前，在开始另一段他想也想不到的新生活前，享受一下这最后的平静时刻。他回想着奈菲莉、勇士、北风、小淘气和他即将搭船前往底比斯的那个美妙的时刻，想着去埃及小村落后的宁静生活，想着妻子的温柔、四季的流逝，还想着远离国家大事与人类野心的幸福。但这些如今都已经成了遥不可及的梦想。

两名仪式学者把帕扎尔带到了长生殿，并把他交给了秃子。帕扎尔跪在一张草席上，秃子先用木尺点了一下他的头，之后便拿出水和面包，说："吃吧。你要随时保持警觉，否则这些食物将会变苦。只有靠着你的行动方能易苦为乐。"

帕扎尔洗净身体、剔除毛发、洒上香水后，穿上旧式缠腰布与亚麻长袍，并戴上短短的假发。仪式学者领着他走向王宫，此时王宫四周早已挤满了好奇的群众，因为传令官已经在前一天宣布了新首相的任命。

帕扎尔收敛心神，无视周遭的喧扰，走进了大觐见厅。厅中，法老高坐于宝位之上，头戴红白相间的王冠，这顶王冠象征着上下埃及的融合。法老两侧分别坐着他的九位友人，其中包括前首相巴吉与新上任的白色双院院长贝尔·特兰。还有许多达官显贵被安排站在柱子之间，帕扎尔一眼就看到了御医总管奈菲莉，她神情严肃却面带微笑，视线一直没有离开过丈夫。

帕扎尔面对着法老站着。传旨官打开王令宣读道："我，拉美西斯，今任命帕扎尔为首相，为司法效力，为国家尽心。这并非王之恩典，因首相之职绝非可以轻松胜任，甚至比胆汁更为苦涩。卿须随时随地遵守律法，对众人皆平等对待，不分贫富贵贱。卿须以智慧与大公无私之言语，令众人敬信。指挥他人时，须以引导为要，切勿攻讦或使用暴力。切不可沉默逃避，须面对困难，勿向强权低头。审判过程务必清晰透明，毫无掩饰，使众人皆能领会信服，卿之言行将随水与风传达于民。切勿因遮蔽视听或裁断不公而招致民怨。绝不以个人喜好为行为基准，无论熟识或陌生，皆须一视同仁，勿特意讨好或触怒他人，勿徇私偏袒，亦不得过度严苛、强硬。务必使叛乱、狂妄与饶舌者遭受惩罚，因其乃混乱、毁灭之根源。卿须以玛特女神律法为唯一准则，此法自众神时代即未曾有变，即使人类灭亡，此法亦将永续不坠。卿生活之唯一态度即为正直。"

传旨官宣毕，巴吉向法老行了个礼，伸手便要取下颈间的铜心交还给法老。"留着吧。"法老说道，"这么多年来，你一直很称职，你有权利带着它到另一个世界去。现在，就好好享受愉快平静的晚年吧，偶尔也记得要指点一下继任者。"

新旧两任首相互相拥抱之后，拉美西斯为帕扎尔戴上了由王宫御用工匠精心制造的新的铜心。

"你如今就是掌管司法的第一人了。"法老说道，"你要多为埃及与埃及子民的幸福努力。你是守护法老的首相，正如保护金子的铜，今后你必须依照我的旨意行事，但也不可过于软弱卑屈。你每天的工作都必须向我报告。"

其余大臣纷纷怀着崇敬之心向新首相致意。

各地的省长、领主、书记官、法官、工匠以及全国的男男女女，无人不歌颂新首相的品行与美德。到处都在举办庆祝他就任的宴会，宴会上有最上等的肉和由国家供应的高级啤酒。

还有什么比当上首相更令人称羡的际遇呢？他一呼百应，出远门乘坐的是雪松木制的船，三餐享用的是珍馐佳馔，还有乐师奏乐助兴。种葡萄的农民会为他献上紫葡萄，总管则准备了含香料的烤鸡、烤鸭与鲜美的鱼。首相坐的是乌木座椅，睡的是有舒适床垫的镀金木床，按摩室中有按摩师随时恭候，为他按摩以消除疲劳。

然而这一切只不过是美丽的假象。就像法老在他就任典礼上所说的那样，他的任务将"比胆汁更为苦涩"。奈菲莉当上了御医总管，卡尼是卡纳克神庙的大祭司，凯姆是警察局长，众神不都选择了正直的人，让他们为埃及奉献心力吗？此时他心中理应晴空万里，感到心情愉悦，但他却感到痛苦忧郁。

还剩不到一年的时间，这片众神眷顾的乐土难道就要这样陷入黑暗了？

奈菲莉环着帕扎尔的肩，紧紧地搂着他。帕扎尔把法老的话都告诉她了，他们一起守护着秘密，也一起承担着压力。他们迷惘地抬起头望着夜空，群星与布拉尼尔的灵魂正一起闪烁着光芒。

帕扎尔没有拒绝法老赐予他的带庭院的别墅。广大的庄园四周都设有高墙，大门由凯姆特派的警卫驻守，毗邻这座宅子的一座房子里，也有警员二十四小时轮流监视着大宅的动静。凡是进出大宅的人都要出示通行证或正式的请帖。这栋距王宫不远的首相官邸俨然是一座绿意盎然的小岛，别墅中五百棵树郁郁葱葱，其中有七十棵西克莫无花果树、三十棵牛油果树、七十棵海枣树、一百棵埃及姜果棕、十棵无花果树、九棵柳树与十棵柽柳。还有一些从努比亚与亚洲进口的稀有树种，一种树只有一棵。葡萄园里所酿制的美酒也仅供首相一家享用。

小淘气兴奋地想象着在树林中攀爬与享受鲜果大餐的乐趣。整座庄园由二十多名园丁维护，种植农作物的土地则被灌溉渠分为一块块方地，种植着莴苣、大蒜、洋葱等蔬菜，一些黄瓜都长到了阶梯上。

庭院中央有一口井，深约五米，还有一道缓坡，通往避风亭，在亭子里可以欣赏到落日的绝景。往另一端走，在高大的树下还有一座凉亭，迎着北风而建的，凉亭旁的长方形水池是乘凉、消暑的好地方。

帕扎尔看着如此舒适奢华的住所，怎能不感到满足？他尤其满意室内精致的蚊帐。奈菲莉本来因为要打理这么大一栋宅子而担忧，但那些精致的刷子与扫帚，也让她稍稍宽了心。

"浴室实在是太棒了。"帕扎尔说。

"理发师在等你呢，他每天早上都会来替你梳洗打扮。"

"你的化妆师也是。"

"能不能偶尔不要这些服务呢？"

他抱住妻子，说："不到一年了，奈菲莉。拯救拉美西斯的时间只有不到一年了。"

德内斯再度获得了妻子的无条件支持，如今她落下了终身残疾，需要长期休养。德内斯保住了婚姻，就等于保住了财富，而且他摆脱了塔佩妮的威胁，但还是忧心忡忡。帕扎尔意外晋升为首相，这对他们而言真是晴天霹雳，他们的整个计划都随之流产。幸好他们手中还握有一张王牌：众神的遗嘱。因此他们依然可以期盼最后的胜利。

谢奇更是紧张万分，不断地强调他们务必要谨言慎行，他们已经失去了御医总管与首相之位，现在只能在暗中使用他们最有力的武器：时间。各大神庙的大祭司刚刚宣布，法老将于七月里新年的第一天举行再生仪式,那是巨蟹宫的天狼星出现之时,也是尼罗河泛滥期即将开始之际。在拉美西斯让位的前一天,他才会得知继承王位的人选,然后就需要公开移交王权。

"法老会不会向帕扎尔吐露了实情?"德内斯怀疑。

"怎么可能?"谢奇说,"法老必定会保持沉默,若他透露了实情,地位就更加岌岌可危了。帕扎尔跟别人没什么两样,他一定会立刻召集人马对付法老的。"

"那他为什么让帕扎尔当首相?"

"因为这个小法官有野心,也足够狡猾。他懂得故作清高廉正,以博取拉美西斯的信任。"

"你的话有道理。"德内斯也赞同他的说法,"法老这下可铸成大错了。"

"我们要小心这号人物,他玩弄权谋很有一套。"

"他现在正得势,必然会得意忘形。他要是聪明点,就应该加入我们。"

"太迟了。看来他宁可孤军奋战。"

"不能再让他抓到我们的把柄了。"

"只要多说点好听的话、多送点礼物,他就会以为我们屈服了。"

苏提耐心地等着风暴过去。

豹子在盛怒之下,摔了餐具、凳子,撕毁了衣服,还踩烂了一顶昂贵的假发。小屋里乱七八糟的,但她的怒气仍无法平息。

"我不答应。"她说。

"为了我,忍耐一下,好吗?"

"本来说好了明天出发的。"

"帕扎尔不应该被任命为首相。"苏提反驳道。

"我才不在乎。"

"但我在乎。"

"你到底想怎么样？他早把你给忘了！我们依照原定计划离开吧。"

"反正也不用着急嘛。"

"我想尽快拿到金子。"

"金子又跑不了。"

"昨天你还在一个劲儿地幻想这趟旅行。"

"我必须见帕扎尔一面，问明他的意图。"

"帕扎尔，每次都是帕扎尔！什么时候我们才可以摆脱他？"

"请你闭嘴。"

"我可不是你的奴隶。"

"塔佩妮曾要求我把你赶走。"

"你还敢去找那个女人！"

"我们是在一家餐馆偶然遇到的，是她跟我搭话的。她认为她才是我的合法妻子。"

"愚蠢。"

"所以我应该寻求首相的保护。"

第一个到帕扎尔家做客的是前一任首相巴吉。巴吉虽然脚痛得厉害，但还是没有拄拐杖。他受邀坐在亭子里，背依然驼着，声音也依然沙哑。

"帕扎尔，你这次晋升可以说是实至名归。你也是我心目中最理想的首相人选。"

"你将是我学习的对象。"

"我最后一年的工作十分繁重，表现欠佳，离职是势在必行。我很高兴法老接受了我的建议。你虽然年轻，但这不是大问题，因为这个职务将使你更加成熟圆融。"

"你有什么建议？"

"不要被流言蜚语影响,不必接见大臣,要深入研究每一个案子,要秉持最严苛的态度。我会为你引荐我最得力的幕僚,相信你也会认可他们的能力。"

阳光穿透云层,射进了凉亭。看到巴吉似乎不太舒服,帕扎尔便为他撑开了阳伞。

"你喜欢这座宅子吗?"巴吉问道。

"我还没有时间去好好享受一番呢。"

"对我来说有点儿太大了,光是这个庭院就够烦人的。我喜欢城里的住所。"

"如果没有你的帮助,我一定会失败的。你愿意继续留在我身边教导我吗?"

"我义不容辞。不过请你先让我处理好儿子的事。"

"有什么麻烦吗?"

"他的老板对他很不满意,恐怕会解雇他,我妻子也很担心。"

"假如我能帮得上忙……"

"不必了,享受特权是一种过错。我们还是讨论正事吧!"

帕扎尔和苏提热情地拥抱,苏提四下张望着:"我喜欢你这座大宅子。我就想要一个这样的家,随时可以举办盛大的宴会。"

"你也想当首相吗?"

"这个工作太恐怖了。你怎么会接受如此艰难的任务?"

"我也是逼不得已。"

"我现在有钱了,你干脆跟我一起走吧,好好去享受人生。"

"不可能。"

"你有什么秘密不能告诉我吗?"

"法老给我委派了任务。"

"你可不要变成那种迂腐守旧的官员啊,别老以为国家离不开你。"

"你怪我接受首相之职?"

"你知道我是怎么发财的,所以,你会判我的罪吗?"

"苏提,留下来帮我的忙吧。"

"让发财的机会白白溜走岂非罪过?"

"你若犯罪,我是不会维护你的。"

"这表示我们就此决裂了。"

"你是我的朋友,永远都是。"

"朋友是不会互相威胁的。"

"我只是不想让你犯下致命的错误,凯姆绝不会罢休,也绝不会手下留情的。"

"那就来场公平的决斗。"

"不要激怒他,苏提。"

"你不要告诉我应该怎么做。"

"求求你,留下来。如果你知道我这一次的任务有多重要,你一定会毫不犹豫地留下来。"

"维护法律,真是天方夜谭!我要是守法,阿舍现在还活着呢。"

"我并没有做任何对你不利的反证。"

"你好像又紧张又担心。你到底瞒了我什么事?"

"我们粉碎了一场阴谋,但这只是开始而已。让我们继续合作吧。"

"我宁可要金子。"苏提不改初衷。

"你需要把金子还给神庙。"

"你会出卖我吗?"

见帕扎尔没有回答,苏提又说:"首相都得除掉朋友,是吧?"

"不要在沙漠里迷失啊,苏提。"

"沙漠美丽又危险。当你对权势失去兴趣时,就到那儿去找我吧。"

"我要的不是权势,我只想保卫我们的国家和自己,还有我们的法律。"

苏提头也不回地走了。他忘了提塔佩妮的要求,但现在已经不重要了,不是吗?

苏提正要跨进家门时,四名警察忽然冲出来将他拦腰抱住,并反绑住他的双手。

豹子在屋里听见打斗声,连忙拿着刀子跑了出来想救苏提脱困。她砍伤了一名警察的手臂,又推倒另一个人,但最后还是被制伏了。

警察随即将这对男女以通奸罪逮捕并送往法庭。塔佩妮大喜过望,没想到事情的结果竟如此圆满。除了没有履行夫妻义务,苏提身上又多了一项持械拒捕的罪名。塔佩妮楚楚可怜地诉说着自己被人诱骗又遭人遗弃的遭遇,陪审团成员都深表同情,而豹子则在一旁破口大骂。这下苏提的说辞便更显得没有说服力了。

后来,因塔佩妮请陪审团网开一面,豹子只被判处即刻被驱离出境,苏提则被判处一年的有期徒刑,出狱后还要工作以补偿他那颜面尽失的妻子。

第 40 章

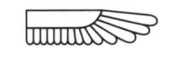

帕扎尔看着斯芬克斯像，只见这座巨大的雕像双眼充满自信地注视着旭日，仿佛早就知道自己终将在地狱的恶战中打败黑暗势力。它就这样守护着矗立在高地上的三座金字塔，日夜不停地为人类的生存而战。

帕扎尔命令几名采石工人将斯芬克斯像两爪间的石碑移开后，发现了一道封印和一块嵌着石环的石板。两个人掀起石板，眼前出现了一条又窄又低的通道。

首相拿了火炬率先进入通道。走一会儿之后，他踢到了一个粗玄武岩杯子，他拾起杯子继续弯腰前进，最后被一道墙挡了去路。在微弱的火光中，他发现墙上有几块石头被凿了下来，穿过墙，往下走便是基奥普斯大金字塔下方的石室。

他将盗墓贼走过的路线来回走了几遍，然后才开始仔细检查那个杯子。杯子是用非常坚硬且极难雕琢加工的粗玄武岩制成的，内部还有一些油渍。他好奇地将杯子送往普塔神庙化验，经专家检验，杯内的油渍竟然是埃及禁用的石油。因为这种燃料会把墓壁熏黑，并危害到工匠们的呼吸系统，所以被禁用。

于是帕扎尔立刻下令，要求彻查西部沙漠的矿工，还有负责管理火绳和照明用油的相关部门。接着，他第一次前往最高法庭，他的重要幕僚都已经等在那里了。

他的官袍是一件用厚布剪裁、高度及胸且上了浆的长罩衫，穿上之后须将两条带子绕到颈后打结固定。在他的前交叉式的缠腰布上，还罩着一张豹皮，用于提醒他身为地位仅次法老之下的最高领导者必须行事迅猛如豹。此外，还有一顶厚重的假发遮住了他原有的头发，沉重夸张的颈饰服帖地垂在他胸前。

帕扎尔脚穿皮鞋，右手握着令牌，穿过排成两列的书记官，踏上台阶，走到一张有高椅背的座位前，转身面对他的下属。他脚下的一块红布上，放了四十根刑棍。当前一任首相巴吉将玛特的小雕像挂到他的细金链上后，便正式开庭了。

"法老已经清楚地宣读过首相的职责，而这些职责自我们的祖先创国以来便未曾改变过。法老所要追求的真理，也正是我们所要追求的，将来我们要更加努力以维护司法正义。只有将正义散布到各个角落，成为埃及人民呼吸的一部分，进而将恶念驱逐出人们的身体，我们才会拥有最大的荣耀。我们必须济弱扶倾，绝不能听信谗言，要尽力维护秩序、打击暴力。汝等皆须以身作则，凡是借职务之便谋一己之私者，一律撤职。更不要想以花言巧语博得我的信任，因为我只相信实际行动。"

首相的演说简短有力，再加上他沉缓稳重的语气，使在场的高官大惊失色。原以为新首相缺乏经验、年少可欺，进而想趁机浑水摸鱼的人，都立刻打消了念头，而原以为巴吉一走就能松一口气的人也都立刻失望了。

历任首相中，有人注重军防，有人注重水利，也有人以税务为先。帕扎尔的施政重点又会是什么？第一次开庭时他们便能一窥究竟了。

"传制造蜂蜜的人出庭。"

卡哈尔绿洲四面的沙漠冷风习习。被判处无期徒刑的养蜂老人正想着他养的蜜蜂和一个个蜂箱。他采收蜂蜜时从来不采取任何防护措施，因为对蜜蜂的习性了如指掌，全无惧意。其实，蜜蜂也是法老的诸多象征之一。这小小的昆虫勤奋不懈，既是"几何专家"，又是"炼金术士"，专门酿造香醇可口的"黄金"。老人所采收的"黄金"，从泛红的琥珀色蜂蜜到晶莹剔透的蜂蜜，已经有一百多种了。一天，一名书记官心生嫉妒，竟指控他偷窃。盗取这种运送时须由警察保护的珍贵食物是极大的罪名。于是，从那时起，他便再不能像以前那样了——他无法再将蜂蜜倒入小容器后以蜡密封容器并编号，也无法再听到他最喜爱的嗡嗡声。传说，当太阳西沉，撞击地面，洒下泪珠时，泪珠会化成蜜蜂。

然而，在太阳的余晖中，如今只有一个瘦骨嶙峋的老人，他是一名苦役犯，正忙着为牢友们烹煮散发着恶臭的食物。此刻，外面忽然传来一阵骚动，老人便跟着其他囚犯一起出去看个究竟。

远处，一支队伍正浩浩荡荡地往监狱走来，只见队伍中除了五十多名军人，还有双轮战车、四轮战车和战马。该不会是利比亚人入侵吧？他惊讶地揉了揉眼睛，才发现他们都是埃及士兵。军队抵达后，从队伍中走出一个人，不顾向他行礼的卫兵，径自向厨房走去。

老人这时终于认出了帕扎尔，他简直不敢置信："你……你没死？"

"我听从你的指教，成功地跑了出去。"

"你回来做什么？"

"我没忘记对你的承诺。"

"你快逃吧！你会被逮回来的。"

"放心，这些卫兵都得听我的。"

"这么说，你恢复法官的身份了？"

"法老已经任命我为首相了。"

"你别跟我开玩笑了。"

第40章 359

两人正说着，忽见两名士兵带来了一个有双下巴的胖胖的书记官。

"你认识他吗？"帕扎尔问道。

"就是他！就是这个人说谎害我坐牢的。"

"现在我建议你们的角色对调一下：他来服苦役，你到蜂蜜供应部门当书记官。"

老人一时兴奋，竟晕倒在帕扎尔的怀里。

报告写得清晰明确，帕扎尔满意地对书记官表示称赞。西部沙漠中蕴藏着大量石油，利比亚人一直对此很感兴趣，他们甚至有好几次试图开采并贩卖，但都被法老的军队制止了。因为埃及的学者们都认为石油是有害的危险物质。

埃及只有一名专家负责研究并分析石油的特性，也只有他能进入由军方管辖的国家仓库获取石油。看到这个人的名字，帕扎尔不由得感谢众神，并飞快地赶到王宫里去报告。

"我去探查了由斯芬克斯像通往基奥普斯大金字塔下方石室的地道。"

"马上将这条地道封死。"法老下令道。

"石匠已经开始动工了。"

"你发现了什么线索？"

"有人用粗玄武岩杯子烧石油，用来照明。"

"谁能弄到这种东西？"

"研究石油的专家。"

"是谁呢？"

"德内斯的奴隶兼出气筒谢奇。"

"你知道现在他人在哪里吗？"

"根据凯姆最新的情报,谢奇躲在德内斯家里。"

"还有同谋吗?"

"我会查出来的,陛下。"

帕扎尔正急着出门时,塔佩妮拦下了他的车。

"我有话跟你说!"

负责首相安全的尉官挥动皮鞭想赶她走,却被帕扎尔制止了。

他问塔佩妮:"你特别着急吗?"

"我要说的话你一定很感兴趣。"塔佩妮故作媚态地说。

帕扎尔只好下车,让她长话短说。

"你代表了司法,不是吗?你一定会以我为荣。你说,一个因丈夫出轨而名誉受损的女人,算不算受害者?"

"当然算。"

"我丈夫就是这样对我的,法庭已经处罚他了。"

"你丈夫是……"

"对,就是你的好友苏提。跟他通奸的那个利比亚女人被驱逐出境了,他也被判了一年的有期徒刑。这样的处罚太轻,法庭将他发配到努比亚的扎鲁充军,那个地方好像不怎么舒服,不过苏提却能借此机会为国效力,抵御那些黑人的入侵。充军结束之后,他会被分配到邮政部门,然后就得定期付我赡养费。"

"你们应该好聚好散的。"

"我本来也是这么想的,可是我有什么办法呢,我就是爱他,而且我无法忍受被他抛弃。如果你敢替他洗脱罪名,就违反了玛特的律法,我一定会四处宣扬的。"

她的微笑颇有威胁的意味。

帕扎尔隐忍着说:"苏提是该服刑,不过等他回来……"

"他要是敢攻击我,就会被以杀人未遂的罪名送进监狱。他是我的奴隶——永远都是。"

"布拉尼尔的谋杀案还在调查中呢,塔佩妮夫人。"帕扎尔话锋一转。

"你需要找出罪犯。"

"这是我最大的希望。你不是说你知道一些秘密吗?"

"我只是随便说说。"

"或者是不小心说漏了嘴?你不也是用针的高手吗?"

塔佩妮露出了不安的神色:"这是从事这一行的基本功。"

"那也许是我多心了,不过凶手很可能就在我身边。"

塔佩妮受不了他的逼视,转身便走了。

帕扎尔原本要到警察局长那儿去,不过眼下他得先去查查塔佩妮说的话是否属实。于是他立刻调阅了苏提的审判与处决记录,发现她的话果然没错。帕扎尔分外为难,身为维护法律的人,他要用什么办法才能在不触犯法律的条件下救出好友呢?

西尔基斯的老毛病又犯了,奈菲莉在百忙中抽出时间帮她治疗。贝尔·特兰的这位妻子年纪虽轻,但只要克制不住食欲,体重马上就会直线上升。

"我看你得禁食两天。"

"我还以为我死定了,吐得连气都喘不过来!"

"呕吐可以帮你清理肠胃。"

"我实在太累了,看到你我又觉得很惭愧。我只顾着相夫教子了。"

"他还好吗?"

"能在帕扎尔的手下做事,他高兴得不得了,他实在是太景仰他了。他们两人发挥各自所长,一定能使国家安定和繁荣。对了,你会像我一样恐惧和寂寞吗?"

"我和帕扎尔不管多忙,都会每天见面、互诉心情。若非如此,我们都撑不下去。"

"我冒昧问一句,你们不想生个孩子吗?"

"那要等抓到杀害布拉尼尔的凶手之后。我们已经向神明许愿了。"

黑幕笼罩着孟斐斯,没有风,厚厚的乌云停留在这座城市的上空。附近的狗都狂吠起来。由于天色倏然转暗,德内斯便也点起了几盏灯。他的妻子吃过镇静剂后,正安静地睡着,涅诺法的精力向来旺盛,如今却时时刻刻都病恹恹的,不过这样她倒变得温顺了许多,自然也不会制造麻烦了。

德内斯到工作室去找谢奇,他现在一天到晚都在工作室里磨刀、磨剑,因为只有这样才能消除紧张的情绪。

"休息一下吧。"德内斯递了杯啤酒给他。

"有帕扎尔的消息吗?"

"首相正在处理采收蜂蜜的事呢。他那段演说的确冠冕堂皇,但也只不过是空话罢了。各个阶层的人马上就会开始互相毁谤攻讦,他一定应付不来。"

"你可真乐观。"

"耐心是个很棒的优点,不是吗?卡达什要是了解这一点,就不会死了。首相现在完全是在毫无目标地瞎折腾,我们刚好趁机享受一下人生,最后权力还是会落到我们手中的。"

"我只希望自己能比实际年龄大一点。"

"你谨言慎行、效率很高,将会成为一位杰出的政治家。有了你,埃及的科学也将会向前迈进一大步。"

"石油、毒品、冶金……这些在埃及都有待进一步发展。一旦发展这些被拉美西斯忽视的技术,我们就能摆脱传统的束缚了。"

谢奇说得正高兴，突然脸色一变："外面有人。"

"我没听到声音啊。"

"我去看看。"

"大概是园丁吧。"

"他们从不会到工作室附近来的。"

谢奇忽然像是起了戒心似的打量着德内斯："你该不会找了暗影吞噬者吧？"

"卡达什走偏了路，你又没有。"德内斯沉下脸说。

此时，一道电光划过天际，雷声轰隆大作。谢奇像着了魔一样跑出工作室，又往别墅的方向走了几步，然后立刻回头向德内斯狂奔。德内斯从未见过谢奇的脸色如此苍白，他甚至吓得牙齿咯咯作响。

"有鬼！"

"冷静点儿。"

"那身影比夜还黑，脸部就像有一团火。"

"你镇定一点，跟我来。"

谢奇迟疑了一下，还是跟了上去，不料，别墅的左厢房竟陷入一片火海。

"快拿水来！"德内斯正要冲进去，却见一道黑影从火中跳了出来，挡住了他的去路。他后退了几步问道："你……你是谁？"

那个黑色的幽灵只是不断地挥动着火炬。

头脑稍微恢复冷静的谢奇回到工作室拿了一把匕首，慢慢靠近这个纵火的怪人。不料，幽灵竟直接将火炬往他脸上一捅。他脸上的皮肉忽然被烧，痛得一边大叫一边跪到地上，拼命想把火扑灭。对方却在此时拾起他掉在地上的匕首，往他的喉头捅了一刀，直接让他一命呜呼。

德内斯早已面无血色，撒腿便想往庭院里跑。突然，那幽灵开口了:"你还想知道我是谁吗?"

他不由得停下脚步,转过身来。原来那幽灵是个人,并不是冥世的恶魔。于是他不再惊慌,倒开始觉得好奇。

"看看吧,德内斯。看看你和谢奇的杰作。"

天色实在太暗,什么都看不清楚,德内斯只得上前几步。此时远处传来了尖叫声,应该是有人发现失火了。

幽灵缓缓拿下面具,她那原本姣好的面容如今只剩下无数狰狞的伤疤。

"你还认得出我是谁吗?"

"哈图莎王妃!"

"你毁了我,我也要毁了你。"

"你杀了谢奇……"

"我只是处决了毁掉我的刽子手。杀人终究是要偿命的。"

她手持匕首伸入火焰深处,仿佛毫无感觉。

"你是逃不掉的,德内斯。"

哈图莎向他走了过去,刀刃已经被烧得发红。德内斯此刻如果出其不意地袭击,应该可以制伏她,但哈图莎疯狂的心态与行径却让德内斯不敢轻举妄动。还是等着警察来逮捕她吧,他想。

又是一道闪电划过天际,自别墅上空直劈而下,墙随即被击中,火舌急蹿而出,烧着了德内斯的衣服。他慌慌张张地在地上打滚,试图扑灭身上的火苗。

他却没有注意到,那面无表情的幽灵,已经出现在他面前了。

第 41 章

车队缓缓前行,由凯姆护送到边界为止。哈图莎坐在一辆四轮车后方,一动不动,犹如一座雕像。当凯姆在犯罪现场逮捕她时,她完全没有反抗。据救火的仆人说,他曾看到她把谢奇和德内斯的尸体拖入火中。后来下了一场滂沱大雨,火才被扑灭,这场雨也洗去了王妃手上的鲜血。

帕扎尔得知消息后震惊不已,连讯问时声音都微微发抖,凶手却始终一语不发。他将事情的经过呈报拉美西斯,拉美西斯便下达命令,让制造木乃伊的工人简单处理了这两名阴谋者的尸体,之后找一个远离大墓地的地方埋起来,不用举行任何仪式。经过这番报复,两个恶人遭到了应有的惩罚。

法老在征求首相的同意后,决定将王妃遣回赫梯,然而,当哈图莎听到这个她曾日夜期盼的消息时,却毫无反应。她双眼无神、颓然困顿,似乎正神游于只属于她的世界里。

凯姆交给护卫队里的赫梯军官一份公文,上面写着,公主因为身患绝症,不得不返回家乡。这不仅保全了赫梯王的面子,也让两国不致在保持多年的和平关系之后反目成仇。

在帕扎尔的仔细监督之下,一群工人搜查了德内斯住处的瓦砾堆,虽然找到的东西不多,却还得一一交由拉美西斯检查。大家都以为这是因为法老关心两人的悲惨命运,殊不知,这是因为法老还满怀希望，想找出众神的遗嘱，最终却还是一无所获，其失望自是不可言喻。

"所有的阴谋者都死了吗？"

"我不知道，陛下。"

"有没有可疑的人？"

"德内斯似乎是主谋。他企图控制阿舍将军与哈图莎王妃，以便与外国势力搭上关系，他应该是想建立一个以商业为主的政权。"

"他竟然想以物质至上的思想取代埃及的传统精神，这个计划太恶毒了！他的妻子也是帮凶吗？"

"不，陛下，她甚至不知道德内斯曾经想杀掉她。火灾发生后，仆人救了她，如今她已经离开孟斐斯，回到位于三角洲北部的父母家中了。医生为她检查的结果显示，她已丧失了理智。"

"无论是她还是德内斯，都没有篡夺王位的智慧。"

"假如德内斯的确将遗嘱藏在家中，难道不会被火烧了？假如再生仪式举行当天，法老与阴谋者都拿不出遗嘱，又会发生什么？"

这些话让法老心中重新燃起了一丝希望。

"那请你以首相的身份召集全埃及的政要，向他们解释这一情况，之后再对全体民众公布真相。至于我，将与众神重新制定一份条约，再创立一个崭新的纪元。这个过程极其繁复，我或许不会成功，但至少政权不致落到恶人手中。帕扎尔，但愿你猜得没错，但愿德内斯确实是主谋。"

一整天的辛苦工作后，帕扎尔和奈菲莉又如往常一般在庭院里聊天，头上依然有群燕飞舞。燕子偶尔低掠而过，发出尖锐、喜悦的啼鸣，偶尔又盘旋而上，在冬日的蓝天里划出一道道悠长的弧线。

因为感冒，帕扎尔呼吸不畅，便请妻子帮他详细检查了一番。

"我体弱多病，实在不适合当首相。"

"这是众神的恩赐,"奈菲莉说,"这样一来,你就得多用脑子思考,不至于像莽撞的牡羊一样盲目行事。更何况你的身体状况并没有影响你的精力。"

"你好像有心事。"

"再过一个礼拜,我就要向医生委员会呈交改善公共卫生的提案了。有些提案我觉得势在必行,但他们一定不会认同,到时候可能会出现激烈的冲突。"

在两人聊天时,勇士和小淘气达成了休战协议,各自躲到主人的脚边,在椅子下稍作休息。

"举行再生仪式的日期已经公布了。"帕扎尔换了个话题,说,"下次涨水时,拉美西斯大帝就要重生了。"

"德内斯和谢奇死后,还有其他阴谋者现身吗?"

"目前还没有。"

"遗嘱真的被烧掉了吗?"

"可能性很大。"

"不过你还是没有把握。"

"我只是觉得把如此重要的文件藏在自己家里,似乎不合常理。不过,德内斯一向自负,所以也不是不可能。"

"苏提呢?"

"依法被判刑了,审判过程毫无漏洞。"

"现在怎么办?"

"走司法途径是行不通了。"

"你如果想帮他逃出去,就得有精密的计划。"

得知妻子看穿自己的心思,帕扎尔笑了笑说:"你实在太了解我了。这次凯姆绝对不会帮我,如果首相参与了这样的行动,拉美西斯与埃及的声誉都会受到影响。可苏提是我的朋友,我们发过誓,无论在什么情况下,都要互相扶持。"

"我们一起来想办法，至少你应该先让他知道你不会背弃他。"

还有几十千米的路程，豹子一个人带着一袋水和几条鱼干，又没有防身武器，根本不可能存活。埃及警察把她丢在利比亚边界，命令她回自己的国家，永远不得再踏上法老的领地，否则将被处以重刑。运气好的话，她会碰上一群打劫的贝都因人，他们会在强暴她后把她留在身边当奴隶，直到她老去。

但豹子却与家乡相反的方向走去，她绝不会放弃苏提。从三角洲西北方前往监禁苏提的努比亚堡垒，可以说长路迢迢、危险重重。她必须走路况不佳的小路，要找到水和食物，还要躲避那些四处游荡的强盗。但无论如何，她都不会让塔佩妮就此称心如意。

"士兵苏提？"

苏提没有回答。点名的士官便说："在我的堡垒受训一年。法官可真是待你不薄啊，小子，你总该证明一下自己的确值得他们另眼相看吧。跪下。"

苏提瞪着他，还是没有反应。

"你还挺倔的，很好。你不喜欢这里吗？"

苏提向周围张望，只见眼前是荒凉的尼罗河岸、沙漠，被晒得发烫的丘陵、碧蓝的天，还有一只在捕鱼的鹈鹕和一条正懒洋洋地躺在石头上的鳄鱼。

"扎鲁很美，有你在这里真是一大侮辱。"

"不但很倔，还爱开玩笑，你来自有钱人家吗？"

"我有钱的程度，你做梦也想不到。"

"你这小子的确挺有意思。"

"这只是刚开始呢。"

"跪下。跟堡垒的指挥官说话要有礼貌。"

第41章　369

话音刚落，两名士兵便重重地打了苏提的背，他立刻趴倒在地。"这下好多了。你可不是来这里享福的，小子。从明天起，就由你看护位于我军最前线的哨站，当然了，我是不可能发武器给你的。若有努比亚人来犯，你就得马上通报。他们的刑罚手段向来有名，隔得老远都能听到受刑人的惨叫与哀号。"

被帕扎尔背弃、与豹子就此永别、被众人遗忘，苏提活着离开扎鲁的机会微乎其微，除非仇恨的意志力能支撑着他战胜命运。他的金子还在等着他呢，塔佩妮也是。

巴克今年十八岁。他出身官宦家庭，人长得不高，却勤奋、勇敢。他有一头黑发，看起来颇有教养，说起话来声音悦耳、语调坚定。经过内心一番挣扎之后，他终于决定弃武从文，就在帕扎尔被任命为首相前夕，他进入了档案管理单位。一些不太讨喜的工作自然而然就落到了他这个新人头上，尤其是当首相研究某个案子时，他还要负责整理种种文件，十分辛苦。也正因为如此，巴克手中才会握有石油的相关资料，但这些资料在谢奇死后已经变得一文不值了。

他细心地将资料收入一个木箱中，木箱须由首相亲自查封，将来，有他的命令才能开封。这件事的处理过程其实很简单，不过巴克却将每份文件又一一检查了一遍。然而他竟然发现有一份文件首相没有批阅过，也就是说，首相并不知道文件的内容。既然案子已经了结，这种小事应该无关紧要，但巴克仍写了报告呈交给上级，进而又向上呈递。

由于帕扎尔坚持浏览下属的一切意见与批评，不论职级大小，因此很快就发现了巴克的报告。

快中午时，他把巴克叫了过去："你发现了什么不寻常的事？"

"在一名已经被撤职的国库职员写的报告上，没有看到您盖的章。"

"让我看看。"帕扎尔果然发现了一份陌生的文件。可能是他手下的书记官忘了把它放到与石油有关的资料盒中。

帕扎尔看着巴克,想到当初自己还是一个小法官时也和他一样,只想把工作做好,却阴错阳差地揭发了一场意欲毁灭埃及的巨大阴谋。想到这里,帕扎尔对巴克说:"从明天起,由你负责监管档案,一旦发现异常,直接向我报告。你每天清晨都要来见我。"

巴克一走出首相办公室,便冲到了街上兴奋地放声大叫。

"这样的见面好像有点儿太严肃了。"贝尔·特兰轻松地说,"其实可以到我家边吃饭边说的。"

"不是我想打官腔,"帕扎尔说,"但我觉得你和我都应该尽职尽责。"

"你是首相,我是白色双院院长。依照职级,我必须服从于你,是这个意思吧?"

"这样我们才能合作愉快。"

贝尔·特兰又胖了,脸圆得像满月。虽然纺织工的手艺不差,但缠腰布穿在他身上总是绷得那么紧。他仍然若无其事地问:"这是建议还是命令?"

"统治艺术不应该以经济为重,因为人活着不能只依靠物质。埃及的伟大乃在于世界观,而非强大的经济实力。"

贝尔·特兰抿起嘴唇、皱起鼻子,但并未反驳。帕扎尔又说:"有件小事让我觉得担心。你是不是经手过危险物质——石油?"

"谁指控我了?"

"说指控也太严重了一些。一名被你撤职的工作人员的报告牵涉你了。"

"报告里说了些什么?"

"你似乎曾在很短的时间内撤销了西部沙漠某个特定地区开采石油的禁令,特准其进行交易,并从中抽取了不小的利润。交易的过程按部就班、完全透明,毫无违法之处,因为你已经事先得到了一位专家——谢奇的认可。不过谢奇可是一名涉嫌危害国家安全的罪犯。"

"你在暗示什么?"

"你们之间的关系让我很不安。我想一定是意外的巧合,站在朋友的立场上,我希望你作出合理的解释。"

贝尔·特兰猛地站了起来。看到他脸色骤变,帕扎尔不禁大吃一惊。那张原本和蔼热情的脸,突然满溢仇恨与狂妄。那原本微带紧张但还算沉稳的声音,也突然变得粗暴且充满了火药味。

"站在朋友的立场上让我解释,你也太天真了!亲爱的蹩脚的首相帕扎尔啊,你还要到什么时候才能明白呢?卡达什、谢奇、德内斯,都是我的同党——可以说是我忠实的奴才,不过也许连他们自己都不知道。我之所以支持你对付他们三个人,是因为德内斯的野心太大,竟想担任白色双院院长并掌控国家财政大权。这个职务只有我能胜任,这也是我晋升首相的捷径——没想到却被你捷足先登了。所有的行政人员都认为我最有实力,法老询问大臣们的意见时,他们也都一致推荐了我,而法老竟然选了你这个卑微失势的法官。高明啊,老兄,我不得不对你另眼相看。"

"你误会了。"

"用不着在我面前装腔作势了,帕扎尔!过去的事就算了。从现在起,要么你就自己玩,但到头来注定是一场空;要么你听我的命令行事,将来可以享尽荣华富贵,也不必为了你无法负担的重任而烦恼。"

"我可是埃及的首相。"

"你什么都不是,因为法老已经完了。"

"如此说来,众神的遗嘱在你的手上?"

贝尔·特兰那张圆圆的脸上露出微笑。

"看来拉美西斯全都告诉你了。他实在是大错特错,已经不配当一国之君了。别再拖延时间了,亲爱的朋友,你决定与我联手,还是跟我作对?"

"你实在令我恶心。"

"我对你的感受没兴趣。"

"你怎么能忍受自己如此虚伪呢?"

"这比你那荒谬的正义感要有用多了。"

"你知不知道,贪婪是一种致命的罪恶,你将来甚至可能会死无葬身之地?"

贝尔·特兰放声大笑:"你说起教来还真像个傻瓜。什么神明、神庙、永恒的居所、宗教仪式……都是落伍、可笑的东西。你根本不知道,我们已经进入了新的世界。帕扎尔,我有个伟大的计划,在推翻那个守着过时的传统、不知变通的拉美西斯之前,我就要让它实现。睁大你的眼睛,看看未来吧!"

"我劝你归还从金字塔中盗来的物品。"

"金子是贵重而稀有的金属,为什么非要把它限定为只有死者才能看到的仪式用品呢?我的同伴们早就把那些金子做的东西熔掉了,现在我的财富有很多,想收买多少人就能收买多少人。"

"我可以马上逮捕你。"

"你不可以。因为我只要一个动作,拉美西斯就得下台,你也要跟着遭殃。不过,我会依照计划,在适当时机出面。不论你是监禁我还是处死我,一切仍会照常进行。你和你的法老已经进退两难了。你何必苦苦跟随一个半死不活的人呢?我再给你最后一次机会,帕扎尔,好好把握!"

"我一定会跟你对抗到底的。"

"不到一年了，你就要面对被除名的命运。现在赶紧好好和你美丽的妻子享受人生吧，你的世界很快就要毁灭了，因为支撑这个世界的脊梁已经被我侵蚀了。埃及首相，你如此蔑视我，总有一天会后悔的。"

为了掩人耳目，法老与帕扎尔再度在长生殿的密室中会面，拉美西斯也从帕扎尔口中获知了真相，他不禁叹道："贝尔·特兰，从一个制造纸张、传布典籍的商人，变成国家经济的负责人……我知道他是个唯利是图、野心勃勃的人，却没有想到他会叛国。"

"贝尔·特兰有充分的时间布网，在各个阶层收买人心，并腐蚀行政核心。"

"你会立刻撤他的职吗？"

"不，陛下。他既然已经露出狰狞的面目，接下来就是我们洞悉阴谋、狠狠反击的时候了。"

"贝尔·特兰手上有众神的遗嘱。"

"他很可能还有同谋，除掉他不见得有用。"

"九个月，帕扎尔，我们要在这九个月之中全力攻击，找出贝尔·特兰的同谋，摧毁他的防御堡垒，让邪恶的战士们弃械投降。"

"我们应该谨记先哲普塔赫的教诲：'伟大的律法，效力恒久不变，自奥赛里斯统治时期开始便不曾有过动乱。罪恶或许能够占据多数人的心，却永远无法得到善终。切勿投身危害人类的阴谋，否则必将遭受天谴。'"

"他是金字塔时代的人，跟你一样，是个首相。但愿他是对的。"

"这些都是流传千古的名言。"

"现在最重要的不是守护我的王位，而是守护明日的文明。或许叛国乱党会一举成功，或许司法正义终将获得胜利。"

帕扎尔和奈菲莉从布拉尼尔的坟墓旁注视着塞加拉的大墓地，还有那耸立于其上的左塞尔金字塔。负责祭祀护卫灵的祭司正在打理墓地的花园，摆放祭品。还有几名石匠正在修缮一座古王国时期的金字塔，也有人正在挖一座新坟。这座死者之城充满了祥和与宁静。

"你有什么决定？"奈菲莉问帕扎尔。

"我会奋战到底。"

"我们一定会找到杀害布拉尼尔的凶手。"

"凶手还没有受到惩罚？德内斯、谢奇、卡达什都死于非命，阿舍将军也受到了沙漠法则的制裁。"

"凶手依然逍遥法外。"她肯定地说，"老师的灵魂若终于能够安息，天上便会出现一颗闪耀的新星。"

奈菲莉说罢，轻轻把头靠在帕扎尔肩上。在她的坚强与爱的鼓舞下，帕扎尔将投入一场毫无胜算的战争，只希望这方圣土上的幸福能永远留在尼罗河、花岗岩与光芒的记忆中。